U0828058

跨文化视角下的英美文学发展研究

白文霞　张小燕　著

中国纺织出版社

内容提要

本书在分析文化差异对英美文学的发展的影响及跨文化视角下英美文学的艺术特色的基础上，以时间为线索，分别从不同文体的发展角度研究了跨文化视角下的英国文学发展与跨文化视角下的美国文学发展。

全书叙述脉络清楚，逻辑严谨，内容翔实，语言简明扼要，可供外国文学爱好者和研究者使用。

图书在版编目 (CIP) 数据

跨文化视角下的英美文学发展研究 / 白文霞，张小燕著. -- 北京：中国纺织出版社，2016.12

ISBN 978-7-5180-3162-7

Ⅰ. ①跨… Ⅱ. ①白… ②张… Ⅲ. ①英国文学—文学研究②文学研究—美国 Ⅳ. ① I561.06 ② I712.06

中国版本图书馆 CIP 数据核字（2016）第 304745 号

责任编辑：汤 浩　　　　责任印制：储志伟

中国纺织出版社出版发行

地址：北京市朝阳区百子湾东里 A407 号楼　邮政编码：100124

销售电话：010-67004422　传真：010-87155801

http://www.c-textilep.com

E-mail:faxing@e-textilep.com

中国纺织出版社天猫旗舰店

官方微博 http://www.weibo.com/2119887771

永清县晔盛亚胶印有限公司　各地新华书店经销

2017 年 3 月第 1 版第 1 次印刷

开本：710×1000　1/16　印张：17.25

字数：309 千字　定价：62.00 元

凡购本书，如有缺页、倒页、脱页，由本社图书营销中心调换

前　言

在全球化背景下，各国在经济、文化、政治等方面的沟通与交流不断深入。在这些交流中，文化的交流始终占据着十分重要的地位。然而，对于我国的大多数人来说而对英美文学缺乏必要的了解。原因一是由于语言与文化的障碍，二是由于我国现存的关于英美文学方面的书籍和资料，多是站在本国立场上对英美文学的一些介绍，使得国内人民不能很好地与英美文学实现对接，因此，站在跨文化的视角对英美文学进行研究是十分必要的。

与中国文学根植于儒、释、道三者相互融合、渗透的文化环境不同，英美文学一直以古希腊罗马文化和基督教文化这两种文化为生存的根基，这就导致英美文学在语言、创作方式、作家的思维观念等方面与中国文学存在较大的差异。因此，要想深入理解与把握英美文学的发展脉络及其创作特点，就必须以跨文化视角重新赏析、研究英美文学。基于此，作者撰写了《跨文化视角下的英美文学发展研究》一书，以帮助读者更好地体会英美文学的魅力。

本书共十一章。绪论部分主要分析了文化差异对英美文学的影响和跨文化视角下英美文学的艺术特色。第一章至第七章为跨文化视角下的英国文学发展研究部分，主要是按照时间顺序，从诗歌、散文、小说、戏剧四个层面对每一个时期内的文学进行了深入分析。第八章至第十一章为跨文化视角下的美国文学发展研究部分，同样以时间顺序从美国文学的三大文学体裁——诗歌、小说、戏剧方面入手对美国文学进行了分析与研究。在撰写本书的过程中，作者遵循横向对比与纵向分析相结合的原则，不仅对在一定时期内的英美文学在横向发展上进行了对比与分析，而且将英美文学在纵向发展上分成不同的阶段，这些阶段又构成了英美文学的总体发展特征。因此，阅读本书，读者不仅可以从总体上把握英美文学发展的脉络，也能够深入英美文学的各个阶段，了解其阶段内的文学发展特征。

本书由河北工程大学白文霞、吕梁学院汾阳师范分校张小燕撰写完成，并由二人共同统稿。具体分工如下。

绪论，第一章，第四章，第五章，第六章，第七章：白文霞；162400

第二章，第三章，第八章，第九章，第十章，第十一章：张小燕。134400

本书在撰写过程中参阅了许多有关英美文学方面的著作，同时参考并借鉴了学术界同人的一些研究成果，在此表示最诚挚的谢意！由于时间仓促，作者水平有限，错误和不当之处在所难免，恳请广大读者在阅读使用中多提宝贵意见，以便本书的修改与完善。

作　者

2016 年 9 月

目 录

绪　论

一、文化差异对英美文学的影响

文化产生于人类历史发展过程中，对社会生活各个方面都产生了重要的影响。每一个民族都有其独特的文化个性，这使得世界文化呈现出多元化的特征，各个民族在民族文化的支撑下形成了本民族的文学底蕴。英美文学凝聚了英美两国人民的劳动与智慧，蕴含着英美两国丰厚的文化，其不仅表现在英美语言方面，还表现在英美两国人民的生活方式方面。英美文学中包含了丰富的思想和情感，在对其进行研究时，应充分考虑英美文化的独特性。

就英国文学的发展进程来看，其先后经历了盎格鲁－撒克逊时期、中世纪、文艺复兴、新古典主义、浪漫主义、现实主义、现代主义等多个阶段，每个阶段都涌现出大量的具有时代文化特色的文学作品。英国文学在这源远流长、复杂多样的演变过程中，不仅受到了文学内部发展的影响，还受到了来自政治、宗教、历史等因素的影响。

作为一个移民国家，美国的文学发展在很大程度上受到外来文化，尤其是英国文化的影响。直到19世纪末，美国文学才逐渐从英国文学中脱离出来，开始了自身的发展历程，并逐渐摆脱英国文学的气息，形成了带有本民族文化特色的文学形式。第二次世界大战之后，随着多元化社会的发展，美国文学逐渐走向平民化、大众化、多元化。

如前所述，文化不同，文学底蕴也不相同，就文化差异对英美文学的影响而言，具体表现在以下几个方面。

首先，受到文化历史差异的影响。在文化历史方面，英国文学具有人本主义的传统。但由于受到英国资产阶级革命的不彻底性与妥协性的影响，英国文学作品中所表现出的人本主义观点具有一定的保守性。人本主义发展的最终目的是实现全人类的和平、自由、友爱，消除人与人之间的阶级性。然而在人类社会的发展进程中，人们逐渐认识到，只有通过革命力量和不断创新，才能推动社会实现质的发展，英国文学中所宣扬的人本主义观点也因此受到越来越多的质疑,甚至被人们否定。相比而言,美国文学中的人本主义观点表现出更多的独创性。这主要是因为美国的历史不长,没有文化历史的遗留问题,美国文学在发展中更容易进行创新。

其次,受到文化内涵差异的影响。英国文学评论一方面对传统文化进行传承,另一方面又极力挣脱传统文化的束缚。这主要表现为,英国文学评论由带有浓厚的宗教色彩向出现荒诞的创作手法的转变。进入20世纪,英国文学开始对之前的理论进行重新审视和思考。美国的文学作品最初受到欧洲文学的影响,但其最终还是朝着自身的特性发展,在继承英国文学的优良传统的同时,不断进行创新,逐渐形成独立的个体。

最后,受到文化载体差异的影响。作为民族文化发展和传承的一个重要载体,语言的差异对英美文学的创作与发展具有重要的影响。英美文学中运用的一些语言多是作者提炼凝聚而成。英式英语与美式英语的差异使英美文学表现出自身的独特性。英国具有悠久的历史和深厚的文化底蕴,英语作为文化历史发展的正宗语言,在英国文学作品中对于传统文化的继承有着明显的表现。作为英国英语的衍生品,美国英语在本质上并没有变化,但是美国作为一个新生的独立自主的国家,它的语言也必然具有一定的独创性,并在其文学创作中得以体现。

二、跨文化视角下英美文学的艺术特色分析

作为英美文化的重要代表,英美文学在世界文化领域中占据着非常重要的地位,并在很大程度上推动了世界文化的不断进步与发展。从跨文化的视角对英美文学的发展进行研究,能够深入了解英美文学作品在特定文化背景下的发展特色,以及英美文学作品的深刻内涵。

英美文学的语言具有其自身的独特性,在赏析英美文学作品时,应充分考虑文化间的差异性。跨文化视角本身就体现了对文化差异的考虑与尊重。不同的文化背景,具有不同的思维方式、价值观以及民俗习惯等。其中,风俗习惯是不同民族在长期发展中逐渐形成的,能够充分反映出各自丰富多元的文化和历史,同时也具有明显的差异性。例如,英语词汇“red”,是颜色词红色;在汉语中,“红”在表示颜色外,还带有喜庆、喜欢等意思。另外,从价值观来看,文化的差异使人们在认知方面也具有明显的不同,英美国家的人们追求个性,崇尚民主、自由。而我国受到以“和”为贵的传统文化的影响,更强调集体主义精神。

在英美文学创作过程中,作者往往将语言特色与特定文化进行融合,通过实际语境与作品内容的结合表达一定的思想价值。这样,具有实用

性的文学作品有助于人们对客观事物进行更深刻的认知与思考。此外，英美文学作品还具有跨文化交际的能力。文学作品是一个民族思想意识的凝聚，一个国家和民族的社会文化特征能够在文学作品中得到集中体现，因此，通过对文学作品的阅读，能够理解其中所体现的社会文化内涵。从这一层面来说，对英美文学作品进行分析和研究，也有助于促进跨文化交流和发展。

根植于不同历史土壤的中西方文化，表现在文学作品中具有明显的差异性。这种差异不仅仅是语言的差异，更是创作方式的差异，以跨文化视角对英美文学的创作特色进行分析，能够更好地体会英美文学的魅力。具体而言，英美文学的创作特色主要体现在以下几点。

首先，英美文学是以古希腊罗马神话和《圣经》为土壤发展起来的。中国文学作品的发展主要受到儒、释、道文化的影响，而英美文学则是以古希腊罗马文化和基督教文化为基础得以发展的，因此，古希腊罗马神话和《圣经》成为英美文学创作的重要背景。作为西方文学的源头，古希腊罗马神话几乎是所有英美文学作品创作的基础，这些作品也都带有希腊罗马神话的影子，有许多作家直接从古希腊罗马神话中取材来讲述属于自己的故事。另外，英美文学还从《圣经》中进行取材。在大多数中国人看来，《圣经》或许只是一部经典的宗教教义，但对英美文化背景的人们来说，《圣经》不仅仅是基督教的教义，更是日常社会生活的道德标准。许多英美作家的创作灵感都直接来自《圣经》，并从中获取了丰富的创作素材，如弥尔顿的《失乐园》就是直接以《圣经》中的故事为蓝本进行创作的。还有一些英美作品对《圣经》中素材进行了比较隐晦的运用，如《老人与海》中虽然没有过多地提及《圣经》的内容，但老人桑提亚哥的形象可以看作是耶稣的化身。

其次，英美文学创作中的修辞方式具有一定的独特性，如比喻、隐喻、象征等修辞都是建立在英美文化的基础上的。因此，只有对英美文化有一定的了解，才能深刻理解这些修辞手法的运用。英美文学中的比喻、隐喻往往运用得非常自然，如果能够读懂，就能够理解作品中的深层含义，如果没有察觉，也不会影响作品的完整性。例如，《天真之歌》中描绘的“羔羊”的形象与耶稣的形象是相通的；《简·爱》中罗彻斯特先生的庄园毁于一场大火，罗彻斯特先生也因此双眼失明，但最终却获得了平静、美好的生活，这里的一场大火隐喻的是耶稣为救赎世人而烧的火。不同的文化在发展过程中，逐渐具备了一些具有自身文化特色的意象，这些意象在文学作品中具有特定的象征意义。例如，“夜莺”经常出现在英美文学中。夜莺的故事也是出自古希腊神话，是“菲洛米拉”的象征，带有一定的悲剧色彩，因此，提到夜莺人们就会想到其凄美的歌声。另外，其他许多事物也都被赋予了不同的象征含义，如在英美文化中"狮子"是王的象征。

最后，英美文学的主题通常体现了基督教文化中的仁慈、博爱、宽恕。英美作家不仅从《圣经》中获取了创作素材，还将《圣经》的教义内化到自己的民族气质之中，在文学作品中体现出基督教"仁慈、博爱、宽恕"的教义。例如，《罗密欧与朱丽叶》中用爱去融化仇恨的理念，正是体现了《圣经》中所宣扬的爱自己、爱别人，用爱来化解一切矛盾的思想。同时，英美文学中还经常出现"原罪"和"替罪羊"的形象，如霍桑的代表作《红字》就讲述了一个关于"原罪""替罪羊"的故事，进而传达出宽恕的主题。

上篇　跨文化视角下的英国文学发展研究

第一章　跨文化视角下的早期及中世纪英国文学研究

英国是一个有着悠久历史的国家。其历史最早可追溯到公元前七、八世纪，即铜器或铁器时代。盎格鲁－撒克逊时期是有史记载的较为靠近现代的阶段。这也是英国文学最先开始发展的历史阶段。从5世纪中叶开始，盎格鲁－撒克逊等日尔曼部落就由欧洲大陆渡海侵入不列颠地区。在征服不列颠的过程中，盎格鲁－撒克逊人建立了许多小国。到7世纪初，这些小国逐渐合并为七个王国。直到829年，统一的英吉利王国形成，英国的封建化进程正式开始。1066年，诺曼人征服了盎格鲁－撒克逊人，将法国当时现行的社会制度和宗教、文化带到了英国。英国的封建化进程就此加速。在此之后，尤其是到13、14世纪，不管是英国的封建经济、社会政治制度，还是社会文化都呈现出了较快的发展速度。将视线聚焦于英国文学上，盎格鲁－撒克逊时期和英国中世纪时期是英国文学的萌芽与初步发展时期。在这一时期，文学主要集中在诗歌、散文、戏剧的发展上。英国当时独特的社会历史和文化状况极大地影响着其文学的发展。尤其宗教在提高英国人的文明与文化水准方面发挥了非常重要的历史作用，让很多英国文学作品都带有宗教的印迹。

第一节　早期的英国文学

早期的英国文学主要指的是盎格鲁－撒克逊时期（5世纪中期至1066年诺曼底征服英国止）的英国文学。在这一时期，英国的文学被称为古英语文学，类型以诗歌和散文为主，诗歌主要包括基督教传入之前的日耳曼史诗和基督教传入后的宗教诗歌，散文则包括多种，如早期编年史记、史书、布道词、圣人传、译作、前言、序言、法律、遗嘱、世俗散文故事等。大部分作品写于9世纪至11世纪，其中不少著名作品的作者不详。根据中世纪的相关资料，较为肯定的早期文学作家主要有凯德蒙（Caedmon，生卒年不详）、比德（Bede，约672—735）、阿尔弗雷德（Alfred,849—899）、基涅武甫（Cynewulf，生卒年不详）等。

一、古老的文学体裁——诗歌的初步发展

诗歌是伴随着劳动而产生的，属于最为古老的文学体裁。在英国，古英语诗歌在古英语文学中占有最为重要的地位。它也开启了英国诗歌的发展之路。这一时期的诗歌作品数量实际上有不少，只是因为经历了从口头到文字的过程，加上书写工具的落后和战争的频繁，存至今天的比较少。不管是日耳曼史诗类的诗歌还是基督教诗歌，它们主要表现出了以下几个特点：一是内容方面受社会状况的影响多写战争，人物以男人（尤其是武士）为主，气氛多悲切；二是习惯押头韵，即诗行中加重音节出现辅音相同的情况；三是善用借喻法，即把要比喻的人或事物的名称不直接写出，而是使用类似汉语修辞中的借代方式，只提这些人或事物的某种特征或属性，这就能够形象生动地表达一些抽象或空洞的概念，加深读者的印象；四是习惯运用反语，即欲表达否定的意思，却用肯定的语言表达；欲表达肯定的意思，却用否定的语言表达。

英国人皈依基督教之前，诗歌主要为日耳曼史诗类诗歌，主要作品有《贝奥武夫》《芬兹堡之战》《瓦勒迪亚》《布鲁南堡之战》《迪奥尔之歌》《远游者》《流浪者》《航海者》《妻子的哀伤》等。以下仅对《贝奥武夫》和《迪奥尔之歌》进行一定的解析。

《贝奥武夫》是盎格鲁-撒克逊时期出现的唯一一部完整诗篇，是英国早期最宝贵的文学遗产。诗歌长达3 182行，主要讲述了五、六世纪日耳曼英雄的事迹，主人公是贝奥武夫。诗歌的作者不明，但可以确定是盎格鲁-撒克逊人。现存的手稿写于10世纪，创作时间被推断为八、九世纪。

诗歌根据情节总体上可分为两大部分，第1～1 798行为第一部分，主要写贝奥武夫与海怪格兰代及海怪之母的搏斗；第1 799～3 182行为第二部分，主要写贝奥武夫当了国王后为国家及人民拼死斩杀火龙，最终奉献了自己的生命。

整首诗歌讲述的是一个冒险故事，即一个英雄如何杀死怪兽，保全人民的安定生活。这首诗歌之所以成了不朽之作，主要是因为以下几个方面。

首先,它巧妙地融合了神话故事与历史现实。诗歌描绘出了人最崇高的品质和举止,刻画出了人最理想的类型的状貌。这不管是在当时,还是现在,都是人们心中不可否认的美好,能够促进人的生活和世界面貌的改善。很显然,它是将古代文化最优秀的成分与人类对未来的最美好憧憬进行了有机的融合。

其次,它为人类智力活动的一大传统提供了一个有力的解释和说明。故事虽然是人借助自己的想象力而形成的,但其实也有生活原型。从《贝奥武夫》可以得知,远古时地球上生存着许多大型而古怪的动物,它们对人类祖先造成了一定的威胁,而当时确实有一些勇猛威武的英雄人物出现救民于水火,或者是人们殷切希望能出现这样的英雄,为民除害。总之,不管是哪个国度,人们基本上都是通过对外部世界的不断观察和揣测,进而编织出一个神话系统,从而厘清自己的思想,控制自己的生活。

再次,它反映了日耳曼人的一些人生价值观。主人公贝奥武夫的一生反映出了当时人们心目中的一个原则,即人在生前要勇敢正直,并尽力做出一番问心无愧的事迹来,这样在面临死亡的时候才能心安。例如,贝奥武夫在去世前回顾自己的一生,说到自己领导国家和人民 50 年,给国家带来安定,没有任何邻国敢来进犯;对人不施加阴谋,不杀无辜。现在要死了,他觉得内心很坦然。

最后,它运用了鲜明的押头韵,让诗歌读起来朗朗上口,极大地增强了读者的阅读兴趣;也运用了借喻的修辞手段,如"天上的宝石""天空的蜡烛"指太阳,"船帆经过之路""海豹浴场"指大海,"胜利的赐予者""荣誉的挥动者"指上帝等,有利于唤起人们直观的实物印象,方便读者的理解。

总之,不管是从诗歌内容上来看,还是从诗歌技巧上来看,《贝奥武夫》都是一部伟大的作品。

《迪奥尔之歌》也是一首非常古老的日耳曼诗作。全诗共有 42 诗行,主要讲述的是一个典型的朝廷吟游诗人被替换后的哀叹和自我安慰。诗歌包括 7 个长短不一的部分,其中 6 个部分结尾都有重复的副歌。

第一部分是第 1 ~ 7 行,讲述的是一位英雄人物——铁匠韦琳德受到迫害而遭到流放所受的苦。

第二部分是第 8 ~ 13 行,讲述一个女孩因怀孕而忐忑不安的心情。

第三部分是第 14 ~ 17 行,讲述的是一个吉特人因为爱情和伴随而来的痛苦,在夜里辗转反侧。

第四部分是第 18 ~ 20 行,只有 3 行,讲述的是一位国王统治国家 30 年。

第五部分是第 21 ~ 27 行,讲述的是一个残暴的国王带给人民的无限悲哀。

第六部分是第 28 ~ 34 行，诗人进行了总结性说教，认为一个内心感到急切和不安的人往往是正在遭受着痛苦，他总觉得他的苦难是无休无止的，但其实，在这个世界上，圣明的主对不同的人会采取不同的行动，对有些人会赋予惠顾和永久幸福，而对另外一些人会加之以苦痛。

第七部分是第 35 ~ 42 行，诗人通过前面的部分为谈论自身的感受做了诸多铺垫后，才进行了明确的自我阐述：

至于我本人，我要说
我在很长的时间里曾做赫奥登宁朝的歌手
和我的国王很紧密。我的名字叫迪奥尔。
我在多年里有个好工作
以及仁慈的君主，直到今日赫奥连达，
一个擅长吟唱的人，得到了那份人君
曾经给予我的地位。
既然那事已经度过，这事也一定可以过去。

从最后一句可以看出，诗人想要说明：生活虽然会给人们带来一定的创伤，但时间最终会弥合一切伤痕。

从内容到技巧，这首诗都展现出了其独特的一面。它的内容非常具有哲理性，它貌似在说外界的力量会不可避免地左右人们，给人们带来苦难，而人们只能被动地承受，实际上，它的重心在于人们要以好的心态面对现实，继而勇敢地生活下去。可见，诗人在此正是在以低调的方式向生活宣告他的存在，展示他的个人尊严。关于这首诗的写作，其从第一部分到第六部分都是在讲述别人的经历，只是在其中前五个部分的最后都加了"副歌"行，即"既然那事已经度过，这事也一定可以过去。"这种写法在当时来说确实是非常巧妙而独特的。

英国皈依基督教之后，新的宗教因素迅速渗入诗歌中，使得英国的宗教诗歌发展起来。宗教诗歌主要选取的是神圣的、宗教性强的主题，主要以《圣经》故事为题材，诗歌的语调轻缓，内容多属劝善。凯德蒙（Caedmon，生卒年不详）和基涅武甫（Cynewulf，生卒年不详）是这一时期宗教诗歌的主要代表人物，作品数量极多。

凯德蒙生活在 7 世纪末，出生在诺森伯里亚一处修道院附近。他最开始为修道院放牛，没有接受过多少正规的教育。根据比德的说法，凯德蒙之所以能够歌唱和写作主要是获得了上帝的恩赐。在当时，社会上非常流行宴席和歌唱，而凯德蒙不会弹唱，因而总是感到难堪。有一天做梦的时候，梦到身边的一个人要他唱首歌，他就说自己不会唱歌，那人没有放弃，让他唱唱关于上帝造世的故事，结果他唱得很好。凯德蒙醒来后，立即将梦里所唱的写了下来。这就是凯德蒙著名的作品《对造物主上帝的赞美诗》：

现在我们要赞美天国的守护者，
鉴定者的威力和他想象出的大计，
光荣上帝的功绩，他，永恒的主，
如何开创所有奇迹的发端。
他第一个为人类的后代创造出
天空作为屋顶，神圣的造物主，
之后，人类的守护者，永恒的主，
再造出中土——
作为人的大地，万能的主。

这首诗在古英语时期受到了人们极大的欢迎和尊重，现存的多种手稿就可以作证。这首诗总共有 9 行，创作时间为 660—680 年之间。它开创了后世人们所称的“凯德蒙式诗歌”的先河。在诗歌中，凯德蒙主要是将古日耳曼颂歌式民谣的内容和形式改写成了宗教诗歌。从诗歌的技巧来看，这首诗主要运用了押头韵、排比和变换的手法。尤其是变换，诗中的“天国的守护者”“鉴定者”“光荣上帝”“永恒的主”“神圣的造物主”“人类的守护者”“万能的主”实际上都指的是上帝，这种不断变换称呼的做法，让诗歌变得非常美妙，不仅显得用词精湛，而且更能充分地表达感情。

除了《对造物主上帝的赞美诗》外，凯德蒙的其他作品并没有被证实，但《创世记》《出埃及记》《但以理书》《朱迪丝书》《基督与撒旦》这五首宗教诗歌有可能出自凯德蒙之手，因而被后人称为“凯德蒙组诗”。

基涅武甫，生活在 8 世纪或 9 世纪初，对宗教有着虔诚的信仰，是继凯德蒙之后的又一位著名的宗教诗人。他主要是想通过诗歌告诉人们尘世虚无缥缈，所以要虔诚地信奉上帝，争取走上天国之路，从而免除地狱之苦而享受主的恩惠和宽宥。他在诗歌的创作上非常注重旋律的和谐优美，词语的生动流畅。

基涅武甫的诗歌被确证的主要有四首，即《基督Ⅱ》《海伦娜》《朱莉安娜》和《圣徒们的命运》。因为这几首诗都有他的签名。而《古斯拉克》《安德里亚兹》《凤凰》《十字架之梦》具有他的诗风，被认为可能是他的诗歌。以下对《基督Ⅱ》进行一定的阐释。

《基督Ⅱ》共有 427 行，存于《埃克斯特诗集》中。这首诗是《基督》一诗的一个组成部分。《基督》一诗共 1 664 行，存在于《埃克斯特诗集》

中，包括独立的三部分：《基督Ⅰ》《基督Ⅱ》及《基督Ⅲ》。《基督Ⅱ》取材于许多宗教性资料，但主要是以教皇格雷戈里（Pope Gregory）的《布道书》中关于耶稣升天的第29章为底本，把教皇布道词的最后结论部分写成诗歌形式。

这首诗先以一个问题开始：“为什么圣子降生时在场的天使们未穿白色衣服，而耶稣升天时他们在场却穿白色？”接下来对耶稣升天的情景进行了描绘，即耶稣表达了对圣徒们的祝愿后，在一片颂歌之中升天。诗歌将最后的审判变得戏剧化、感情化。

在盎格鲁－撒克逊时期的诗歌中，大多数都蔓延着悲切的气氛，而《基督Ⅱ》表现出了少有的快活情绪，因为人们从耶稣升天的过程中看到了希望，感到灵魂有了着落。

二、形式多样的早期英国散文

在盎格鲁－撒克逊时期，一些法律文件中最先出现了英国的散文，这被很多学者所认同。因此，早期英国散文有相当一部分是法律文字。由于这一时期，散文并没有什么传统可言，因而形式较为多样，除了法律之外，还有编年史记、史书、布道词、圣人传、译作、前言、序言、遗嘱、世俗散文故事等。此时的散文作品也大多作者不详，现比较确定的有比德（Bede，约672—735）、阿尔弗雷德（Alfred,849—899）、埃塞勒武尔德（Aethelwood，生卒年不详）、埃勒弗里克（Aelfric，约955—1020）、武尔甫斯坦（Wulfstan，生卒年不详）等散文作家。以下对《盎格鲁－撒克逊编年史》、盎格鲁－撒克逊编法律、比德的《英国宗教史》、阿尔弗雷德的译作和序言、武尔甫斯坦的布道词进行简要的阐释。

《盎格鲁－撒克逊编年史》是英国最为著名的史书之一。它以恺撒进犯英国的事件为开端，以年份编排纪事，简要记述了公元前60年至1154年的不列颠历史，也涉及少量罗马、法国、德国的历史。它的作者不详，创作时间可能是阿尔弗雷德大帝在位时。这本编年史的记载十分精简，尽管诺曼征服后威廉在全国各地的大规模征税活动及全国各阶层对此的反应等部分较为详尽，但相对于我国的正史，差距则是非常明显的。此外，本书的语言文字简单，习惯使用约定俗成的语汇，而且主要以并列复合句型为主，较少运用主从复合句型。不管怎么说，作为英国当时的历史名著，它还是一定程度上表现了对人的关注，从历史事件中反映了社会状况与人们的生活状况。

盎格鲁－撒克逊时期所制定的各种法律也是早期英国散文的一

种存在形式。这些法律可大致分为三类，即古肯特国国王的法律，西撒克逊国诸王的法律，挪威、丹麦和英国诸王在位时的法律。这些法律所使用的语言为古英语，它们对日耳曼人的法律思想进行了真实的反映。通过这些法律，人们可以对盎格鲁－撒克逊人的社会和传统有一个较为深入的了解。

比德是盎格鲁－撒克逊时期有名有姓的一位文学作家。他长期生活在宗教环境中，7 岁时入修道院学习，19 岁便担任教会的副主祭，30 岁成为牧师。他非常善于研究宗教，对这方面的研究甚至到了炉火纯青的地步。他的很多著作被作为课本在西欧广泛应用。他对《圣经》各部分的评注在当时更是广为流传。在他的作品中，《英国宗教史》是他最重要、最有名的著作。这是一本历史著作，主要讲述了英国早年历史的全部过程，包括公元前 1 世纪恺撒率领罗马人入侵不列颠到 731 年。虽然比德常常从宗教的角度来描述历史，使得一些事件不免显得怪诞，但作为一部难得的散文著作，它文字简洁流畅，史料详尽真实，还穿插了不少富有哲理的传说和口头传言，因而在当时来说是非常出色的。此外，在本书中，比德还首次提出了“英国是一个民族”的观念，他也明确将朱特人、撒克逊人、盎格鲁人统称为“英国人”。这对于英国来说具有相当大的历史价值。

阿尔弗雷德是盎格鲁－撒克逊时期的一位最有影响力的国王。他年轻时受过军事训练，又善于学习，因而智勇双全。他因经过 7 年浴血奋战，成功抵抗丹麦人的入侵而闻名。他不仅在军事、政治方面取得了较大的功业，在文学方面也有着显著的成绩。他提倡用英语代替拉丁文作为国内的基本交际和教育用语。因此，他用英语翻译了大量的拉丁文著作，如格雷戈里的《教士必读》、波伊提乌的《哲学的慰藉》、奥洛修斯的《世界史》、圣奥古斯丁的《独白》等。在翻译这些著作的过程中，阿尔弗雷德凭借自己较为灵活自由的文学创作思想，形成了他的散文创作风格。他的散文创作主要表现在他为自己翻译的作品写的序言上。《教士必读》的序言被认为是英国散文史上第一篇重要的作品。[①] 这篇序言主要记录了阿尔弗雷德改革公共教育制度、振兴几乎遭丹麦人摧毁的英国文明与学术的伟大计划。这可以说是记载阿尔弗雷德思想和言行的重要文献。

武尔甫斯坦，生活于盎格鲁－撒克逊王国败亡前的一个动乱阶段，是一个教职人员，做过沃赛斯特主教和约克大主教。他写了许多教职人员的法律著作，如《行政管理原则》《埃德加的教规》等，但最为有名的还是他的布道词。他的布道词问题非常考究，为英国早期的散文发

① 侯维瑞．英国文学通史 [M]. 上海：上海外语教育出版社，1999：12.

展作出了一定的贡献。其中,他于1014年所写的《鲁浦斯对英国人的布道词》最为有名。其中,鲁浦斯是武尔甫斯坦的拉丁文签名。这篇布道词主要谴责了英国人懦弱的举止、堕落的精神,鼓舞人们要振作起来勇敢地面对北欧的军事入侵,与敌人浴血奋战,保卫自己的家园。其言辞激烈,句法整齐,节奏张弛有度,情感表达淋漓尽致,还充分运用了排比、重复等多种修辞手法,绝对是一篇具有较高文学水准的文章。

第二节　中世纪的英国文学

在欧洲历史上,中世纪一般指的是西罗马帝国灭亡(5世纪)到文艺复兴和大航海时代(14世纪中叶)的这段时间。英国的中世纪主要开始于11世纪,结束于1485年亨利七世即位时,因而这里所探讨的英国文学主要集中于11—15世纪。1066年,法国的诺曼底公爵威廉(Duke William)率军渡过英吉利海峡,在黑斯丁地区战败盎格鲁-撒克逊国王哈罗德二世,自立为王,然后很快就征服了英伦三岛。威廉统治英国后,建立起了一个较为完整的封建主义统治制度,该制度结束了诸侯混战的局面,将全国统一了起来。短短几十年内,英国的经济、政治、教育、文学、建筑等领域开始呈现出欣欣向荣的景象。在英国的封建社会中,统治的封建阶级主要由贵族阶层和僧侣阶层组成。贵族阶层中奉行的是统一的各级骑士的食邑制度,其中,封建主从国王处获得封建领地,然后服务于国王,保卫国家抗御外侮。不过,封建主们并不和谐,常常会争名夺利,使得彼此间发生争端,甚至于反叛国王。由于天主教会在当时的英国占据重要地位,因而僧侣阶级也是统治阶级的一个重要组成部分。他们拥有全国三分之一的土地,不管在经济上还是政治上都不可小觑。当然,在这一时期也产生了一个新的阶级,即在城市中成长起来的资产阶级,其力量还比较薄弱。这样,社会的矛盾还主要是农奴和封建主之间的矛盾。英国中世纪复杂而特殊的社会文化造就了其独特的文学发展状况。首先,诺曼底人的到来使得法国的文化大量传入英国,欧洲多个国家的文学作品相继被介绍进来,英国文坛顿时活跃起来。其次,文学创作的媒介——语言发生了一定的变化,本土英语、诺曼底法语和拉丁语开始同时被人们使用,广大农民以及下层劳动人民主要说本土英语,宫廷、法院以及学校等地方则以法语为主,而僧侣阶层的人士则主要使用拉丁语。到了14世纪中叶,本土英语才正式成为官方语言在全国通行,不过此时的英语已经不同于古英语，词汇、文法规则等都有了一定的变化。再次，《大宪章》的签订、议会的建立、黑死病之灾、百年战争以及宗教改革运动等丰富了英国文学的内容，文学作品种类非常之多，如圣徒传记、编年记、传奇故事、宗教诗歌、抒情诗歌、民谣、文学评论、宗教戏剧等。在中世纪的社会背景下，诸多文学作品体现出一个突出特点，即说教性。最后，中世纪的英国文学创作虽然也受到当时时空的拘囿，但也开始展现了作家自由而丰富的想象力。尤其是中世纪的英国文学作品过度偏好寓言体裁，因为这种体裁为作者的思维和表达提供了自由驰骋的余地。

一、风行一时的传奇文学

传奇故事是英国进入中世纪以后非常流行的一种文学类型。它主要以诗歌或散文的形式专门描写高贵的骑士所经历的冒险生活和浪漫爱情。这种文学是中世纪骑士制度的一种精神产物，以精通武术、崇尚道义和节操的骑士为主要人物。这一时期，传奇文学的题材概括而言主要有三类：一类是关于亚瑟王传奇的不列颠的事迹；一类是关于查理曼及其骑士的法国事迹；一类是关于特洛伊战争等的古代希腊、罗马的事迹。其中，亚瑟王传奇与查理曼和他的英雄们的浪漫传奇是影响最大。

亚瑟王传奇最早源于凯尔特人的传说，后见于当时一位学者用拉丁文写的《不列颠史记》，这是认真叙述亚瑟王事迹的第一本资料。本书主要讲不列颠人的历史，其中讲述了罗马恺撒大帝入侵英国以及亚瑟王组织信奉基督教的不列颠人和异教徒做出功绩的故事。12 世纪末和 13 世纪初，亚瑟王传奇在欧洲大陆风行。英文写的亚瑟王传奇多描写的是一个具体的骑士。到 15 世纪，托马斯·马洛礼（Thomas Malory，？—1471）完成《亚瑟王之死》之后，亚瑟王传奇故事才真正走向完整。《亚瑟王之死》被认为是马洛礼 1469 年在狱中完成的，属于一部散文作品。全书共有 21 卷，总计 30 余万字，内容由亚瑟王早年、亚瑟王中年、寻找圣杯和亚瑟王之死四部分组成。这本书可以说是对封建主义全盛时期所形成的骑士制度的最后一次记录和总结，它通过大量的屠杀和男女间不道德的爱，揭露了封建骑士制度的腐朽，也哀悼了这一制度的没落。同时，作者也通过亚瑟王之口，表达了自己心目中的完美的骑士形象，如见义勇为、慷慨大方、绅士有礼、重守承诺、惩恶扬善等。

中世纪英国的浪漫传奇与后世的浪漫主义作品是不同的，它泛指那些描写离开实际生活较远的冒险人物或冒险行动的文学作品。查理曼大帝和他的英雄们的浪漫传奇故事在当时最为流行。如果说亚瑟王传奇属于不列颠传奇,那么查理曼大帝和他的英雄们的传奇就属于法国传奇。查理曼是8世纪著名的法国君主,是伟大的军事家、立法者。777年,查理曼大帝率军进攻拉赫曼。在自己陷入拉赫曼和巴斯克叛军两方面的夹击中时,慌忙北撤,很多人战死沙场,但查理曼大帝最著名的一个将领——罗兰,英勇杀敌,在战争中表现非常突出,不过终因寡不敌众,最后壮烈牺牲。这一事件就成了中世纪现存的浪漫传奇作品中最著名的一部作品《罗兰之死》的底本。《罗兰之死》讲述了一个包含惊心动魄的战斗、荣誉、忠诚、阴谋等各种因素的故事。它是用法文写成的,后来由一个吟游诗人泰勒弗尔首次介绍到英国,这一故事也就在英国广泛流传开来。

二、诗歌的进一步发展

英国进入中世纪以后,诗歌的形式变得更为多样化,不仅有充满浓厚宗教氛围的宗教诗歌,也有为诗坛刮来一阵清新之风的抒情诗歌。在这一时期的诗歌创作上,出现了一位在英国文学史上占据重要地位的诗人杰弗利·乔叟(Geoffrey Chaucer,1340—1400),也出现了仅次于乔叟的无名氏——“珍珠诗人”,他们的诗歌大大丰富了英国的诗坛,为英国文学的发展作出了重大的贡献。以下对乔叟的诗歌创作进行一定的分析。

杰弗利·乔叟出生于伦敦的一个富裕的资产阶级家庭。祖先是法国人,父亲是当时一位颇有名气的酒商,也是宫廷伙食供应商,认识一些达官贵人。乔叟15岁的时候被安顿担任克拉伦斯公爵的妻子伊丽莎白的侍从。17岁的时候,他随国王爱德华三世远征法国,但很快被俘虏了。第二年被父亲花重金赎回。回国后,他做了几年国王的贴身侍从。由于具有良好的教育背景,他还曾多次作为外交使节出使法国和意大利。乔叟自小博览群书,知识非常丰富,加之自己又亲身经历了一系列重大事件,如英法百年战争、黑死病、宗教改革运动、农民起义等,因而为他的文学创作内容非常丰富。

乔叟是英国文学史上第一位杰出的诗人,因而也被称为“英国诗歌之父”。他的诗歌创作大致可分为三个时期。每一个时期都展现出了不同的特点。

第一个时期是1355—1372年,在此期间,乔叟受到法国文学思想的较大影响,因而在诗体形式和创作方法上都大大吸取了法国文学的精华,同时他还运用伦敦方言进行创作,以更充分地表达情感。这一时期的重要作品是《公爵夫人颂》。这首诗歌共有1 300余行,是一首挽歌,主要按照象征梦幻故事的结构写成,悼念的是他的庇护人兰开斯特公爵的夫人布兰奇。诗中虽然没有直接出现布兰奇的名字，但是却有不少地方出现了一些寓意丰富的意象，让人一看就知道指的是布兰奇。“布兰奇”源于法语，具有白色、纯洁的意思，因而诗中多处出现了白色，还专门用“白色美人”更明确地说明所指人物。从创作手法上来看，这首诗用第一人称来叙述，诗中还设置了精巧的梦境框架，同时将梦境框架和悼亡诗体巧妙结合，非常细腻地描写了宫廷爱情。在这里不得不提的是，乔叟虽然模仿了法国诗篇《玫瑰传奇》中的梦境写法，但是他“巧妙地摆脱传统梦境的窠臼，使他的梦境更具真实性”[①]。

第二个时期是1372—1385年，在这一时期，乔叟受到了意大利初期人文主义的深刻影响，加之经历了当时英国风云变幻的现实，因此诗作摆脱了浪漫主义和宗教观念的束缚，开始创作现实主义的作品。这一时期的代表作品有《百鸟议会》《声誉之宫》《特洛伊拉斯与克瑞斯德》《好女人的故事》等。其中，《百鸟议会》属于一篇完整的讽刺寓言诗，共有700余行，较为实际地反映了当时社会各个阶层的人对婚姻问题的看法。诗人一开始声称自己是爱的艺术的求知者，并简短地介绍了正在研读的《论西比渥之梦》，之后采用中世纪梦幻故事的情节结构，叙述自己在梦中见到了书中的人物阿非利坎诺斯，阿非利坎诺斯将他引入了一座开满鲜花、景色宜人的园圃，以及维纳斯铜庙和自然女神庙。自然女神正在主持一年一度的圣瓦伦丁节（情人节），各种鸟聚集在一起寻找配偶。一只仪表非凡的雌鹰被三只雄鹰同时看上并追求。它们都信誓旦旦地诉说了对雌鹰的爱慕之情，于是进行了辩论，但相持不下。最后自然女神命雌鹰自己选择，雌鹰请求推迟一年再决定，女神恩准，众鸟便不再讨论下去。最后，诗人的梦以一支歌颂自然的轮旋曲结束。在这首诗中，诗人既沿用了动物寓言和爱情幻景等传统的艺术手法，也糅进了现实主义因素，如将鸟划分为不同等级，不同等级的鸟要按惯例依次入座，“高贵的”鸟类和“低贱的”鸟类对待婚姻的不同态度和观念，“低贱的”鸟类对“高贵的”鸟类流露出的不满和愤怒情绪。这其实正反映了当时英国社会的现实。乔叟在这首诗中将幽默与伤感充分结合，写作手法非常灵活自如，同时还通过群鸟的对话充分显示了他高超的驾驭语言的能力。

第三个时期是1385—1400年，在这一时期，乔叟的诗歌创作已经非常成熟，因而他创作出了鸿篇巨著《坎特伯雷故事集》。这是英国中世纪第一部完美的现实主义诗作，也是使乔叟达到创作巅峰的著作。作品的“总引”858行，各故事前后小引、开场语和收场语共2 350多行。整个诗

① 肖明瀚．宫廷爱情诗传统与乔叟的《公爵夫人颂》[J]．外国文学研究，2003（6）．

作就像一幅描绘中世纪英国社会各阶层丰富多彩的生活风貌的宏伟画卷。作为一部经典的著作,《坎特伯雷故事集》不论在艺术性,还是在思想内容方面都具有较高的成就。

第一,乔叟将一些相互间并不相干的20多个故事放在人们一起前往圣地的框架内,让他们行动步伐一致,从而让整个故事集成为一个整体。虽然里面的故事并非乔叟独创,但完全是以乔叟自己独特的方式讲述出来的。

第二,乔叟在每个故事前面都以一首首生动活泼的插曲作为“开场语”,这里生动、逼真地表现了不同职业、趣味和观念的故事叙述者的精神风貌。

第三,乔叟博采众长,创造性地运用丰富多彩的艺术体裁,如骑士传奇、布道文、圣徒传、寓言、讽刺诗、俚俗笑话等。

第四,故事文本包含了大量的幽默成分,乔叟行文时,有时滑稽,有时揶揄,偶尔言辞辛辣,但还是会以笑面来结局。

第五,乔叟在故事集中以现实主义和朝气蓬勃的乐观主义为主基调,让人们读起来感到不沉闷。

总之,乔叟通过各种各样的故事叙述、揭露了中世纪貌似神圣的僧侣阶级的腐朽堕落,讴歌了中世纪市井民间自由的爱情和幸福的婚姻,宣传了人文主义思想,表现了自己对教会的痛恨。此外,他首开了在英诗中运用八音节英雄双韵诗体的先河,奠定了英语诗体形式。所以,他是中世纪乃至整个英国历史上当之无愧的诗圣。

三、质朴的英格兰和苏格兰民谣

15世纪的时候,英国的书面文学相对衰退,而口头文学却相对繁荣。此时,英格兰和苏格兰民谣在人们中间产生了较大的影响。“民谣”原本的意思是“跳舞”,主要是由普通人如吟游诗人或农民集体创作的结晶,通过口头在民间传播开来,能够对当时英国平民的生活进行真实的反映。民谣大致可分为三类:一是歌唱历史人物和真实事件的民谣;二是传颂神话故事和民间传说的民谣;三是取自文学著作加以改编的民谣。它的主题非常丰富,有关于爱情的、战争的、大自然的、英雄人物的、阴谋和背叛的等各个方面。英国民谣中以英格兰和苏格兰民谣最为著名,尤其是产生于苏格兰高地与低地间的地区的民谣。

民谣一般以第三人称叙事,不讲求艺术构思或布局,在结构上也不刻意雕琢,一般每节由四行组成,每行有四个重音,通常第二行和第四行押韵，旋律简单，语句简短，直抒胸臆，让人一听就懂，不需要过多的感慨或想象空间，因而它的最大特点就是纯朴。当然，它虽然表达直接、简明，但是刻画的人物形象生动，故事也新颖、开阔，因而表达力度强，能够抓住听者的心弦。

英国中世纪时期最著名的民谣作品应是《罗宾汉民谣集》。这部作品中的民谣以诗歌的形式叙述了英雄人物罗宾汉和他的绿林好汉们为了逃避封建压迫来到诺丁汉的舍伍德皇家森林，在这里主持正义，劫富济贫，勇敢抗争残暴的贵族、管理、主教和修道院长的故事。作品中关于罗宾汉的每一个民谣，情节复杂有趣，人物塑造特点突出，充满智慧和幽默感，戏剧性特点明显。

四、宗教色彩浓烈的英国戏剧的产生

英国戏剧最早源于英国中世纪教堂的宗教仪式。当时，教堂既是宗教的圣祠，又是人们聚会的场所；既是进行教育的组织，又是人们的文化娱乐中心，因而在人们的日常生活中充当着重要的角色。为了达到寓教于乐的目的，很多重要的宗教庆典活动中都加进了吟诵或简单的表演。关于当时表演的一些具体指令可以在9世纪末英国教堂仪式的记载上找到。最初的表演主要以哑剧的形式呈现在人的面前，如牧师在复活节的宗教仪式上诵读《圣经·新约》中的有关章节时，几位教士配上相应的音乐做动作来展现耶稣受难的一系列事件。到10世纪时，人们又为音乐配上了词，并出现了两个或一组教士配合表演吟诵祷词的情景。现存最早的宗教庆典祷词就是戏剧剧本的雏形，其实是为复活节的弥撒而准备的，剧中介绍了三个名叫玛丽的女子来到耶稣的墓前，见到了守护圣墓的天使：

天使　耶稣的追随者们，你们到圣墓找谁？

三女子　天使啊，我们在找受难的耶稣，拿撒勒的耶稣。

天使　他不在这里。正如预言所说的，他已经升天了。去吧，向人们宣告：耶稣已经从圣墓升入了天堂。

这段短短的吟诵取自拉丁文的《圣经》，采用的是两组教士应答的形式，同时伴有相应的动作。

10世纪下半叶，温切斯特主教圣埃塞沃德进一步发展了复活节的庆典，教士的动作更为丰富，不过此时还是不能真正将其称为戏剧。11世纪，配合教堂宗教庆典的表演从复活节延伸到了其他重要的宗教节日，尤其是耶稣升天节和圣诞节。表演的内容和形式更为复杂，角色也更多，还

出现了简单的故事情节。此时表演中的对白虽然还是以吟唱的形式表现，还是为宗教仪式服务，不过已经与单纯的说教有了一定的距离。后来，表演的“舞台”真的就不再局限于宗教庆典上了，还可以在城市的广场上。12 世纪，这种与宗教仪式相关的教堂中的表演已经基本没有了。表演中的台词也不再单纯使用拉丁语，或者是先拉丁文，再马上翻译成英文，或者就纯粹用英文。可以说，此时适合平民百姓的世俗化表演开创了英国戏剧的先河。

1318 年以来，英国开始庆祝基督教这一重要节日了。圣体节上演出的都是以《圣经》中的主要事件为题材的小型戏剧，常常几个或十几个，甚至几十个连成一个组剧，从上帝创造世界一直延伸到上帝的最后审判日。在 14 世纪，英国的剧种主要有两类：神秘剧（Mystery plays）和道德剧（Morality plays）。

神秘剧泛指取材于《圣经・旧约》《圣经・新约》和民间传说的剧目。根据《中世纪戏剧》一书的记载，神秘剧演出的目的是给百姓提供娱乐，并给他们带来一定的教益；演员是观众熟悉的人，如朋友、邻居、亲戚等，职业主要为屠夫、裁缝、建筑工人等；剧中的情节也是观众所熟悉的，全剧的结尾没有任何悬念。

现存的中世纪神秘剧主要有约克组剧、威克菲尔德组剧、切斯特组剧和 N- 城组剧四个组剧。每个组剧中所含的剧目数各不相同，其中，约克组剧最多，有 48 个剧，N- 城组剧有 41 个、威克菲尔德组剧有 32 个、切斯特组剧有 25 个。每个剧目的演出时间为 15 ~ 30 分钟，所以完整的一套组剧需要十几个小时。对于当时的人们来说，看这种组剧的机会每年可能就只有一次，所以时间长点也是值得的。

神秘剧的主要情节取材于《圣经》和其他传说，不过，剧中的对白和表现形式与它们的原始素材已有了较大的区别。例如，为了吸引渴望娱乐活动的平民百姓，剧中增添了不少喜剧的特色，威克菲尔德组剧中的《诺亚》一剧就是典型的例子。全剧有 558 行诗句，有对白的人物共九个，除上帝和诺亚外，还有诺亚夫人、他们的三个儿子和三个儿媳。人们在剧中看到的不再是《圣经》中的人物，而是传说中人物的形象和中世纪观众熟悉的现实人物的一种奇妙的结合。以下是诺亚在接受上帝的旨意之后，与诺亚夫人的一段对话：

> [上帝退场]
> 诺亚　主啊，我要马上赶回家去，
> 问问我的夫人，听听她的意见，
> 消息太惊人了；我怕我和夫人之间产生冲突，

她性格暴躁，常为小事发火；
如果哪件事做错了，她非跳起来不可。
[他走近诺亚夫人]
愿上帝让你成功。夫人，你好吗？
夫人 但愿我能好起来，看见你真是倒了大霉。
无论如何你要告诉我，这么长时间你去哪里了？
因为你，我们只能是死路一条，呜呼哀哉。
我们疲于劳作的时候，你却去干自己想干的事情，
我们现在既没有吃的也没有喝的。
诺亚 夫人，刚才得到的消息使我感到苦恼。
夫人 应该用根棍子把你打个鼻青脸肿；
不管是真是假，你总是感到沮丧。
上帝知道我是真正受压抑的……
[面对观众]
我们女人可以折磨所有拙劣的丈夫，
对马利亚起誓，我就有这么一个丈夫！
这样我就可以放手干了；
如果他发火，我就先等机会，
装出害怕的样子，扭着双手。
但是一会儿工夫之后，
用我的手腕和诡计，
边打边笑好好地回报他。
诺亚 嘘，住口！不然，我就要强迫你闭嘴。

诺亚夫人这一新加的角色明显地淡化了全剧的教育作用，对于神职人员来说有点疑惑，但是对于当时的观众来说，伶牙俐齿的诺亚夫人和以她为中心的一系列情节显然深深地吸引了他们，属于全剧的中心部分。

总的来说，神秘剧在当时发挥了其所具有的三大功能：一是传播某种伦理启示，以便拯救人类的灵魂；二是为平民百姓提供一种娱乐放松的机会；三是为同业公会展示各自的实力提供一定的平台。不过，神秘剧采用现实主义的表现手法，着眼于故事的现实意义及故事所具有的永恒含义，使它最终走向消亡。因为英国新教崛起后，新教教徒认为由真人来扮演耶稣、圣母马利亚和其他圣人是一种明显的亵渎神明的举动。

英国道德剧出现于14世纪下半叶，虽然它也带有强烈的宗教色彩，并以道德劝诫为目的，但明显表现出了诸多新的特点。首先，道德剧主要取材于布道（云游四方的修道士规劝人们弃恶从善），而非《圣经》故事。

在布道中，修道士主要告诉人们：耶稣并不只是在教堂里，出现在星期天的礼拜中，他其实与人们离得很近，每时每刻都在影响着每一个人；罪恶是要受到惩罚的，有罪恶的人只有在耶稣的帮助下才能获得拯救。道德剧的主题正是这些说教。其次，道德剧的剧作家在创作过程中糅进了自己对宗教、政治、社会、道德的看法。再次，道德剧中的核心角色是凡人(有血有肉，七情六欲俱全的普通人)，而非上帝；核心情节是善与恶的争斗，邪恶势力的代表常常是应该罚入地狱的七大重罪和魔鬼，而代表真善美的是上帝的四个女儿和三项基本美德，全剧经常以善战胜恶而告终。最后，道德剧与宗教节日无关，不以组剧形式出现，表演的时空完全不受限制。从这点看，道德剧与现代戏剧更为接近了。

英国现存的道德剧主要有《坚忍的堡垒》《人类》和《凡人》。其中，最早、同时也是最长的一个剧目是《坚忍的堡垒》。全剧共有 3 650 行，共有 35 个说话的角色，主角是人类的化身，在他的一边是“肉体”“世俗”“魔鬼”和“七大重罪”，另一边是“天使”“忏悔”“宽恕”和“上帝的六种恩典”。剧中采用了多种寓意的手法来规劝人们弃恶从善。“堡垒”就有较深的寓意，其用来保护剧中的主人公，尤其是使他的灵魂不受到七种不可宽恕的罪行的侵蚀。剧中具有象征意义的穿越“伦理之国”最终抵达“永恒”的行程，更是体现了戏剧典型的寓意手法。《人类》这一剧目中有两个重要角色：一是主人公“人类”；二是“人类”的忏悔神父“宽恕”。在这个剧中，剧作家用戏剧的形式生动地体现了几个基督教教义：第一，魔鬼随处都在，总是企图把人们拉进地狱；第二，人一定要努力抑制肉欲，以免被引入歧途；第三，人如果游手好闲、无所事事，就给魔鬼提供了可乘之机；第四，通过一个人的行动评判他更为妥当；第五，上帝是无限仁慈的，只要人们肯真心悔改。该剧也主要采用寓意的手法来进行道德劝诫，与纯粹的说教相比，这显然更轻松生动一些，也更容易为当时的观众所接受。1495 年左右上演的《凡人》是最著名的一出道德剧。剧中的主人公是“凡人”，剧情讲主人公在糊里糊涂地过了一生后，临终前才醒悟过来。剧中的其他人物角色的名称也都是抽象化的概念，如“友谊”“财宝”“知识”“力量”“善行”等。“凡人”是一个好结交、喜享乐、图钱财的普通年轻人，生性快乐，有血有肉。剧中的“上帝”是耶稣。“上帝”派“死神”去召唤“凡人”前来接受临终审判，“凡人”想在好友中找一位陪他前去，替他说情，然而很多朋友都抛弃了他，只有“善行”愿意陪他为他祈祷，并救回了“凡人”。全剧协调紧凑，道白简洁押韵，兼有幽默成分。与之前的道德剧相比，《凡人》虽然也有说教劝善，但并没有将此作为重点，而是着重向人们展示人在最后一刻是怎样告别世界的，突出了“死亡”这一主题。

总的来看，英国戏剧自萌芽起，经历了一个世俗化的发展过程，其逐渐摆脱圣经故事的束缚，越来越多地反映现实生活主题。

第二章 跨文化视角下的文艺复兴时期英国文学研究

在14～15世纪，随着农奴制的逐步瓦解和“圈地运动”的开展，英国资本主义生产关系开始形成。至16世纪时，英国的资本主义工商业已经得到了一定的发展，再加上英国在1588年击败西班牙的“无敌舰队”而获得海上霸权以后，其资本主义经济便进入空前的发展阶段，从而为英国文艺复兴运动的开展奠定了良好的基础。随着英国资本主义经济的发展，资产阶级要求提高自身地位的呼声越来越高，这与欧洲文艺复兴运动中所提出的“关心人、尊重人、以人为本”的理念相适应，于是在英国也爆发了轰轰烈烈的文艺复兴运动。该运动蔓延至文学领域，在一定程度上推动了文学与宗教的剥离，减轻了宗教对文学的干预与控制。从这一层面来说，文艺复兴时期的英国文学具有独特的意义，而要了解这一时段英国文学的内涵，只有以跨文化的视角，站在英国文艺复兴时期的时代背景与环境中去了解与分析其文学的发展特征、发展动向，才能对这一时段的文学有一个更为细致、全面、科学的认识。本章即以此为契机，以跨文化的视角对英国文艺复兴时期的文学进行研究与分析。

第一节 诗歌发展的多样性

英国在16世纪进入了一个历史转折时期，这一时期封建主义生产关系逐渐消亡，资本主义制度逐渐确立。同时，由于英国君主专制的强化和宗教改革运动，英国早期的贵族统治逐步土崩瓦解，新的贵族集团逐渐形成，所有这些贵族必须对国王完全效忠，成了君主制度的主要支持者。而英国国王亨利八世（1509—1547年在位）为了削弱封建领主的权利，加强自己的核心地位，一方面不断削弱封建领主的权力，另一方面支持城市里的商人发展制造业，而这些商人和手工业者逐渐形成一个新的阶级，即资产阶级。贸易的迅猛发展和全国范围市场的形成都急需政治的高度集中和君主的绝对权威。在伊丽莎白一世统治时期(1558—1603),绝对权威的君主制度达到了巅峰。

伊丽莎白一世统治时期,英国一方面在海战中打败了西班牙的无敌舰队,开始了大不列颠在海上的统治。从此,英国开始在世界贸易中占据了绝对主导地位。另一方面由于资本主义经济的发展致使富有的统治阶级和贫苦百姓间的矛盾逐渐加深。由于圈地运动,农民失去了基本的生活资料,农民生活困苦不堪,导致各地农民起义接连不断,其中最著名的当属 1549 年爆发的由罗伯特·凯特领导的洛福克起义,起义的最终结果是遭到了无情的镇压。

随着英国资本主义生产关系和英国新型国家制度的确立,以及国力的不断强盛,英国在文学艺术领域也不断向前发展。一些进步的人文主义者受欧洲文艺复兴运动的影响,开始在英国国内宣传和研究人文主义思潮,使得英国的文化欣欣向荣。后来人们把这一文化活动称为文艺复兴。

在文艺复兴时期,英国诗歌最初主要以抒情诗为主,这些诗歌从内容上看,都是有感而发,不是无病呻吟或沽名钓誉。其中尤以爱情诗最多、最出色,这些诗作激情洋溢,声韵悦耳,基调属阳光型,是当时世人乐观向上精神的一种反映。除了爱情诗之外,十四行诗和九行诗也是当时英国抒情诗的重要类型。

一、热情洋溢的爱情诗

纵观英国文艺复兴时期的诗歌可以发现,首屈一指的就是爱情诗,这些诗歌中有相当一部分是以文艺复兴时期的意大利爱情诗为范本的。由于文艺复兴时期,英国社会各个领域都发生了巨大变化,这极大地影响了爱情诗的创作,使其呈现多元化的特征。具体来看,文艺复兴时期的爱情诗主要包括以下几类。

首先,女神诗。在文艺复兴以前的英国,神权和男权完全主宰着女性的命运,使她们只能充当一个温顺的角色,听从男性和家族的命令生活。文艺复兴在英国兴起以后,随着人文主义者对以人为本观念的强调,英国诗人逐渐发现,歌颂、赞美爱情,不仅能揭露封建观念、伦理道德的虚伪性,而且还可以鼓励人们珍惜生活,享受欢乐。因此,一些诗人开始以满腔热情对女性进行赞美,对爱情进行歌颂,这样便形成了一种崇拜女性的人文观,也出现了不少的女神诗。在这类诗歌中,女性大多是以遥远的、美丽圣洁的女神形象出现的,她象征的是爱与真理,是和谐、和平与安慰的化身。例如,托马斯·坎皮恩(Thomas Campion,1567—1620)的《樱桃熟了》中,诗人将女郎比作樱桃,说她有着天人之姿,浑身上下都令人膜拜。

然而这种对女性的崇拜并不意味着女性的地位有了提高,根据中世纪的性差别理论,女性应该待在家中,具有贞洁和美德。文艺复兴时期的女神诗虽然表达的是对女性的崇拜,但其所描绘的女神形象实际上是遵守神权和男权所强加的贞节和美德而言的,是为男性服务的,因此它也表现了文艺复兴时期女性地位的低下和文艺复兴时期“以人为本”思想的片面性。

其次,浪漫诗。在文艺复兴时期,英国的婚姻观念并没有太大的进步,它从根本上来说依然是人类繁衍后代的一种手段,且父母有决定子女婚姻的权利,若子女违背父母的意愿,父母甚至可以剥夺子女的财产继承权。因此,当时英国在婚姻选择的程序上相比以往并没有太大的变化,虽然如此,但也产生了一些建立在浪漫爱情上的婚姻。贵族和知识分子也逐渐开始考虑将婚姻与浪漫的爱情合二为一。同时,中小资产阶级在长期以来都十分羡慕贵族式的浪漫爱情,但由于金钱、地位等的影响,他们无法享受到这种婚姻,于是一直以来都期望自己能获得这种融合了浪漫爱情的婚姻形式。

进入文艺复兴以后,随着人文主义思想的传播和宗教改革的发展,以前那种压抑的力量逐渐减轻,新式婚姻得以出现,并对人们产生了这样的影响:男女婚姻并不应该是繁衍后代的形式,而是应该像情人那样互相依恋,共享生活中的种种快乐。这种思想也使英国诗歌中产生了许多浪漫爱情诗。但受当时社会基础的影响,这些浪漫爱情诗主要描写的是柏拉图式的精神恋爱或彼特拉克式的理想恋爱。例如,威廉·莎士比亚(William Shakespeare,1564—1616)的《真正的爱》不仅歌颂了精神之爱,而且从爱情必须坚定,若见异思迁、三心二意便不是真正的爱情这两方面展现了爱情的特征。

最后,男怨诗。在文艺复兴时期,英国女性的受教育程度得到了提高,一些家世较好的女性自小便受到了训练,虽然她们的训练内容以如何相夫教子为主,但其中也涉及了一些文学与科学的内容。同时,随着具有感情色彩的婚姻的相继出现,女性在婚姻家庭中的地位也有了一些变化,一些女性可以享受一些自由,并参加一些社会活动。此外,在文艺复兴的思潮下,一些女性开始有意地争取女性的尊严和权利,思考女性自身的处境地位,发掘女性自身价值,对封建的男尊女卑的伦理道德和男主外女主内的社会秩序发出挑战。在这样的社会背景下,英国出现了不少的“男怨诗”,其主题思想是求爱不成而自怨自艾。例如,托马斯·华埃特(Sir Thomas Wyatt,1503—1542)的《别忘了》以一个痴心的恋人祈求一个薄情女子别忘了他的深深眷恋为主题,连续多次重复“别忘了”,有一唱三叹之味。

二、带着镣铐跳舞的十四行诗

十四行诗是盛行于文艺复兴时期的意大利的一种诗体,在16世纪中叶,它通过诗人托马斯·华埃特传入英国。这种诗歌一般固定为十四行,且每行的音节和韵脚都有严格的规定,因而常被人称为带着镣铐跳舞的诗歌。由于这种诗歌在表现爱情、悼亡、宗教、政治等方面均需要诗人将他所要表达的思想感情和发展变化过程纳入诗歌严谨的格式中,因此,一些才华不够的诗人常常会用一些可有可无的词句来填补续行或勉强凑韵;而才华横溢的诗人则可借此表现他们高超的诗艺。因此,在一段时期内,十四行诗是一种考验诗人诗歌才华的方式。

英国的十四行诗在格律上多用抑扬格五音步,在音乐上这些十四行诗也存在不同的韵式。具体来看,它可以分为三种。

第一种是彼特拉克体十四行诗,它的前八行的韵式为abba abba,即两组相同的抱韵;后六行一般有三种韵式,即cde cde, edc dcd或cde edc。此外,这种十四行诗的前八行终结时会有一个意义上的转折。这种十四行诗在押韵的形式上不拘泥于一种,有三种押韵格式可供诗人写诗时选择,使诗歌的形式富有变化和显得活泼、生动,从而避免了诗歌在形式上的呆板。因此它被介绍到英国后被许多大诗人竞相模仿,成为英国文学中十四行诗体的主要形式之一。在文艺复兴时期,英国诗人中最早写作彼特拉克体十四行诗的是托马斯·华埃特。他去意大利游历时,认识了意大利人文主义诗人彼特拉克,并从其诗作中受到启发,创作了多首彼特拉克体十四行诗。在诗歌内容方面,华埃特也采用了彼特拉克体十四行诗中那种向情人求爱的主题。例如,华埃特的《永别了,爱》:

永别了,爱,还有一切律规永别了
你那些诱惑再也无法扰乱我
塞内加和柏拉图将我从歧途唤醒
你让我竭尽才能追求财富
在低潮时我仍坚持
你厉声斥责,我倍受鼓舞
他们教导我别再琐事上虚度光阴

摆脱束缚取得自由才是王道

那就永别吧，去迷惑年轻人的心智吧
对我别想再声称什么权威
虚度的年轻人才用你的专利
把你的利镖射向他们
虽然目前我失去所有时光
我也不会再攀爬你这棵朽木
（黍黎释译）

这首诗的前四行直接点明自己的态度，第五到八行回忆了自己以前愚蠢地忍受爱人的做法，第九行到第十四行以祈使句的形式，请爱人不要再在自己身上徒劳地逞威，表明自己的决心：虽然已经不可避免地浪费了光阴，但今后会吸取教训。在韵式上，这首诗的前八行的韵式是 abba abba，后六行的韵式是 cdde ee。

第二种是莎士比亚十四行诗，它的出现是彼特拉克体十四行诗传入英国后，英国诗人在效仿其诗作的基础上，对十四行诗进行改良后出现的一种诗体，因此可以说莎士比亚的十四行诗是彼特拉克体十四行诗的变体。在韵律和节奏上，它仍然同彼特拉克体十四行诗保持一致。在诗节的行数上，它仍然保持了十四行。在韵律上，每行诗十个音节，每两个音节为一个韵步，共分五个韵步，重音落在每个韵步的第二个音节上。在韵式上，莎士比亚十四行诗是由三个四行诗和一个英雄双行体，即英雄偶句组成，其押韵格式多为 abab，cdcd，efef，gg。因此，它在韵律上同彼特拉克体十四行诗相同，属于抑扬格韵律。

相较彼特拉克体十四行诗而言，莎士比亚十四行诗在内容和押韵格式上开辟了新的天地，也向前迈进了一步。从内容上来说，莎士比亚十四行诗的前十二行诗提出问题并对提出的问题进行探讨，这无疑可以使提出的问题更集中，讨论的问题更深入。从结构上看，最后的双行诗节对前面提出的问题给予回答，这显得更简洁和更紧凑。从押韵上看，莎士比亚十四行诗分为四个诗节，分别押韵，诗中出现四种押韵的形式。这与英语诗歌押韵的通常规则是不同的。此外，莎士比亚十四行诗每一个四行诗包括最后一个双行诗节在内，它们的押韵结构实际上是相互独立的，在韵律的结构上它们之间不发生联系。这就大大增强了诗歌韵律结构的灵活性，因此更易写作。例如，威廉·莎士比亚的《我的爱人没有阳光一般明亮的眼睛》：

我的爱人没有阳光一般明亮的眼睛

也远远没有赛过珊瑚的红唇；
她的胸脯比白雪幽暗，
如麻的黑发长在她的头顶。

我见过红、白各色的玫瑰，
可玫瑰的颜色在她面颊上全无踪影；
如果说香水气味芬芳，
可她的呼吸中香味难寻。

我爱听她开口讲话，
虽远不如音乐悦耳动听；
我的爱人走路是常人的步态，
我承认从未见过仙女的身形。

然而，天啊，我的爱人弥足珍贵，
尽管难与那些美妙的比喻相提并论。
（吕志鲁译）

这首诗的前三个四行，均每行十个音节，分五个韵步，为抑扬格，只不过押韵不同，第一个四行诗押 abab 韵；第二个四行诗押 cdcd 韵；第三个四行诗押 efef 韵。全诗也在第十二个诗行发生转折。最后一个双行诗节，每行十个音节，分五个韵步，为抑扬格，押 gg 韵。在内容上，莎士比亚的这首诗描写的主题是他对“我的情人”的爱情，全诗在内容上可分为前后两部分，前一部分由前十二诗行组成，一方面写了诗人对“我的情人”的忠实爱情，另一方面探讨了完美情人的哲理。后一个部分由后两诗行组成，通过红色和黑色的鲜明对照，突出“我的情人”的形象。

第三种是斯宾塞体十四行诗，这种十四行诗由埃德蒙·斯宾塞（Edmund Spenser，1552—1599）首创，基本上采用抑扬格五音步的格律，韵式全然不同于上述两种十四行诗，排列模式为：abab，bcbc，cdcd，ee。斯宾塞体十四行诗虽然是在彼特拉克体的基础上形成，但它在结构上却不同于彼特拉克体。具体来看，彼特拉克体十四行诗一般前八行为一部分，后六行为一部分，其中前八行由两个四行诗组成，后六行由两个三行诗组成。而斯宾塞体十四行诗则是由前十二行为一部分，后两行为一部分，其中前十二行诗由三个四行诗组成，后两行诗则是一个双行诗节。此外，在内容上，斯宾塞体十四行诗与彼特拉克体十四行诗也存在较大差别：彼特拉克体十四行诗是在前八行提出问题来推动主题的发展，后六行中，前三行对之前提出的问题进行评论，后三行对主题进行总结；而斯宾塞体十四行诗则在彼特拉克体十四行诗的第一部分加了一个四行诗，将其变成十二行，它们在内容上虽然表述的是同一个意思，即提出问题，但由于它增加了一个四行诗，因此对问题的讨论更为深入。例如，斯宾塞的《有一天我把她的名字写在沙滩上》：

有一天我把她的名字写在沙滩上，
大浪冲来就把它洗掉。
我把她的名字再一次写上，
潮水又使我的辛苦成为徒劳。

"妄想者，"她说，"何必空把心操，
想叫一个必朽的人变成不朽！
我知道我将腐烂如秋草，
我的名字也将化为乌有。"

"不会，"我说，"让卑劣者费尽计谋
而仍归一死，你却会声名长存，
因为我的诗笔会使你的品德永留，
还会在天上书写你的荣名。

死亡虽能把全世界征服，
我们的爱情却会使生命不枯。"
（王佐良译）

在这首诗歌中，诗人从哲学的意义上理解了生命的轮回。在诗歌的第一个四行中，诗人提出了写在海滩上的名字很容易被海浪冲刷干净而不能留下痕迹的问题。第二和第三个四行诗通过诗人与恋人的对话表达了自己对人生与永恒的观点，即生命能够因为美德而永生。在最后一个双行诗节中，诗人得出这样的结论：他们的爱情是永恒的，因此生命就会不朽。这种结构将生命与美德的主题一步步推向高潮：即永恒的爱情与生命的新生。在诗歌的韵律上，斯宾塞在诗歌中采用了独特的连环韵的做法，即通过 abab, bcbc, cdcd, ee 这种押韵格式把所有问题紧密结合起来，表达生命轮回的主题。而在前三个四行中，诗人依靠独特的连锁韵，即第一个四行诗的最后一行诗同第二个四行诗的第 1 行诗押韵，第二个四行诗的最后一行诗又同第三个四行诗的第一行诗押韵，由此形成韵律结构上的连环，最后用一个双行诗节结束全诗。这种独特的押韵方式使得整首诗在形式上相互连接，环环相扣，使它们形成一个整体，而意义上的生命轮回的主题也就以象征的形式充分表达出来了。

三、意大利八行诗的变体——九行诗

在英语诗歌中，九行诗节不是一种常用的诗节，写作这种诗节的诗人不多。不过，早在乔叟之前，英语诗歌中已经有了九行诗。例如，在 7 世纪盎格鲁－撒克逊基督教诗人凯德蒙（Caedmon，生卒年不详）的诗歌中，就可以找到九行诗。他的九行诗是以古英语写成的，是一种还没有定型的九行诗。

在英国诗坛上，九行诗正式定型得益于文艺复兴时期著名的诗人斯宾塞的努力。斯宾塞的九行诗最主要体现在他的代表作《仙后》的创作中，这首诗的结构稍有些松散，诗人原本计划写十二章，但只写了六章（第七章的前两部分和第三部分的前两节，是在诗人去世后才被人们发现并整理的，因此人们对这部作品是否还有其他章节，存有不同意见）。但无论如何，我们看见了完整的前六章，每章由十二部分组成，每部分由三十五至六十个诗节组成。第一诗节都是九行，其中前八行为五音步抑扬格诗行，最后一行为六音步抑扬格，采用 abab bcbc c 的押韵方式。这一风格独特的诗体被后人称为“斯宾塞诗节”，同时由于它与意大利的八行诗有一定的相似之处，因此也被看作意大利八行诗的变体。

斯宾塞的九行诗是一种复杂的诗节形式，它要求诗人在九行诗中间只使用三种韵，第二种韵需要押韵四次。而在最后一诗行中，一般句子中会有一个停顿，因此它也被称为英国诗歌史上韵律最富创造性的诗歌之一。后世诗人如乔治·戈登·拜伦（George Gordon Byron，1788—1824）、珀西·比希·雪莱（Percy Bysshe Shelley，1792—1822）、约翰·济慈（John Keats，1795—1821）等浪漫主义作家均用斯宾塞的九行诗写出了他们脍炙人口的传世佳作。

第二节　小说的萌芽

文艺复兴时期，由于人文主义运动的蓬勃发展，英国国内出现了一大批研究古希腊罗马哲学和文学遗产的人文主义者，他们将人文主义精神与时代精神相结合，推动了人文主义运动在英国的发展，也为文学创作的繁荣奠定了良好基础。具体来看，首先，在人文主义思想蓬勃发展的过程

中，英国文学开始由叙事诗向小说进行转化，其中一个典型代表便是空想社会主义小说的出现。其次，在文艺复兴后期，传奇故事和反映社会现实的故事在英国蓬勃发展起来，散文开始演化为小说这种新兴的文学题材。因此可以说，在文艺复兴时期，英国的小说已然逐渐萌芽。

一、在人文主义运动影响下产生的空想社会主义小说

起源于意大利的人文主义思想于15世纪末和16世纪初被传播到英国，当时的牛津大学成为"古学复兴"即研究古代希腊语言和希腊、罗马古典文学、哲学的活动中心。在这样的社会背景下，英国出现了一批人文主义者，他们欢呼自由、平等，反对封建和宗法专制统治，反对内战拥护中央君主集权，谴责政治压迫和宗教迫害。

在此过程中，一些作家以此为契机，创作了一些表现人文主义主张的作品。而由于当时英国的文坛，诗歌依然占据正统和主流地位，因此这些作品多是以诗歌的形式出现的。但也有一些作家以散文的形式进行创作，而其创作内容带有一定的小说情节性、故事性等特征，因此也可以归入小说的范畴。而在这些作家中，最著名的当属托马斯·莫尔（Thomas More，1478—1535），他的《乌托邦》是英国空想社会主义小说的典范，也是文艺复兴时期英国小说领域的重要作品。

《乌托邦》整部书都是莫尔与航海家拉斐尔两人的对话，这些对话又可以分为两部分，第一部分是莫尔时代英国社会现实的反映；第二部分则是一个受柏拉图共和国学说影响而构筑的理想世界。在小说的第一部分，莫尔借饱经风霜的航海家希斯拉德之口道出自己的见解，对英国在16世纪的各种丑恶现象进行了无情的展示，其中包括造成"羊吃人"悲剧的"圈地运动"，流行于欧洲社会的腐败、犯罪、贫困、瘟疫、掠夺战争和严酷刑法等。在第二部分，小说描绘了一个大同的社会，那里不仅没有私有制，公民一律平等，而且政治民主，人们各尽其能，各取所用，幸福快乐地生活。

《乌托邦》自诞生以后便一直吸引着人们的关注，至今它依然是空想社会主义的代表作。而其之所以能够吸引人们的关注就在于它是对空想社会主义所特有的某些原理加以明确表述的最早的一本书。在这部作品出现之前，如果说古代世界出现过社会主义的因素，我们所指的是：消费性共产主义，人类社会初期财产共有的观念，以及组织公共生产的模糊思想等。但是，这一切只是含混的词句、零星的想法，还没有连贯成统一的体系。只有《乌托邦》最早全面地提出了对人类理想社会的蓝图，即详细

地描写了与当时社会对立的一个理想社会图景，并借希斯拉德之口提出对英国文艺复兴时期社会的批判，这种批判在当今社会依然有其进步意义，因此，这部作品在英国文艺复兴时期占据着十分重要的地位。

然而，莫尔由于受当时社会历史条件的局限，他所描绘的理想国难免显得虚幻，他的个别主张即使现在看来也纯属空想。但是，作为一个杰出的人文主义者，他表达了人类多少世纪以来对于理想的正义社会的向往，无疑具有进步的意义。几百年来，“社会乌托邦”的作品题材在英国文学和其他国家的文学中得到了广泛的传播。

二、以传奇故事和社会现实故事为主要内容的散文体小说

在16世纪的最后20年中，传奇故事和反映社会现实的故事在英国蓬勃发展了起来，散文从而演化为小说这种新兴的文学体裁。而英国文学的这种变化实际上是由当时一个号称“大学才子派”的群体掀起的。他们大多受到过良好的大学教育，并接受了新思想的影响，有着非凡的才能。他们的小说创作一方面带有当时英国文坛以诗歌为正统，以小说为旁道的特性，主要描写的是一些冒险故事、传奇小说；另一方面也表现了他们对社会的关注，出现了一些反映社会现实的作品。具体来看，这些小说在创作上主要表现出以下两方面的特征。

第一，主要描写的是上流社会或宫廷生活的故事，这类小说常常借用古希腊罗马历史与神话中的情节进行创作，并用田园诗的因素来装点这些情节。在处理宫廷社会生活的事件时，作家或者做出寓言式的描写，或者奉承伊丽莎白女王，赞美她为一切美德的典范。例如，约翰·黎里（John Lyly，1554？—1606）的《尤弗伊斯》。这部作品分为上、下两卷。在上卷《对才智的剖析》里，出身高贵的主人公尤弗伊斯（暗指一位牛津学者）来到意大利的那不勒斯，并逐渐沉迷于各类诱惑中，最终沮丧地离开那不勒斯市而回到雅典。小说情节并不复杂，但其文体风格矫饰华丽，不但大量使用直譬、隐喻、拟人、对仗、双声等手段，而且还使用双关语、俏皮话、谚语，使作品具有绚烂、绮丽的装饰效果和游戏文字的效果。同时，小说中有不少神话以及古希腊罗马名人的生平逸事，和主要来自罗马学者蒲林尼著作的离奇怪诞的博物学资料，因此表现出较强的充实性，从而使得小说在出版后便得到了人们的关注，小说的这种创作风格甚至在当时成为一种文学时尚，不少宫廷文人都模仿小说中的语调进行创作。下卷《尤弗伊斯和他的英国》在主题上与上卷截然相反，主要是对当时伦敦社会，尤其是宫廷活动的真实描摹。黎里依然追求修辞的华丽，但比起第一本

小说来毕竟少了一些矫揉造作。另外，这部小说在结构上形成了一个平行的对偶结构，强调读者要理解具有差异性和对立性的观念所产生的张力及其强烈独特的审美效果，而其所塑造的小说风格后来被人们称为“尤弗伊斯体”。

第二，主要描写的是平民的生活，这类小说多以反映作家的生活经历和当时伦敦社会的各种黑暗面的传奇冒险小说为主。小说一般表现出作家对英国社会现状的不满，因此，与描写上层社会和宫廷生活的偏向于表现上流风情的小说具有一定的差别。例如，托马斯·纳什尔（Thomas Nashe，1567—1601）的《不幸的旅行者》，这部作品以亨利三世的侍从——以无拘无束的冒险家杰克为主人公，讲述了其在冒险途中的一系列经历。小说在描写杰克的经历时，并不完全拘泥于事实，而是将历史的、半真实甚至是虚构的事件随意地糅合在一起，从而使其具有了一定的文学性特征。与此同时，小说也受到了戏班流浪汉故事题材的影响，用了大量笔墨真实地描述了英国社会中存在的诸多问题，如抢劫、强奸、杀人随处可见。另外，小说的语言十分朴素自然，与“尤弗伊斯体”的引经据典具有较大的差别。

第三节　戏剧的发展

文艺复兴时期，由于伊丽莎白女王十分喜爱戏剧，她和一些贵族对戏剧事业颇为关心，因此演员们可以比较自由地活动，甚至还可以获得一些支持。在女王和贵族的庇护下，他们组织了“女王供奉”“萨塞克斯伯爵供奉”和“埃塞克斯伯爵供奉”等剧团巡回演出，不仅不怕被当作游民逮捕，而且还可能得到地方官吏的援助。因此，英国戏剧在文艺复兴时期达到全盛时期，不仅出现了一批杰出的戏剧作家，而且其剧作质量较高。具体来说，在文艺复兴时期，英国的戏剧主要呈现以下发展态势。

一、带有人文主义思想的道德剧、喜剧和悲剧

从文艺复兴时期的英国戏剧的发展来看，在 16 世纪初至伊丽莎白女王登基期间，英国的戏剧发展得十分缓慢，道德剧是当时的主要剧目，这一点与中世纪英国的戏剧相同，所不同的是，这一时期的英国戏剧相比中世纪而言，道德剧中的说教成分减少了，代之而起的则是人类对知识的兴趣，以及对政治观点或神学思想的宣传。例如，约翰·拉斯泰尔（John

Rastell,1475—1536)的《四种要素的本质》,这部剧的剧情很简单,且与中世纪的道德剧相近:主人公“人类”被“肉欲”引上歧途,后来聆听了“经验”的开导回归正途。剧中知识被称颂为人的一种基本美德,因为对自然的探索和研究被称作了解上帝的第一个步骤。

英国女王伊丽莎白继承王位后,英国的戏剧依然保留着道德剧等比较传统的模式。直到人文主义思潮传入英国,英国的人文主义者希望利用戏剧来传播人文主义思想。他们在古希腊罗马戏剧的基础上,创作了最初的英国喜剧和悲剧。例如,托马斯·诺顿(Thomas Norton,1532—1584)和托马斯·萨克维尔(Thomas Sackville,1536—1608)的《戈博达克》。这部作品取材于中世纪的英国历史,讲述了王室子弟为争夺继承权而导致国家内战的故事。该剧反映了作者的政治观点,即国家一定要统一,封建割据只会引起动乱,酿成悲剧。另外,作为一部描写重大政治历史事件的戏剧,这部剧也为以后戏剧中的塞内加式的悲剧[①]确立了模式。再如,尼古拉斯·尤德尔(Nicholas Udall,1504—1556)的《拉尔夫·罗伊斯特·多伊斯特》,它的喜剧气氛较浓,娱乐性较强。在戏剧安排上,尤德尔让商人胜于骑士,寡妇爱商人而没有看中骑士,也具有一定的社会意义。

二、揭开英国戏剧文学史上崭新一页的大学才子派戏剧

16世纪80年代,英国出现了一批职业剧作家,即“大学才子派”。他们一般都在牛津大学或剑桥大学受过教育,而且有非凡的创作才能,他们的创作不仅为戏剧大家莎士比亚的创作提供了丰富的灵感与帮助,而且在英国戏剧文学史上揭开了新的一页。

在戏剧的创作上,大学才子派将古罗马戏剧以及模仿古罗马戏剧的学院剧、中世纪的道德剧、当代的意大利与法国戏剧等融为一体,创作出了结构严谨、情节生动的复仇悲剧、浪漫喜剧和历史剧等多种戏剧形式。

大学才子派的复仇悲剧一般以复仇为主要线索,反映的是社会动荡的现实情况与人们普遍追求正义的心理。例如,托马斯·基德(Thomas Kyd,1558—1594)的《西班牙的悲剧》,该剧继承了古代罗马悲剧诗人塞内加的写作传统(如鬼魂的出现,复仇的主题,歌队的作用等),并结合中世纪英国的戏剧形式(奇迹剧和道德剧),写出了文艺复兴时期的英国悲剧。《西班牙的悲剧》是一出复仇悲剧,复仇是这部剧的中心。安德烈亚在战斗中被巴尔撒泽杀死,他的鬼魂要复仇;贝尔因佩丽亚也要为她这位情人报仇;巴尔撒泽在战场上和情场上都败于贺拉旭,他要复仇,劳伦

① 戏剧中充满屠杀、恐怖、出卖、复仇。

佐作为他的朋友，与他同谋；赫罗尼莫的儿子被劳伦佐和巴尔撒泽合谋杀害，他要为儿子复仇。这个剧本暴露了宫廷的倾轧现象，暴露了有钱有势的当权者的残暴与放肆。剧中有不少谋杀或自杀的血腥场面，还出现了自己咬掉舌头等吓人的表演。作者在创作这个剧本时，可能有些想迎合当时喜欢观看血腥场面和刺激性情节的观众的口味。此外，剧中对主人公赫罗尼莫的心理进行了分析，这对后来莎士比亚分析哈姆雷特的心理活动很有启发。

大学才子派的浪漫喜剧风格多样化，但都具有浪漫色彩和明朗、乐观的基调。例如，罗伯特·格林(Robert Greene，1558—1592)的《僧人培根和僧人邦格》，该剧以伯爵莱西同农家女玛格丽特的爱情为主要情节，反映了格林反对封建的门第观念的民主思想，同时也反映了玛格丽特那忠贞的爱情。另外，剧中表现出来的僧人术士所掌握的神秘的法术，反映了文艺复兴时期人们想了解自然界的秘密，进而征服自然并利用自然的意图。僧人培根和僧人邦格设想用一道铜墙保卫英国，表现了当时普遍高涨的爱国热忱。

大学才子派的历史剧波澜壮阔，具有较深的艺术造诣。例如，克里斯托弗·马洛(Christopher Marlowe，1564—1593)的《帖木儿大帝》，该剧讲述的是作家在一个梦境中所见到的场景。帖木儿大帝是14世纪的蒙古皇帝，据说是成吉思汗(1162—1227)的后代。这位大帝带领他势如破竹的常胜大军占领了世界上一块版图广袤的地区，其疆域东由突厥开始，北至西伯利亚，西至波斯古国，南抵印度次大陆。这部戏剧作品是以一位西班牙学者所翻译的关于帖木儿的传记为基础而创作的。剧作家将全剧分为两部分，第一部分追忆这位传奇君主从卑微的出身崛起，到最后占领突厥帝国的过程。第二部分主要讲他后来在巴比伦继续取得的胜利，他在那里让战败的国王们拉他的战车。剧中也同样有爱情的情节，一个名叫赞内克瑞特的埃及公主沦为帖木儿的阶下囚，但他出于对她的爱而饶她一命。悲剧最终以他们两人的死而结束。帖木儿大帝被刻画成一个具有超人的野心和力量、充沛的进取精神以及高度成就感的人物。他的致命缺点是他的永不满足，这驱使着他马不停蹄地前去征服和占领。从这一层面来说，帖木儿是马洛笔下寻求强权的典型人物。

三、文艺复兴时期英国戏剧的代表——莎士比亚

威廉莎士比亚是英国文艺复兴时期最伟大的作家，也是一位举世瞩目的英国著名诗人和剧作家。他一生创作了38个剧本、154首十四行诗

和两首长诗，从而奠定了其在英国文学，乃至世界文学中的巨人地位。世界各地的学者和文学评论家皆给予莎士比亚以极高的评价。例如，英国剧作家本·琼生（Ben Jonson，1572—1637）曾赞其"不属于一个时代，而是属于所有的世纪"。

在戏剧创作上，莎士比亚的剧作大部分是根据旧剧本、编年史或小说等改写的，他继承并发扬古希腊罗马和英国民间戏剧的优秀传统，同时也向他的前辈学习，善于继承发展，巧于推陈出新。在对旧剧本进行改写的过程中，莎士比亚不受旧题材的约束和"三一律"的限制，根据剧情自由发展的需要来表达内容。在语言的运用上，莎士比亚戏剧也很有特色。他的剧中人物的语言适合各自的社会地位、教养以及各自的性格特征，甚至还适合不同的场合和不同的心情。

在其剧本类型上，莎士比亚的剧作主要可以分为喜剧、悲剧、历史剧和悲喜剧几种。其中喜剧影响较大的有《仲夏夜之梦》《威尼斯商人》《皆大欢喜》《第十二夜》等。这些作品的基本主题是歌颂爱情，反抗封建礼教，向往男女平等，肯定人文主义的道德原则在个人生活和社会活动中的胜利。因此，在喜剧中，莎士比亚成功地塑造了一群敢于反抗礼教和家长制的女性形象，如《皆大欢喜》中的罗瑟琳、《仲夏夜之梦》中的赫米亚、《威尼斯商人》中的鲍细娅等，被人们称为一批"可爱而奇特的女性"。下面以《威尼斯商人》为例，对莎士比亚的喜剧进行分析。

《威尼斯商人》由三条平行线索、四个完整故事组成。第一条线索是喜剧情节的铺垫，它以穷绅士巴萨尼奥向富家小姐鲍细娅求婚，构成了金、银、铅三个匣子选婚的故事。第二条线索是全剧剧情的主线，威尼斯商人安东尼奥向犹太富翁夏洛克借钱，按契约规定，如到期不还，要从身上割一磅肉作为惩罚，构成了一磅肉的故事。第三条线索是夏洛克的女儿杰西卡和青年基督教徒罗兰佐的爱情，由于夏洛克的阻挠，致使这对青年男女被迫出走，构成了情人私奔的故事。在这三个主线之外，还存在一个鲍细娅出庭审判，斗败了夏洛克后，巴萨尼奥与朋友葛莱西安诺为了表示谢意，毅然将各自的订婚戒指赠给律师及其秘书，招致一场误会，又构成了两个戒指辨别真心的故事。之后，喜剧中的三对青年各自克服了障碍，喜结连理。这样该剧的三条线索穿越四个点状板块，犹如数条大江小河入海，最终在同一个舞台层面上涌动结集，呈现出巧夺天工、井然有序的戏剧结构样式。

在整个戏剧中，鲍细娅出庭审判，斗败了夏洛克的法庭故事是全局的高潮，也是该剧的精华部分。在戏剧的控制上，莎士比亚先让具有资本原始积累时期高利贷者的性格特征的夏洛克按月索取安东尼奥胸口的一磅肉，并以嚣张的气焰控制整个法庭，他拿着刀，提着秤，其气焰之嚣张，真是不可一世。这样，夏洛克振振有词，步步得势；而安东尼奥则束手无策，处处被动，几乎陷入了悲剧性的境地。就在这时，莎士比亚安排富有人文主义理想的新女性——鲍细娅出庭，用欲擒故纵的方法，要夏洛克严格按约割肉，既不能超过一磅，或少于一磅，更不能流一滴血，否则财产充公，连生命也要听从发落处置。这一晴天霹雳，打得夏洛克目瞪口呆，即便只要本钱，不要割肉，跪地求饶也来不及，终于人财两空，一败涂地。夏洛克在法庭的败诉，罪有应得，完全符合群众的心愿。通过鲍细娅与夏洛克之间唇枪舌剑的交锋，使剧情穿过悲剧性的云雾，迎着喜剧的朝阳顺利发展，台上的正面人物满脸喜悦，连台下的观众也都笑逐颜开，喜剧氛围顿时升到顶点。整场戏，紧紧围绕一磅肉的争执，先抑后扬，大开大合，戏剧悬念扣人心弦。这种情节结构的艺术处理，不仅很有喜剧特色，而且称得上是世界戏剧史上的绝技。

从艺术层面来说，《威尼斯商人》多层面地体现了莎士比亚的喜剧艺术的高深造诣。首先，该剧的情节的生动性和丰富性十分抢眼。全剧三线四点的板块结构，体现了莎士比亚组合情节、编撰戏剧的独特功力。在三线平行发展中，有主线，又辅以副线。在错综复杂的情节中，穿插着多种多样的戏剧冲突，既有法庭上人肉案的唇枪舌剑，又有贵族门庭之间的选婚之争，还有父女的啼哭追逐，情侣的幽默误会，主仆的切齿反目，一波未平，一浪又起，不仅情节曲折生动，如蛟龙伏牖，见首不见尾；而且始终沿着一个中心主题伸展开来，将驳杂纷繁的情节一线串起，将四个故事板块弥合得天衣无缝。

其次，该剧洋溢着浪漫主义情调。在《威尼斯商人》的创作中，莎士比亚塑造了鲍细娅这样一个令人称赞的女性形象，她一方面能遵从父亲的遗志用金、银、铅三个匣子选亲，另一方面也能女扮男装走上法庭，助安东尼奥取胜。而鲍细娅以三个匣子选婿能够选到意中人的安排又是传统性的传奇手法的妙用，也使整部剧作洋溢着浓厚的浪漫主义情调。

再次，在创作该剧的过程中，莎士比亚善于借鉴古代的事件来激励当代人的思想，用外国的故事来描写英国的社会现实，利用旧剧目的题材，创作出含有时代气息的新主题。《威尼斯商人》这个题材本来根据意大利短篇小说《傻瓜》来创作的，在创作的过程中，莎士比亚又添加了一些英国当时的社会情景，如海上贸易、法律法规、黑心资本家放贷等，从而使旧题材推陈出新，雅俗共赏。

最后，该剧的人物形象十分突出。《威尼斯商人》中，鲍细娅谈吐文雅，有富家嗣女之秉性。她临危不惧，遇事胸有成竹，能将计就计，一举斗败了夏洛克，表明她的聪明才智的确过人。而在她首次出场时，就和她的女仆讲到自己不能自由选夫的苦恼，她表面上是在抱怨死去的父亲给她留下了不能违抗但她又不愿顺从的选夫规定，心里知道应该要服从父亲的遗命，但心中的热情叫她不得不做个“言行不一致的牧师”。随着剧情的发展，鲍细娅性格的光彩更加耀眼。她执着追求真挚的友谊与爱情，将侍女尼莉莎视为知心朋友，对夏洛克的女儿杰西卡及其情人罗兰佐也伸出援助之手。当她得知安东尼奥的商船出事，夏洛克扬言要按约割肉时，心情万分焦急，表示万万不能因巴萨尼奥的过失，害了一个好朋友。为了解救安东尼奥，她立即采取措施：先拿出高出债款 20 倍的钱，交给巴萨尼奥赶往威尼斯还债；再托人送信给帕度亚的表兄，求助一臂之力；紧接着自身当即与侍女尼莉莎乔扮男装，奔赴威尼斯审案。由于她巧设圈套，引诱夏洛克上当，才免去了一场无妄之灾。法庭上较量的胜利，表明鲍细娅足智多谋，沉着以待，其智慧和能力是舞台上的任何男性所不及的。俗话说，“人心不同，各有其面”。鲍细娅的可贵之处，在于她的行动。她从不满足于口头上的承诺，而是以战斗的姿态，亲自谋划定计，调兵遣将，挂帅上阵。在这一系列行动过程中，表现得坚毅果断，干脆利落，以至于罗兰佐也赞叹不绝。

安东尼奥则被刻画为一个仁慈、博爱的基督徒形象，他为了帮助巴萨尼奥争取到幸福，不惜以自己的生命作赌注向仇敌夏洛克借高利贷，在无奈毁约而将被割肉时也没对巴萨尼奥有一丁点的怨恼。他的这种无私的兄弟之爱在这上面体现得很充分，让人印象深刻。但他只是做到了对基督徒兄弟之间的博爱，而对像夏洛克这样的异教徒安东尼奥却表现得十分残忍，这一点从夏洛克对安东尼奥的咬牙切齿的控诉便可以看出来，如夏洛克控诉安东尼奥在交易所骂自己贪财好利，骂自己是异教徒，并将唾沫吐在夏洛克的袍子上。在这里，莎士比亚也借夏洛克之口打击了那些基督徒的完美形象，把他们虚伪的一面展现了出来。

夏洛克在莎士比亚笔下，有着对金钱的无限贪欲，是一个嫉妒、阴险、残酷、贪婪的恶魔。同时，又是一个在屈辱、压抑之下大声疾呼、奋起抗争的犹太人。他的性格具有鲜明的两重性；对于前者，作者予以无情的讽刺和攻击；对于后者，作者又给予明显的同情。夏洛克性格的两重性实际上带有鲜明的英国文艺复兴时期社会现实的历史痕迹。在创作这部剧作时，英国对犹太人存在很深的误解，反犹太人的观念根深蒂固。1594 年，三个犹太人甚至被诬犯有谋杀女王罪而被处死。舞台上也充斥着对犹太人的攻击。这种背景决定了夏洛克性格的两重性，也决定了莎士比亚既有对高利贷者夏洛克的谴责，又有对可怜的受侮辱的犹太人夏洛克的同情。作为高利贷者的夏洛克，遵守着积财就是积福，守财就是进财的信条。这种吝啬鬼式的自白让他对金钱十分在意，对阻碍了自己生意的安东尼奥恨之入骨，因而想要以一磅肉之争置安东尼奥于死地。同时，作为一个受侮辱的、可怜的犹太人，夏洛克痛苦地呻吟："受苦受难，本就是我们这整个民族的标记。"他用明确有力的语言大声疾呼："难道犹太人没有眼睛么？犹太人没有手么？……你们刺我们，我们不流血么？……你们损害我们，难道我们不应当报复么？""这一切，都是为的什么呀？我是一个犹太人。"可以说，夏洛克的呼声是有力的、深刻的。甚至可以说，这段话揭出了贵族统治者的本质，揭出了安东尼奥这个"商人王子""最和善的人"的另一面。

由于《威尼斯商人》具有高超的艺术成就，因此它也是莎士比亚喜剧创作的一座里程碑，标志着莎士比亚喜剧创作的辉煌成就，堪称莎士比亚的四大喜剧之一。同时，它又像是前进道路上的一座指路标，指示着莎士比亚即将从喜剧创作阶段转向悲剧创作时期。这部喜剧就是转变趋势的标记，具有深刻的悲剧内容和丰富的喜剧情节相结合的特色。此外，莎士比亚的编剧才华，在这部喜剧中得到光辉卓著的表现。由三线四点组合而成的板块式戏剧结构，营造出悲喜交加、观众喜闻乐见、雅俗共赏的戏剧氛围。在可接受性方面，受到世界各国学者和历代青年人的好评。

莎士比亚的悲剧不仅具有深刻的批判性质，而且在当时可能达到的程度上最真实地反映了社会现实。他创造了一系列令人难忘的艺术形象，他们体现了文艺复兴时期的巨人性格，也反映了莎士比亚的理想。在剧作中，莎士比亚将他们放在尖锐的斗争中心，以主人公内心的斗争来揭示人物性格发展的特点，从而使他的悲剧作品具有更深的内涵。莎士比亚的悲剧作品较多，影响力较大的主要有《哈姆雷特》《奥瑟罗》《李尔王》《麦克白》。这里以《哈姆雷特》为代表对莎士比亚的悲剧进行一个分析。

《哈姆雷特》就像一首悲愤的叙事诗，它的内容广博深邃，艺术生动有力，富有强烈的时代气息和人文主义思想精神，是莎士比亚悲剧的主要代表作品。戏剧取材于12世纪的丹麦史，略早于莎士比亚的剧作家汤姆斯·基德（Toms Kidd，1557—1594）曾利用这一体裁，写成悲剧《丹麦王子哈姆雷特》，主题是表现中世纪封建道德范畴内的个人流血复仇。莎士比亚别开生面，把先进的人文主义思想，把自己对于时代的深切感受，通过鲜明生动的形象，注入这个古老的历史传说，使它获得了新的时代思想内容。

从剧作的剧情上来看，《哈姆雷特》通过御前大臣的儿子雷欧提斯的复仇、挪威王子福丁布拉斯的复仇，以及丹麦王子哈姆雷特的复仇这三条线索对剧情进行了组织。其中，雷欧提斯的复仇完全是出于狭隘的封建家族荣誉，而福丁布拉斯驱策两万大军，仅仅是为了争夺一块弹丸大小的土地，为自己赢得一点虚名，因此他们的复仇具有狭隘的意义。而哈姆雷特的复仇，实际是一场人文主义者为坚持理想而反对黑暗统治势力的斗争，围绕着这场斗争，悲剧描绘了各种人物的嘴脸，广泛地揭示了各种社会力量的动态，深刻地反映了16 ~ 17世纪之交英国社会剧烈变革、动荡不安的历史特点。

作为这出悲剧的主人公，哈姆雷特虽然是封建王子，但在思想和世界观赏却是一个人文主义者。他在德国接受了人文主义教育，形成了新的理想。但回到丹麦以后，父亲被害，母亲改嫁，叔父篡权，王宫里一片荒淫无耻，王宫外政治腐败，国家声名狼藉，这些均给哈姆雷特巨大的打击，让他感到了理想的破灭。理想遭到现实沉重打击之后，他陷入精神痛苦，甚至流露了一时的消沉情绪。哈姆雷特在其思想性格发展的最初阶段所表现出来抑郁愤懑、痛苦不安，反映了他的人文主义理想同社会现实的尖锐矛盾。

然而即使现实残酷，梦想遭受打击，但哈姆雷特并未向现实妥协，他在痛苦中依然接受了父亲鬼魂交付的复仇任务，这个任务若更深一步分析，实际上是改造时代、改造社会的任务，表现了一个先进的人文主义人物对现实的清醒认识和以天下为己任的胸怀。在任务提出以后，虽然哈姆雷特缺乏一定的主动行动，但却在实施的过程中，接连挫败了克劳迪斯的多项试探。特别是在安排戏子进宫表演的过程中，转守为攻，揭发了克劳迪斯弑兄夺嫂的阴谋，杀死了偷听的波洛涅斯，同时又不听克劳迪斯的命令返回丹麦，让他在手忙脚乱中被杀死。虽然最后哈姆雷特与敌人同归于尽，但他不顾敌我实力悬殊、挺身反抗，在斗争中英勇向前，不后退的精神表现了文艺复兴时期人文主义人物勇于坚持理想，敢于反抗黑暗罪恶势力，强烈要求变革现实的斗争精神。

当然，虽然哈姆雷特怀有改造时代的强烈愿望，并且有较强的斗争勇气和决心，但他由于经验和思想观念的影响，不仅找不到斗争的正确方向，而且也不愿意相信和依赖群众，这些也使其反抗斗争和改造时代的愿望最后以悲剧的形式告终。从这一层面来说，哈姆雷特身上带有英国文艺复兴时期人文主义者的共性，即将反封建斗争的失败统统归咎于个人的意志薄弱、过分的思虑和缺乏决断决行的本色，进而要求自己在斗争中转向自己的内心世界，企图通过对各种问题的痛苦思考和无情的自我精神鞭挞，激励自己的斗争决心和力量，把斗争推向前进。然而从事实上来看，个人的力量毕竟是有限的，因此当人文主义者越是无情地鞭挞自己，越是暴露自己个人反抗的无力性，也越使自己的行动跟不上斗争的要求，因而陷入无法解决的矛盾之中。

在艺术表现上，《哈姆雷特》也具有很强的代表性，它的背景广阔，戏剧冲突复杂，情节语言生动，代表了莎士比亚戏剧创作的伟大成就。具体来看，这部戏剧的艺术特色主要表现在以下几个方面。

第一，该剧打破了古代悲、喜剧的传统界限，以悲剧性的事件，人物和气氛为主，同时也穿插了喜剧性的场面和气氛。波洛涅斯对儿子唠叨人情世故，两个掘墓人在掘墓时的插科打诨，使戏剧气氛悲喜交杂、急缓多变。

第二，该剧融合了广阔的时代背景。通过《哈姆雷特》的故事背景及其环境，我们大致可以窥见文艺复兴时期英国社会的全貌。在戏剧中，各种不同的社会生活场景，给各种不同的社会人物提供了登场露面的机会，上至国王、王后、青年王子、大小朝臣，贵族男女，下至大学生、普通军官、下级士兵、戏子、掘墓者……各种身份、各种职业、各种阶层、各种思想观念的人应有尽有，这种广阔的背景，为塑造这个时代的各种典型人物形象提供了典型环境。

第三，该剧的情节丰富生动。在《哈姆雷特》中，莎士比亚打破了古代戏剧单线发展的框架，在剧中设置多重交错发展的情节线索。在上文中，我们已经分析过，该剧有三条为父复仇情节线。哈姆雷特为父复仇，行事审慎多虑，把个人复仇与扭转乾坤的重任结合在一起，采取的是人文主义者的复仇方式。福丁布拉斯为父复仇，行动果断，雷厉风行，能够审时度势，衡量得失，及时理智地中止复仇行动，他奉行的是资产阶级的行事准则。雷欧提斯为父复仇，鲁莽轻率，不分青红皂白，不顾一切责任，只求以眼还眼，以牙还牙，这是封建主义复仇方式。三条复仇线索交织在一起，以哈姆雷特复仇为主线，雷欧提斯、福丁布拉斯复仇为次线，次要线索起着衬托、突出主线，深化生题，推动和丰富剧情的作用。在复仇情节之外，剧作还穿插了爱情、友谊、家庭关系等场景，以烘托主要情节发展。

第四，该剧的语言丰富、生动、有力。《哈姆雷特》中既有典雅的诗的语言，也有接近生活的散文语言。每个人物，每一种思想感情都得到适当的语言表现。例如，哈姆雷特的语言词汇丰富、充满智慧与哲理。对奸王诸臣，他讽刺、嘲笑、揶揄备至，语言符合其王子身份和思想家特征。清醒时，他机智雄辩，装疯时又曲折隐晦，令人难以捉摸，反映了他在不同时期的情绪与心境。庸臣波洛涅斯的语言冗长、啰唆，废话连篇，与哈姆雷特的语言截然不同。另外，该剧主要用无韵诗体写成，同时也采用了典雅庄重的韵诗、通俗的散文、生动活泼的歌谣和俚语、村谚多种语言形式，使用了双关、讽刺、比喻、隐喻不同的修辞手法。

第五，该剧塑造了栩栩如生、各具特色的人物形象。在《哈姆雷特》中，莎士比亚运用对比、心理独白等手法，塑造性格丰满、个性鲜明的人物形象。剧中，同是人文主义者，霍拉旭正直机警、理智冷静，忠于友谊而又秉性温和、缺乏壮志；哈姆雷特则抱负远大、敏感多虑，勤于思考、善于剖析、易于冲动，带有思想家特征。此外，剧中成功塑造的人物还有残暴、阴毒、虚伪、狡诈、卑鄙，集封建暴君与资产阶级野心家、冒险家邪恶于一身的奸王克劳迪斯；意志薄弱、操守不坚的王后乔特露德；头脑简单、愚蠢封建的贵族纨绔子弟雷欧提斯以及纯洁而软弱的奥菲利娅，等等。

莎士比亚的历史剧具有史诗的宏大规模。从其剧作内容来看，莎士比亚的历史剧主要描写的是英国的历史，但在对这些历史的描绘中，又反映了文艺复兴时期英国社会和当时人们所关心的问题，并具有鲜明的民族特点。他以多样化的人物、生动的故事情节和广阔的社会画面，描绘了英国历史上各种社会力量之间——主要是王权与封建贵族之间、封建主与封建主之间、国内封建主和国外封建主之间，以及统治阶级和人民群众之间的矛盾和反复斗争，反映了英国封建秩序逐渐瓦解的漫长过程。

《亨利四世》是莎士比亚最有代表性的历史剧，它表现了作者对封建割据局面的批判，并形象地描绘了如何通过道德改善而产生理想君主的过程。在这部历史剧中，交织着两种截然不同的戏剧场景：一方面是亨利四世与叛乱的封建贵族之间的冲突，充满着政局不稳的危机，动荡不安的情绪和你死我活的流血斗争；另一方面则是以野猪头酒店为中心的伦敦东头的市井生活，充满了行骗抢劫的勾当，花天酒地的胡闹和寻欢作乐的恶作剧。这两种戏剧场景交相辉映，共同构成了英国封建社会行将解体的时代风貌，从而使《亨利四世》成为严肃的历史剧与诙谐的喜剧的完美融合。这一“五光十色的平民社会”的核心人物是福斯塔夫。

福斯塔夫是个破落骑士，是一批流氓的首领，倚仗他和太子的亲密关系，招摇撞骗以致打家劫舍，无恶不作。在战场上，他保持一种“有分寸的勇敢”，为了苟全性命，不惜装死并进而虚报军功。不过，虽然在福斯塔夫身上存在那么多恶德败行，但他并不是一个令人恶心的魔鬼，而是一个令人捧腹的丑角。莎士比亚以卓越的戏剧才能，把他塑造成了一个具有永久魅力的喜剧形象。福斯塔夫长着一副可笑的模样：满头白发，身躯肥胖，大腹便便，穿着紧身衣，挺着大肚子，连自己的膝盖都看不见；可是他却生就一副乐观、豁达的好性情。他虽然是时代的落伍者，但对人情事态的看法却是老成练达、精辟深刻的。也正是由于福斯塔夫性格的多面性和立体性，才使这个角色身上散发出一股特殊的魅力，赢得了观众的喜爱。莎士比亚本人也十分欣赏他的机智，以同情的笔调描写他被摒弃后在悲愤中默默无闻地死去的场景。

更深一步分析福斯塔夫这个形象，便可以发现，他实际上反映的是英国文艺复兴时期下层人民普遍存在的精神状况和思想观念，这也是这个人物受人们欢迎的一个重要原因。在英国文艺复兴时期，下层阶级是由复杂的、不得势的各行各业的人员组成的，多数是平庸、琐碎的市井之徒。他们没什么崇高的理想和高尚的追求，更注重实实在在的现实生活中的利益分配。在他们的身上也许聚集着各种各样的缺点，这些缺点在福斯塔夫身上也有，只不过福斯塔夫身上的缺点被莎士比亚人为地扩大化了，因此观众看后便会产生一种认同感，并因自己某一方面比福斯塔夫好而产生一种狭隘的、本能的优越感。同时，福斯塔夫身上又有着强烈的现实批判精神，他身处困境，但从不怨天尤人，无病呻吟；他虽然受到嘲笑，但却善于自嘲，以化解受到的侮辱和嘲弄；他虽然在战前临阵装死，但他对旧式荣誉观的认识和批判却是一针见血的；他大发战争财，以征兵的名义勒索百姓，并将贫穷之人送往战场，但他"既然大鱼可以吃小鱼，我为什么不应该抽他几分油水"的观念却精确地概括了文艺复兴时期英国的社会主导思想，并用一种公开的、无耻的方式对其加以批判。正是由于福斯塔夫身上的种种特点，他不仅得到了当时观众的喜爱，也让后世的评论家津津乐道，并与哈姆雷特等悲剧艺术形象一同载入世界艺术殿堂。

总之，《亨利四世》的主题不仅体现在国王与太子的行动以及国王与贵族的战争中，而且和广阔的社会生活有机地组织在一起。剧中描写了宫廷和贵族城堡中的生活、公路上的抢劫、政府的搜捕、四乡的征兵骚扰、官吏的无情盘剥和层层敲诈、农民和手工艺人的失业贫困，以及酒店、妓馆的情景，构成了一幅16世纪英国动荡社会的生动画面。

莎士比亚的悲喜剧一般是在同一个剧本中既有悲剧场面，也有喜剧场面，往往当情节发展到悲剧高峰时，以喜剧收尾。但有时也不是这样，而是悲剧与喜剧有机地融合在一起。莎士比亚之所以会选择创作悲喜剧，主要是因为随着詹姆士一世的继位，英国社会中的封建专制面目逐渐暴露，资产阶级的力量日益壮大，他们之间的矛盾更为尖锐，群众的不满情绪也日趋激烈。这时候，莎士比亚感到人文主义的理想与社会现实的差距越来越大。他除了继续揭露社会罪恶，批判现实外，还开始寻求如何解决理想与现实之间的矛盾的方式，试图以善良感化邪恶，以宽恕取得和解。因此，他创作了一系列的悲喜剧。

《暴风雨》是莎士比亚悲喜剧的代表作品，也是莎士比亚的最后一部剧作。这部戏剧具有一定的人文主义思想，其中包含着对人文精神的全面肯定，是对人性的弘扬和讴歌。戏剧中，莎士比亚通过《暴风雨》的主人公——普洛斯彼罗和在人文主义氛围之中成长起来的新女性——米兰达这两个人物形象表达了其人文主义思想的消逝和颠覆。而这也与詹姆士一世上台后的英国社会背景密切相关。在上台后，詹姆士一世大力推行君权神授政策，从而使伊丽莎白时期相对宽松的政治环境不复存在，在这样的环境下，文艺复兴中所推崇与提倡的人文主义思想也渐渐消失。莎士比亚的《暴风雨》便是其典型代表，戏剧中，普洛斯彼罗十二年以后的兴趣乃至性格的变化都暗示了人文主义的消逝甚至颠覆，而这种变化主要体现在以下三个方面①。

第一，普洛斯彼罗对于人的信任。在十二年前，他由于痴迷法术，将自己在米兰的政治事务交给自己的弟弟，这是他信任自己亲人的表现，说明他当时对人还是信任的。而信任他人也是人文主义的信条，即人是可信的。十二年后，由于弟弟的背叛，普洛斯彼罗不再相信别人了。他在荒岛上痛斥弟弟不顾亲情，甚至胆敢谋杀国王，表明他已经不再相信任何人，其人文主义信仰也已消失。

第二，普洛斯彼罗对知识的态度。在十二年前，普洛斯彼罗埋头知识，痴迷于“艺术”“魔法”之类的东西，而这些东西很多实际上就是自然科学和技术。这表明，在十二年前，普洛斯彼罗还是一个渴求知识的人文主义者。十二年后，普洛斯彼罗放弃了法术，将自己的书籍投入大海，说明他依然不再看重知识，这也不难看出普洛斯彼罗在十二年后已经开始走向了人文主义的反方向。

第三，普洛斯彼罗对爱情的态度。在十二年前，普洛斯彼罗对爱情的态度十分纯洁高尚，但在十二年后，他对于米兰达和那不勒斯王子之间的爱情的赞同已经不可避免地染上了功利的思想，说明在他的人文主义思想依然在渐渐消退。

在艺术特色上，《暴风雨》坚持了时间和空间的统一性，并且在展开的过程中，运用了许多超自然现象来烘托气氛，从而使正剧和喜剧因素在这部剧作中结合在一起。从这一层面来说，它也是幻想和现实的结合，它是基于和解和惩罚的主题之上的。乐观主义是该剧的基调。悲剧起的唯一作用是在该剧的背景之中。

① 杨志刚．从《暴风雨》看莎士比亚人文主义的衰落[J].高校社科动态，2008(4).

第三章 跨文化视角下的17世纪英国文学研究

英国17世纪的资产阶级革命和随后的斯图亚特王朝复辟不仅使整个国家长期处于混乱无序、动荡不安之中,而且也使这个时期的文学创作与文艺复兴时期相比黯然失色。但是,17世纪英国文学依旧呈现出了新的发展面貌,特色鲜明。在诗歌创作领域,形成了保王派和清教徒派两个派别;在散文创作领域,散文呈现出多样化的风格;在小说创作领域,小说得到了初步的发展;在戏剧创作领域,受清教徒主张的影响,戏剧的创作直到斯图亚特王朝复辟之后才得到进一步的发展,从而呈现出了复兴之势。

第一节 诗歌的进一步发展

受社会政治环境的影响,17世纪的英国诗歌分为两个主要阵营,一个是以保王派为主的保王派诗人阵营,另一个是以清教徒派为主的清教徒诗人阵营,它们在诗歌的内容与艺术风格方面有着明显的不同,但都在一定程度上促进了诗歌的进一步发展。

一、忠于王党的保王派诗人的诗歌

保王派诗人阵营在政治上忠于王党,他们又可以分为骑士派和抒情派两个派别。骑士派的诗歌讲究对称、结构匀美严谨但不事雕饰,从整体上来看沿袭了16世纪下半叶文艺复兴时期宫廷诗歌中纵情享乐、沉溺声色的传统,以描写战争、爱情、尚武、效忠等内容为主,反映了当时贵族阶级的情调,既有世故的成分,又不乏天真。抒情派所创作的诗歌多为偶体押韵诗,他们在创作上追求艺术完美,认为诗歌中不能缺少流畅的节奏、简练的语言。他们的作品成为古典主义诗歌恪守典雅、简洁的起源。在这里,我们主要对骑士派诗人理查德·洛夫莱斯(Richard Lovelace,

1618—1657）和抒情派诗人约翰·丹阿姆（John Denhem，1615—1669）的诗歌创作为例来进行说明。

理查德·洛夫莱斯是一个典型的骑士派诗人，他出身于肯特郡一个有影响的贵族家庭，求学于牛津和剑桥，曾写过一部喜剧和一部悲剧，后失传。洛夫莱斯是一位忠诚的保王派人士，他将全部的家产耗尽在了保王事业上，并且多次入狱。后来，洛夫莱斯在伦敦经济条件十分拮据，居住条件恶劣，生活状况很差，意志也十分消沉，最后在贫困悲惨中死去。

洛夫莱斯在英国诗坛的地位和声誉很稳固，他所创作的诗歌多属于抒情、写景或恭维颂德之类的，创作内容涉及战争、爱情、效忠、荣誉等，表现出中世纪的骑士精神。内战结束后，传统价值的解体导致了他个人理想的破灭，因此，他的诗歌反映了内战的影响以及骑士派诗人对生命、战争等的态度，通常表现出一种感伤情绪和幻灭感，格调较为低沉，句法和用典有时也十分隐晦。这个时期他所创作的诗歌清新活泼、想象奇特、节奏明快，充满睿智之语，表现出了一位肯特郡乡村绅士个人的情趣，以及骑士派诗人与乡村、大自然之间的渊源关系。此外，还体现出了对爱情的崇尚，对王室的忠诚。例如，《狱中致阿尔济亚》写道：

当爱神展开自由的羽翼
在我这重重的牢门内翱翔，
把圣洁的阿尔济亚带到这里，
扒着铁栅低声地倾诉衷肠；
当我被他的乱发缠住，
被他的双眸羁留，
在空中纵情嬉戏的神物
也不如我自由。

这首诗充满机智巧妙之语，纯朴自然，不事雕饰，无迂腐冗长的痕迹，表达了自己虽身陷囹圄，但仍然不忘效忠王室，并怀念爱情，享受心灵的自由的情感。

总之，洛夫莱斯的诗歌通常采用警句式的简练手法和歌谣般的节奏，结构明晰，韵律和谐，常被读者广泛传诵。

约翰·丹阿姆（John Denhem，1615—1669）出生于爱尔兰一个贵族之家，先入牛津，后入林肯法学院。父亲死后他继承大笔遗产。内战时他效忠王室，曾被国会军监禁，斯图亚特王朝复辟后，他被封为爵士，并当选为国会议员和皇家学会会员。死后葬于西敏寺教堂的“诗人角”。

丹阿姆因一首长诗《库泊山》而享誉诗坛。这首诗共有358行，在诗中，丹阿姆采用著名的双行押韵体，集写景与感怀于一体，借描绘某个特定地区的风景来反思历史、政治、哲学和艺术等，这种文体极大地影响了后世诗人的创作。库泊山位于伦敦附近，诗人登临山顶，借景抒怀，其中以"啊，我愿像你一样流淌"开头一段最为著名：

啊，我愿像你一样流淌，让你的洪流
成为我崇高的榜样，因为这是我生命的主旋律！
你虽然深沉但很清澈，虽然温柔但不呆滞，
你坚强而不愠怒，盈满而不涨溢。

在这几句诗句中，诗人对附近的泰晤士河进行了歌颂，同时也对权力、自由、专横与武断等进行了联想与评论，并在结尾时发出警告千万不要发出堤内河水的咆哮，因为狭窄的河道无法管制涨溢的洪水。这首偶体押韵诗十分平衡匀称，同时又铿锵有力，使用简洁的语言和强烈的对比，不时插入警句隽语，在风景如画的景物描写中涉及庄重严肃的主题，使得这首诗成为英国诗坛的经典之作。

后世许多诗人纷纷仿效《库泊山》，其中最著名的有亚历山大·蒲柏（Alexander Pope，1688—1744）的《温莎林》和威廉·华兹华斯（William Wordsworth，1770—1850）的《丁登寺杂咏》，充分显示了《库泊山》的影响。

总之，丹阿姆擅长借景抒怀，将深刻的道理蕴含在景物之中，语言简洁有力，节奏流畅，艺术高超，是英国文坛上的一位杰出的抒情派诗人。

二、拥护共和政体的清教徒派诗人的诗歌

清教徒派诗人多主张革命，拥护共和政体，反对专制，因此，他们所创作的诗歌涉及革命政治内容，具有较强的现实性和时代性，语言生动、措辞准确，节奏复杂多变、交相辉映，诗行富丽宏伟，高贵庄严，引人入胜。在这些清教徒诗人中，最为著名的是约翰·弥尔顿（John Milton，1608—1674）。

约翰·弥尔顿出生于伦敦一个富裕的清教徒家庭。弥尔顿的父亲具有较高的文化修养，在音乐和古典文学方面造诣很深。弥尔顿自幼好学，接受了古典文学的熏陶和人文主义思想的影响。1632年他获得硕士学位，1635年，他回到他父亲在白金汉郡霍顿镇的乡下别墅居住。当他走出霍顿、再度露面时，他已成为当时学识最渊博的学者。到23岁时，他的诗作已经显出他的卓尔不群的诗才。他有句名言："谁要希望自己能成功地写出值得称赞的东西，就得自己成为一首真正的诗。"1638年，弥尔顿前往欧洲大陆旅行，拜访文人学士，瞻仰名胜古迹。1639年，英国国内奏响了革命的序曲，弥尔顿立刻启程回国，从教育和宣传入手开始了他的

革命事业,持续了二十年。1642 年,他与年轻任性的保王派乡绅的女儿鲍威尔·玛丽结婚,婚后多坎坷。1652 年,他双目失明,写了著名的十四行诗《当我想到我的眼睛是如何失明的时候》,充分地说明了他信仰的虔诚、革命的激情和高尚的情操。同年,妻子玛丽逝世。1656 年,弥尔顿续娶了温柔贤德的嘉德琳·胡德科克,两人恩爱极深,不料嘉德琳在婚后 15 个月因产褥热死去。1660 年,革命遭受了重大挫折,弥尔顿遭到迫害,作为"弑君者"的辩护人被关押,虽免于一死,但财产被没收,著作被焚毁,行动受到监视。不过,他一直坚持革命立场,全力投入诗歌创作中,呕心沥血地完成了辉煌的三大诗作:《失乐园》《复乐园》和《力士参孙》,达到了他创作的最高峰。1674 年 11 月,弥尔顿因痛风发作导致心力衰竭,在贫困中病逝。

弥尔顿是 17 世纪最伟大的诗人,英国最杰出的资产阶级革命作家。他的诗歌在多个领域都取得了突出的成就,既写出了优秀的田园挽诗、抒情短诗,精美的十四行诗、牧歌,出色的诗体悲剧,也写出了伟大的史诗。这里将对他的代表作品《失乐园》《复乐园》《力士参孙》进行分析。

《失乐园》起笔于 1658 年,完成于 1665 年,出版于 1667 年,初版 10 卷,1674 年第二版时改成传统史诗的 12 卷形式。《失乐园》的内容取自《旧约全书》,堕落的天使领袖撒旦率领众天使奋力反抗上帝,但最终以失败告终。他们被逐出天堂,赶进地狱,在烈火中遭受折磨:

胆敢同万能上帝较量的他,
经不住千钧一击,从天空直落万丈,
遍体鳞伤,火焰包身,
跌入无底的深渊,
身披铁硬的枷锁,天火烧着全身,
就这样困住在地狱。
但撒旦并没有气馁,而是想重整旗鼓,决心复仇:
打败了又有什么?
并不是一切都完了!不屈的意志,
复仇的决心,永恒的仇恨,
绝不低头认输的骨气,
都没被压倒,此外还有什么?
他发火也好,动武也好,却永难从我身上
夺得胜利的光荣。

撒旦认为"低声下气,屈膝求饶""才是比打败更丢人的耻辱"。于是他召集群魔共同商议对策,鼓舞大家的斗志,最后他们选中的目标是生活在伊甸园中的亚当和夏娃。撒旦试图诱惑他们违背上帝的意志，偷吃生长在智慧树上的禁果，以达到反抗上帝权威的目的。上帝知道撒旦的用心和计划，于是派天使拉斐尔对亚当和夏娃进行警告，要他们严格履行尊重上帝的誓言，并由拉斐尔详细告诉他们上帝怎样用七天时间创造宇宙万物和人类，以及撒旦怎样反抗上帝被逐出天堂的经过。后来，撒旦来到园中化身为蛇，以虚伪动听的话引诱夏娃尝食了禁果。亚当为了和夏娃共同受罚，也吃了禁果，于是亚当和夏娃便失去了天真，他们开始以裸为羞，七情萌生，上帝将他们逐出了乐园：

夫妻俩向后一看，看清了
天堂的东面，原是他们的安乐园，
现在却被那条闪亮的光带封住。
大门紧闭，门上怪脸狰狞，刀剑如炬。
他们流下了泪，但不久擦干了：
全世界躺在他们面前，任凭他们挑选
住的地方，有上苍在前引导。
两人手挽着手，慢步绕行，
孤零零穿过伊甸园。

全诗就此结束，人类的世间生活也随之开始。从此，人类享用“智慧”和“知识”，但也脱不去原初的罪恶和死亡，逃不掉随之而来的痛苦与磨难。

《失乐园》是一部宗教色彩十分浓郁的诗歌，在诗歌的第1卷中，诗人写道：“我要拥护上苍并证明上帝对待人类的态度是公正的”，但诗中对上帝和天堂的描绘与诗人的初衷及宗教信仰是相违背、相抵触的。作为一个虔诚的清教徒，上帝应该是书中讴歌赞颂的主人公，但在诗中却成了威严权势的象征，在他周围的是一群一味附和、恭顺听从、毫无个性，极尽阿谀奉承、歌功颂德之能事的天使，而反叛者撒旦的形象却被渲染得有声有色，气势十足。当他在与上帝的斗争失败之后，他的选择是“宁在地狱为王，也不愿在天上称臣”，他说道：

打败了又有什么？
并不是一切都完了！不屈的意志，
复仇的决心，永恒的仇恨，
绝不低头认输的骨气，
都没被压倒，此外还有什么？
他发火也好，动武也好，却永难从我身上
夺得胜利的光荣。

这段自白体现出了撒旦毫不气馁、勇往直前的反抗精神和持之以恒的韧性。撒旦实际上成了全诗的中心人物。这种言此而及彼、欲抑而实扬的结果十分清楚地折射出诗人作为一个失败的革命者和一个清教徒内心强烈的矛盾和冲突。

在《失乐园》中，弥尔顿用充满激情的诗句，在壮阔的背景下气势恢宏地表现了两种势力之间针锋相对的斗争，塑造了撒旦不屈不挠反抗专制权威的精神，同时，诗人也没有忘记对撒旦的缺点进行刻画，作为魔王，撒旦具有野心勃勃、骄横狂妄、为非作歹的特点。到了诗歌的最后，撒旦变得越来越令人厌恶。从整体上而言，弥尔顿赋予了撒旦英雄与恶魔的双重特征，增加了撒旦这个人物的可信度，也使得这个形象被视为世界文学史上刻画得最为成功的人物之一。虽然撒旦及其追随者反抗上帝及其权威是以失败告终的，但弥尔顿显然是站在撒旦一边的。撒旦与上帝的冲突和对抗实际上是当时英国社会代表自由的国会和专制顽固的王政势力之间斗争的写照。诗中所容纳的不畏强权、反抗专制的革命内容是十分明显的。约翰·德莱顿(John Dryden,1631—1700)认为撒旦反抗上帝可能暗示弥尔顿反抗复辟的查理二世。18世纪革命浪漫主义诗人珀西·比希·雪莱(Percy Bysshe Shelley,1792—1822)、乔治·戈登·拜伦(George Gordon Byron,1788—1824)等人更是从诗中挖掘出极为丰富的革命内容。

《失乐园》除了在内容上独树一帜外，在艺术手法上也有着独特之处。全诗散发出浓厚的人文主义气息，用无韵诗体写成，多采用"弥尔顿式"的连贯长句和独特的拉丁文句法，声响悦耳，韵律优美，全诗抑扬顿挫，流畅而变化多端，此外，史诗还创造性地采用了中世纪文学的象征和寓意手法。诗中不同背景中某些词语的象征性重复，复杂的明喻夹杂着暗喻，具有拉丁意义的双关语，无意识地运用一些反讽意义的短语，加上大量的《圣经》典故和暗引，从而让《失乐园》有了海纳百川而成汪洋的气魄，折射出英国17世纪的时代精神。

《复乐园》创作于1671年，取材于《新约·路加福音》第4章，共4卷，篇幅较短，规模较小，叙述基督不为撒旦诱惑的故事，从题目上看显然类似《失乐园》的续集。在这篇诗歌中，撒旦先是化身为一个老者，劝说空腹四十日的基督变石头为面包，但基督识破其伎俩，严词拒绝。次日，撒旦摆上丰盛宴席，被基督遭拒绝之后又频频使出财富、权力、荣誉、智慧等对他进行引诱，结果全都没有起到预期的效果。全诗体现出了基督坚定地遵从上帝的旨意，自我克制以及不害怕任何艰苦磨难的精神。可以说，《复乐园》承接了弥尔顿以前诗歌的诱惑主题。《失乐园》中亚当和夏娃受到诱惑而堕落，而在这首诗中基督坚信上帝的诺言一定会实现，乐园必可复得。他凭着忍耐、刚毅和遵从上帝的决心战胜了诱惑。与《失乐园》相比，《复乐园》无论是在语言风格上还是在内在气势上都较为逊色，因此，在《失乐园》的盛名之下常常不被人重视。人们通常认为这首诗缺少充沛的激情，但也表现出了弥尔顿虔诚的信仰，坚定的意志和敢于牺牲自我的革命精神。

《力士参孙》是弥尔顿最后一部诗艺高超的力作。这部诗剧的材料取自《圣经》中的《士师记》，其外在形式及总体艺术效果均是对纯古希腊式的悲剧的模仿。与伊丽莎白时代的悲剧不同，它强调时间、地点的三一律，剧情发生在 24 小时之内，背景局限在某一地点，并对一个主要人物的命运进行了集中叙述。

以色列的英雄力士参孙由于妻子的出卖而被菲利斯人弄瞎双眼囚禁为奴，参孙为了复仇，在替菲利斯人表演武力之际拉倒神庙内大柱，与敌人同归于尽。诗剧并非为舞台表演而写，因此剧中没有具体的行动，剧情主要发生在参孙的内心深处。剧中大部分对话都是心理分析，是参孙经历痛苦、屈辱、反思及至恢复信心、决定舍弃自身，毁灭自我与敌人同归于尽的整个过程。弥尔顿巧妙地利用了合唱队和信使的作用，从而避免在舞台上正面演示剧中拉倒神庙的暴力事件而产生的违背全剧主题的恐怖效果。合唱团和信使的功能在于提醒观众剧情发生的前因后果，合唱团的评论可以作为反映主人公感情的变化和心理状态的一面镜子，有利于推动剧情的发展和揭示诗剧的主题意义。这部悲剧关注的是人类的痛苦，人对神的公正，人对自身力量及生命价值的怀疑。全剧及合唱团没有对此作出明显的解释和评论，观众的感情完全集中在参孙的命运上，其最后的结局则带有强烈的痛苦和悲壮气氛。此剧旨在对《旧约全书》神意复仇的因素进行强调，而不意在表达《新约全书》的赎罪拯救及怜悯之类思想。

《力士参孙》之所以颇具力度而感人至深，是因为此剧颇有自传的味道。弥尔顿和参孙有着极为相似的生活经历，他们都是双目失明，经历失败而陷于敌手，心情沮丧，生活在复辟的逆流之下。诗中被征服的以色列就是清教徒，上帝的选民；而菲利斯人就是胜利的保王党人。尽管弥尔顿借参孙之口表达了自己内心无限的沉痛和悲哀：“我的光荣之路和耻辱之路已到尽头 / 不久我要与长眠的人相聚”，但弥尔顿在参孙身上表现了坚韧的意志和克制的精神，并最终像参孙那样克服了内心的失望、悲观和怨艾，完成了最后三部力作《失乐园》《复乐园》和《力士参孙》的艰苦创作，这三部著作成了他内心升华的有力见证。当然，三部作品的一切情节并没超过圣经故事的范围,充满诗人对神的指引的祈求。但是,这三部作品不再单纯地表示对革命的信念,它们还表现出诗人对个人内心及灵魂十分关注,对人类历史抱有坚强的信心。

总之,弥尔顿批判地继承了文艺复兴时期的人文主义思想,他所创作的诗歌中的主人公通常带有浓厚的个人英雄主义的色彩,在艺术上,他模仿古希腊、罗马史诗和悲剧的写法,但不受人为的清规戒律的束缚,最终成为英国文学史上最重要的诗人之一。他的诗歌创作对后世也产生了深远的影响,浪漫主义诗人华兹华斯、拜伦、雪莱等,都曾从弥尔顿的诗作里汲取激励和给养。可以说,弥尔顿是英国17世纪最伟大的诗人之一。需要指出的是,弥尔顿在诗歌中复活了一些古字,创造了一些听来仿佛拉是丁文的新词;他的句法和语法也相当复杂,诗句有时繁复、冗长,理解起来比较困难,因而也对后世产生了一些负面影响。

第二节 散文的多样化呈现

17世纪的散文在吸收继承前一世纪优秀散文传统的基础上,逐渐向平易、浅显的文风过渡,参与散文创作的人数众多,作品内容的覆盖面也很广,正式散文、人物素描、巴洛克式散文、政论文等各领风骚,从而显示出了多样化风格。

一、端庄凝重的正式散文

正式散文采取客观的态度来讨论问题,说理透彻,逻辑性强,结构严谨,用词讲究,风格庄重。其目的是阐发道理,明辨是非,启发教育,激励上进。这一类散文的开创者是弗朗西斯·培根(Francins Bacon, 1561—1626),他的作品形式庄重,句法严谨,辞藻绚烂,言语夸张。其内容涉及政治、社会、道德等方面的重要主题。这里将对弗朗西斯·培根的散文进行分析。

弗朗西斯·培根出生于贵族家庭,他的父亲是伊丽莎白女王的掌玺大臣。培根从小就十分聪明,6岁即出入宫廷,12岁进入剑桥大学,14岁作为研究生学习法律,21岁成了律师,23岁被选为议员,从此步入政界,飞黄腾达。1607年,他被任命为副检察长,1613年升任检察总长,1617年又升为掌玺大臣,获得父亲的高位,1618年改任大法官。1620年他被授予爵号,成为圣·阿尔本斯子爵。但在一年后,培根便被人控告受贿,投入监狱，并被罚巨款。在交了罚款之后，培根重获自由，从此远离政坛，隐居家中，著书立说。

培根的第一部散文集出版于1597年，共有10篇；到了1612年出第二版时，增至38篇；到了1625年出第三版时，共增至58篇。从整体上看，培根所创作的这58篇散文，大体上可以分为三类：第一类以探讨人与环境的关系为主题，如《论逆境》《论友谊》《论旅行》等；第二类以人与造物主的关系为主题，如《论死亡》《论无神论》《论迷信》等；第三类以人与自身的关系为主题，如《论读书》《论抱负》《论高贵》等。培根的这些散文表述了他对政治、社会、道德、宗教等问题的看法，并教导人应该以什么样的方式面对生活中存在的各种问题。需要指出的是，这些散文透露出了培根的机会主义思想，他认为成功的准则是智谋和审慎，而非诚恳与忠实，因此，他教给读者的是如何追求成功的方法和技巧，也正因如此，英国的著名诗人亚历山大·蒲柏（Alexander Pope，1688—1744）称其为“全人类中最博学、最聪明，也最卑鄙的人”。

培根的散文具有庄重、华丽、夸张、简练的特点，每一篇都字斟句酌，句法严谨，浓缩到像谚语箴言一样，充满警句格言，因此，他的散文读起来像是一位师长在教化后生，又像是一位至高无上的智者，俯视世界万物，对政治体制、宗教信仰、道德观念、社会生活等方面进行冷静的、理智的观察，并作出极具智慧的评论。例如，他在《论读书》中写道：

> 读书使人充实，讨论使人机智，笔记使人准确。因此不常做笔记者须记忆特强，不常讨论者须天生聪颖，不常读书者须欺世有术，始能无知而显有知。读史使人明智，读诗使人灵秀，数学使人周密，科学使人深刻，伦理使人庄重，逻辑修辞之学使人善辩：凡有所学，皆成性格。人之才智但有滞碍，无不可读适当之书使之顺畅，一如身体百病，皆可借适宜之运动除之。

从这段文字中，我们可以看出培根散文具有以下几个特点：第一，短小精悍，主题严肃而集中，形式凝重，却又旁敲侧击，面面俱到。第二，用词准确、简练，常常难以增减或者替换，词小而意深。第三，句子结构紧凑，没有重复或者多余的词语或句子，转换自然。第四，排比句居多，并多为三重结构，从而呈现出了平衡美。第五，在声律上有很强烈的节奏感，轻重音相间，读上去铿锵悦耳。

总之，培根的散文多经过精雕细琢，一字一句像是一条条格言一样，洗练含蓄，意味无穷，并极大地影响着后世散文的创作，几乎成为散文创作的主流，直到19世纪的时候，这种端庄凝重的散文风格才得到了彻底的改变。

二、集中于描写典型人物的人物素描

除了培根的正式散文之外,17世纪中还流传另一种散文体裁,可称为"人物素描"。这是对生活中人们熟悉的各种类型人物如诗人、农夫、绅士、大学生等,所作的静态描绘。这些散文所描绘的是某一类型的典型人物,作者将这一类型的典型特征均集中在这一人物身上,便化成一个代表,代表着整个类型而存在。这类散文常常用一种幽默讽刺的笔调将各种类型人物的特征加以浓缩、综合和戏剧化,吸引读者的注意力,并且立刻与自己周围的熟人联系起来。这种对典型人物的观察、研究与再现,给当时的散文创作带来了新的趣味。这类散文的代表作家主要有艾萨克·沃尔顿(Izaak Walton,1593—1683)和约翰·厄尔(John Earle,1607—1665)。

艾萨克·沃尔顿出生于斯塔福德,成年早期居住在伦敦。他在舰队街做过一段时间的五金商(五金器具商人),后专门从事文学创作,和多名文学界名人相识。大概在1644年,沃尔顿退休回到斯塔福德,但1650年又回到伦敦。斯图亚特王朝复辟后,沃尔顿在温彻斯特定居。

沃尔顿的杰作《垂钓名家》是人物素描散文的突出代表。此书1653年出版后在12年中再版了4次,可见其受欢迎的程度。作者采用钓者与捕鸟人及猎人的对话,对典型的钓鱼人及其闲情逸致的生活与海阔天空的遐想进行了生动的描绘。这本小书被公认为英国田园文学的最高成就之一。其实作者所描绘的自由自在的生活正是为了和当时社会的动乱现实形成鲜明的对照,因为越是在动乱时代,人们越向往自由安宁,越想做一个像钓者一样与世无争的闲适的人。19世纪著名散文家查尔斯·兰姆(Charles Lamb,1775—1834)称赞此书说:"书中洋溢着天真无邪、纯洁单纯的精神……一个人在任何时候开卷阅读都可获心平气和之益。"现摘其中的一小段为例:

> 乃是一个男人最好的动产,和原株接连在一起的嫩芽,能产生出甜蜜的果实;对她丈夫而言,她不只是一个朋友,可又说不上是累赘:是他婚姻匹配中的搭档。灾难困苦,她与他共尝,不能使他欢喜的事也不能使她欢喜。她与一切都有牵连;他离开她,只能算是半个人。她是他的不在场的手、眼、耳、口;也可说是他的不在场和在场的一切。她把她的本性和他的糅合在一起:水仙花之追随阳光都没有那样的心甘情愿。倔强顽梗是她的园地中所没有的莠草。飞短流长的闲聊天,她交给

了本地爱磕闲牙的人去做，她常露面而不饶舌。她主持的是家；因为照顾家，她很少不在家。她引以自傲的是整洁，她节俭是为了不浪费。她懂得教养孩子，使不成为浪子；一个丈夫而没有她便是一个穿男装的悲剧；只有她能对一个老年的丈夫成为一根扶持的拐杖和一张舒适的坐椅。总而言之，她是又贤惠又虔诚，所以使得她才能如此。

这段话形象生动地描写出了一个贤惠的好妻子的光辉形象，突出了她性格的倔强、不饶舌、勤俭持家、爱整洁、懂得教养孩子以及对丈夫的体贴、帮助与配合，可以说是任劳任怨，与丈夫共同面对生活的一切灾难困苦，一起创造美好的家庭生活。这样的一个好妻子让读者读后不禁赞美不已。

约翰·厄尔（John Earle，1607—1665）是一位成就更大的描绘人物的作家，他18岁入牛津大学，1624年获硕士学位，毕业后留在牛津的默顿学院任教，直至1639年，其间，发表了《世界缩影》这一人物素描的集子。后来，他又担任了查理亲王的私人牧师。厄尔在政治上是属于保王派的，内战时期，他曾流亡国外。王朝复辟期间才再次回到英国。1662年，厄尔成为沃塞斯特教堂的大主教，转年又被任命为舒士伯利大教堂的主教。虽然厄尔是主教，但是他对不信奉国教者主张宽容。

《世界缩影》中的《年轻的大学生》充分展现出了作者描绘人物幽默讽刺的笔调，现摘录其中一段为例：

他资格老的征象有二，一是制服的绒边磨损，一是精于打网球，一旦能打一盘（六局）他便不复是一年级生了。他的书房通常备有精致的书架，他的书有精致的丝带条，他给他父亲的仆人看，但是不愿解开，不愿取下来，生怕放错地方。天气坏的时候，他到书房去消遣，翻看他的导师读给他听那些漂亮的书，普通都是些短的历史书，或优浮弥欧（即John Barclay之笔名）的作品；因此他的导师给他一点零钱明天用。他主要的盘桓的地方是图书馆，他在那里研究勋纹和有关荣誉奖章的书籍，变成为精通谱牒的专家。他最不能忍受的是被人认为他乃是一个学者，他厌恶黑袍，纵然那是缎子做的。他的伴侣平常是些无聊的人，以善巴结阔学生而出名的家伙，他起初喜欢他，随后就看不起他。

这种短小简略的人物素描毕竟偏于浮光掠影，难以深入全面地发掘，因此17世纪中期以后逐渐势微，但这种对人物类型的描写方法却在一定程度上推动了18世纪小说的发展。小说将人物的塑造从类型转向了个体，从共性转向了个性。

三、繁复、华美的巴洛克式散文

在风格上和培根简约精练的散文形成鲜明对照的是巴洛克（baroque）式的散文。“巴洛克”一词起初用来指17世纪意大利的艺术及受其影响的其他欧洲国家尤其是德国的建筑、雕塑、绘画等艺术。在文学上则指辞藻华丽、装饰奇巧、句法繁复，甚至带有神秘色彩的诗歌和散文。这类散文的代表作家主要有托马斯·布朗（Thomas Brown，1605—1682）。

托马斯·布朗出生于伦敦，在爱丁堡长大，早年求学于牛津大学，后来学医，获医学博士学位后，行医达50年之久。他在政治上是保王派，但从来没有不介入政治活动中。散文代表作《医生的宗教》，共有两部分，第一部分反映了作者自己对宗教信仰上各种问题所持有的矛盾看法；第二部分涉及对信仰怎样克制和容忍的问题。在这部散文中，布朗写出了自己作为一名医生对自己信仰的表白以及自我的内心活动。他试图将宗教和科学协调起来，在科学方面，他崇尚理性，用理性的目光对万事万物进行审视；在精神方面，他信奉国教，认为科学和哲学应该对宗教的发展予以必要的支持。

布朗的散文风格奇特而突兀，文字隐晦而多义，句法冗长复杂，用典较多，散文的诗意浓郁，带有十分明显的17世纪流行的巴洛克风格。例如，他在《医生的宗教》中写道：

> 讲到我的宗教，虽然有几项情况可能使得世人以为我根本没有宗教，诸如我的职业之一般的丑闻，我所攻读之自然科学，我在言行方面对于宗教之表现不足，既不强烈拥护某一宗教信仰，亦不热心反对另一宗教信仰；虽然如此，我敢毫无逾越地采取一个基督徒的光荣名义。我胆敢如此，并非只是由于曾经受过洗礼，受过我所受的教育，或由于我出身的环境，诸如从小所受的教养使我不得不确认父母灌入我幼小心灵的种种信条，或随从大众信奉国人共同信奉的宗教；而是在年龄较为成熟之后，亲自观察判断一切，我发现我不能不根据神的启示以及我自己的理性的法则而只能采取此一名义。我并未因为热心于此而忘怀了我对人类应有之广泛的爱心，如对于土耳其人、异教徒以及（尤为恶劣的）犹太人表示痛恨而不表示怜悯；我只是有了基督徒的名义而深自庆幸，对于拒受这个光荣名义者并无恶意。

从这段文字中我们可以看出，布朗的散文表达清晰，节奏明快，并无拖泥带水之感。

布朗的《瓮葬》也是巴洛克式散文的典型代表，从下面《瓮葬》中的一段话中不难看出，在句式上布朗喜爱使用古老的结构，但他思维敏锐，转换迅速，表达清晰，节奏明快，使读者感到他的语言依然具有活力。不过，他使用的词汇却十分沉重、古旧，矫揉造作，甚至拉丁化。他常用拉丁语的派生词来表达微妙的含意。

> 时间使古迹成为过去，善将一切化为尘土，然却未危及这小小碑石。吾辈妄图以人人可见之棺墓留名，实则无名反久远，无闻得保存……人代代逝去，一些树木却常青，古老家族也难与三棵橡树比长久。遗忘遍撒邪恶的种子，从不予人以长久记忆……但人却为高贵动物，赫然化为灰烬，傲然埋于墓中，生死同辉，虽性劣而不忘伴以盛典。

总之，布朗的散文具有雄壮的节奏、浓郁的情调、富丽的词句，巴洛克风格明显。

四、战斗的武器——政论文

17世纪英国经济、政治、宗教上的大动荡，诸如原始积累、海外扩张、王位更迭、清教兴起、科学发展等，都必然会反映到散文之中，将散文从书斋里解放出来，带进了人们的实际生活和政治斗争之中，使散文成为有力的战斗武器。在这一时期政治性的散文或曰政论文有了迅猛的发展。其主要的形式为散发的小册子。其实，16世纪后期已经出现了这种形式，主要为文学上或宗教上的争论。而到17世纪中期，这些广泛发行的小册子却主要服务于政治目的。有些小册子不仅是英国政治史上的重要文件，而且由于其文字的铿锵有力、动人心魄，更成为上佳的文学作品。约翰·利尔本（John Lilburne，1614—1657）的政论文堪称这一时期的代表。

约翰·利尔本出生于英国东北部德罕姆郡的一个家世显赫的乡绅家庭，参加过保皇党作战的国会军，并获中校军衔，后来退伍。虽然他没有什么教育背景，但是他对历史、宗教和法律进行了较为深入的研究，与此同时，他还大力宣传和鼓动自由事业，他的很多散文都显现出了他的民主思想，这些散文鼓励着人们为实现“人人平等”、言论和出版自由、宗教信仰自由以及人身和财产不可侵犯的自由而斗争。

利尔本所作出的重大贡献之一就是影响了《人民公约》的制定。1645年10月，利尔本因公开谴责国会议员在战士浴血奋战时却在享受安逸生活，而在狱中的他写了名为《英格兰合法的生而应有的权利》的小册子，表达了他的政治观点。1646年7月，利尔本因指责曼彻斯特公爵是叛徒、亲保皇党分子而被关进伦敦塔。很多的民主人士呼吁释放利尔本，并因此形成了一个新的派别——平等派，要求合理的税收、政府的法治、国会的年选、普通的公民权等，这也正是利尔本在伦敦塔中所写的《人民公约》的第1版中的内容，并引起了广泛的讨论。此后，1648年9月，利尔本把经过修订的《人民公约》第2版递交给国会。1649年1月，下议院作出"禁止发行宣传品小册子"的决定，这使得以利尔本为首的平等派发起了针锋相对的请愿运动，要求下议院恢复出版自由。在此期间，利尔本撰写了《揭发！英国的新枷锁！》一文严厉批评了下议院的做法，一个月之后，利尔本又撰写了《揭发！英国的新枷锁！之二》，对议会压迫人民的行为予以了进一步谴责，并尖锐地指出新共和政权并不服务于人民的利益，只会给人民的伤口上撒盐。1649年，利尔本和他的战友们对《人民公约》进行了再次的修改补充，成为人们所熟知的第3版。

从整体上而言，利尔本的散文多为政论文，言辞之间充满了冷嘲热讽，并带有十分强烈的感情色彩，因此鼓舞性极强，同时也具有揭露性和批判性，如《英国自由的人民，看一看国务委员会的内幕吧！》一文揭露了军政当局镇压、抓捕、审讯持不同政见者的倒行逆施，《英国人民合法的基本自由》（修订本，经确认及已被事实证明的）的小册子引用《圣经》以及著名法学家的论述，将矛头直接指向克伦威尔政权，指出克伦威尔政权践踏、违背法律法规以及誓约、诺言，其行为与叛国罪完全一样。

总之，利尔本通过散文创作在英国政坛上引起了较大的反响，别人称他为"为自由而生的约翰"是十分精当的，他以匕首般锐利、形象而生动的语言鼓舞着英国民众为自由而战，是英国散文史上一位重要的作家。

第三节　小说的初步发展

17世纪上半叶时，一些作家创作的现实主义小说在英国备受青睐，小说的读者群从原来的贵族阶层扩大到了受过教育的普通百姓。此外，英国的散文发展迅速对同时代的小说家产生了深刻的影响，特别是性格描写散文，对英国小说的发展起到了推波助澜的作用。到了17世纪下半叶时，英国的文坛上出现了一些杰出的小说家如约翰·班扬（John Bunyan，1628—1688）、阿弗拉·班恩（Afra Behn，1640—1689），他们的创作实践进一步提高了英国小说的艺术质量，有力地扩大了它的社会影响，也极大地规范了英国小说，进而推动其健康发展。在此，主要对带有寓言性质的小说和反映殖民现象的小说进行分析，以勾勒出17世纪英国小说初步发展时的面貌。

一、带有寓言性质的小说

带有寓言性质的小说，即我们通常所说的寓言体小说，是指以寓言的形式写成的小说，它是一种通过假托的人物（动物、植物、无生物等）形象和带有劝喻或讽刺性质的故事对某种事理予以阐明的小说文体。它既有寓言的特点，又有小说的艺术，其主题不限于寓言本身，而是借此喻彼、借远喻近、借古喻今、借小喻大、借物喻人、借具体喻抽象，通过简单的故事体现出深奥的道理，以通俗、平易、畅达的方式表现出精深的思想和隽永的哲理。约翰·班扬是这类小说的杰出代表。

约翰·班扬出生于伦敦附近一个贫寒的乡村手工业者家庭，他只在乡村学校接受了一点启蒙教育，参加过克伦威尔议会军作战，这影响了他以后的宗教信仰和文学创作。1648年，班扬与一位出身清教徒家庭的姑娘结婚，成了热情的清教布道者。由于坚持传教，班扬被斯图亚特王朝逮捕入狱12年。在监禁生活中，班扬陆陆续续写下了诗集《狱中沉思》《天路历程》等小说以及《用灵祈祷》等宗教传道小册子。出狱后，他一边写作一边继续传教。班扬来自下层人民，一生致力于清教事业，这决定了他作品的民主倾向和宗教寓言性质。

班扬的小说代表作是《天路历程》《败德先生传》和《圣战》，在这些作品中，班扬不仅对英国社会的弊病和道德腐败进行了无情的讽刺，而且还集宗教寓意和现实描写于一体，体现出了很强的讽喻性、启示性和时代性。

《天路历程》是一个寓言故事，包括两部分。第一部分出版于1678年，第二部分出版于1684年，是英国17世纪最重要的一部小说，也是英国历史上最为流行的小说之一。

《天路历程》的第一部分讲述了主人公基督徒抛妻弃子前往“天国之城”选择信仰和救赎的冒险经历。在小说的开头，作者描写了自己在梦中见到的情景：

> 一个人穿着破烂的衣服，站在一个地方，背对着自己的房舍，手里拿着一本书，背上负着一个沉重的包袱。我正看着，只见他打开书本一边阅读，一边流泪，全身颤抖，后来情不自禁地

伤心起来："我应该做点什么？"

"我"所看到的这个穿着破烂衣服的人就是小说的主人公基督徒，他所拿的书就是《圣经》。在阅读完《圣经》后，基督徒开始相信天罚即将降临于他所居住的"毁灭城"，于是感到忧心忡忡，心神不宁。于是，他将这一可怕的消息公之于众，并劝说家人和邻居赶快逃离。然而，众人不以为然，甚至将他看作一个疯子。在宣道师的指引下，基督徒逃离故乡"毁灭城"，踏上寻找天国的路。基督徒的邻居"易变"选择了与他同行。经过"灰心沼"时，两个人掉了进去，"易变"挣扎着上来，不管基督徒的死活，自己转身回家去。"援助"前来把基督徒拉上岸，于是基督徒继续上路。他碰到了来自"享乐镇"的"世故智者"，"世故智者"劝他去"道学村"，会见"合法先生"及他儿子"礼仪"。在途中，基督徒遇到了一座喷火的山丘。正在他犹豫不决的时候，"福音主义者"出现在了他的面前。"福音主义者"告诉基督徒那些人都是想让他走向死亡。在"福音主义者"的指引下，他攀越"艰难山"，在"屈辱谷"与妖兽展开了激烈的搏斗，接着穿越鬼声凌厉的"死荫幽谷"，与"忠信"结伴而行，路经"名利场"时被"嫉妒""迷信""谗言"陷害，"忠信"身亡，基督徒逃出和新同伴"希望"继续前行，跨过"安闲"平原，拒绝"金钱山"的诱惑，却误入"怀疑堡垒"，差点被"绝望巨人"折磨至死，最后越过"快乐山""死亡河"，最终来到天国，受到天使的迎接。

《天路历程》的第二部分主要描述了基督徒的妻子克里斯蒂及其子女、朋友和邻居"宽恕"一起出发，去追随基督徒的过程，有些像第一步的回响。在这些新的追随者中，有一位名叫"仁慈"的先生一路上做他们的向导，并且帮助他们战胜巨人"绝望"和其他妖魔鬼怪到达天国。

在《天路历程》的第一部分和第二部分中，艺术成就最高的是第一部分。在第一部分中，班扬将梦境与现实巧妙地交织于一体，通过对主人公基督徒去天国寻求救赎的旅程的描写向读者宣传正统的宗教思想，试图告诉读者，人们只有像基督徒那样对上帝坚信不疑，强化原罪意识和赎罪心理，才能完全摆脱罪孽，悔过自新，实现灵魂的脱胎换骨，到达美好和永恒的境界。在叙述基督徒寻找天国的过程中，班扬为他设置了各种各样的障碍，这些障碍反映出了现实社会中的一些状况，从而折射出了深刻的道德含义。例如，对"名利镇"的描写：

> 差不多五千年以前就有旅客像这两位忠实的人一样到天国去；魔王、魔鬼和众喽啰从旅客所走的路线看出，浮华市是他们到天国去的必经之地，他们就设法在那儿建立一个市集——在市集上卖的是各种各样浮华的东西，并且终年不散。

团此，市集上卖的尽是这样的东西：房子、地皮、职业、位置，荣誉、升迁、爵位，国家、王国、欲望、快乐以及各种享受，如娼妓、鸨母、丈夫、儿女、主人、奴仆、生命、鲜血，肉体、灵魂，盒银、珍珠，宝石等，并且在市集上随时都可以看见变戏法的、骗子、斗技、赌博，小丑、仿效人的人、无赖、恶棍等，无所不有。这儿还可以一钱不花地看到偷窃、谋杀，通奸、发假誓的人，令人触目惊心。

这段对“名利镇”的描写，事实上展现的场面是地道的英国风光，也就是描绘了一幅关于英国社会风尚的现实主义的图景，这一方面展现了作者敏锐的洞察力，另一方面充分地体现出了作品的现实性和时代性，为18世纪的英国现代小说的崛起铺平了道路。

从整体上而言，《天路历程》成功地采用了《圣经》的语言风格，具有简单、清晰、有力、朴实的特点，细节描写生动，人物塑造鲜明具体，具有很强的感染力。例如，在人物的塑造上，班扬并没有将人物进行刻板化的处理，而是让他们各具特色，栩栩如生，这一点在这些人物的名字中得到了体现，如“柔顺”“老世故”“慈悲”“无知”等，都揭示了人物所具有的性格。以“柔顺”这个人物为例，他很想跟随基督徒去天国，但路途上碰到困惑、困难和考验他就动摇了，选择了回去。

《天路历程》也充满了象征意味，如艰难的天路象征着人生，天路的朝圣者象征着人，主人公基督徒寻求救赎的朝圣历程象征着人类摆脱尘世间烦恼和焦虑、追求永恒美好未来的过程。它还为英国和世界人民提供了大量家喻户晓的格言、警句和生动的比喻，丰富了英语语言，因此具有巨大价值。可以说，《天路历程》不仅是一篇具有说教性质的宗教寓言，也是一部具有较高艺术水准的现实主义小说。

《败德先生传》出版于1680年，这部小说以讽刺的笔调描绘了复辟王政时期英国社会的腐败与罪恶。整部作品以《作者致敬读者》作为开篇，全篇叙事采用了对话的形式，通过“智慧先生”和“关注先生”之间的对话描绘了一个名叫“败德先生”(即“坏人”)的一生，因此其副标题为“智慧先生和关注先生的对话”。通过“智慧先生”和“关注先生”的对话，我们可以得知“败德先生”年轻时候就显示出恶毒本性。他哄骗一个富有的女人跟自己结了婚，从而牟取了她的财产，使她一败涂地。在做买卖时，他通过假装破产，欺骗债主，并且还通过对顾客缺斤少两以牟取钱财。作为一个投机商人，他囤积居奇，哄抬物价，横行市场，鱼肉百姓。后来，他因为醉酒在回家路上摔断了腿，在病榻上表现出为期很短的忏悔。他的妻子死于绝望，他再次结婚，所娶的妻子比他还恶毒，最终败德先生暴病而死。“败德先生”是17世纪末英国奸商的典型形象。班扬通过这一不法商人的形象，对当时风行于英国社会的贪婪、狡诈、欺骗和腐败等丑恶现象，进行了详尽的描述和无情地揭露。

在这部小说中，班扬采用了新的艺术手法，虽然这部小说依然具有寓言的特征，但它不再以梦境的形式由第一人称进行叙述，而是通过“智慧先生”和“关注先生”两人之间的对话来揭示刚死不久的“败德先生”的恶劣行径。“智慧先生”和“关注先生”的分工明确，“智慧先生”承担了叙述故事的任务，而“关注先生”则扮演了评论者的角色。需要指出的是，“智慧先生”和“关注先生”之间的对话显得过于冗长和乏味，这反映了英国早期的小说在谋篇布局和叙述形式方面的不够成熟。尽管如此，《败德先生传》依旧是一部重要的小说作品，充满了清晰的地方色彩，文笔细腻，情节很逼真，为后人深入研究英国小说艺术的发展提供了重要的参考价值。有评论家认为，《败德先生传》可以被看作上接16世纪托马斯·纳什尔（Thomas Nashe，1567—1601）的《不幸的旅行者，或杰克·威尔顿的生活》，下连18世纪早中期丹尼尔·笛福（Daniel Defoe，1660—1731）的小说《摩尔·弗兰德斯》和亨利·菲尔丁（Henry Fielding，1707—1754）的《大伟人江奈生·魏尔德传》的过渡作品。

《圣战》出版于1682年，叙述的是邪恶势力企图攻占人的灵魂的城池的故事。《圣战》依然是一部带有寓言性质的小说。在这部小说中，第阿波勒斯通过诡计先后两次占领上帝创造的宇宙之城曼索尔城，而曼索尔城的建造者契代国王先派波纳基斯和另外三个船长去夺回城池，后来又派自己的儿子爱么麦尔亲自率部队围城，最终成功夺回曼索尔城。曼索尔城，英文为Mansoul，意为人的灵魂，象征着人类灵魂的居住之地，它的失陷与复得，反映了人类战争的残酷。

总之，班扬不仅是17世纪的一位艺术天才，而且是英国小说的伟大开拓者。他以朴实的语言，辛辣的笔调和敏锐的洞察力将英国复辟王政时期的社会腐败和道德堕落表现得淋漓尽致，起到了一位寓言家和社会批评家的作用。正如评论家所说：“他的作品表现出为他所独有的一种强烈的和谐，一种水到渠成、浑然天成般的简洁特点，并闪烁出富有创造性的智慧火花。班扬也是一位勇敢的战士，他的敌人就是人类的敌人，他的战斗就是人类的战斗，他的作品中所表现出的不屈不挠的精神是人类不可忽视的力量源泉。”①

① ［英］艾弗·埃文斯著，蔡文显译．英国文学简史[M]．北京：人民文学出版社，1984：208.

二、反映殖民现象的小说

在17世纪，英国小说处于初步发展阶段，反映殖民现象的小说开始出现，虽数量不多，但这些小说具有较强的现实性，为18世纪英国小说的崛起奠定了重要的基础。这里主要对英国最早的女性职业作家阿弗拉·班恩（Afra Behn，1640—1689）的小说创作进行分析。

阿弗拉·班恩（Afra Behn，1640—1689）出生于英格兰的肯特郡，早年曾随父亲移居南美州的苏里南，1663年返回英国，后来嫁给了一位商人。第二次英荷战争爆发前夕，班恩被英国宫廷派遣到比利时从事情报工作，战争结束后重返英国，但是不久，她便因债务问题而入狱。出狱之后，班恩开始从事文学创作，她早年的经历成为她文学创作的重要素材来源。在班恩的小说创作中，最具代表性的作品是《奥隆诺科，或皇家奴隶》，讲述的是一个非洲王子被强行卖到美洲为奴的故事。这是继《天路历程》之后又一部具有较高艺术水准的英国小说，也是英国文学史上第一部对奴隶表示同情的作品，暗含了班恩对殖民现象的抨击。

在《奥隆诺科，或皇家奴隶》中，小说的主人公奥隆诺科原本是非洲一个国王的孙子和王位继承人，但是因为老国王看上了一位将军的女儿英姆埃达，而英姆埃达正与奥隆诺科相恋，因此，为了拆散这对情人，老国王将奥隆诺科卖到国外，成为奴隶。后来，经过一系列的波折，奥隆诺科和英姆埃达两人在苏里南重新团聚。因为鼓动其他奴隶逃跑，奥隆诺科遭到当局的追捕。在绝境中，奥隆诺科迫不得已将英姆埃达杀死，以防止她落入虎口，遭受惩罚和侮辱。而奥隆诺科自杀未遂被捕获，最终被残酷地杀害。小说通过描述一对非洲青年的悲惨命运，从而对英国殖民主义者的残暴行为进行了无情的揭露。主人公奥隆诺科是一位正直、善良、勇敢和浪漫的热血青年。尽管他出身高贵，但不幸沦为“皇家奴隶”，成为腐朽制度的受害者。既然连他这样一位王孙公子也未能幸免于难，其他奴隶的境况也就不言而喻了。

从整体上来看，这部小说的情节曲折生动，框架结构清晰合理，人物形象有血有肉，充分体现出了作者对小说的驾驭能力。值得一提的是，在这部小说中，作者还掺入了不少近似于学术论文的篇章，深入探讨了作者本人对诸如宗教之类的抽象问题的认识与思考，严格意义上说有些偏离小说的主题。

总之，尽管17世纪的英国小说还不能够与现代小说同日而语，但它所取得的成就是不容忽视的，这些创作实践极大地促进了英国小说的成熟和繁荣。

第四节　英雄悲剧与风俗喜剧的崛起

在英国内战时期，特别是1642年至1660年这18年期间，由于清教徒掌握着英国的政权，他们认为所有的娱乐都是罪过，因此，他们关闭了所有的剧院，甚至把一些演员关进监狱，并且取消了公共假日。受清教徒的影响，英国的戏剧在此时呈现出了衰落的趋势，只有简单而原始的假面剧、木偶戏以及一些取自还没有被禁止的剧目中的闹剧场景能够得以演出。可以说，这个时期是英国戏剧的衰退时期。到了斯图亚特王朝复辟以后，当政的查理二世整日灯红酒绿、骄奢淫逸，对整个的国家气氛产生了重要影响。1660年8月21日，查理二世特许托马斯·基利格鲁（Thomas Killigrew，1612—1683）和威廉·达文南特（William Davenant，1606—1668）两人分别建立皇家剧院的国王剧团和约克公爵歌剧院。于是，这两个剧院和贵族势力联盟，在当时几乎将所有戏剧市场予以垄断，这种情形一直维持到了1800年，有力地促进了英国悲剧与风俗喜剧的崛起。

一、偏重于描写爱情与责任的英雄悲剧

英国17世纪比较流行的是英雄悲剧。在英雄悲剧中，男主人公通常英勇无比，高贵完美；女主人公一律风华绝代、美貌动人，且对爱情十分忠诚；主人公面对的多是爱情和荣誉的矛盾以及感情和责任的冲突等。剧本多用双行押韵体，人物的台词大多雄壮激昂，有时狂言乱语，舞台动作非常夸大。在英国英雄悲剧的创作中，约翰·德莱顿（John Dryden，1631—1700）是最早撰写英雄剧的作家，代表作有《征服格兰纳达》《一切为了爱，或者，迷失的世界》。在他之后，比较有影响力的悲剧作家有厄尔克南·塞特尔（Elkanah Settle，1648—1724）、约翰·卡里尔（John Caryll，1625—1711）、纳塞尼尔·李（Nathaniel Lee，1653—1692）和托马斯·奥特威（Thomas Otway，1652—1685）等。在这里主要对托马斯·奥特威的悲剧创作进行分析。

托马斯·奥特威出生于萨塞克斯郡，在温彻斯特和牛津上过学，在取得学位前他就已从牛津退学。1671年，奥特威到达伦敦，开始尝试当演员，不过很快他就投身戏剧创作，得到罗彻斯特伯爵十分微薄的赞助。1678年，奥特威索性去弗兰德斯当上了部队军官，可是转年他又迅速回到伦敦。辗转了一圈回来，奥特威还是身无分文。在戏剧创作中所取得

的成绩和声誉并没有给奥特韦的经济状况带来改观。在奥特威生命的最后五年中，生活对他而言是极度的窘困，而他也在窘困中郁郁地结束了短暂的一生，去世时年仅33岁。

奥特威一生共创作了6部悲剧，其中的《孤儿》或称《不幸福的婚姻》是家庭悲剧的代表作。在这部令人灵魂跌宕的家庭悲剧中，双胞胎第卡斯塔里奥和波利多尔同时爱上莫尼米亚，并成为情敌，最终手足相残，走向悲剧的深渊。全剧哀婉凄楚，感情浓烈，看着着实令人揪心。奥特威一改传统悲剧半遮半掩的叙事，直接将叙事引向人心最脆弱的地方，让观众在受到强烈震撼的同时，感怀人或在这个世界上所经受的无尽痛苦。对于无辜的受害者莫尼米亚，人们心存太多的不忍与感伤；对于这对因爱而手足相残的孪生兄弟，人们不禁有太多的懊悔与反思。可以说，这部悲剧成功地激起了观众和读者内心深处的共鸣。

奥特威所创作的悲剧中最著名的一部是《保全的威尼斯》，又称《暴露的阴谋》。剧中的嘉菲尔和高傲的参议员普莱尤里的女儿贝尔维德拉秘密结婚，使得普莱尤里感到十分生气。普莱尤里对嘉菲尔怀有深深的敌意和蔑视，这使得嘉菲尔对普莱尤里也有怨恨的情绪，并在朋友皮埃尔的鼓动下，加入了一场反叛威尼斯议会的阴谋之中。最终阴谋因为嘉菲尔而暴露。嘉菲尔觉得对不起朋友皮埃尔，在皮埃尔的请求之下，在刑台之上一剑刺死皮埃尔，让他如同英雄一样地死去，然后自杀。贝尔维德拉接着赶到刑台，发现丈夫已死，马上失去理智，很快也跟随丈夫死去。这部悲剧同样也引起了观众与读者的强烈共鸣，使其眉头紧锁，扼腕叹息。该剧曲折地反映了当时查理二世在位的最后年月里阴谋与反阴谋的社会环境，在历史上经常被搬上舞台。英国18世纪的大文豪约翰逊博士曾恭敬地评论说，这个剧本是“作者强烈孕育、然后原原委委道出内心真实的杰作”。

二、偏重于表现社会现实的风俗喜剧

英国17世纪的戏剧主要是喜剧，其中很多的喜剧作品贴近社会现实生活，大胆、直接、毫不掩饰地描写了王室及其附庸的生活，成为反映当时骄奢淫逸的社会生活及其风尚的一面完美的镜子，因此被称为“风俗喜剧”。“风俗喜剧”受法国喜剧的影响很大，这主要是由两个原因决定的，第一是受查理二世及其贵族从法国带回的法国贵族生活习气的感染，第二是受法国喜剧家莫里哀的影响。在某种程度上甚至可以说，英国这个时期的喜剧主要是对莫里哀喜剧的改编。但英国的戏剧家在对莫里哀的喜剧进行模仿的同时，并没有完全遵从戏剧的三一律，而是体现出了自己的特点。在这里主要分析下乔治·艾瑟里奇（George Etherege，1634—1692）和威廉·威彻利（William Wycherley，1641—1716）的戏剧创作。

乔治·艾瑟里奇是英国王朝复辟时期喜剧的奠基者。关于艾瑟里奇年轻时代的经历，人们知之甚少，甚至连他出生的年份都是从德莱顿的记录中揣测出来的。另据推测，他来自牛津郡，不过好像没有上过大学。从他对法语的熟练程度以及他对巴黎的熟悉程度似可推断出他应该在巴黎待过很长一段时间。以当下的视阈反观艾瑟里奇的时候，我们可以确切地说，他不是一个很深刻的人，抑或说他是一个故意回避深度的人，不过他亦拥有超人的魅力和闲适的格调。对他而言，真正的哲学来源于现实世界。他认为他的生活方式令他无法把很多时间投入阅读，不过他却有足够多的闲暇，能够在镇上无忧无虑地闲逛、审视自我。这种自我反省的重要发现之一就是他可以无限地沉迷于事物的表面，同时无须为外在的世界进行任何改变。他喜欢做一个温文尔雅、闲适恬淡的人。他的生性简单率真，好清闲，与王政复辟时期的宫廷社会习性不谋而合。他的好友中包括白金汉公爵、赛德利、罗彻斯特以及德莱顿等当时的社会名流。他深受王公权贵的喜爱，和演员们也打得火热，从不缺席新剧目的上演，对美丽女子极为关注和追捧。这样的生活习性都在他的喜剧作品中得到了体现，同时因为他深谙宫廷社会的种种礼仪与风尚，所以其作品均对当时上层社会生活的面貌予以了真实的反映。

正如艾瑟里奇的为人一样，他所创作的喜剧简单易懂，没有太多的附加意义，不为说教，不为传道，只是简单地为了“寻点乐子”。艾瑟里奇认为，只要所创作的喜剧能够让读者或者观众在欣赏时看到一幕幕滑稽景象会心一笑就足矣，因此，他的喜剧没有太多深刻的内涵。艾瑟里奇所创作的第一部喜剧是《滑稽的复仇》，又名《桶中之爱》，一上演马上就给他带来了极高的声誉。在这部喜剧中，艾瑟里奇讲述了一个爱情故事。波夫特男爵和布鲁斯上校都喜欢上了格里斯安娜，奥利利亚喜欢布鲁斯上校，最终奥利利亚和布鲁斯上校结了婚。帕默和维多是彻底的骗子，成功地骗走了尼可拉斯的1 000英镑，寡妇瑞琪爱上了弗雷德里克先生，并最终与之结婚。弗雷德里克先生的法国仆人督发，在故事里他被鸦片迷倒，失去意识后就被放入桶中，受到了寡妇瑞琪女仆人的报复。由此可见，这是一部情节十分闹腾的喜剧。不过，在描述爱情这条主线上，剧作家所采用的表现途径却是英雄对句，同时在人物的设置和情节上对法国的喜剧进行了模仿，体现出了法国喜剧对他的影响。

在艾瑟里奇的喜剧中，最具代表性的作品是《摩登人物》，又名《弗普林·弗拉特先生》,讲述的是放荡的德里曼特的恋爱经历。在第一幕第一场中,德里曼特对自己的经历有这样的评价:“我喜欢去深入了解一个新情妇,除此之外我喜欢和一个老情人吵架。”这句话充分体现出了德里曼特对待感情的态度,我们可能会觉得德里曼特对拉维特女士和贝琳达太过于残忍。但是,这种态度在当时的英国人看来并不为过,很多的英国人喜欢这部喜剧,就在于他们喜欢看德里曼特在不同的情人之间穿梭,并频频出错,感受这其中的滑稽。这部剧中有几个情节是相当精彩的,如拉维特女士愤怒的情景、老贝莱尔笨拙地向艾米利亚示爱的情景、小贝莱尔和哈利艾特佯装恋爱的情景、弗普林先生过分考究的出场以及伍德维尔女士和德里曼特的初次见面等,具有十分明显的喜剧效果。这部喜剧之所以被人们所重视,还有一个原因就是这部喜剧的结构,艾瑟里奇将戏剧结构交由人物的对抗、主题的交织对比以及语言的风趣幽默来决定,换句话说,是让结构顺由人物的出场和互动、主题的发展和语言对白的交替而流动,从而为这部喜剧增添了更多的趣味性。

总之,艾瑟里奇认为戏剧的使命只是为了戏剧本身,任何其他的使命对于戏剧来说都显得太过于沉重与多余,因此他的喜剧没有什么深度,但是,他在表现表面生活上做出了巨大的努力,从而为人们提供了一幅当时社会追逐声色享乐的图画。

威廉·威彻利(William Wycherley,1641—1716)是复辟时期剧作家当中最具个性的一位。他出生在什鲁斯伯里附近的克莱夫。15岁左右去了法国,在那里他出入上流社会,并最终成了天主教徒。1660年,他在牛津大学短暂逗留了一段时间,很快就进入了坦普尔法学院。1671年他的第一部喜剧上演,为他赢得了不小的声誉,同时也赢得了克里夫兰公爵夫人的青睐。1679年左右他和德拉格达伯爵夫人结婚,也因此冒犯了查理二世。曾有过一段时间,威彻利因为欠债入狱,后来因为他的《坦率的人》上演所得的收入才得以让他从监狱中释放出来。从1704年起,威彻利开始和亚历山大·蒲柏成为忘年交。

威彻利努力的方向似乎和艾瑟里奇不大一致。艾瑟里奇对于世事多少有点玩世不恭,避免流露真情实感,对那个彬彬有礼的上流社会有不少的揶揄和讽刺,而在喜剧中含有很多没有真实含义的对白,情节发展时而因为这样的对白而变得缓慢。他对生活的描绘仅局限于事物的表面,正如我们前面所说,艾瑟里奇的刻画往往缺乏深度。而威彻利的喜剧对生活进行了更加严厉的审视,对生命进行了更为尖锐的评价,以强烈独特的语言和充满动感的人物性格给人以深刻的印象,并鞭挞了人类的种种虚伪。他一生共创作了四部作品。

第一部《林中之爱》创作于1671年，讲述的是存在于社会中不同阶级里的情爱和私通的故事。在这部喜剧中，威彻利刻画了一系列令人印象深刻的人物，如奥德曼·格莱普是一个虚伪的清教徒，是一个典型的琼生风格的戏剧人物；弗里蓬特是一个好色的寡妇，无时无刻不在想着赶快找一个丈夫；达普惠特是一个天性愚笨的花花公子等。瓦伦丁和克里斯蒂娜之间的爱情是整部喜剧的主线。整部喜剧似乎要讽刺的一点是，在世间的众生相中，每个人都是他人愚弄的对象。

第二部《绅士舞蹈老师》创作于1672年，讲述的是希普丽达的恋爱故事。希普丽达为了避免和一个法国习气严重的纨绔子弟结婚，想出一个计谋，想找到一个真正的绅士来当自己的舞蹈老师，并与他结婚。在这部喜剧中，威彻利对那些花花公子身上体现出的习气进行了讽刺。从整体上看，这部喜剧的情节较为简单，讽刺也较为温和。

第三部《乡村妇人》创作于1675年，是迄今为止被认为是威彻利最好的作品。这部作品主要围绕两条线索展开，第一条线索的中心是宏尔，第二条线索的中心是品奇外弗的妹妹阿丽西亚。刚从法国回来宏尔假装自己性无能，但在暗地里却和别人的妻子通奸，后来还赢得了品奇外弗的妻子乡村妇人玛杰里的青睐。而被戴绿帽子的人得不到同情，反而受到人们的讥讽。阿丽西亚在伦敦对斯巴其斯进行了戏弄，最终和哈考特结婚。这部喜剧为人们提供了一幅复辟时期滑稽可笑但又冷峻残酷的社会肖像。在这部喜剧中，人物之间的对话辛辣讽刺，场景的安排十分老练，从而充分体现出了威彻利的戏剧掌控能力。就像在《林中之爱》一样，威彻利使得他的观众们和剧中的人物们结成统一战线，共同去声讨剧中那些虚伪、自私、矫揉造作的人。

第四部《坦率的人》创作于1674年，讲述的是曼利的故事，曼利原本是一个诚实的人，但是，当他被自己的情妇奥利维亚以及他的好朋友弗尼斯所愚弄和陷害后，也变成了一个骗子。他在被人出卖之后受到善良可爱的莫德里亚的同情和帮助。莫德里亚一直女扮男装，忠实地跟随曼利，最终赢得曼利的爱情。全剧讽刺意味浓厚，威彻利对风流韵事、寻欢作乐以及人物性格的缺陷进行了玩世不恭的嘲弄和轻蔑。

第四章 跨文化视角下的 18 世纪英国文学研究

特定的时代背景、文化思维会产生与之相应的文学内容。18 世纪英国的社会变革对文学创作产生了重要的影响。18 世纪最初 30 年,推崇古典文学创作原则的诗歌和散文取得了一定的成就; 18 世纪中期,以现实主义创作手法反映社会生活的小说成为文学的主要形式; 到了 18 世纪后期,感伤主义小说和诗歌成为文学的主流。与小说、诗歌、散文的创作相比,这一时期的戏剧创作出现衰微。本章内容主要对 18 世纪英国的诗歌、散文、小说、戏剧的创作进行具体研究。

第一节 诗歌的多派别发展

18 世纪,英国诗歌继续发展,涌现出一批优秀的诗人和诗篇,这些诗歌按照其遵循的美学原则和表达的情感内容,可分为新古典主义诗歌、感伤主义诗歌、浪漫主义诗歌,下面对其进行具体分析。

一、崇尚理性的新古典主义诗歌

确立于 17 世纪后半叶的古典主义创作原则,在 18 世纪逐渐发展成熟,一些诗人推崇理性,注重形式,强调艺术形式的完美与和谐。他们创作的诗歌大多是理性的,是关于城市的,是对古典诗歌的模仿,这类诗歌被称为新古典主义诗歌。新古典主义诗人中典型的代表就是亚历山大·蒲柏(Alexander Pope,1688—1744)。

亚历山大·蒲柏出生于伦敦一个信奉天主教的亚麻布制品商人家庭,他从小体弱多病,由于患有先天脊椎结核,因此无法像正常人一样长高,他身材矮小,身高只有 4 英尺。他虽然由于出身问题,难以在社会上取得显要地位,但在诗歌创作上却获得了很高的声誉。

蒲伯在文学上崇奉新古典主义,师承法国古典主义理论,他的诗精心雕琢，技巧圆熟，灵活地运用了“英雄双韵体”。他的创作思想深受法国古典主义家布瓦洛（Nicolas Boleau，1639—1711）的影响，他认为，“古希腊、古罗马作家的作品是诗歌艺术最优秀的典范，对其每位作家‘天天诵读，夜夜思忖’，终生研读学习”[①]。在这些思想的指导下，蒲伯创作了大量优秀的诗篇，其中比较重要的有《卷发遇劫记》《论人》《论批评》。

《卷发遇劫记》共分为五章，是一部滑稽英雄诗。它取材于日常生活中的一件小事：上流社会的花花公子彼得从他喜欢的贵族小姐艾若贝拉·菲尔莫头上剪下一缕鬓发，因而引起了菲尔莫和彼得两个家族的争吵，这件事在整个伦敦闹得沸沸扬扬。有人请蒲伯写一首诗劝说双方和好。蒲伯以此为素材写成一首幽默长诗，1712年出版后得到了很高的评价。蒲伯在诗中对终日无所事事、无聊透顶的上流社会的生活进行了讽刺。1713年，他又在该诗中加入了神话人物形象以及他们的英雄壮举，并增加了诗歌的幽默成分，在故事中引入了超自然因素，使滑稽的内容与宏伟神圣的史诗体裁融合在一起，通过这种强烈的对比表现被讽刺对象的滑稽可笑。

《论人》是蒲伯最重要的作品之一，它再现了18世纪英国的社会观念和价值观念，汇聚了众多古今哲学家的哲学思想，对于研究英国的文化和历史具有重要的参考价值。诗人在与朋友伯林布鲁克勋爵（Lord Bolingbroke，1678—1751）进行长谈之后，对宇宙、神学和当时的道德规范进行了深入思考，诗中展现了诗人对人的全面理解。《论人》由四封书信组成，第一封书信总结了英国和欧洲当时比较盛行的基本观念，对上帝创造的世界提出了积极的看法。蒲伯认为在上帝精心设计的等级体系中，人次于上帝和天使，优于低等生命，居于中间位置。人的知识和理解力是有限的，对世界的判断也具有一定的欠缺。蒲伯极力维护现行制度，还为上帝创造的万物中存在的等级制度正名。第二封书信对人的本质以及人类的现状进行了讨论。由于人处于神兽之间，因而人性中既有善的成分也有恶的成分。蒲伯认为上帝是一切善的源泉，人们应遵从和接纳上帝的规划。人人都应知其所，并乐得其所。第三封书信对人在社会中的作用进行了阐述。蒲伯指出每个人既要爱自己，也要爱他人。对于低于自己的物种，人被赋予了权力，同时也肩负着责任；对于社会来讲，人在自爱的同时也要友爱社会。宗教和政府在社会中相辅相成，使爱心得以弘扬。第四封书信对人的幸福感进行了讨论。蒲伯认为同享幸福是上帝创造所有生命的本意，而一个人幸福感的来源不应是他的物质财富，而应是

① 侯维瑞．英国文学通史[M]．上海：上海外语教育出版社，1999：235.

自身具备的美好品质以及对他人付出的爱。

《论批评》是蒲伯另外一部重要的著作。蒲伯在诗中推崇的批评理论，有些来自古典文学理论，有些则取自近代批评家的观点。蒲伯通过自己的语言风格对这些批评理论进行梳理，让人产生耳目一新的感受。《论批评》用英雄偶韵体写成，共有744行，分成三部分。第一部分主要论述了文学批评的重要性以及成为一名优秀的批评家应具备的条件。第二部分对文学评论不当的原因进行了论述。这些原因包括骄傲、学识浅薄、重局部而失整体、极端、易变、怪癖、妒忌等。另外，蒲伯还提出好诗的标准与最高境界，诗应当是"人们常常心有所感，却从未像这样巧妙表达出来的东西"①。他认为，一首诗只有做到音和义之间互相呼应，做到刚柔结合，达到力度与甜美的统一，才能称得上是好诗。在这个过程中，蒲伯并不是一味说教，而是通过诗句创作对自己所倡导的新古典主义诗歌审美标准进行实践。第三部分主要论述了优秀的评论家所应具备的品质，对欧洲文学批评的历史进行了梳理。蒲伯指出，一名优秀的评论家应具有正直、谦虚和勇气等良好品质。

作为时代的产物，蒲伯的新古典主义理论与18世纪重理性、秩序，讲中庸、和谐的"理性时代"相契合。同时，蒲伯凭借他高超的诗歌创作技巧，将时代精神进行总结升华，进一步弘扬了时代的精神，将"理性时代"进一步推向高潮。有评论家从文学角度出发，将18世纪上半叶称为"蒲伯时代"，蒲伯当之无愧成为时代的代言人。

二、表现自然和情感的感伤主义诗歌

18世纪下半叶，随着"圈地运动"结束，"工业革命"迅速开展，处于资本主义上升阶段的英国社会矛盾不断加剧，这一时期的诗人们无法再像蒲伯为代表的新古典主义诗人那样对现存的社会秩序进行颂扬。他们大多走出城市，来到乡野，对劳苦农民的生活境遇进行描写，并对其予以深切的同情。一个新的诗歌流派——感伤主义诗歌也随之产生。感伤主义诗人对新古典主义诗歌的矫揉造作进行了批判，他们否认理性至上的地位，主张诗歌应以描绘自然和抒发情感为主。感伤主义诗歌在新古典主义诗歌和浪漫主义诗歌之间起着承上启下的作用。这一时期，感伤主义诗歌的代表诗人主要有詹姆斯·汤姆生（James Thomson，1700—1748）、托马斯·格雷（Thomas Gray，1716—1771）、威廉·库柏（William Cooper，1731—1800）。

① 常耀信.英国文学通史（第一卷）[M].天津：南开大学出版社，2010：580.

詹姆斯·汤姆生出生于苏格兰罗克斯巴勒郡埃德兰一个牧师家庭，他出生后不久，全家搬往萨乌岛，萨乌岛是一个风景如画的边境村落，他从小受到自然环境的影响，其后的求学生涯和生活经历也为他的诗歌创作提供了丰富的素材。作为18世纪感伤主义诗歌创作最早的实践者和推动者，汤姆生创作了许多优秀的诗作，代表性的作品主要有《四季》《懒惰城堡》。

《四季》主要由四首分别发表的诗组成：《冬》《夏》《春》《秋》。每个季节都以一篇散文序言开头，介绍接下来的诗歌。1726年，《冬》的序言最早发表，也可以看作对整首诗总的介绍。随后，《夏》《春》《秋》分别于1727年、1728年、1730年问世。其后，汤姆生对《四季》的结构和语言进行了改动。例如，《冬》的初稿只有405行，终稿中只保留了其中的四分之三。后来，汤姆生又把约100行诗移到《秋》中，同时又增加760行。与初稿相比，1746年最终完成的《冬》可以说是一首新诗。从汤姆生对《冬》的修改中可以看出他对《四季》的修改过程。

这首诗展现出绘画般美妙的自然生活。在春天的画面中有耕种、北风和雨水、动物的热情、田园生活的欢乐。在夏天的画面中有农民喜忧参半的劳作、正午对太阳的冥思、下午的雷阵雨、杀死陷入爱河的年轻生命的闪电、偷窥爱人裸泳的年轻人，以及傍晚散步时对英国成就的议论。在秋天的画面中有生命的短暂、伟大的梦想、幸福的希望、对名誉的渴求、苦恼和担心、匆忙和喧嚣、节日的夜晚、转变的想法、在善恶之间的摇摆。在冬天的画面中有陆上与海上的暴风雨、颠簸的船只、知更鸟、雪景等。诗歌结尾的《自然颂》是献给四季神的颂诗。神存在于自然的一切"神秘轮回"中，尽管人们无法亲眼见到，但大自然的一切让人们想要赞颂造物主。

汤姆生之所以在文学史上占有重要地位，还在于他不随波逐流，他没有用当时盛行的英雄偶韵体写作，而是创作了无韵诗。他的主题也不同于新古典主义的要求，这决定着他作品的结构。《四季》代表着整个自然，他自己称为"乡村之歌"。这首诗涉及田园、乡村生活以及感情的爆发。尽管诗中有很多形而上学的思索和反思，但主要内容还是关于乡村风光和天籁，自然地引起人们的共鸣。汤姆生认为，大自然是一个"极好的严肃的"主题，这一主题能"同时娱乐想象、启蒙思想、温暖人心"[①]。可见，在那个理性主义至上的年代，作者强调的却是想象和情感。

《懒惰城堡》是汤姆生的最后一部作品，写的是中世纪寓言故事。汤姆生在诗中记录了他的遗憾与梦想。作品共分为两章，1 400余行。第1

① 常耀信.英国文学通史（第一卷）[M].天津：南开大学出版社，2010：632.

章描写了位于僻静山谷之中的一个城堡,城堡周围环境优美,宛如世外桃源,生活在那里的人们生活富庶,简单快乐。城堡的主人是一个巫师,他用歌声吸引路人,给人们服用“忘忧药”,使他们忘掉忧愁。一开始,汤姆生就指出巫师的乐土是虚幻的,他认为人们可以借助想象沉醉在充满浪漫气息的虚幻中,但却无法摆脱由懒惰滋生的厌倦、失望与疯狂。第2章中汤姆生赞扬了一个“勤劳”的骑士,宣称艰苦的劳作有利于人们道德的提升;劳作不仅使人趋于完美,也能给人带来快乐。可见,汤姆生不愿做沉溺于想象世界的梦想家,而是想要成为提升社会伦理道德的说教者。他认为,想象力应该与理性、道德紧密结合。《懒惰城堡》采用当时已不流行的斯宾塞诗体,这对英国浪漫主义诗人拜伦产生了很大影响。

托马斯·格雷(Thomas Gray,1716—1771)出生于伦敦圣迈克教堂附近的科恩希尔街,家庭的不幸让格雷深受困扰,后来在母亲的资助下,格雷进入伊顿公学读书,自此摆脱了家庭生活的阴影。格雷在学习生涯中,积累了丰富的知识,并结识了许多优秀的人才,他逐渐开始诗歌创作。格雷是“感伤主义”中一位重要的诗人,他创作的诗歌专以坟墓、死亡、永生等为诗歌描写对象,因此又被称为“墓畔诗派”诗人,具有代表性的作品有《淹死在金鱼缸里的爱猫》《墓园挽歌》。

《淹死在金鱼缸里的爱猫》主要是为了纪念沃波尔的宠物猫赛狸玛而作。格雷通过一只猫的悲剧写出了一则意蕴深刻的寓言。作品通过描述宠物猫因受到诱惑溺水而死的过程,揭示了人的欲望及盲目追求的后果。诗人用“深渊”“死神”来烘托猫的绝望,意指人要大胆,更要细心。最后,诗人借用猫的故事教导人们要理性。

《墓园挽歌》是格雷最著名的诗歌,这首诗的发表使格雷获得巨大成功。1757年他被授予桂冠诗人的荣誉封号,但他谢绝了。这首诗常被誉为英国18世纪最上乘的作品,它开了英美文学中墓园诗歌传统的先河。这首诗大致可分为7个部分。第1部分(第1 ~ 12行)描述了诗人凭吊一处墓地,伤感忧郁,反映出墓园派诗人对黑夜、坟墓及死亡的兴趣。第2部分(第13 ~ 28行)讲述了埋葬在墓园里的人,并回忆他们的生活经历。哀悼死去的人,这部分情调阴郁、低沉,催人泪下。第3部分(第29 ~ 44行)告诫权贵们不要轻视穷人,因为死亡对人都是平等的,坟墓对任何人都没有区别。第4部分(第45 ~ 72行)一方面表达了诗人对穷苦农民机遇不佳、天赋不能得到发挥感到遗憾;另一方面为农夫因不具有权力和地位而没有机会做坏事、犯罪感到庆幸。在第5部分(第73 ~ 92行)诗人坚持认为,虽然农夫们一生平平,但是死后并不会被人遗忘。第6部分(第93 ~ 116行)描述诗人对自己死后情景的设想。体现了墓园派诗歌的显著主题特征——沉浸于对死亡、孤独的玄想中。第7部分(第117～128行)是诗人自己所写的“墓铭”,诗人把自己称为一个才华横溢,深沉忧郁,充满深情,被上帝宠爱的年轻人。他对劳苦大众予以深切的同情。他对过路人说,不要对他进行评论,他在坟墓中等待上帝的审判。

《墓园挽歌》思想明晰,结构匀称,条理清楚,语言优雅流畅,音韵自然和谐。同时,诗人在诗中采用了一种五音步抑扬格的哀婉诗体,使形式与内容完美地融合在一起。因此,这首诗受到了很高的评价。

威廉·库柏(William Cooper,1731—1800)出生于哈特福德郡的伯卡姆斯泰德市。他年轻时曾是一名律师的助手,23岁成为律师,后来因为严重的精神忧郁而放弃工作。后来他皈依基督教福音主义教派,身体慢慢恢复。后来他客居在一个牧师家,其间虽然忧郁症偶尔出现,但他还是写出不少诗歌、赞美诗、翻译作品以及信件,在文学上取得很大成就,他的代表作《任务》受到各界欢迎,对后来的浪漫主义诗歌创作产生了重要的影响,他也因此成为那个时代最受欢迎的诗人。

《任务》一共约5 000行,分为《沙发》《时计》《花园》《冬日黄昏》《冬日漫步》和《冬日午时漫步》六部分。第一部分《沙发》谈论了人沉溺于舒适的空虚,意图向人们证明上帝方式的合理。《时计》是一首讽刺当时政治机构的讽刺诗。《花园》中诗人关注了自然、家庭生活、同情、对战争的责难、对简单乡村生活的赞扬、对城市的放弃等主题。《冬日黄昏》继续写城市和农村的差别。《冬日漫步》中,作者在冬天看到永生的希望,抨击专制和奴隶制。最后一部分《冬日午时漫步》赞扬了乡村的和谐,期盼着春天的到来。诗人对自己服务上帝的沉思生活进行了审视,将对周围世界的描写和对人的命运的沉思交织在一起,通过对大自然和文明社会的比照来抒发自己的感伤情怀,其中也透露了追求自由的心声。

《任务》没有明确的主题,涉及的话题范围广泛,如乡村景象和声音、乡村生活、花园、客厅、偶尔对城市和世俗的谴责、战争和奴隶制、奢华和腐败、自由和专制等。诗的基调沉默,语言清晰简单,议论与描写相互穿插。这是库柏第一次没有使用英雄偶韵体,而用无韵体创作。库柏描写自然的手法新颖。大自然里确实有花草山水,但那只是华丽的表面而已,而隐藏在深处的却是不可言状的无望、凄苦与熬煎:

那里的红花,点着头,耻笑劳作的希望;
那里的蓝色牛舌草点缀着蛮荒;
耐寒的瘦锦葵高悬在细小的庄稼捆上方,
她的丝绸般的叶子在飘扬;
野芥把阴影撒上幼苗,

而毒草把庄稼的黄叶紧紧缠绕……

库柏在乡下疗养了很长时间，对乡村非常了解，那里的生活简单、安静，但农民的劳作非常艰辛，日日操心庄稼。他对贫困人民非常同情：

你们文雅的人们，梦想着乡下的舒适，
舒缓的溪水和更舒缓的诗歌使你们欣喜；
去吧，如果你们称赞那里的平和的草房，
去吧，到里面看看，问问那里是否有安详：
如果他有，那个弯腰的疲惫的父老，
或他的家人——那些围坐在微弱火炉边的孩子们——也好；
或她的家人，那位憔悴的女人，她的手正颤抖着
用快要灭掉的火种点燃那可怜的炉灶。

库柏创作的无韵诗是同时代最优秀的作品，他的文学批评反对古典主义形式，提倡回归自然和上帝，这正标志着价值和品位的变化。库柏在某种程度上推动了向更自然、更简单的风格的转变，并通过自己的方式引导世人远离蒲柏和约翰逊的古典主义的影响。库柏作品的主题基本上都是描写和感受结合，对农村和家庭环境有着极浓厚的兴趣，并用朴素率真的语言营造出了自然的色彩和忧郁的气质。

三、崭露头角的浪漫主义诗歌

18世纪末，浪漫主义逐渐在英国生根发芽，英国诗坛出现了新的变化，崭露头角的浪漫主义诗人着重表现主观理想，抒发强烈的个人情感，代表性的诗人有罗伯特·彭斯（Robert Bums，1759—1796）、威廉·布莱克（William Blake，1757—1827）。

罗伯特·彭斯出生于苏格兰西南部艾尔郡的阿洛韦镇，他的父亲是贫苦佃农，全家人生活都非常拮据，但父亲对子女的教育非常重视，彭斯酷爱读书，同时受到母亲和姑母在民歌方面的影响，民歌成为彭斯日后诗歌创作的重要素材和灵感来源。彭斯在诗歌创作过程中非常重视大自然赋予的灵感，这一思想后来成为浪漫主义的主要观点，并深刻影响了彭斯的诗歌创作。他的诗歌以内容区分，题材广泛，包含了从爱情到伦理到政治等多个层面的内容。

彭斯的诗歌以抒情诗为主，对大自然、人民的生活和爱情进行了描写和歌颂，其中最感人肺腑的是爱情诗，少男少女的纯洁初恋，老妪白翁的黄昏之恋，恋人不同的情绪都通过诗人朴素的语言得到了自然的表达。相思之苦是爱情的必然产物，《玛丽·莫里逊》描写了人们狂欢的场景，

人人伴随着音乐翩翩起舞，姑娘们个个花枝招展。在这个狂欢场合，只有一个青年男子郁郁寡欢，表情凝重。他对姑娘们送来的秋波不予理睬，人们好奇地询问他原因。小伙子说出了心中的秘密：他一心向往的女孩只有玛丽·莫里逊，但由于种种原因两个相爱的人不能如愿以偿，小伙子只能独自品尝这相思之苦。《一朵红红的玫瑰》是诗人爱情抒情诗中最为著名的一首，用“红玫瑰”表现了“爱人”的美，用甜美悦耳的乐曲展示了“爱人”内心的温柔，并讴歌了真正爱情的永恒与坚贞。《约翰·安德生，我的爱人》写的是缠绵悱恻、温情脉脉、地老天荒的爱情，诗人真切地唱出了老年人对爱情特有的感受。

彭斯的讽刺诗主要对专制的残暴、权贵的贪婪、宗教的虚伪进行了讽刺，时常带有幽默的成分，从而妙趣横生。《威利长老的祷词》对教会的虚伪以及它与政界同流合污的罪行进行了无情的鞭挞。当时苏格兰教会与国王和富绅阶级相互勾结，欺压、愚弄人民。《威利长老的祷词》通过讽刺一位长老的丑恶嘴脸为名，形象地刻画出教会的堕落与腐朽。《致虱子》中诗人借令人讨厌的虱子之口，对花枝招展的娇贵小姐们进行了讽刺挖苦。《两只狗》中通过分别属于贫富两家的两只狗间的对话，揭露了地主阶级生活的骄奢淫逸。诗人生动地描写了地主对农民的压迫，从而尖刻地讽刺了地主及权贵们荒淫无耻的生活。

此外，彭斯还创作了对革命、自由和平等进行歌颂的政治诗。在《罗伯特·布鲁士向班诺克本进发》中，诗人通过缅怀苏格兰抗英起义的殉难英烈，对自由进行了热情歌颂，并呼吁人们联合起来反对一切暴政；在《不管那一套》中，诗人阐发了自己乐观、豪迈的民主自由思想，并坚信人类最终会迎来自由和平等。

彭斯的诗歌主旨鲜明，感情纯朴深挚，语言明快奔放，主要反映了苏格兰人民的劳动、生活、风俗和情绪，而且语言纯朴，极富乡土气息，为19世纪浪漫主义诗歌的发展带来了一股浓郁的土地气息。

威廉·布莱克（William Blake，1757—1827）出生于伦敦一小商人家庭，他在笃信宗教的父母熏陶下养成了富于幻想的性格。他酷爱画画，并在绘画方面有所成就。他曾为一些著名的长诗如《神曲》《夜思》《圣经》等作过插图。他的诗明快别致，不落俗套，受到法国民主主义者的影响，诗中蕴含着人道主义和民主主义精神，其代表性的诗歌有《天真之歌》《经验之歌》。

在《天真之歌》中，诗人通过孩子般的“天真眼光”来看世界，用空想欢乐主义来理解社会，营造了一个充满博爱、仁慈、怜悯和快乐的世界。诗句鲜明有力，处处渗透出诗人对生活与自然的感受，以及对宇宙和谐的领悟。在诗人的世界里,万物都具有仁慈的胸襟,就连有血红眼睛的猴子听见羊群的呼唤也会“流下金色的眼泪,在羊栏旁边徘徊”。这都作品充满欢乐之声。例如,《扫烟囱的孩子》一诗中,虽然描写的是贫穷的孩子为了生存不得不在狭窄黑暗的烟囱里为人们清除烟灰,但这些孩子却对前景充满希望,因而满怀乐观情绪。

在《经验之歌》中,诗人不再天真,主要是因为诗人的思想受到法国革命的巨大冲击,他对革命寄予了深切的同情。那时的英国由于连年对法国用兵,民穷财尽,诗人清楚地理解英国人民的苦难,不幸遭遇与愁苦心绪。例如,《伦敦》一诗中,诗人漫步伦敦街头,看到的是行人的脸上的衰弱、伤感,上千万人在痛苦地呼喊着充满贫穷和罪恶的世界。

布莱克还有一些讴歌革命、颂扬人生、追求理想的无韵长诗写得也十分出色,这些无韵长诗气势宏大,具有独创性。其中,讴歌革命的无韵长诗有《亚美利加》《欧罗巴》和《洛斯之歌》等,在这些诗中,诗人强烈要求政治自由以及整个人类精神的解放;颂扬人生的无韵长诗有通过讲述青年女子带着梦想与情感启程寻觅生命能量的寓言故事来对人们向往自由的精神进行讴歌的《赛尔记》,描绘了来自肉体的欲望与来自灵魂的理性相结合的人生境界的《天堂与地狱的婚姻》等;追求理想的无韵长诗有《弥尔顿》《伐拉,即四佐王》《耶路撒冷》等。其中,在《弥尔顿》中,诗人借弥尔顿之口,将自己的见解与轻理性重灵感的艺术追求对世人进行了宣告。

作为英国18世纪末著名的诗人,布莱克在艺术上打破了18世纪古典主义的清规戒律,“给诗坛带来的一股清新奇特的诗风对以后浪漫主义的发展有着功不可没的贡献,使他成为英国浪漫主义诗歌的先声”[①]。他的诗歌既强烈谴责了英国社会的罪恶,表明了对贫苦人民的同情,又有着浓重的宗教情绪和神秘主义色彩。同时,他的诗歌有着瑰丽繁复的想象和奔放的激情,在文学史上可以称为浪漫主义的先驱。

① 侯维瑞.英国文学通史[M].上海:上海外语教育出版社,1999:252.

第二节　散文的兴盛

经过17世纪的多方面锻炼，18世纪的英国散文取得了突出成就，一改过去的文风，逐渐走向生活。就散文的内容来看，出现了报刊散文、政治经济论文等多种形式。

一、突发崛起的报刊散文

报纸杂志的出现是18世纪政治、社会生活中的一件大事，大多数报刊除了新闻报道之外，还对政治、社会、文艺进行评论，成为文学创作的重要载体，报刊散文应运而生，具有代表性的作家有理查德·斯梯尔（Richard Steel，1672—1729）、约瑟夫·艾迪生（Joseph Addison，1672—1719）。

理查德·斯梯尔出生于爱尔兰首都都柏林一个英国律师家庭，12岁进入伦敦著名的卡特公学院读书，后辍学从军，参加贵族骑兵卫队，他在军中就开始创作。1701年，斯梯尔写了《基督教英雄》，文中作者将《圣经》作为准则，忏悔了自己的青春放浪和"不正当的享受倾向"。该文为他在文坛赢得了极大的名声。接着，他写了三部喜剧——《葬礼》《撒谎的情人》《温存丈夫》。后来，斯梯尔被任命为安妮女王丈夫乔治亲王的侍从副官，1707年成为政府报纸的发行人，许多优秀的文章主要发表在《闲谈者》《旁观者》和《英国人》等报刊杂志上。

《闲谈者》是斯梯尔在1709年4月12日创办的，到1711年1月2日停刊之前，共出了271期。斯梯尔在创刊第一期中就明确提出了办报之宗旨。他说："本报之宗旨为揭露生活之伪技，撕掉奸诈虚荣、矫揉造作之伪装，推崇衣饰、言语、行为之简朴。"[①] 他还说："将宣扬真理、纯朴、荣誉与美德作为生活之风采。"[②] 而其内容涉及社会、娱乐、文学、艺术、国内外新闻等多个领域，对扩大社会舆论、抑恶扬善发挥着重要作用。斯梯尔性格开朗乐观、诙谐风趣，文风轻松自然、立意独特。由于迎合了广大读者的需要，给他们以享受与启迪，因此，《闲谈者》受到了广泛欢迎。

《闲谈者》中有大量斯梯尔在各个专栏的特写，有的是对混杂在伦敦市民中形形色色的骗子、恶棍的揭露，有的是对上流社会荒淫无度、空虚

① 陈新．英国散文史[M]．南京：南京师范大学出版社，2008：56.

② 同上．

乏味的寄生生活的嘲笑，还有的是对日常家庭生活的话题进行讨论。例如，斯梯尔在第25期《闲谈者》上发表的《“决斗”》一文，对上流社会已经流行多时的决斗之风进行了批判。

《闲谈者》停刊后，斯梯尔与艾迪生合办了《旁观者》。他们在第一期报纸就表明了“中立旁观”。第二期斯梯尔介绍了一个假想的以罗杰·考夫雷爵士为首的旁观者同人所组成的俱乐部。后来，艾迪生对斯梯尔创作的这个罗杰进行精细加工，使之成为英国18世纪文学中最初的重要现实主义形象之一。斯梯尔在《旁观者》中发表了236篇文章，这些文章不仅具有幽默的情感，而且行笔轻捷流畅、文体清隽秀雅。例如，他在第174期《旁观者》上发表了《俱乐部里的辩论》一文，驳斥了人们对商人的种种责难，并对商人的种种优点及业绩进行了大量的列举与介绍，从而表明了自己有着新兴资产阶级的新思想，并站在具有新观念的工商业者一边。

《英国人》是斯梯尔在1713年创办的，他在这份报刊上发表了很多观点鲜明、见解大胆的讨论政治问题的文章，这些文章文笔极具个性。他写了水手亚历山大·赛尔克在船上与船长发生口角，于是要求离船，落地于一个岛上。他在这个岛上孤独地生活了长达四年多时间，后来被经过的一只船救起送回英国。这篇报道为丹尼尔·笛福创作《鲁滨逊漂流记》提供了灵感。

斯梯尔的散文是对17世纪培根的随笔文学形式的进一步发展，他揭示了贵族阶层以及周围各种社会现象，有着强烈的规劝教谕性质，内容既严肃庄重又幽默风趣，文风热情率直、流畅豁达、朴实亲切，深刻影响了后世散文的创作。

约瑟夫·艾迪生（Joseph Addison，1672—1719）出生于韦尔特郡米尔斯顿一个英国牧师家庭，父亲很有学问，艾迪生从小接受了良好的教育。1699年，艾迪生开始进行为期两年的游历，足迹遍及法、德、意、荷兰、瑞典、奥地利等国，他在这个过程中写了不少佳作，回国后，艾迪生连续创作了多部优秀的作品。

艾迪生的散文主要发表在《旁观者》杂志上，其发表的文章多达635期，行销额为3 000至4 000份。评论家大多认为，斯梯尔对于《旁观者》的贡献主要在于人物和思想方面，而艾迪生对于《旁观者》的贡献在于对文章的修饰完善并赋之以幽默的情趣。艾迪生的文风洗练、平易而不粗俗、文雅而不虚浮，给读者以典雅端庄之感。艾迪生传达出克制、忍耐的理念，他在第1期《旁观者》中公开声明他将一生做一个旁观者，而且在第10期中声称：“人们谈到苏格拉底，说他把哲学从天上带到了人间。

我有雄心让人们提到我时说我把哲学请出书柜书斋、学校讲堂，带到了俱乐部、集会场、茶桌和咖啡馆。”①

艾迪生的散文具有精悍、清晰、典雅的特点，内容涉及当时英国社会的公众生活、道德时尚的各个方面，其最终的目的都是劝善。例如，在第123期《旁观者》上，艾迪生以一个虚构的故事来教导父母不要过分溺爱子女，不能让子女因为放纵不羁而一事无成。又如，《梦中幻想》一文，艾迪生真实地再现了18世纪英国社会中各式的人物形象。再如，在第26期《旁观者》上刊登的《威斯敏斯特漫游》一文中，作者因看到一排排的墓碑和墓志铭后，而触景生情，浮想联翩，感情跌宕。

刊登于《旁观者报》第69期的散文《国王十字街》中，他声称最喜欢的地方是位于伦敦市中心的国王十字街。早在18世纪初，国王十字街已是英国的金融和商业中心。在英国海外贸易兴盛的时代，国王十字街称得上是全球贸易的一个象征和缩影，而英国则是全世界的中心。在这里，来自不同国家的商人从事着各种商业活动，呈现出一片繁荣的景象。作者感叹，不同地域出产不同农作物和商品，可以说是大自然的奇妙安排；而贸易使得人们可以交换和享受大自然的种种恩赐，同时还能为穷人提供就业机会，使得富人更加富有。可见，艾迪生并不保守，他具有积极融入时代潮流的意识。

艾迪生还发表了不少文艺批评方面的文章，其中最著名的是对弥尔顿《失乐园》的批评。他从故事、人物、思想和表现等方面对《失乐园》进行了深入分析，并进行了美学上的评价。艾迪生发表的《论想象的快乐》对文学艺术的想象作用进行了强调，从想象对感觉的依赖开始总结出“想象是创造性”的观点，并认为“一个伟大的作家必须有天生健全和旺盛的想象力，才能够从外界的事物取得生动的观念，把这些观念长期保留，及时把它们组合成最能打动读者想象的词语和描写”②。艾迪生这些关于想象的观点促进了浪漫主义思想的发展。

艾迪生幽默风趣，文辞典雅的散文成为近代英语散文文体的范本。其独特的创作风格在很大程度上推动了英国散文的社会化和大众化。

二、大放异彩的政治经济论文

18世纪，英国还出现了一些反映社会政治、经济的文章，代表性的作家有乔纳森·斯威夫特(Jonathan Swift，1667—1745)、埃德蒙·伯克

① 陈新．英国散文史[M]．南京：南京师范大学出版社，2008：60.
② 侯维瑞．英国文学通史[M]．上海：上海外语教育出版社，1999：275.

(Edmund Burke,1729—1797)、亚当·斯密(Adam Smith,1723—1790)。

乔纳森·斯威夫特出生于爱尔兰的都柏林,他是遗腹子,在叔叔的资助下完成学业,毕业后做了已经退休的外交家威廉·坦普尔爵士的秘书,在此期间,他遇见许多重要的政界人物,并对肮脏的政治了解不少。他怀着对暴政的满腔仇恨,对受剥削、受奴役者的诚挚同情,通过散文这一文学形式对英国王朝的腐败和罪恶进行了猛烈抨击,代表性的文章有《书战》《木桶的故事》《一个小小的建议》《布商的信》。

《书战》中作家通过图书馆角落里的蜜蜂和蜘蛛的对话,表明了自己对起源于14世纪法国的“古代和近代作家之争”的看法。在他看来,古代的作家就如同蜜蜂,通过从大自然中汲取丰富的养料创作出优秀的作品;而现代的作家就如同蜘蛛,只是从自身的脏腑中取材进行创作,因而作品十分烦琐。这篇文章批判了当时学术研究脱离实际的腐败之风和学究式的考证。在《木桶的故事》中,作者通过讽刺教会的关于三个儿子的外套的寓言故事,对宗教派别的虚伪进行了深刻揭露,并尖锐地指出没有一个教派忠实地捍卫着原基督教的遗训。这部作品对宗教各派乃至整个宗教界均具有非常深远的讽刺意义。《一个小小的建议》(全称是《使爱尔兰穷人的子女不成为他们父母的负担的一个小小的建议》)是斯威夫特非常著名的一篇政论文,通过讲述爱尔兰在英国奴役下的极其悲惨的生活,对英国殖民主义者对爱尔兰人民的剥削和压迫进行了强烈谴责。在文中,作者将爱尔兰人民极其悲惨的生活画面展现在人们面前,并对爱尔兰财主进行了冷静而愤怒的抨击,他们从佃农身上任意榨取钱财并肆意挥霍,过着极其奢靡的生活,而穷人们连最基本的生存和温饱问题都不能解决。为此,作家提出了一个既能解决穷人的生计问题又能满足财主们奢靡生活的建议,那就是穷人在养肥了的自己的孩子后将其宰杀并在市场上进行出售,以使其成为富贵大家餐桌上的一道佳肴珍品。作家轻描淡写地说出这个残忍的建议,也正说明了财主们对爱尔兰人民的压迫和剥削。整篇文章通过巧妙的反语,将讽刺发挥到了极致,同时也表明了作家的愤怒之情以及文章的深刻含义。

创作于1724年和1725年间的《布商的信》,由七篇政论文章组成。斯威夫特创作的目的主要是引起爱尔兰公众对私自铸造的铜币在爱尔兰市场的强制发行这一事件的关注。当时,英国政府把制造爱尔兰半便士货币的专利卖给了商人威廉·伍德,正担任圣·帕特里克大教堂教长一职的斯威夫特敏感地意识到这种行为会引起爱尔兰货币的贬值,导致英国政府压制爱尔兰民族工业,因而具有很大的危害。于是,斯威夫特以系列书信的形式,号召人们抵制英国货,维护爱尔兰人的利益。由于信件内容涉及敏感的政治话题，为了防止政府的报复，斯威夫特用了“M．B．布商”的笔名发表。在前三封信里，斯威夫特将伍德描写成专利背后的操纵者。尽管“M.B. 布商”不断声明自己对于国王的绝对忠诚，但他的言论使自己被怀疑有叛国的倾向。在第3、4封信里，“M.B. 布商”提出爱尔兰应争取独立于英格兰，但仍服从国王的统治，这让英国议会的首脑沃波尔非常懊恼，他声称“M.B. 布商”有叛国嫌疑。

斯威夫特在《布商的信》的前三封信中已经说清楚了事件的来龙去脉。后来，当英国政府的卡特瑞特勋爵被派往爱尔兰操纵局面时，斯威夫特又写了第4封信。之后，又写了第5封信，这也是“M.B. 布商”先生对伍德钱币争论的最后一封公开信。第6封信的署名用了斯威夫特的本名。第7封在冲突结束后发表。

《布商的信》是斯威夫特的重要作品，它所包含的这七封信就像是一枚枚重型炸弹，依次投向用不正当手段谋取私利的奸商、与奸商同流合污的大臣、不顾爱尔兰人们利益的英国政府以及它的殖民政策。斯威夫特的散文结合内容，运用夸张、对比、反语等技巧进行讽刺，读之不禁令人心灵战栗。

埃德蒙·伯克出生于爱尔兰的都柏林，父亲是一位信奉基督教的律师，母亲信奉天主教。他1750年去伦敦学习法律，几年后发表了美学论文《崇高与美的观念起源的哲学探讨》，这是英国最早的、十分重要的美学论文之一，对整个欧洲产生了重要影响。1759年至1788年，伯克与出版家多兹利合作刊行了《一年记事》的刊物，他成为主要撰稿人，他发表的文章主要有《评国家之现状》《目前不满原因之思考》《论美洲税收》《论与美洲和解》《弹劾海斯丁斯演说词》和《法国革命的感想》。

早期，伯克在文章中明确表达了对专制政体的不满，主张建立“自然社会”；他同情美洲殖民地的人民，维护他们的正当权利；他反对东印度公司对印度人民的沉重剥削和英国总督的残酷统治。然而，他最终与英国和整个欧洲的保守势力一致，反对法国革命，反对人民。他的行为看起来似乎是前后矛盾的，实际上伯克的思想是始终如一的。他始终坚持极端的保守主义理论，认为应该保持人类历史的延续性，维持固有的社会制度，同时应该完全避免任何打断延续性的暴力行为，因而他认为不该用革命暴力完全推翻法国的旧政体。他之所以支持美洲和印度的殖民地人民，只是不希望将他们推向反抗的极端。他主张和解只不过是为了继续保持英国稳固的殖民统治，而暂时采取的办法。所以，当法国人民彻底推翻旧的社会制度和国王的独裁统治时，他就和统治阶级同流合污，攻击法国革命，诬蔑革命的领导者。

在《法国革命的感想》中,伯克对革命党人“故弄玄虚”“理性至上”的思想进行了谴责,他认为这种毁灭性的思想使得革命党人忽略了历史和人类感情与人类社会组织之间的关系,而最终导致了鲁莽和残忍的行为后果。这部作品得到了英国保守势力的支持。伯克曾在英属北美殖民地宣布独立战争的前夕发表演讲,力主英国与她的殖民地达成妥协。在演讲中,伯克首先追溯了英国历史上自由诞生的渊源,然后阐述了自由是如何帮助确立了包括后来成为美国公民的英国人民的政治身份,伯克政治思想具有一定的独特性。

由于伯克文笔流畅,风格华丽,语言动人,论证得体有力,因此《法国革命的感想》出版后非常畅销,一年内发行了 11 版。由此可见,伯克在政治、哲学、文学等方面的才华。

亚当·斯密出生于苏格兰的柯科迪,父亲是一位税关主计官,他先后在格拉斯哥大学、牛津大学接受良好的教育。1748 年在爱丁堡讲授修辞学和文学。1751 年在格拉斯哥被聘为逻辑学教授,次年改任道德哲学教授。1764 年他辞去教授职务,担任年轻的巴克里奇公爵的导师,陪伴其同游法国。在旅途中,他结交了当时法国启蒙运动者,并深受“重农主义”的影响。两年后他返乡,潜心进行写作。斯密的主要作品有《道德观念论》《国富论》。

发表于 1759 年的《道德观念论》是他的成名之作。他认为人的自私与自爱是本能,但是人也有同情心,这同情心是道德的根源,道德是社会的产物,而不是人性的固有部分。发表于 1776 年的《国富论》是他非常重要的一部作品,被公认为近代经济学研究史上具有重大意义的标志性事件,有力地阐明了资本主义理论,奠定了古典经济学的基础。他反对重商主义,但是他并不认为土地是国家的唯一的财富来源。他还对劳工和资本进行了具体讨论,反对国家的垄断和控制,主张自由竞争、自由贸易,认为放任政策具有重要的作用,如第一卷中写道:

> 资本靠节俭来增长,却因浪费和错用而减少。
>
> 从收入中节约下钱来就扩大了一个人的资本。他可自己用它来维持更多的劳动力,或者借给别人,让别人能这样做,以便自己从中获得利息,即利润的一部分。正像个人的资本只能靠从每年的收入或每年所得中节约下来的部分来增加,整个社会也像组成它的所有个人一样只能用同样的方式来增加资本。
>
> 节俭才是资本增加的直接原因,而非勤勉。勤勉的确会生产出由节俭来加以积累的东西。但是无论勤勉生产出什么,如果不靠节俭来省钱和积蓄,资本绝不会增加。

> 节俭通过增加用来维持劳动力的资金就可以增加劳动力的数量,他们的劳动又会增加劳动产出的价值。于是国家的土地和劳动每年生产出的产品的可交换价值也得到增加。它投入更多的勤勉,于是每年的产值又得到增加。

《国富论》出版距今已经二百多年,社会发生了很大的变化,这些都不是斯密能够完全预见的,但他的基本主张在今天仍具有重要的意义。

第三节　小说的繁荣

18世纪是英国小说繁荣发展的时期,小说创作及写作理论不断成熟,作家们采用现实主义的表现手法,对现实生活和现实中的人物进行描写,他们注重塑造血肉丰满的人物形象。此外,这一时期还出现了注重对情感、心理进行表现与分析的感伤主义小说,这为浪漫主义的产生起到了重要的推动作用。下面对18世纪英国的现实主义小说、感伤主义小说进行具体分析。

一、表现社会生活的现实主义小说

在启蒙运动思想的影响下,在资本主义迅速发展的推动下,出现了反映现实生活,描写普通市民,表现这一时期英国阶级社会生活现实的现实主义小说。现实主义小说家以启蒙的姿态创作出一些优秀的作品,代表性的作家有丹尼尔·笛福(Daniel Defoe,1660—1731)、乔纳森·斯威夫特(Jonathan Swift,1667—1745)、亨利·菲尔丁(Henry Fielding,1707—1754)。

丹尼尔·笛福出生于伦敦一个中下层阶级家庭,父亲经营屠宰业。笛福只接受了中等教育,信奉不属于英国国教的新教教派。二十多岁时,笛福已经是伦敦一个体面的商人,经营过内衣、烟酒业等。1692年经商以失败告终,因此不得不通过其他方式谋生。他给政府当过情报员,同时还从事写作,早年以写政论文和讽刺诗著称,反对封建专制,主张发展资本主义工商业。笛福在小说创作方面颇有建树,代表性的作品有《鲁滨逊漂流记》《摩尔·佛兰德斯》和《罗客珊娜》等。

《鲁滨逊漂流记》是笛福的第一部小说作品,同时也是他的代表作。在小说中,笛福运用第一人称叙事,引用了真实性很强的事件记录,从而为小说建构起一个现实主义框架。小说主要讲述了鲁滨逊出海后遭遇了沉船，独自流落到一个荒岛上，在岛上孤独地生存了28年，最终回到英格兰的故事。鲁滨逊从小就是一个充满冒险精神和进取精神的人。他的父亲是一位商人，希望他能够学习法律，找到一份稳定的工作，但年仅19岁的鲁滨逊则希望成为一名海员，他瞒着父母只身去海外经商闯荡。第一次出海，鲁滨逊乘坐的船就遇到了风暴，船只沉没，他侥幸到了伦敦，在那里购买了一些假珠子、玩具等到非洲做生意，获得不少经济效益。不久，鲁滨逊再次出海，被摩尔人掳去做奴隶，后来他趁着出海打渔时驾船逃离北非，被一艘葡萄牙船所救，并随船来到巴西。在巴西，鲁滨逊建立起自己的种植园，并赚取了可观的利润。为了补充其种植园的劳力，鲁滨逊前往非洲购买黑奴，又一次开始了航海之行。然而在南美海域遇到了飓风，鲁滨逊被海水冲到一个小岛上，成为唯一的幸存者。在这个荒岛上，鲁滨逊不断寻找各种谋生用的东西，探寻生存技能。他凭借着自己的努力在荒岛上生活了二十八年。在这期间他在岛上解救了食人族的俘虏，并为他取名“星期五”，让他成为自己的仆人，还教他英语，使他信仰基督教，成为一个文明人。有一天，鲁滨逊和“星期五”帮助一个英国船长制服了哗变的水手，夺回了船只，船长为了感激他而把他带回了英国，开始了新的生活。

小说成功地塑造了鲁滨逊这样一个典型的资产者的形象，他用人类特有的智慧不断改善着自己的生活处境，他用资产阶级的文明去衡量自己的成就，他身上体现了资产阶级的性格特点。另外，这部小说最突出的一点就是现实主义手法的运用。一方面，小说采用第一人称进行叙事，将创作对象确定为个体的人所经历的具体事件，用真实的口吻和细节向读者讲述了一个传奇的故事。另一方面，笛福非常注重故事的真实性，他主张从现实生活中寻找故事依据。

《摩尔·弗兰德斯》以第一人称的叙述视角描写了摩尔·弗兰德斯这位英国下层妇女坎坷的一生，对当时英国社会的黑暗与残酷进行了无情的揭露，表现了人本身的无助。小说的主人公摩尔·弗兰德斯出生在新兴门监狱，她的母亲因偷窃罪被流放到美洲。年幼的摩尔因得到慈善机构的照顾才能够存活下来，后来被一位贵妇人收养，后来受到贵妇人长子诱奸，不久被抛弃，她不得不嫁给贵妇人的次子结婚，几年后，丈夫不幸病逝，给她留下一笔可观的遗产。在后来的生活中，摩尔随后嫁给了一个美国人，同他的美国丈夫移居弗吉尼亚。在弗吉尼亚，摩尔惊恐地发现丈夫竟然是自己同母异父的弟弟。因无法承受乱伦的婚姻带来的苦痛，摩尔便抛下丈夫和儿子，只身返回了英国。后来，她又几度结婚，生活最终没有稳定。年老色衰的摩尔，无依无靠，处于窘境中，她开始为生计发愁，为生活所迫,她干起了偷窃的行当,后来被送进了新兴门监狱,又被流放到弗吉尼亚。醒悟后的摩尔决心痛改前非,重新开始自己的生活,她回到美国后,找到了她的前夫(即她同母异父的弟弟)和儿子,她与儿子相认,并继承了母亲的一个种植园,她开始对所犯下的罪孽表示深刻忏悔。70岁时,摩尔与丈夫再次回到了英国。

这部小说成功地塑造了一个内心世界细腻、明朗的女主人公形象,读者从中能够清楚地了解到那个时代妇女在社会中的处境。在18世纪英国,资本主义蓬勃发展,一些先进的思想家为争取女性社会地位平等不断呐喊,但女性依然处于社会的弱势地位。摩尔渴望爱情,希望找到经济上的靠山,然而一次次失败的婚姻让她倍感失望,最终为生活所困,走上了犯罪的道路。然而,摩尔内心是善良的,她常常为自己的行为感到内疚和自责。

总之,笛福在这部小说中为读者开辟了一个了解英国社会的新视角。通过这部小说,笛福指出了生活贫穷和社会恶习对一个人的影响,他认为摩尔的堕落,社会应负主要责任。小说中对摩尔形象的成功塑造使它成为可以和《鲁滨逊漂流记》相媲美的伟大小说。

《罗克珊娜》也是一部描写英国下层女性的小说,这也是笛福的最后一部小说。它与《摩尔·弗兰德斯》在情节上存在很多相似之处,叙述方式同样采用第一人称。小说主要讲述了出生在法国的罗克珊娜,由于信仰新教被迫来到英国,她的一生充满坎坷,历尽艰辛,经历了婚姻的不幸,生活带来的各种磨难,笛福借此进一步揭示了下层女性的悲惨命运。在这部小说中,笛福对罗克珊娜的心理进行了细致入微的描写,客观地反映了一个为生活所迫但同时贪恋财富和虚荣的女子内心深处欲望和道德之间的矛盾。他笔下的罗克珊娜虽然已经抛弃贞操,但在宗教信仰方面却丝毫不马虎。

在这部小说的结尾,笛福明确表明了自己的道德观。虽然女主人公一直凭借着自己的姿色来追求富足的物质生活,但在内心深处,她一直深感自责。最终她和艾米一起遭受了各种灾难,沦落成下等人,这样的结局无疑是在警告世人,违背道德规范、过分追求物质享受,最终会受到上帝的惩罚。

笛福的小说创作标志着英国小说的正式形成,他也因此被称为“英国和欧洲小说之父”。笛福的小说具有浓郁的生活意味,注重对现实的生活经历进行描绘,他笔下的主人公都是有着真实名字的普通人,通过第一人称“我”的叙事视角,讲述了他们自己的故事,他在小说创作中第一次提出了“真实性”的问题,为英国现实主义小说的发展作出了杰出的贡献。

乔纳森·斯威夫特(Jonathan Swift,1667—1745)的现实主义小说《格列佛游记》是其唯一的一部小说,同时也是英国文学宝库中的一笔伟大财富。小说由四卷组成,叙述了格列佛航海漂泊,经过小人国、大人国、飞岛、慧骃国等虚构国度的离奇旅行和遭遇。格列佛其实是作者本人的写照,他对社会上一切非正义的现象充满了仇视,他那种刚正不阿的性格和尖锐的斗争锋芒又使其树敌颇多,他不愿阿谀奉承,更不愿同流合污,于是开始了一个人的航行。

小说的第一卷写格列佛在小人国的经历,他看到身高不到六英寸的人通过种种卑劣的手段争权夺利,借以讽刺了英国统治集团内部的党派纷争和以宗教信仰分歧为借口的掠夺战争。第二卷中写格列佛登上"冒险号"向北美航行,在布罗卜丁奈格岛找淡水时被岛上的巨人抓获。于是,他流落到了大人国,大人国的巨人们虽人高马大,但善良可亲,国王贤明,法律公允,人民和睦相处。他被一个农民抓到,农民将其当作玩具给女儿玩。为了赚钱,这个农民又把他当作小玩意儿装入手提箱里,带到各城镇表演展览,他感到非常疲惫。后来,王后为了消遣而买下他,国王也召见他。格列佛与国王一起讨论了许多政治问题。格列佛通过与国王对话谴责了英国腐败的政治和侵略性的战争。第三卷中描写了格列佛在飞岛(勒皮他)、巴尔尼巴比岛、巫人岛(格勒大锥)、拉格奈纳、日本等地的见闻。这部分内容驳杂,描写了飞岛上的统治者贪得无厌、欺压人民的行径,科学家做着一些荒谬的实验,如从黄瓜中提取阳光、建造房顶朝下的房子等。斯威夫特借此讽刺了脱离实际的科学研究和英国对殖民地人民的不公正统治。第四卷中格列佛任"冒险家号"船长,再次出海前往北美。航行途中,船员哗变,阴谋夺取了船只,把格列佛抛弃在海滩上。他上岸后,进入智马国。在这个国度里,有理性、公正、诚实的智马处于主导地位,供智马驱使的是一种形似人类、生性卑劣、贪婪的畜类——耶胡。格列佛努力学习智马的语言,并和智马主人进行交谈,介绍自己的身世、来历和航海的遭遇等。格列佛还对比、总结了耶胡和智马的区别。在智马国5年的生活使格列佛成为一个嫉恨人类的人,同时他也谴责了英国的殖民政策。

在18世纪欧洲兴起现实主义小说的大背景下,《格列佛游记》创立了十分独特的讽喻体形式,集中反映了这一时期英国社会的各种矛盾,对英国君主制度的腐败和丑恶进行了强烈的批判,对宫廷、军界、司法、宗教等各领域中的黑暗与罪恶进行了淋漓尽致的揭露谴责,狠狠地鞭挞了英国统治者所推行的对外疯狂掠夺、对内残酷剥削的血腥政策。此外,《格列佛游记》这部小说艺术风格独特,作品中运用奔放的想象与夸张、真实的细节描写以及象征、影射、夸张、反语等多种技巧描绘了一个生动诡奇的想象的世界，在荒诞的情节中蕴含真实的思想，刻画出英国现实社会中各种典型的人物。

总之，作为英国杰出的讽刺作家，斯威夫特是讽喻体小说的开创者，将18世纪英国文学的讽刺特色推向高潮。他抨击社会现实问题，嘲讽人性中的虚伪、懦弱、自私，都源于他对人类深深的爱。

亨利·菲尔丁（Henry Fielding，1707—1754）出生于英国西南部萨默塞特郡的一个破落贵族家庭，父亲是个陆军军官。菲尔丁11岁时母亲去世，13岁进入贵族伊顿公学读书，20岁进入荷兰莱顿大学攻读学位。大学期间，迫于经济压力，只得中途辍学，返回伦敦，从事戏剧创作和演出活动。他创作的社会和政治讽刺喜剧触怒了当权的辉格党，因此被迫停止了戏剧创作，转而从事新闻工作和小说创作。为了日后的前途和生活，菲尔丁开始学习法律，在获得律师资格后，他有机会接触到英国社会各阶层的人和事，这在很大程度上加深了他对社会现实的了解和认识，为他日后的小说创作奠定了基础。菲尔丁其后创作了大量优秀的作品，具有代表性的有《汤姆·琼斯》《艾米莉亚》。

《汤姆·琼斯》是菲尔丁的代表作，同时也是18世纪英国现实主义小说的杰出代表。这部小说规模宏大，构思精巧，作者对人物个性进行了细致的描写。小说通过弃儿汤姆·琼斯和乡绅之女索菲娅的爱情，展现了一幅广阔而真实的18世纪中叶英国社会生活风貌的全景图。英国萨默塞特郡的富有乡绅奥尔沃绥是个鳏夫，他和妹妹布利吉特两人一起生活。有一次，他在伦敦待了3个月，回来后发现床上放着一个弃婴。在经过调查之后，奥尔沃绥怀疑这个弃婴是家中女仆珍妮的孩子，不断追问之下，珍妮承认这是自己的孩子，却不愿说出孩子的父亲，奥尔沃绥于是辞退了珍妮，将弃婴收养，为其取名汤姆·琼斯。由于珍妮曾在乡村教师庞立支家干过活，庞立支的妻子疑心丈夫与珍妮有染，听说弃婴的事后，和丈夫大吵大闹。庞立支百口莫辩，无奈之下离家出走。不久，布利吉特结婚并生了一个儿子，取名布力非。不料，布利吉特丈夫中风而亡，布力非便由舅舅奥尔沃绥抚养，还成了他的财产继承人。汤姆诚实善良，慷慨正直，但轻率放任，落拓不羁。他爱上了邻居乡绅的女儿索菲娅，可是索菲娅的父亲魏斯顿认为这门婚姻有失身份，并加以阻挠。布力非伪善而自私，他容不得汤姆和他一起生活，便极力诋毁汤姆对索菲娅的爱，最终挑唆舅舅把汤姆赶出家门。汤姆四处流浪，辗转来到伦敦。索菲娅为了逃婚，也偷偷离家出走，去寻找汤姆。在流浪途中，汤姆被人算计与一群流氓打架斗殴。汤姆出于自卫打伤了别人，被抓进监狱。在监狱中，奥尔沃绥终于知道了汤姆的真实身份,原来他是布利吉特与一个大学生的私生子。经过多方营救,汤姆终于获释出狱和索菲娅喜结连理。而奥尔沃绥也看到了布力非的阴险,于是决定废除布力非的继承权,转而将汤姆立为新继承人。

小说展现了一幅完整的现实主义人性图画,人物庞杂,作者描绘了社会各阶层人物,涉及贵族、乡绅、冒险家、守林人、教师等多重人物。场景也非常丰富多彩,从乡村到城市,从旅店、戏院到法庭、监狱,从集市、商店到上流社会的沙龙,描绘了广阔的社会画面。整部作品结构完整、情节生动、语言诙谐而精练,讽刺挖苦妙趣横生,作者不时地加入一些高超的见解,使其成为一部极具艺术感染力的经典小说。

《艾米莉亚》主要讲述了一对令人尊敬的夫妇婚后的各种遭遇。出生于富贵之家的艾米莉亚,拒绝了阔佬的求婚,愿意嫁给贫穷且性情急躁、轻率的军官布斯上校。婚后不久,艾米莉亚随丈夫去前线作战,布斯两次负伤,升了上校。在布斯负伤之际,艾米莉亚收到姐姐贝蒂的信说母亲去世了,艾米莉亚只分到10英镑遗产。战后,布斯的连队被撤销,他也失去了原有的职务,只能依靠半份饷银度日。有一天,布斯在街上劝架,结果被抓进监狱,在狱中遇到以前的恋人,旧情复燃。他出狱后找不到工作,家庭生活非常拮据。很多有钱人打着给布斯介绍工作的名义接近艾米莉亚,试图把她弄到手。他们在几番失败后,又设计让布斯入狱。在狱中布斯结识了一个叫罗滨森的人。这个人临终前坦白说,他和另一个律师替艾米莉亚的姐姐贝蒂伪造了她们的母亲的遗嘱。按照真实的遗嘱,财产大部分归艾米莉亚所有。于是,贫困交加的艾米莉亚夫妇时来运转,摆脱了过去的苦日子和被人欺凌的状况。虽然布斯鲁莽、嗜酒、好赌,还背叛过妻子,但艾米莉亚最终宽恕了他。

小说的很多情节都是以伦敦为背景展开的,那里的贫民窟、监狱、法院等构成了英国社会的丑恶画面,成为菲尔丁谴责英国政治司法系统的有力证据,成功地描绘了治安法官、律师、狱卒等一群枉法受贿、执法犯法的司法界的丑恶行径。

菲尔丁是18世纪英国和欧洲最杰出的现实主义小说家之一,同时也是18世纪欧洲最有成就的现实主义小说家,他通过新的文学形式、幽默讽刺的手法表达了自己对现实的理解,对其后的现实主义文学的发展产生了重要的影响。

二、表达不同情感体验的感伤主义小说

英国的感伤主义小说在文学史上存在的时间并不长,但它有着自己

独特的历史地位。它通过开掘人物的内心世界和描绘人的情感生活方式，进一步增强了小说的艺术表现力，并深刻影响了其他文学形式。英国的感伤主义小说对欧洲文学的发展同样作出了开拓性的贡献，代表性的作家有奥利弗・哥尔斯密（Oliver Goldsmith，1730—1774）、塞缪尔・理查逊（Samuel Richardson，1689—1761）、劳伦斯・斯特恩（Laurence Sterne，1713—1768）。

奥利弗・哥尔斯密出生于爱尔兰一个新教牧师家庭，到1762年为止，他匿名发表了许多作品，这些作品以文笔优美雅致、气度宽容温和而受人注目。1762年，他出版杂文集《世界公民》正式走上文学之路，1766年发表小说《威克菲尔德的牧师》。

作为英国文学史上较早出现的感伤主义小说，《威克菲尔德的牧师》主要描写了乡村牧师普列姆罗斯一家的种种遭遇。普列姆罗斯心地仁慈、乐善好施，一家人过着与世无争的生活。后来家庭发生变故，他的财产一下子化为乌有，儿子的婚约被毁，女儿或被诱奸，或与人私奔，他自己也遭受牢狱之灾，全家都陷入了一系列不幸的苦难，一连串的打击使牧师身心交瘁。然而，经历了种种挫折之后，一家人的生活又步入正轨，或娶妻，或出嫁，普列姆罗斯也重新获得了财产。作者在讲述这个家庭悲欢离合故事的同时，也揭示了英国农村中地主的专横强暴，人民生活的贫困悲惨。但作者并没有义愤填膺地对其进行批判，而是采用一种清晰优美的笔法，描绘出一幅幅家庭生活或者乡村生活的画面，与工业革命初期开始冒头的自私自利、争夺财富、破坏传统的社会状况形成鲜明的对比，在描写人物遭受损害时的那种既善良又柔弱的心肠和敏锐、丰富的情感时，也只是带有一股浓浓的感伤情绪，因此小说产生了一种朴实的感人力量。

《威克菲尔德的牧师》这部小说在情节和人物方面并没有新颖之处，但它在流行辛辣讽刺的时代，却充满了朴素的道德和乐观的品质。它的情节虽然有许多离奇夸张的成分，但其人物在本质上都是普通老百姓，他们的仁慈善良都是实实在在的。另外，小说在继承并进一步发展了感伤情调之外，形成了自己的特色。小说中的普列姆罗斯作为自己和家庭不幸的讲述者，以强调克制和信仰冲淡具体环境下的感伤成分。但是，小说还具有不少的现实主义特点。

塞缪尔・理查逊出生于英格兰北部德比郡的一个细木工家庭中，父亲是一名清教徒，理查逊幼年时想成为一名传教士。由于家境并不富裕，理查逊没有受过正规的教育，但他博览群书，非常勤奋且自律，拒绝休闲和娱乐，极少涉足戏院、酒馆等地。理查逊的婚姻和家庭生活并不顺利，他先后结婚两次，有过12个孩子，但妻子早逝，子女夭折过半。不过，他的身边有很多女性朋友，长期与女性的交流使他深入了解女性心理，在作品中能够对女性的心理进行细腻的描写。他的代表性作品有《帕米拉》《克拉丽莎》《查尔斯·格兰迪森爵士的历史》。

《帕米拉》是英国乃至欧洲第一部现代意义上的书信体小说，以一位美貌的姑娘帕米拉给父母写信的语气和形式，讲述了乡绅家的女仆帕米拉坚决反抗主人B先生对她的无礼企图，帕米拉贞洁高尚的品德感动了B先生，B先生真心欣赏和爱慕起帕米拉，两人最终结为伉俪。婚后，帕米拉又以自己的品德赢得上层社会的尊重。《帕米拉》所传达的道德意识具有一定的历史进步性，如有意颠覆因阶层差异而产生的道德秩序，让下层女仆的道德感超越所谓上流社会的道德等。理查逊把帕米拉当作女德的典范，以"忠贞"为女德的核心，反映了清教徒的道德观念。作为一部书信体小说，这部小说除了帕米拉被诱拐时由编者用简短的篇幅叙述它的过程外，其余都是由她本人以书信或日记的方式来叙述的(日记也采用写信的口吻)，其中也包括少数其他人来信的抄件。这便于对人物的心理活动和行为动机做充分的展示，使得作品真实、细腻、感人。

《克拉丽莎》也是一部书信体小说，主要讲述了女主人公克拉丽莎的家庭为了经济利益，逼她嫁给一个她讨厌的富人。她从危急中逃出，落入花花公子罗伯特·洛弗莱斯的手中。当她发现他的真实面目，已无法逃走，终于因长期受到肉体上、精神上的折磨而死。而洛弗莱斯却在决斗中被克拉丽莎的亲戚莫登上校杀死。理查逊在这部小说前言中所指出的：所有这些书信都是作者以一种身临其境的心情写成的，因此信中不仅充满着紧张局面，而且浸透着逼真的描写和感受。小说中交换了547封书信，字数超过100万，成为最长的一部英文小说。在描写人物内心情感，尤其是阴郁、低沉的感伤情绪时，小说更见功力，因此被称为世界上第一本提示人类心灵的书。

《克拉丽莎》触及到了更多、更深刻的社会问题和道德问题。在写作上，这部小说在叙述同一件事、同一个场面时，采用了不同的叙述视角，从而增强了叙述的丰富性和曲折性，表现了人物之间的复杂关系，并将书信体小说推向了一个更高的境界。

《查尔斯·格兰迪森爵士的历史》中的男主人公格兰迪森英俊的外貌和高尚的道德曾受到妇女们的极大爱慕，他曾多次受到诱惑，但却坚守清白之身，因而获得善报。他娶了一位像他本人一样的理想人物为妻，这就是美丽的哈里叶·拜伦小姐。不过遗憾的是，因为主人公过于完美，使得这部小说显得不够真实，说教成分太重。

理查逊的小说创作使小说的真实性呈现出另一种形态，即开始集中描写一件事的始末,脱离了以主人公的各种见闻和经历为主要线索的传统写法,并且不再以奇闻逸事来吸引读者,而是以道德、婚姻等现实生活中的问题为主要内容,摆脱了传奇故事的影响,使小说从客观转向了主观,从外界转向了内心。书信形式和第一人称叙述为理查逊提供了一条进入主人公心灵深处的捷径,使主人公和读者能有效地进行情感交流。他对人物尤其是对女性人物的心理刻画得淋漓尽致,是过去小说所没有的。

理查逊虽然一生虽然只写了三部小说,但都是成功之作,并具有深刻的影响力,其中《帕米拉》和《克拉丽莎》可以说是感伤主义小说中的经典之作。前者以独特的手法塑造了具有立体感的妇女形象;后者对感伤精神及对人物性格与内心活动进行了细致的描写,这在很大程度上促使理查逊成为感伤主义小说的奠基者。

劳伦斯·斯特恩出生于一个教会世家中,在最初的十几年里,一家人随父亲从英格兰驻地转向爱尔兰驻地,过着四处漂泊的生活。18岁时,斯特恩的父亲去世,他在亲戚的资助下得以进入剑桥大学的耶稣学院学习,在那里他读了大量奇文异书,并对文学产生了浓厚的兴趣。毕业前一年,斯特恩患上了肺结核病。1738年他被授予牧师资格,并靠叔父帮助在约克郡附近的苏顿教区做牧师,在业余时间经常从事写作,创作了《项狄传》和《感伤的旅行》等优秀的作品。

《项狄传》全书共分9卷,长达600多页,小说的框架结构杂乱无章,断断续续的叙述线索随意穿梭,塑造了一批怪癖的人物性格。小说以项狄家的客厅为背景,由特利斯特拉姆叙述,从他还在母腹中说起。表面上这是一部写项狄一家兴衰的历史,事实上,作家对此进行了很少的描写,在读完全书之后仍理不出头绪来。此外,冗长的插话更使故事显得无序而烦琐。读者只知项狄的父亲瓦尔特爱好哲学,到处发表哲学议论,满脑子都是荒唐无稽的怪念头。他的妻子温顺、忍让,因不愿与丈夫争论哲学问题而遭其谩骂。项狄的叔父托比是作品中形象最鲜明的人物。他是个退伍军人,纯真善良,豁达洒脱,是作者心目中18世纪英国理想人物的化身。故事的主角特利斯特拉姆在第4卷才出世,第6卷刚到独立的年龄,以后就不知去向了。书中还有位也爱畅谈哲学的乡村牧师约里克,他不时在书中发表自已对生活的观点。该书充满长篇议论和插话(作者认为插话是“阅读的生命与灵魂”),并通过一张空白页让读者去遐想,一张黑页以哀悼死者,或线条、图表、凌乱放置的标点等多种形式,让读者感到新奇、激动的同时,又觉得迷惑、不安。

这部小说运用了大量折磨人的长篇离题话题,有对怪诞情景进行的详细而令人厌倦的解析，有对古怪的知识和伪科学学问认真又讽刺的炫耀，就像是一座光怪陆离的迷宫。但是，正因如此，它大大地扩展和深化了小说的表现领域，也丰富了小说的表现形式。斯特恩放弃了扮演高高在上的叙述者的角色，以一种置身事外的姿态将笔触深入人物的主观内心世界。

《感伤的旅行》是一部极富感染力和影响力的游记小说，标志着感伤主义文学的兴起。在小说中，斯特恩假托约里克牧师的名义来叙述他在欧洲大陆上的旅行，为了与其他一些消遣、虚荣、好奇的旅行者相区别，他自称是个“多情的旅行者”。作者的兴趣不在于某国的自然风光、历史古迹，而是在于从旅行中获得感官印象，以及由此引起的心理感受与体验。斯特恩在书中写道：“这是一次探求自然的、充满爱心的、悄悄的旅行”，超越语言、种族、文化、性别的障碍，去寻求善与爱的交流；目的是让读者读后受到感动而去更好地爱“这个世界，爱我们的同类”；而只有带着这颗多愁善感的心去体验周围环境，才是个真正意义上的“游客”。

小说主要描写了约里克牧师在法国、意大利的旅行，包括各种冒险经历和爱情奇遇，小说没有像一般的游记一样描写自然风光，评价社会生活，而是通过许多细节，夸张地描写主人公的感觉和敏感的内心变化，抒发作者自己的思想情绪，具有浓厚的感伤色彩。小说的主人公兼叙述者约里克牧师是一个典型的多愁善感的人物，连一些细小的琐事也会使他有所感触，感情狂泻。书中零零落落的情节靠约里克牧师的思绪串连起来，作者在不少饶有风趣的情节描写中透出一丝丝无奈的幽默，以此来寄托他的同情和感伤。约里克常被相互交织的感触推向一种哭笑不得的状态。任何一件小事都会触动他那敏感的神经，他可以为一头驴，或者为一直关在笼中的小鸟而落泪，他将自己的这种敏感性称为人类最宝贵的东西，他认为：“可爱的敏感性，这是我们一切珍贵的喜悦的感情和我们一切高尚的悲哀取之不尽的源泉。”斯特恩在小说中把偶然的感触、自私的心理和敏锐的感受交织在一起，用细致真挚的手法抒写普通人的命运和体验，甚至于将笔触深入人物情感的非理性层面。

《项狄传》和《感伤的旅行》是斯特恩感伤主义小说的代表作，这两部作品以其独特的结构、无序的情节、怪异的人物和新奇的表现手法在英国小说发展史上占据了重要的位置。斯特恩抛弃了那种按照时间顺序有开头、中间部分和结尾的小说结构形式，而开创了以人物的情感活动为基点的周而复始的叙述模式，使得他的小说情节杂乱、枝节横生，看似乱七八糟，实则与人物头脑中变幻莫测的思绪完全一致。

第四节 戏剧的衰微

与18世纪英国的小说、散文和诗歌相比，戏剧是走入低迷的一种文学体裁。18世纪对于英国戏剧来说并非一个辉煌灿烂的时代。于是，18世纪的英国舞台上充斥平庸混乱之作，缺乏出类拔萃之作。这一时期的戏剧主要有伪古典主义悲剧、感伤主义戏剧、风俗喜剧。

一、独有建树的伪古典主义悲剧

18世纪，伦敦舞台上的主要剧种并不是悲剧。莎士比亚的悲剧，以及根据莎士比亚的原作改编而成的剧目受欢迎程度远远低于17世纪，且都没有形成独特的风格，因此也缺乏持久的生命力。而伪古典主义悲剧是18世纪在悲剧领域中唯一的建树。一些诗人和剧作家认为，“当代剧作家可能做出的最大成绩就是模仿古希腊、罗马的悲剧作家，严格遵循古典戏剧原则三一律——时间、地点和情节的一致性，甚至明确限制剧中的角色”[①]。在他们看来，秩序、常识、得体应该是剧中人物对生活的追求，而剧中的语言则应更多地反映人物的智力和理性思维的能力，而不是他们的情感。在这种理论指导下创作出来的悲剧没有什么特色，詹姆斯·汤姆生(James Thomson，1700—1748)的《索福尼丝巴》可以说是伪古典主义悲剧中比较具有代表性的剧作。

《索福尼丝巴》以古罗马与迦太基之间的第二次布匿战争为背景，故事围绕迦太基王后索福尼丝巴展开。索福尼丝巴是战将赫斯德拉鲍尔的女儿，她深切地热爱自己的祖国。全剧开始前，索福尼丝巴已经嫁给了迈萨西里国王西菲克斯，西菲克斯为了她决定解除与罗马的盟友关系，在布匿战争中与迦太基共同对抗罗马。索福尼丝巴与西菲克斯结婚后，断绝了与另一个情人梅辛尼瑟的关系，而梅辛尼瑟现在是罗马入侵军的统领。当西菲克斯打了败仗，被罗马军队押回他自己的宫殿时，索福尼丝巴突然抛弃了自己的丈夫，嫁给了梅辛尼瑟。面对西菲克斯的质问，索福尼丝巴回答说，她不是因为喜欢一个男人而不喜欢另一个，而是因为她热爱迦太基胜过爱他们两个。

作品中，西菲克斯只是一个头脑简单的战将，而梅辛尼瑟则是一个情

① 何其莘．英国戏剧史[M].南京：译林出版社，2008：278.

感丰富的男人。罗马军队的统帅梅辛尼瑟拜倒在索福尼丝巴的石榴裙下，娶了索福尼丝巴之后，梅辛尼瑟忘记了自己对罗马帝国所承担的责任，决心为被俘的索福尼丝巴赢得宽恕和自由。然而，梅辛尼瑟终究是一个罗马人，而索福尼丝巴是一个迦太基人。当他的责任心被国王唤醒时，他只好违心地服从帝王的命令，给索福尼丝巴送去了毒药，而她则毫不犹豫地把毒药喝了下去。

可见，作者并不关注剧中人物的情感，而更多地关注他们在政治问题上所作的抉择，他们的道德素养。因为这是决定一个民族生死存亡的关键所在。不同于文艺复兴时期的爱情悲剧，汤姆生的伪古典主义悲剧着眼于用戏剧的形式来展现一个民族的兴衰过程，而不是有情人的悲欢离合。伪古典主义悲剧在伦敦的舞台上存活的时间很短，到了 18 世纪下半叶基本上已经消失，因为与这一过时的诗剧相比，观众更喜欢情节曲折、场面壮观的情节剧。

二、趋于成熟的感伤主义喜剧

感伤主义剧种在 18 世纪伦敦舞台上占有主导地位，喜剧中的感伤主义色彩在 17 世纪末的一些剧作中就已经存在，只是当时的剧作家并没有意识到这是一个新的剧种，感伤喜剧作为一个成熟的剧种出现在伦敦舞台上是在理查德·斯梯尔之后，并在休·凯利（Hugh Kelly，1739—1777）和理查德·坎伯兰（Richard Cumberland，1732—1811）的创作下得到了进一步发展。

斯梯尔不仅是 18 世纪英国著名的散文家，也是重要的感伤主义喜剧作家。他共创作了四个感伤主义喜剧，即《葬礼》《撒谎的情人》《温柔的丈夫》和《有良心的恋人》。其中，《有良心的恋人》充分体现了感伤主义喜剧的艺术特点。

《有良心的恋人》讲述了一个发生在 18 世纪初的伦敦的一个故事。约翰·贝维尔爵士的儿子小贝维尔为了不违背父亲的旨意，准备迎娶自己并不喜欢的露辛达·西兰德为妻，而实际上露辛达也不喜欢小贝维尔。到了两人预订举行婚礼的那一天时，露辛达的父亲西兰德先生因听说小贝维尔一直在资助他从法国带回来的神秘女子印弟安娜而不同意两人的婚姻。与此同时，小贝维尔给露辛达写了一封信，信中说明自己同意在这一天将他们的婚约解除，也愿意成全露辛达和自己的好友默特尔的爱情。但小贝维尔和露辛达解除了婚约后，露辛达的母亲却急于将她嫁给性格古怪且贪财的辛姆伯顿，主要是因为辛姆伯顿有一个有钱的伯父，但由于这个伯父迟迟没有出现，因而两人的婚姻一直没有确定下来。后经过一系列的事情，发现印弟安娜原来是露辛达的父亲西兰德先生失散多年的女儿，于是小贝维尔和印弟安娜的结合得到了双方家人的认可。与此同时，露辛达也和自己的心上人默特尔有情人终成眷属。

在这部剧作中，剧作家为新崛起的中产阶级的代表即商人大唱赞歌，说他们是“正直的绅士”。这与当时的时代发展潮流相符合，因而在上演后引起了极大的轰动，并且实现了“纯洁思想、净化舞台”的目的。

休·凯利（Hugh Kelly，1739—1777）在感伤喜剧创作方面也取得了一定成就，代表作有《给聪明人进一言》和《夫人学校》。《给聪明人进一言》充分地体现了感伤喜剧的特点，作品主要讲述了女主人公多默小姐的父亲坚持要把她许配给他选中的乔治爵士。幸亏乔治爵士不是一个纨绔子弟，而这恰恰是他给人留下的第一印象。事实上，乔治是个感情浓厚的好心人，准备解除他与多默小姐的婚约，让多默自己去选择她的终身伴侣。而多默小姐决心将自己的真实感情告诉这个自己并不爱的男人。多默小姐的一段告白，矫揉造作的谈话方式在感伤喜剧中是非常常见的。虽然这个结果完全违背了剧作家的初衷，但这很可能是由于感伤喜剧的剧作家们已经深深地陷入这种流行的情绪之中的原因。

理查德·坎伯兰（Richard Cumberland，1732—1811）的感伤主义喜剧中总含有讽刺的成分，代表作有《西印度群岛人》《兄弟们》和《犹太人》。其中，《西印度群岛人》中有着非常明显的道德说教，即反对英国本土居民对居住在西印度群岛的英国人的歧视和长期以来形成的对爱尔兰人的偏见；《兄弟们》则对人的愚笨进行了猛烈抨击，同时对蕴藏在心灵深处的美德进行了赞美，展示出仁慈的价值；《犹太人》中，剧作家竭力向人们表明，犹太人和英国的基督徒是一样的，他们也有着强烈的同情心以及做人的尊严，从而在舞台上第一次为长期受歧视、受迫害的犹太民族进行了正名。

坎伯兰被一些评论家称为“最坚定的感伤主义剧作家”“情节剧之父”，可见，坎伯兰在英国戏剧发展史上的作用是不可低估的。

三、短暂复兴的风俗喜剧

这一时期，英国喜剧出现短暂复兴，在理查德·布林斯利·谢里丹（Richard Brinsley Sheridan，1751—1816）和奥利弗·哥尔斯密（Olive Goldsmith，1730—1774）的共同努力下，他们的风俗喜剧作品代表了英国18世纪下半叶戏剧创作的主流。

理查德·布林斯利·谢里丹(Richard Brinsley Sheridan,1751—1816)出生于爱尔兰都柏林,7岁时随父母离开都柏林来到伦敦,接受了良好的教育。结婚后,谢里丹曾迫于生计决心尝试撰写剧本,他的戏剧创作主要集中在1775—1779年,代表性的作品有《情敌》和《造谣学校》。

《情敌》是一部轻松活泼的喜剧,因充满活力和节奏明快而在舞台上极为成功。剧中的女主人公莉迪亚年轻漂亮,但她决心找一个职务低、没有钱的下等军官作为丈夫。海军少校杰克·阿布索鲁特为了赢得莉迪亚的心,不得不假冒成下等军官恩西恩·贝弗利。整个故事围绕两条线索展开,主要情节线索是莉迪亚和阿布索鲁特少校的爱情波折,次要情节是莉迪亚的表亲朱莉亚和其未婚夫福克兰的爱情故事。故事中有一个有趣的插曲,和莉迪亚的姑妈马拉普太太有关。这位夫人在一次聚会上和爱尔兰准男爵卢修斯先生一见钟情。她化名莉迪亚和准男爵通信,准男爵以为自己追求的是年华正茂的莉迪亚小姐。这样,卢修斯先生成为阿布索鲁特争夺莉迪娅的一个情敌。阿布索鲁特的另一个情敌是鲍勃·阿克斯,他是阿布索鲁特的好朋友,一直暗恋莉迪亚。他为了爱情决心与假冒的贝弗利决斗。这天,卢修斯先生来找阿克斯,鼓励阿克斯和他一起为爱情而与假冒的贝弗利决战,并委托阿布索鲁特向贝弗利送去战书。阿克斯和卢修斯先到达约定地点,卢修斯问阿克斯如果被情敌打死后如何处理后事,阿克斯心里开始害怕。阿布索鲁特和福克兰赶来了,让蒙在鼓里的阿克斯大为吃惊。紧接着,阿布索鲁特的父亲安东尼爵士知道了事情真相,和马拉普太太、莉迪亚和朱莉亚一起来阻止。结果真相大白,故事以喜剧结束。

《情敌》中的故事虽然并不新颖出众,但情节安排巧妙娴熟,对话鲜活。谢里丹通过刻画形形色色的绅士和小姐,揭示出18世纪末英国上流社会的虚伪矫情,嘲笑了受感伤主义影响而追求浪漫情节的年轻女子,好战而胆怯、爱慕虚荣的先生们,爱面子、喜欢炫耀自己的学识的马拉普太太,还有传统、固执的老安东尼爵士。《情敌》的成功之处还在于谢里丹对情节的巧妙设计,语言生动活泼,人物的语言表达方式多样化,符合人物的身份和性格。

《造谣学校》是谢里丹最著名的喜剧,也是英国戏剧的典范。这是一出以机智和辛辣讽刺著称的5幕风俗喜剧。故事讲述了斯尼威尔夫人等一群贵族男女以造谣生事为乐,专门破坏别人的名誉和家庭幸福。斯尼威尔夫人的家也因此成了"造谣学校"。戏中情节按照两条线索延伸。一条线索写在各个方面都形成鲜明对比的约瑟夫和查尔斯兄弟俩的社交活动和追求爱情的过程。约瑟夫极端利己却道貌岸然,查尔斯言行不够检点但心地善良。他们都追求彼得·梯泽尔爵士监护的玛丽娅。他们的叔叔奥立佛爵士通过试探，发现了约瑟夫的虚伪和查尔斯的慷慨与善良。于是，查尔斯得到叔叔的财产，赢得了心上人。另一条线索则是梯泽尔夫人在丈夫的感化下与之和好。

谢里丹通过对“造谣学校”的描写，揭露18世纪英国上流社会道德败坏的现状。剧中没有令人生厌的道德说教，而是通过讽刺，对社会风气进行淋漓尽致的鞭挞。谢里丹的人物刻画手法引人入胜，他通过对人物的命名说明人物的个性特征。这种方式似乎是借用了中世纪道德剧的习惯手法，不过，谢里丹大大超越了道德剧的范畴。他塑造的主要人物有血有肉，细节突出，不只是传达抽象的道德概念。《造谣学校》这个剧的情节并不复杂，但是，其中的某些片断确实相当精彩，成了英国喜剧的保留剧目。

《造谣学校》悬念迭出，充满滑稽可笑的场面，倒置手法的运用常常使观众出乎意料。全剧充满轻松愉快，亲切而浪漫的气氛，有人认为它具有莎士比亚戏剧的流风遗韵。这个剧给剧作家带来了巨大的成功，其中情节的巧妙安排、喜剧人物的塑造和妙趣横生的对白是后来的喜剧作家很难突破的。

奥利弗·哥尔斯密(Olive Goldsmity，1730—1774)的著名剧作《屈身求爱》是一部浪漫的风俗喜剧。从1773年问世以来，一直受到广泛的欢迎，故事以18世纪的英国为背景，托尼是哈德卡叟夫人与前夫生的儿子，从小受到母亲溺爱。哈德卡叟先生的女儿凯特非常任性，为了改掉凯特的坏习惯，哈德卡叟先生让她大部分时间打扮成乡下姑娘。看到女儿已到了婚嫁的年龄，哈德卡叟先生写信邀请他好朋友的儿子马洛来家里做客。听了父亲对马洛的介绍，凯特对这个年轻人很满意，只是不太喜欢马洛的腼腆。不过凯特的好友康斯坦斯对她说，马洛在衣着华丽的小姐面前往往会紧张，但是面对出身贫微的姑娘则没有这个问题。康斯坦斯爱上了马洛的好友哈斯丁，但是哈德卡叟夫人却有意撮合康斯坦斯和她的儿子托尼。殊不知这对年轻人非常讨厌对方，只是为了维护哈德卡叟夫人的面子，才没有说明真相。马洛和凯特，哈斯丁和康斯坦斯两对年轻人突破重重阻碍，终成眷属。

《屈身求爱》这部喜剧对当时造作虚伪的行为进行了讽刺，并歌颂了人的真实美德和内心情感。凯特赢得心爱的人的心时并没有精心打扮，马洛爱的是她本人，而不是因为她的身份。这部喜剧也强调了个人有选择和追寻自己快乐的权利。托尼有心计，但并没有敌意，也不自私自利、蓄意伤害他人。剧中的人物富有教养、心怀善意的交往方式，有助于达到人际和谐,有助于教化大众。此外,哥尔斯密设计的人物对话十分生动幽默。整出戏充满活力,格调欢快,给观众留下了深刻印象。

此外,《屈身求爱》也反映了哥尔斯密的戏剧创作理念,他将复古喜剧和感伤喜剧进行融合。他笔下的哈德卡叟一家展现出了浓厚的温暖之情,虽然他们之间会有争吵,但彼此依然是相亲相爱。哥尔斯密实际上是在通过此剧宣扬一种传统的家庭观和道德观。

第五章 跨文化视角下的19世纪英国文学研究

19世纪的中国还处于封建社会时期,对应的朝代是清代后期,此时的中国文化从不同方面表现出对古代文化集大成的发展趋势,文学观念更趋自觉、成熟和包容性。而到了晚清,社会变革的要求与新的传媒,使文学革命成为一种时代要求。与之不同的是,19世纪的英国已经走入了工业化时代。在西方文化科学精神理念的指导下,19世纪的英国文学关注的是社会、心理等方面的问题,关注自身与外部的关系,强调个人的价值与努力,清楚反映时代精神,浪漫主义文学即滥觞于此。只是到了19世纪中后期,英国社会矛盾日益突出,以反映社会现实为目的的现实主义也随之繁荣。整体上而言,19世纪的英国文学,出现了浪漫主义诗歌与现实主义诗歌并存的局面;散文得到进一步的发展,文体得到突破,写作题材也扩展到多个领域;而小说逐渐成熟,浪漫主义小说兴起,而哥特式小说仍继续,现实主义小说获得长足发展;戏剧相对冷寂,少量的浪漫主义诗人尝试创作戏剧,之后一些剧作对戏剧内容和舞台布景进行探索,才使得戏剧出现了一定程度的复兴。

第一节 浪漫主义诗歌与现实主义诗歌的并存

19世纪初的英国诗歌以浪漫主义著称,成就卓著的浪漫主义人通过诗歌表达其人道主义思想,追求自然灵感,主张用丰富的想象来抒发个人情感,表达理想。不过,到了维多利亚时代,浪漫主义文学日渐式微,出现了显然区别于其的现实主义诗歌。现实主义诗歌陈述资本主义发展时期的新的民族意识和道德观念,偏重理性因素,有意淡化诗人的个人意识。

一、抒发个人情感的浪漫主义诗歌

浪漫主义文学强调人的主观精神和个性自由,因此极力表现个人的思想感情。英国19世纪的浪漫主义诗歌流露出浓厚的个人主义倾向和人道主义思想，还有诗人对现实的不满情绪。浪漫主义诗人标榜灵感和想象，反对古典主义推崇的理性和规则，希望通过诗歌表达个人对理想的追求。在18世纪后期威廉·布莱克（William Blake，1757—1827）和罗伯特·彭斯（Robert Burns，1759—1796）等诗人开拓的基础上，英国浪漫主义诗歌在19世纪迎来了鼎盛时期。根据诗人的社会立场和作品的思想内涵，19世纪前期的英国浪漫主义诗歌又分为两个流派：湖畔派和积极浪漫主义派。湖畔派以歌吟湖光山色田园风光为主，代表诗人包括威廉·华兹华斯（William Wordsworth，1770—1850）、塞缪尔·泰勒·柯尔律治（Samuel Taylor Coleridge，1772—1834）、罗伯特·骚塞（Robert Southey，1774—1843）等；积极浪漫主义派则富有时代气息和斗争精神，代表诗人包括乔治·戈登·拜伦（George Gordon Byron，1788—1824）、雪莱波西·比希·雪莱（Percy Bysshe Shelley，1792—1822）、约翰·济慈（John Keats，1795—1821）等。

英国浪漫主义文学内部之所以出现两个流派，主要是民主运动内部分化的结果。一些民主主义者坚持反压迫、争自由的立场，支持改革。另一些人则惧怕改革，向当权集团靠拢。当时英国资本主义发达，资产阶级内部激进派和保守派之间的激烈政治冲突，必然反映到文坛上来。由此，英国浪漫主义诗歌领域也就分为湖畔派和积极浪漫主义派。二者虽然是不同的流派，但因其同属于浪漫主义而在诗歌创作方面存在某些共同的艺术特征。例如，二者都强调大自然与心灵的交融，着力表现自然景色对人内心的感染与影响，并由此抒发个人对大自然的精神感受。他们认为，大自然是“美”“生命”和“理想境界”的象征，可从中获得创作灵感，由之生发出对人生真谛的感悟，透视生活的本质，揭示永恒的真理。同时，他们都痴迷于通俗的歌谣和民间传说，注意从中摄取创作素材。在浪漫主义诗人看来，民间歌谣和传说富有哲理，通俗易懂，反映了大众的愿望和心声，具有很强的艺术生命力。从某种意义上讲，浪漫主义诗歌之所以得到广泛流传，取得艺术上的成功，就是因为浪漫主义诗人以民间文化为创作源泉，从中搜集创作素材。另外，湖畔派和积极浪漫主义派都显示了迥异于古典主义诗人的创作态度。18世纪的古典主义诗人认为诗歌要理性地反映现实生活，而浪漫主义诗人认为诗歌是艺术性地表达个人情感和展示想象的工具。1800年，华兹华斯在《抒情歌谣集》中发布了英国浪漫主义的宣言，他声称诗歌创作为“炽烈情感的自然涌流”，这显然是对古典主义的矫揉造作和唯理主义的不满。华兹华斯还批评18世纪诗人常用的“诗意辞藻”浮华空洞，主张采用朴实的民间语言，应该是“人们真正用着的语言”。在写诗方法上，华兹华斯强调“想象力”的作用，认为借助想象力可以“使得平凡的东西以不寻常的方式出现于心灵之前”。柯尔律治也认为，诗歌创作涉及一个“情感与意志临时冲动与主观愿望互相矛盾的心理过程”，雪莱也不同意“最优秀的诗歌出自艰苦劳动和精心构思”的说法。济慈的观点更加激进，认为如果不能够自然而然地进行诗歌创作，那还是不要写了。可见，浪漫主义诗人都认为诗歌要能够表达个人情怀，诗歌应该成为个人自造环境、觅取安慰的艺术工具。总之，浪漫主义诗歌充分表现了诗人的喜怒哀乐，对往事的回忆和神秘世界的探索，还有富有哲理的一些思考和想象。

在艺术手法上，浪漫主义诗歌对古典派诗歌所规定的格律和音韵也不以为然。对此，华兹华斯就曾在《抒情歌谣集·序言》中宣称：“在这些诗歌中我的主要目的是从日常生活中选择事件和情景，并尽可能用通俗的语言来加以描绘。”浪漫主义诗人经常采用生活的形象和丰富的比喻来描绘自然景色和抒发情感，格律舒展，音步自由灵活，已经突破了传统诗歌所定下的规范。

英国浪漫主义诗歌注重表现主观精神世界，重感情，重理想，重想象；痴迷于民间文学，喜欢从中攫取素材，对中世纪题材、大自然题材也表现出浓厚的兴趣；喜欢采用鲜明的对比、奇特的比喻、大胆的夸张手法。尤其是大自然题材，华兹华斯、拜伦、雪莱、济慈等浪漫主义诗人都从各自的角度写出了吟咏自然的传世杰作。可以说，没有哪一个国家的诗人像他们那样集中、强烈地表达对大自然的爱；也没有哪一个国家的诗人像他们那样深刻地表现出大自然的哲理式思考。当然，这些诗人的作品，从总体上说，代表了英国诗坛对于法国革命以后所出现的变化和新鲜感以及在感情和思想方面所做出的敏感反应。以下就分开讲湖畔派诗人和积极浪漫主义派诗人的创作情况。

湖畔派的代表诗人是华兹华斯、柯尔律治、骚塞。同时代的人之所以称他们为“湖畔派”诗人，是因为他们都曾在英国西北部的湖区住过一段时间，并创作了大量以湖畔的田园风光和美丽景色为题材的山水诗。实际上，湖畔派是一个较为松散的文学团体，成员的性情、志趣、创作意图和审美观点极为相似。他们的诗歌在一定程度上反映了当时某些知识分子对工业社会的不满情绪，并试图返璞归真、回归自然，从这个意义上讲，湖畔派又为今人了解英国19世纪的社会状况和民族心态提供了宝贵的资料。不过，长期以来，英国社会各阶层和国内外批评界对湖畔派的三位重要代表人物华兹华斯、柯尔律治和骚塞的诗歌创作却持不同的看法。贵族阶级追捧他们的诗歌，具有“左”倾思想的激进派人士则称他们为反动诗人，而大多数文学评论家则温和地称他们为湖畔派诗人。“湖畔派”诗人的创作从早期到晚期也几经发展变化。他们早期的作品都不同程度地流露出对法国革命的赞许，同情英国贫困阶级，关注社会局势。而随着社会矛盾的日益加深，他们开始对工业革命和法国革命的结果失望，对资本主义社会丧失了信心，从而在诗歌中表现出明显的消极态度和厌世情绪。他们往往将大自然视作精神上的寄托或避难所，通常在诗中借景抒怀，或自我陶醉或愤世嫉俗。

湖畔派诗歌自由舒展，风格优美，意韵蕴藉，不少作品以和谐的韵律、明快的节奏和生动的语言表达了诗人对社会生活和自然景色所产生的强烈的感情和丰富的想象。华兹华斯、柯尔律治、骚塞不少的诗作都是英国文学中的艺术瑰宝。

威廉·华兹华斯（William Wordsworth，1770—1850）与柯尔律治在1798年共同发表了著名的《抒情歌谣集》，使他的文学生涯达到了高峰。随后，他发表了许多直抒胸臆的抒情诗和十四行诗。其中，1807年发表的《不朽颂》《责任颂》等都是优秀作品，而自传体长诗《序曲》则代表了华兹华斯创作的最高成就。在诗歌创作中，华兹华斯在语言和格律方面进行了大胆的革新和实验，由此引起了西方评论家的极大兴趣。最初，华兹华斯也曾一度对18世纪刻板僵化的诗歌模式和时髦的双韵体英雄偶句进行模仿，在经历一段创作实践并逐渐形成自己的艺术风格后，他也意识到了传统诗歌的矫揉造作和华而不实。因此，他认为，应该要坚决摒弃传统的浮华炫丽和整齐刻板的诗歌风格，采用自然朴实的语言表达炽热的情感，表现大自然的美丽。华兹华斯主张诗歌的节奏与韵律应该尽可能同口语的语音和语调保持一致。他的作品大都用词精当，句子舒展，在体现诗歌意蕴的同时还具有散文的风格和口语的特征。在华兹华斯看来，诗人不该说教，而要通过诗歌向读者倾诉自己的喜怒哀乐和对人生的感悟；诗人应该“比普通人更敏感、更热情、更伤感”。

《抒情歌谣集·序言》最能体现华兹华斯的创作思想。在该文章中，他明确表示，诗歌应该是面向大众的。诗歌不应该是王公贵族和部分文人的专利。诗人的使命是表现普通人的生活和事件。因此，在华兹华斯的诗歌当中，几乎没有威风凛凛的国王或叱咤风云的英雄形象，而多是质朴忠厚的农民和读者熟悉的男男女女。不单如此，华兹华斯认为诗人应竭力描绘山川田野的秀丽景色，歌颂大自然，展现大自然的魅力。在华兹华斯看来，大自然本身就是一首美好的诗，它唤起人们的激情，赐予人们智慧和力量。人要保持自己的尊严和纯洁的心灵，必须要融入大自然中。因此，华兹华斯诗歌表现的重要题材就是田园风光和湖光山色。《抒情歌谣集》是华兹华斯与柯尔律治携手合著的一部诗集，华兹华斯因为该作品而成名。这部集子在18世纪末19世纪初先后出了3版,其问世不仅表明华兹华斯与古典主义和启蒙学派的诗学观念已经分道扬镳,而且也标志着浪漫主义诗歌的真正崛起,对19世纪英国诗歌的传播与流行发挥了积极的作用。在《抒情歌谣集》中,《老猎人西蒙·李》塑造了一个名叫西蒙·李的生活贫困、孤苦伶仃的苦命人。西蒙·李年轻时曾是一个好猎手,但随着工业社会的迅速发展以及他年龄的不断增长,他再也无法依靠打猎为生,晚年陷入穷困潦倒、孤立无援的困境。最终,诗人向老猎人伸出了同情和援助之手。这首诗主题鲜明,感情真挚,语调沉重,流露出诗人对现代工业社会的不满情绪和悲天悯人的心境。该诗采用歌谣体的形式,八行一节,呈abab cdcd押韵,与诗歌内容十分吻合。《我们是七个》生动地描绘了诗人几年前在威尔士的古德里奇城堡附近遇见一个乡村小姑娘时的情景。诗中的人物是个平凡得不能再平凡的农家姑娘,这种人物形象在以前的诗歌几乎是从未出现过的。然而,小姑娘的不幸遭遇和可爱的童心却使诗人情绪激昂,感慨万分,从中悟出了深刻的人生哲理。本诗采用歌谣体形式,共十七节,每节四行,呈abab韵。诗歌的语言简洁、风格朴实。《丁登寺杂咏》是华兹华斯山水诗的杰出典范。诗人故地重游,触景生情,有感而发,用洗练的文笔和朴素的风格生动描绘了丁登寺的自然风景,并以清晰而又传神的诗句表达了自己起伏不定的心潮,流露出他对过去的缅怀,又反映了他对现实的态度和对未来的展望。诗歌记录了诗人思想深化的过程:从较低级的、本能的爱,到对大自然的较高层次的认识和欣赏,即大自然对人的影响作用。该诗采用无韵素体形式写成,大部分诗句包含十个音节,呈五音步抑扬格。诗中形象鲜明,比喻生动,既富有深刻的哲理,又蕴含着丰富的情感。应当指出的是,《抒情歌谣集》是在19世纪初英国社会剧烈演变和启蒙主义思潮备受冷遇的大背景下的一部具有重要历史意义的诗集。它的问世使得英国诗歌彻底摆脱了古典主义的羁绊,同时也为英国浪漫主义诗歌的语言和风格奠定了基础。

除《抒情歌谣集》之外,华兹华斯还创作了许多充满激情的十四行诗。十四行诗在文艺复兴时期曾风靡一时,但在18世纪却备受冷落。随着浪漫主义文学的兴起,十四行诗重新获得了发展的机会。在华兹华斯和济慈等人的努力下,十四行诗在英国文坛东山再起,成为19世纪英国诗歌中十分重要的诗歌体裁。

华兹华斯的十四行诗大都写于他创作生涯的初期,真实地反映了他在青年时代对社会与人生的思考和态度。然而,华兹华斯在他的十四行诗中也经常描绘大自然,歌颂大自然。在一首题为《别轻视十四行诗》的诗中,华兹华斯就极力强调十四行诗的表意功能和抒情风格。在他看来,十四行诗在表现大自然方面与其他歌谣体诗歌相比毫不逊色,而且别具一格。《这是一个美丽的黄昏》是华兹华斯比较有名的十四行诗。这首诗生动地描绘了诗人与女儿卡罗琳于某个傍晚在海边散步时的复杂情感。诗歌一开头就流露出诗人处于大自然怀抱中的激情和喜悦:

这是一个美丽的黄昏,宁静而自在,
神圣的时光犹如修女一般文静,
她默默地怀着敬意,巨大的太阳,
正在万籁俱寂中渐渐沉落。

诗人从晴朗明净的天空和汹涌澎湃的大海中仿佛看到了一个动静交融的永恒世界,不由对大自然的神奇赞叹不已。该诗音韵和谐,节奏明快,生动地表达了诗人庄严而炽烈的情感。

《伦敦,1802 年》十四行诗充分表达了华兹华斯对英国社会矛盾与政治危机的深切关注,主题思想比较积极。1802 年是英国的多事之秋,社会腐败,时局混乱,上层社会的虚荣和浮华令刚经历法国革命的诗人感到十分震惊。因此,华兹华斯在诗中发泄了自己对英国社会的不满情绪,严厉地抨击了丑恶的现实,同时高度赞扬了英国革命时代的伟大诗人弥尔顿,试图让弥尔顿的伟大精神来重新感化英国人民。

1850 年发表的自传体长诗《序曲》是华兹华斯的顶峰之作,代表了他诗歌创作的最高成就。该诗以生动的语言真实地记叙了“诗人心灵的成长”,既充满了真挚的情感,又富有哲理性。这首长诗分为两个部分,共 14 卷。第一部分主要描述诗人早年的成长过程,第二部主要记述诗人成熟阶段的认识经历和艺术追求。其中,《序曲》头两卷以朴实的语言和抒情的笔触描述了诗人早年与同伴的真挚友谊和生活在大自然怀抱中的欢快与喜悦,充满了诗人对童年生活的深刻眷恋和对湖光山色的心驰神往。从全诗来看,诗人以冷静的目光观察了自己的发展过程,以平和的语调叙述和总结了自己的一生。《序曲》是集抒情性、哲理性和趣味性于一体的自传体诗歌;它包含着诗人炽烈的情感和丰富的想象,语言精练,形象生动,节奏明快,是英国浪漫主义诗歌中的上乘之作。

塞缪尔·泰勒·柯尔律治(Samuel Taylor Coleridge,1772—1834)在剑桥大学结识了骚塞。两人志趣相投,一见如故,从此结下了深厚的友谊。1795 年,柯尔律治与华兹华斯相遇,从此结为好友。三年后,他们联名发表了《抒情歌谣集》。除《抒情歌谣集》外,柯尔律治还创作了一系列反映朦胧的幻境和超自然现象的诗歌,以及十四行诗、深奥的哲理诗以及三部诗剧。其中,他的《古舟子咏》《忽必烈汗》《克里斯塔贝尔》和《忧郁颂》

等属于英国浪漫主义时期最伟大的诗篇。而他的诗学理论和创作思想主要体现在《文学传记》中。柯尔律治对18世纪古典主义诗歌也很不满,并批评蒲柏和德莱顿的诗歌拘谨刻板,华而不实。柯尔律治认为,古典主义过于崇尚理性,一味强调辞藻的华丽和典雅,创作保守,过于看重形式。和华兹华斯一样,柯尔律治也主张诗歌应质朴无华地反映平民百姓的真实情感和日常生活。他认为,尽管朴素的民谣无法进入文学殿堂,但它们却是诗歌艺术的精华。他还指出,诗歌所追求的"直接目标是乐趣,而不是真理";诗人应充分发挥自己的想象,并追求表现自然景色和超自然的幻境。柯尔律治极力强调想象的重要性,他认为诗人的想象力基于"理想的意志",而意志则是一种神圣的观念,同时也是诗歌创作的基本条件。这种观点使得柯尔律治的某些诗歌理论具有浓厚的神秘主义和唯心主义色彩。

柯尔律治最杰出的作品是三首"超凡诗":《古舟子咏》《克里斯塔贝尔》和《忽必烈汗》,属于英国浪漫主义时期最杰出的诗歌典范。

《古舟子咏》是"超凡诗"中篇幅最长和唯一完整的一首诗歌。这首用歌谣体写成的长诗包括七个部分,共677行。该诗不仅向读者叙述了一位老水手在海上的冒险经历,而且也探索了他从罪恶到忏悔的发展过程。诗歌的主题并没有什么特别,老水手射鸟并没有任何目的,而这一"无动机"犯罪正表现的是人类自由意识的"堕落"①。柯尔律治通过自己独特的叙述笔法成功制造了一种神秘的气氛,使作品充满了悬念和紧张场面,从而取得了极强的艺术效果。诗歌开头,老水手将一个准备去参加婚礼的年轻人拦住,绘声绘色地向他讲述自己在海上的冒险经历,年轻人深深地被吸引。在以后的各部分中,柯尔律治向读者展示了一个个奇异的镜头和可怕的场面。在诗歌的第四部分中,柯尔律治生动地描述了老水手极度的精神孤独和他在死亡线上挣扎的痛苦情景。老水手最后明白了自己遭遇的灾难和不幸是因为自己曾经残害动物、滥杀无辜,然后追悔莫及,良心不安,开始跪地祈祷。顷刻之间,老水手被一股神奇的力量送回家乡。老水手叙述故事完毕后便独自离去,而年轻人却因老水手的冒险经历感到惊诧不已,以致无心前往参加婚礼。《古舟子咏》以歌谣的形式和朴实的语言生动地描述老水手犯罪与忏悔的全部过程,从而揭示了善恶的冲突。诗歌用了较大篇幅描绘现实与幻境,尤其是对大海的描绘十分逼真,获得了极强的艺术效果。诗人通过一个惊险故事的叙述,成功地探索了主人公的精神世界,使一个水手的冒险经历散发出无穷的魅力,

① [美]卡尔·伍德林.哥伦比亚英国诗歌史[M].纽约:哥伦比亚大学出版社,1994:343.

并使之具有深刻的象征意义。

《克里斯塔贝尔》全诗分两个部分,共677行。但是,该作品并不是一首完整的诗歌,而且前后两个部分的创作时间相差很远。第一部分写于1797年,第二部分写于1800年之后。因此,不少评论家认为诗的两个部分可以被看作两首不同的诗。《克里斯塔贝尔》叙述了一个以恐怖和怪诞为特征的"哥特式"故事,展示了一场少女与魔鬼、善良与邪恶之间的激烈冲突。诗中,天真烂漫的克里斯塔贝尔和包藏祸心的杰拉尔丁分别是善与恶的化身,冲突的媒介和两股势力争夺的对象是利奥林爵士。诗中充满了悬念,尤其是作者对克里斯塔贝尔识破蛇妖真相时的描述更是扣人心弦,气氛神秘而又恐怖。在《克里斯塔贝尔》里,柯尔律治对韵律作了大胆的实验。他有意破除18世纪古典主义诗歌以音节为基础的格律常规,成功地采用了以重音为基础的诗歌韵律,对同时代的司各特和拜伦的诗歌创作产生了一定的影响。

《忽必烈汗》充满神秘主义色彩。在这一诗歌片断中,读者似乎很难捕捉到实质性的东西,自己倒是好像跌入了一个梦幻世界里,富有异国情调和浪漫色彩。诗歌既无故事情节,又无明确的题旨,而只是传达了一种印象或幻觉。诗歌虽然题为忽必烈汗,但诗人却没有对这个皇帝进行描绘或歌颂,而是将其当作寄情表意的媒介和发挥想象力的工具。该诗将雄伟的宫殿、美丽的花园、神秘的山洞、纯洁的阿比西尼亚少女与诗人的情感融合交织,成功地创造出了一种优美的旋律和超凡的意境。《忽必烈汗》充分体现了柯尔律治的诗歌风格,并且影响了英国文坛梦幻诗和朦胧诗的创作。

总之,柯尔律治的浪漫主义诗歌意韵蕴藉,往往只可意会而难以言传。不少作品具有很强的音乐性和节奏感,同时也包含了丰富的自然形象。

罗伯特·骚塞(Robert Southey,1774—1843)在19世纪初发表一系列大型史诗和抒情叙事长诗,其中最成功的作品有《撒拉巴》《克哈马的诅咒》《麦道克》《罗德里克,最后的高斯人》以及《巴拉圭的故事》等。作为一名浪漫主义诗人,骚塞同华兹华斯和柯尔律治一样十分重视歌谣体诗歌的推广与发展,也钟爱中世纪题材。骚塞一生创作了大量的诗歌和散文,他写得太多、太卡、太容易,以至于当时一些人认为他写作就是为了赚钱。骚塞还写了不少歌颂封建贵族的赞美诗,因此而遭到社会各方的谴责与抨击,声誉后来急剧下降。如今读者更熟悉的是他的短诗,如《我与死者作伴的日子已经结束》《布莱尼姆之战》和《冬青树》。在骚塞的诗歌里,被视为文学殿堂中的传世佳作是长诗《撒拉巴》和《克哈马的诅咒》。《撒拉巴》生动地叙述了一位名叫撒拉巴的阿拉伯青年历尽艰险替父报仇，终于战胜凶恶巫师的冒险故事。尽管该诗所揭示的主题并无新颖独特之处，但其叙述笔法却不同凡响。故事情节生动曲折，险象环生，高潮迭起，但节奏又平稳，进展自如，在一定程度上渲染了主人公无所畏惧、一往无前的精神。《克哈马的诅咒》取材于印度的神话传说，展示了主宰地狱和地球的恶魔克哈马的形象，在叙述笔法上与《撒拉巴》十分相似。克哈马的儿子企图强奸一位农家少女，结果被姑娘的父亲拉都拉德所杀。克拉马知道后暴跳如雷，将那对父女抓来受罚。克哈马对少女的父亲施以凶暴残忍的妖术，使其生不如死而又求死不得。然而，克哈马的诅咒却给少女的父亲带来了好运：他不受死亡的威胁。因此，这个父亲成功地救出了自己的女儿。诗歌以克哈马被打入地狱以及那对父女重新团聚而告终。《克哈马的诅咒》在一定程度上反映了权势的作用和意义，并且强调了恶有恶报、善有善报的人生哲理。骚塞的许多诗歌都留有中世纪传奇文学的痕迹。他往往从神话传说中摄取创作题材，并十分强调诗歌情节的趣味性。这也是浪漫主义文学的基本特征之一。

湖畔派诗人成功地掀起了英国19世纪浪漫主义文学运动的第一波高潮，也标志着英国诗歌的一个新的转机。他们对通俗歌谣和民间传说的重视以及对大自然的厚爱在一定程度上反映了人民群众的心声和工业革命时代的民众意识；他们的诗歌作品渗透着个人的真实情感，显示了他们苦心孤诣的艺术匠心。

后来，湖畔派诗人的思想日趋保守，诗歌艺术性也开始下滑，此时，积极浪漫主义派诗人则异军突起，掀起了英国浪漫主义文学的又一高潮。该派代表诗人也就是前面提到的拜伦、雪莱、济慈。他们在诗歌创作方面显示出独特的审美意识和艺术风格。他们一方面试图通过诗歌创造出一个理想世界，执着表现生活中应该存在而实际不存在的美好事物；另一方面他们又执着于塑造理想化的形象，诗歌格调高昂，语言奔放，手法夸张。以下就简单阐述拜伦、雪莱、济慈的诗歌创作情况。

乔治·戈登·拜伦（George Gordon Byron，1788—1824）旅居瑞士期间结识了流亡诗人雪莱，并成为了密友。旅居国外期间，拜伦陆续写成长篇抒情叙事诗《查尔德·哈罗德游记》《唐璜》《青铜世纪》、抒情短诗《她步履优美》《当初我们分手时》《于是我们不会再游荡了》、故事诗《锡隆的囚徒》、悲剧《曼弗雷德》。其中，巨著《唐璜》是拜伦最重要的一组诗，半庄半谐、夹叙夹议，有现实主义的内容，又有奇突、轻松而讽刺的笔调。拜伦是一位极富创造力的诗人，他给英国诗坛带来了一种全新的精神，即反叛精神。他反对颓风陋习、成规戒律，反对暴政和不正义，主张改革。

他号召人们为正义、自由而战。因此，他的诗歌主人公多是拜伦主义者，世人称为“拜伦式主人公”。他的两首著名长诗《查尔德·哈罗德游记》《唐璜》中的主人公都是典型的拜伦式英雄。这种英雄人物出现的意义超越了他生活的那个时代。它反映出诗人的一种渴求，即希望社会能够为人提供一种理想的、最美好的生活。第一个拜伦式主人公是《查尔德·哈罗德游记》里的主人公查尔德·哈罗德。该诗讲述的就是这位厌烦生活的年轻人游历和反思的故事。这首诗清楚地表达出拜伦的思想和信念（如他认为人的最大的悲剧在于他不能达到他想象中的完美等）。《查尔德·哈罗德游记》共有4个诗章，用斯宾塞诗节形式写成。在前两章里，哈罗德厌倦了他一直过着的浪荡生活。第3诗章说到诗人—叙事者（暗含主人公在内）像一个流浪的罪犯，在凄惨的世界上从外表到心神都在渐渐变老，诗人—叙事者不由得联想到自己。这一章也讲述诗人对大自然的热爱，典型地体现出浪漫主义的一个重要命题：大自然是人的导师、医生和护理，它令人忏悔，洗涤罪孽，恢复人的精神健康。第4诗章，诗人对读者清楚地说明，他要亲自出来说话，以公平地谈论一些话题，如他要评论的意大利文学。他站在威尼斯，立在“叹息桥”上，感叹世间的飘逝、威尼斯的永恒。他用意大利光荣的历史，激励爱国志士起来推翻奥地利的暴虐统治，实现民族的统一和解放。此外，诗人—叙事者再次表达他对大自然美——森林、海岸、大海和宇宙——的赞赏。在诗人笔下，美丽的莱茵河、雄伟的阿尔卑斯山、明丽的日内瓦湖、辽阔的地中海，无一不令人心驰神往。在诗章的最后，诗人再次写到大海，说到它的奔腾、深沉以及它带着呻吟沉入海底，说到它的人类未曾踏过的路径、它的无坚不摧的威力。最后，诗人饱含深情地说：

我一直爱你，大海！年轻时
你的胸膛曾载着我向前
尽情玩耍，宛如你的泡沫。从孩提时
我就肆意与你的浪头嬉戏——它们对我
乃是一种欣喜；如因海水变新
海浪变为恐怖——那也是宜人的畏惧，
因为我仿佛是你的孩子
已交付给你的巨浪的无垠领地，
我的手抓住你的鬃毛——如现在似的。

这充分显示了诗人豪放、无畏、所向无敌的伟大胸怀。

总的来说，《查尔德·哈罗德游记》既是一篇描写大自然美景的抒情游记，又是直接评议欧洲重大历史事件的政治抒情诗。

《唐璜》共有17诗章(最后一章未竟),16 000诗行,有“他的时代的史诗”之美称。该作品反映了英国以及欧洲大陆的社会、政治、文学和思想等各个层次的状况,无情地揭露了那个时代的腐朽、荒唐和虚伪。全诗每诗节包含八诗行,每行十个音节或者十一个音节,前六行交替押韵,后两行另成一组同脚韵。全诗结构松散,情节众多,但看似杂乱的内容却有着一个明确的主体,即诗人的叙述始终围绕着主人公唐璜进行,通过对他的一连串经历的描写构成了一幅完整的图画。这首诗采用淡化严肃感的方法,获得的滑稽效果使读者觉得很有趣。主人公有着复杂的个性特征。他的表现有时天真、规矩,有时又迥然不同,显得轻浮、浅薄,还有愤世嫉俗的味道。当他表现出这些与所处环境不相称的特征时,任何严肃感都可以转化为滑稽的愤世嫉俗。另外一个淡化严肃感的方式就是让各种发言人出现。这些人物会突然出现,进行一番叙述,并作出与情况不符的评论,这样就使原本可能出现的严肃感因为这种突然“撒气”而消失。

波西·比希·雪莱(Percy Bysshe Shelley,1792—1822)著名诗作如《致大法官》《伊斯兰的反叛》《暴政的假面游行》《西风颂》《自由颂》《生命的凯旋》等。作为英国积极浪漫主义文学道路的重要开拓者,雪莱的作品充分显示了他的多才多艺与精湛技艺。除了表达反抗暴政、追求自由、建立新秩序的主题以外,雪莱还写了许多抒情诗。他的想象自由驰骋,对色彩、声音、节奏及韵律美都有精确的把握。《西风颂》是雪莱最重要的积极浪漫主义诗歌代表作。该诗写西风狂放不羁,摧枯拉朽,预示季节递嬗,冬去春来。从诗作充满激情的语言可以看出,雪莱不仅是在写季节和天气,其实也别有所指。他关心政治改革和社会正义,而当时拿破仑和法国大革命的失败以及反动的“神圣同盟”的胜利使他感到压抑,因此他在诗中的预言里强调,猛烈的革命风暴还会再来。《西风颂》包括5个诗节,每诗节包括14诗行(包括四个三行构成的次小节加一个两行偶句构成的次小节)。每诗行为5步抑扬格,每3诗行押韵。这种押韵形式的特点是节奏性强,表达出几种极其不同的内容:秋天、风暴、大海、人与风相融、人与风声的合一。最后一节(第57 ~ 70诗行)表达诗人恳求西风在人间传播自己的信息,唤醒沉睡中的人们。其结尾就是非常著名的那句:“啊风,/倘然冬天已到,春天能远落在后面吗?”这充分表达出诗人渴求变化及美好未来的满腔热情,表达了诗人对生命问题的思考,对生命再生的憧憬。“雪莱的西风是一个精灵,是秋的气息。秋天……围绕这一主要意象,该诗编织出了植物、人、神的各种形式的死亡和再生的轮回。”[1] 该

① [美]M.H.艾布拉姆斯.诺顿英国文学选集[M].纽约:诺顿出版公司,1986:696.

诗无论主题还是形式都堪称雪莱的代表作，它有力地表现了诗人的斗争精神和独特的情感美。

约翰·济慈（John Keats，1795—1821）没有受过正规教育，但济慈思想极度敏感，他阅读大量书籍以弥补知识的匮乏，由此扩充了他对诗歌与美的认识。1819年，是济慈诗歌创作最多的一年。在这一年，他安排了新一卷诗集《〈无情的妖女〉〈圣阿格尼斯节之夜〉〈伊莎贝拉〉及其他诗作》的出版事宜。这部诗集收入了诗人最著名的、最常被引用的诗作《海波里庸》《秋颂》《夜莺颂》。济慈的创作实践令人感叹和神思。他仅有的古典文化知识，都是通过阅读得来的。他的古典知识的全部“源泉”是英文版的《查普曼译荷马》和朗波里耶尔编的《古典文化辞典》。济慈运用和援引过的神话故事很多，其中包括大潘、月神、恩迪米庸、酒神、海波里庸、风神、海神、爱情女神、农神、母神、太阳神等。济慈还写了诸如《恩迪米庸》和上文提到的《海波里庸》等以希腊神话为题材的长诗，使英国诗人重新认识到古典题材的重要性。19世纪初浪漫主义诗人一般都不采用古典素材写诗，而济慈的伟大之处就在于通过自己的创作实践扭转了这种不利于英语诗歌进一步发展的局面。济慈对颜色和韵律都很敏感，有展现文字魅力的卓越才能。济慈追求美，他始终坚信在某个地方一定存在一个比现实社会更真更美的世界，他的任务就是寻找和创造这样的世界。他相信想象的生活，相信现实生活中存在着美的时刻。他的诗歌质地精良，具有美妙的形象、韵律与措辞。《夜莺颂》是济慈的杰作。这首颂诗是诗人情感起伏跌宕、备受煎熬时所作的。诗人短暂的一生经历了无数灾难和打击，包括母亲、弟弟的去世，爱情和疾病方面经受的身心痛苦，所有这些因素都使得这首诗充满了细腻、复杂的感情。济慈哀叹美的短暂与人生的苦痛，向往永恒的幻想世界里的理想美。他把夜莺看作这种富有诗意的理想世界的象征。济慈从个人体验出发，表达了个人感受，也在客观上表达出对人类悲惨命运的理解和同情。《夜莺颂》的措辞、形象和韵律都表现出诗人丰富的浪漫主义想象力和卓尔不群的诗才。该诗包括8个诗节，每个诗节有10诗行。第7个诗节说到夜莺的歌声是永恒的，暗喻诗歌的永垂不朽，也有诗人对自己诗歌将会驻足于青史的自信。其中有一些诗行很著名，如“常常，这也是乐曲/迷魔了被遗弃的仙境里/向险恶大海敞开的神奇窗扉”。最后一诗节说道，晨钟响了，夜莺的歌声已经逐渐逝去，诗人又回到现实，发现想象力（指诗歌的无形的翅膀）只能暂时缓解伤痛，但却无法治愈。他于是感到失落和沮丧，以至于不清楚自己是在幻觉里，还是在白日梦中；是醒着，还是在睡着。

19世纪前期的浪漫主义诗歌统治英国文坛长达半个世纪之久，虽然消极的和积极的浪漫主义诗人在意识形态和创作意图方面不尽相同，但他们在歌颂大自然和刻画感情世界方面可谓旗鼓相当，共同为英国诗歌的繁荣与发展作出了重要的贡献。

二、偏重理性的现实主义诗歌

19世纪中叶，英国诗坛的几颗巨星相继陨落，浪漫主义文学的风势逐渐衰弱，而现实主义文学则一直在摸索着自己的道路。现实主义虽然迥异于浪漫主义文学，但也是浪漫主义文学遗产的继承者。例如，浪漫主义文学中丰富细致的心理描绘、表现生活的多种艺术手法、对社会弊病的揭露、对普通人命运的同情，都成为现实主义文学的有机因素。同时，浪漫主义诗人提出的民主主义、人道主义思想，提出文学要走向广阔的实际生活中去的汲取题材的创作主张，都被现实主义作家发展。因此，到了维多利亚时期，英国作家开始将创作重点集中于对邪恶的揭露和对黑暗制度的批判之上，出现了一大批现实主义小说家，虽然也出现了阿尔弗雷德·丁尼生（Alfred Tennyson，1809—1892）和罗伯特·布朗宁（Robert Browning，1812—1889）等杰出诗人，但诗歌在文坛的统治地位已经不复存在，整体艺术质量也不如19世纪初的浪漫主义诗歌。这主要是因为19世纪下半叶英国资本主义机械文明的高速发展，社会生活发生了巨大变化，诗歌似乎难以及时全面而深刻地反映英国动荡不安的社会现状和风云变幻的时代气息。因此，维多利亚时代的诗歌在创作题材和艺术形式上均有所变化，其往往以长篇叙事或描述的形式表达资产阶级上升时期的哲学思想、道德观念和伦理原则，讲究客观的描述，偏重理性的因素，这就是现实主义诗歌。以下就简单阐述丁尼生和布朗宁的现实主义诗歌创作情况。

阿尔弗雷德·丁尼生（Alfred Tennyson，1809—1892）出生于牧师家庭，孩提时就对诗歌和音乐产生了浓厚的兴趣。1827年，他与哥哥共同发表了他的处女作《哥俩集》。同年，他进入剑桥大学读书。在校期间曾发表诗歌《蒂姆巴克图》、诗集《抒情诗篇》。这些作品在一定程度上体现了斯宾塞和济慈对他的影响。1842年，他发表了两卷本《诗集》，赢得了声誉。1850年，他发表了沉痛哀悼挚友哈勒姆逝世的长篇挽诗《悼念》，由此名声大振。晚年，丁尼生创作了许多优秀的长诗，表达了自己对社会、人生和宗教的态度，其中最重要的作品有《毛黛》《伊诺克·阿尔顿》《国王叙事诗》等。1892年，丁尼生因病去世。

丁尼生前期作品主要以抒情短诗为主，后期则以长篇叙事诗为主。

这些作品题材广泛,而且风格多样,其中有的表达了诗人对生活中酸甜苦辣的感受,有的反映了他对往事的回顾与追思,也有的陈述了人生的普遍哲理和作者对人类命运的深刻思辨。这里重点说《悼念》。这首诗不仅充分表达了作者对亡友哈勒姆不幸逝世的深切哀悼,而且也全面反映了作者的人生观和价值观。《悼念》全诗共131段,每段包含的诗节数目不等,每节四行,呈abba韵。它在结构上与其说是一首单一的挽诗,倒不如说是一部由一系列写于各个时期的短诗组成的诗集。全诗分为四个部分,第一部分(第1—27段)描述了哈勒姆的尸体从维也纳运回英国埋葬的情景和诗人的悲痛心情。第二部分(第28—77段)表达了诗人对生与死、人类与宇宙以及宗教与科学等重大问题的思索。第三部分(第78—103段)进一步表达了诗人对哈勒姆的深切缅怀以及他对上帝和灵魂的态度。第四部分(第104—131段)在揭示作者哀悼亡友的同时也评述了当时的某些社会问题。其中,第106段用新年辞旧迎新的钟声来表达诗人对未来的期望。《悼念》的成功在于将诗人对个人悲伤的表达转为对生活本质和人类命运的思索。

罗伯特·布朗宁(Robert Browning,1812—1889)生前并没有像丁尼生那样名扬天下,但其诗歌却体现了新颖独特的艺术风格和与众不同的创作技巧,为促进英语诗歌的发展起到了十分积极的作用。布朗宁出身于伦敦郊区的一个中产阶级家庭,从小接受良好的教育。21岁时,布朗宁发表了他的第一首诗《波琳》。起初,他试图在诗剧创作方面求得成功,结果并没有如愿以偿。不过,布朗宁从诗剧的创作经历中获益匪浅,由此创造性地发展了著名的"戏剧独白"诗歌形式。这是一种通过主人公的自白或议论来抒发情感的无韵诗体。诗人不直接评论人物的性格和行为,而让他们自己向读者和盘托出本人的思想或情感,读者必须凭借自己的审美意识来判断人物的性格与特征,从而使作品充满戏剧效果。独白或者出自真实的历史人物之口,或者出自虚构的人物。布朗宁利用"戏剧独白"的手法写下了《戏剧抒情诗》《戏剧故事及抒情诗》和《男男女女》等诗集。与当时英国著名女诗人伊丽莎白·芭蕾特结婚后,布朗宁主要在意大利生活,其间,他的诗艺更趋成熟,技巧更为老练。妻子去世后,布朗宁回伦敦继续创作。1864年,他发表了以现代社会生活为题材的诗集《登场人物》,广受好评。在这本诗集中,诗人的"戏剧独白"手法得到了进一步的发展与完善。布朗宁的长诗《环与书》(1868—1869)的问世在英国诗坛引起了强烈的反响。该诗取材自17世纪末发生在罗马的一个老夫杀少妻的故事,详细地叙述了这桩谋杀案的审讯过程。全诗由12组戏剧独白组成,共2万余行。在这首长诗中,布朗宁的"戏剧独白"手法的运用达到了炉火纯青的境地,集中地体现了布朗宁的创作思想和艺术水平。该诗的成功之处还在于当中生动、细腻的心理描绘。布朗宁戏剧性的独白诗语言生动,节奏鲜明,通俗易懂,深受读者的喜爱。尽管布朗宁的某些作品因诗句过于隐晦复杂而令人费解,但他对英语诗歌的发展所作的贡献,尤其是他的“戏剧独白”创作手法,100多年来对英国文学所产生的影响是不可忽视的。

第二节　散文的进一步发展

早在18世纪,英国人对散文这种文学形式就已经相当熟悉了,因此,到了19世纪也就理所当然得到了进一步发展。很多散文家积极地评论当时的社会状况、哲学思想,他们以独特的写作方式丰富了英国散文的创作传统,在历史上留下了独特的印迹。随着在诗歌上出现了浪漫主义,散文也在变。散文家们不再受古典主义法则与规范的约束,而用浪漫主义的手法来描绘自己的理想,抒发个人的感情,谴责丑恶的现实社会。在散文的文体上也有很大突破,除了继承原有的正式散文与非正式散文的传统外,还在后者的基础上进一步创造了自由自在、无拘无束的小品文。另外,写作领域也更加广阔,涉及政治、历史、文学评论、宗教、艺术等,其内容之广泛,思想之深刻,风格之多样是英国以往任何时代的散文难以相比的。

一、文体的突破

18世纪,英国散文几乎达到了完美:理性主义的精神蕴藏在平衡、匀称的句子结构之中。但到了19世纪初,受浪漫主义运动的影响,散文文风也随之发生了变化,散文家们也借鉴浪漫主义手法抒发个人情感,崇尚美丽纯真的大自然,并在非正式散文的基础上创造了着重表现个人性格与思想感情的小品文。这就是18世纪非正式散文的进一步的发展,其代表作家首推查尔斯·兰姆(Charles Lamb,1775—1834)。兰姆首创的小品文对后世影响极大,成为现代散文的重要形式。兰姆世界性的文学声誉主要建立在几本薄薄的小书上,即《伊利亚随笔》和他同姐姐合写的儿童读物《莎士比亚故事》,以及他的书信和选本《莎士比亚时期英国戏剧诗人选段》。浪漫主义诗人都钟爱大自然,兰姆却喜爱城市生活,他的随笔谈的多是城里的人、事、市声、街景、回忆、幻想,写法力求亲切,幽默中有伤感,嘲弄别人,更嘲弄自己,对不幸者则充满了同情。他的随笔爱好使用双关语、引语、典故,故意用些古词僻语。兰姆的名篇《梦中儿女》是最受人喜爱的文章之一,它是兰姆风格的典型代表。一个初冬的夜晚,作者坐在炉边给孩子们讲述往事,从房屋讲到祖母,讲到自己的童年,讲到他们的伯父,讲到亡妻。读者如身临其境,信以为真,并深深为这充满亲情的家庭所感动。直到结尾,读者才知道这是一场梦,作者开了一个玩笑,但在玩笑的背后,却隐藏着作者深沉的悲哀和遗憾。全文一气呵成,并且从头到尾只有一段,思路清晰,转换自然。作者一再重复使用了连接前后的固定词语,并夹以孩子们对故事的反应,以此来表明主题的转换。这一设计十分独特又自然。该文语言极为口语化,滔滔不绝,体现了兰姆自然随意的小品文风格。兰姆对劳苦大众有着深刻的理解与同情,在散文《穷亲戚》里,把世态炎凉中穷亲戚的窘态写得入木三分:“一听敲门,就知是他。你的心告诉你:‘那是某某先生’。一声轻敲,介乎亲昵与尊敬之间,似乎有权要求招待,但又一怕遭到拒绝。进门脸带微笑,但又一局促不安。伸手让你来握,但又一收了回去。说是偶然趁饭前来看看—不想已经满桌上菜。看见你有客人,他表示要走,但一劝也就留下……”兰姆深入劳苦大众中,对他们的思想感情十分了解,在他的散文中大声喊出了他们的心声。《那个家虽不像家却是家》就是一个典型的例子。对于穷人来说,他们的家根本不是家,他们天天面对的是妻儿的苦难,是饥饿和寒冷。因此他们常到小酒馆去喝酒,想在那里找到一点儿家的影子。

威廉·海什力特(William Hazlitt,1778—1830)也写了很多小品文,主要收集在《莎士比亚剧中人物论》《闲谈集》《时代的精神》等书中。他是兰姆的好友,但与兰姆文风不同。他主张平易风格,句子接近口语,但其文章实际上也有不平易之处,如援引大量的典故。然而其行文气势磅礴,一泻到底,其间有许多隽言妙句,令人应接不暇。与海什力特的汪洋恣肆不同,华尔特·萨维其·兰陀(Walter Savage Landor,1775—1864)的散文简洁隽永,人称为古希腊风的碑文风格。其著名的散文合集是《幻想的会话》。合集有150篇左右,都是历史上著名人物相对而谈的戏剧性场面,但并不依据史实,作者只是随兴所至,将不同时期的人拉到一起,或者虚构故事。这些戏剧性场面还不是感情发展到高潮的危机时刻,而是危机之前或略后。例如,英王亨利八世在他的废后安·波琳处死刑的前夕去看她,而叶卡捷琳娜则在杀害了她的丈夫彼得三世之后才出场。合集中的历史人物对话大致分为两种:戏剧性的对话和思想性的对话。戏剧性的对话较短,往往涉及在当时历史环境下想象中可能发生的事件。思想性的对话则少了些戏剧效果,纯粹理性,充满高尚感情,像格言一样均衡、有力、优美,具有古希腊碑文式的风格。在所有的对话中,兰陀不提供背景和解释,他假定这一切读者都已经了解。兰陀的写法已经接近诗的散文,到了托马斯·德·昆西(Thomas De Quincey,1785—1859)那里,散文的诗化又进了一层。德·昆西的散文从内容到形式都与众不同。他的著作面广量大,但使他成名的却是他的《一位抽鸦片的英国人的自白》和一些评论性散文及小品文。他的散文大致可分为两大类,一类是梦幻一般的散文,另一类是清醒的评论和纪实。《一位抽鸦片的英国人的自白》为前一类散文的代表,自然流畅,充满诗意,富有音乐感。《知之文学于力之文学》属于后一类。德·昆西十分明确地区别了两种不同的文学,强调了感情的力量。文章布局严谨,旁征博引,说理有力,词句长短相间,节奏分明。与德·昆西相似,利·亨特(Leihg Hunt,1784—1859)的作品也是面广量大,体裁多样,涉及各种主题,但具有持久魅力的仍然是他的散文作品。他的主要成就在于扩大了散文的笔触范围,发展了散文的文体。他的著名散文《想象与幻想》充分体现了自己的美学观点。亨特在文中说"诗是想象的激情",他还对"幻想"一词下了这样的定义:"想象力较为轻松的活动,或者是少掉一些沉重的类比的感觉。"他的小品文《寒晨起床》则体现了他幽默的文风。冬日早晨起床,这个话题再普通不过了,亨特却能敷衍成文,洋洋洒洒,从各个方面来论证冷天起床的难处,并引用了大量古人、名人来作例证。最后他告诉读者:如果想说服人早起,没有必要讲什么大道理,而是要动之以情。该小品文语言亦庄亦谐,滑稽有趣,令人忍俊不禁,但仔细想来,又被文章中的真知灼见所叹服。

二、写作领域的广阔

在维多利亚时期,最能反映时代精神的是散文家和他们数量惊人的散文作品。这是因为随着英国政治、经济、社会形势的变化,英国文学也踏进了思想自由发展的新时代,代表各个阶级、各个阶层的思想观点和意识形态都在文学作品中,尤其是更直接而明确地在散文中表达出来。这些散文作家有的是历史学家,有的是政治家,有的是科学家,也有的是宗教领袖,还有的是艺术家。这也由此扩大了散文的写作领域,散文作品极其丰富,多种风格并存。

19世纪英国出现了为数不少的有文采的历史家,而写得最出色的是托马斯·卡莱尔(Thomas Carlyle,1795—1881)。卡莱尔受德国先验论的影响,反对法国启蒙主义思想,写过《英雄与英雄崇拜》《过去与现在》等书。他的主要历史著作是《法国革命》,其中有一节叙述雅各宾派领袖罗伯斯庇尔的结局,充满感情,夹叙夹议,生动的描写中不时有作者的呼喊。卡莱尔的历史著作也尊重史实,但他又尽力让自己的想象力自由驰骋,写法大笔渲染,靠累积产生力量——一句增强一句,一个事实、情景补充另一个事实、情景——同时又忽发奇问、怪论。他不只是写叙述性、描绘性历史,还作出判断。卡莱尔的文笔犀利有力,喜欢使用形容词、引喻、暗喻和形象化的措辞。他经常使用惊叹句和倒装句,以达到加强语气的目的。

19世纪30年代,一批牛津大学的教士和学者对英国国教神职人员的世俗化和腐化享乐等感到不满,要求整肃教规,加强宗教精神,写了许多小册子宣传他们的主张,世称"牛津运动"。约翰·亨利·纽曼(John Henry Newman,1808—1890)就是该运动的领袖和主要发言人。纽曼青年时深受新教的影响,后来皈依罗马天主教,终为红衣主教。他对宗教极端虔诚,但又曾经改换过门庭,受到许多人的非议,因此他不得不写一系列文章来为自己辩护,最后集为《自辩》一书。《自辩》叙述了纽曼如何从幼时信仰福音派教义逐渐转向天主教而最后皈依罗马教会的心路历程,是心灵的袒露和思想的转变。书中涉及的教会历史和宗教教义十分复杂,一般人难以领会,而让现代读者感兴趣的是他在改变信仰的过程中的内心激烈的矛盾。在第三章中,纽曼写道:"因此分析早已过去的往事和公布反省的结果无论对理智还是情感来说都是一种极大的考验。"态度庄重诚恳,文笔优雅平实。第五章总结部分说明了他坚定的信仰,同时也暴露了内心的疑虑。文中一系列生动具体的比喻,如"脸"与"镜子","内心凄凉的冬天"和"身体里长出叶子开出花"等,避免了说理文的枯燥和干涩,使抽象的思维变得活泼多彩。纽曼还写过其他一些祈祷文和阐释教义的文章。他的散文带有浓厚的宗教色彩,但风格清新淡雅、精练简朴,思想丰富,音韵优美。

19世纪曾盛行功利主义,这是当时政治经济学家边沁提出的理论,他认为"最大多数人的最大快乐就是是与非的衡量标准"。哲学家、经济学家约翰·斯图亚特·穆勒(John Stuart Mill,1806—1873)从小受功利主义的影响,曾经是边沁的追随者。但是,在20岁时,他经历了一次信仰危机,其功利主义思想也发生了很大变化。他认识到功利主义不顾人的感情与爱心,有明显的局限性。最后,他得出了两大结论:一个是求快乐的人不能以一己的快乐为直接目的,必须先"关注别人的快乐和人类的改进";另一个是要"把个人的内在修养放在人类健全发展的首要需求之中",而不能只注重外边环境的理顺。1859年,穆勒发表了名著《论自由》。《论自由》原为一篇论文,后来扩展成为一本书。中心思想是反对民主制度的多数原则压制个人自由。他提出了两大论点:一是个人的性格有各种各样类型；二是应给个人以充分发表意见的自由。书中出现了不少名言名句，如“天才只能在自由空气中自由呼吸。”“习俗的专横处处都是人类进步的永远障碍。”“只要有关自己利益而与他人无关，个人就无须对自己的行为向社会负责。”这些都表明穆勒反对社会压抑个性、主张个人自由的思想。穆勒的文风是清晰平实，明白晓畅。他善于作概括性的抽象议论，不涉及具体琐碎的描述。他能一语中的，将自己的观点阐发得透彻入微。

查理士·达尔文（Charles Darwin，1809—1892）表达自己科学思想的散文对后世影响也很大。他在1859年发表的科学著作《物种起源》从根本上推翻了“上帝造人”的宗教迷信，为人类的起源寻找到了科学的解释。该著作充满了科学家的自信与乐观，而写法则仍是普通的英文，不过立论周密，仅有少量的科学名词。达尔文先进的唯物主义革命性理论理所当然遭到了守旧派和宗教界的攻击，更是引起了社会各界人士的极大关注。达尔文专心研究，不喜辩论，而托马斯·亨利·赫胥黎（Thomas Henry Huxley，1825—1895）也就成为他的代言人和辩护人。赫胥黎的《演化与伦理》（即严复所译的《天演论》）就是阐明达尔文的学说的。赫胥黎的散文作品大多是他宣传科学的演讲词，其中最著名的一篇当数《论一支粉笔》。这篇演讲词不仅在内容上典型地代表了赫胥黎的思想，详细地解释了世界万物的物质性和地球的地质结构，而且在风格上也典型地代表了他的科学普及读物的写作特征：思路清晰、逻辑性强、语言简洁、表述生动、结论明确、结构完美。赫胥黎作为一位科学家，在散文写作上也严格实践了对自己苛刻的要求。

美学家约翰·罗斯金（John Ruskin，1819—1900）也在19世纪英国散文领域作出了自己的贡献。罗斯金认为美并不是点缀人生的方法，而是真实存在的，还认为生活中只有勤劳而没有艺术那就会变成野蛮。他阐释哥特式建筑的阳刚之美，但发现这种美只在中世纪的北欧才有，19世纪工业化的英国破坏了美丽的环境，于是他又关心起经济问题来。在此当中，他的散文风格也发生了变化。他擅长写美文，用文字犹如画师用颜色描绘山景、云景、街景，讲究节奏，追求音乐效果，代表作如《现代画家》。但关注经济问题之后，他的文章不是只见景物，而是总想到人的情况，关心人。他在谈论散文风格的时候，也是注重道德品质。1860年左右，他的文章不仅比以前纯朴了，而且趋向口语，发表了一系列政治、经济方面的评论文章、演讲、信件。他起初发表的四篇论文，观点十分激进，引起舆论大哗，杂志编辑也不得不终止刊载。后来罗斯金将这四篇论文汇集成册于1862年出版，书名为《直至最后》。1866年发表的《野橄榄花冠》

包含了四篇论文:《论“战争”》《论“英国之未来”》《论“工作”》《论“贸易买卖”》。这些论文说理清楚,文字简洁,句子和句子之间的节奏紧凑完美。

第三节 小说的逐渐成熟

19 世纪,英国一些小说作家继承 18 世纪末感伤小说崇尚情感的传统,把小说的表现对象从外部的物质世界转向人物的感性生活、精神世界,并钟爱取材民族历史、描写中世纪的历史小说体裁,直接呈现崇尚自由、推崇自我的社会心理。于是,浪漫主义小说逐渐兴起。而作为浪漫主义小说先驱之一——哥特式小说在 19 世纪初得到继续。19 世纪中后期,欧洲主要资本主义国家逐步由自由资本主义过渡到垄断资本主义,工业生产长足发展并日益集中垄断,由此也使得各种社会矛盾更加尖锐和错综复杂,工人运动也随之蓬勃发展。英国各种社会问题也渐趋严重,醉心自然、沉溺幻想的浪漫文学的主流地位逐渐被现实主义文学取代,出现了一系列颇受欢迎的现实主义小说,使英国小说逐渐走向成熟。

一、浪漫主义小说的兴起

19 世纪,科学革命、工业革命和政治革命在欧洲充分显现了其巨大的影响力。三大革命相互影响,共同发生作用。18 世纪最后 25 年开始进行的工业革命影响了科学革命,并转而受到科学革命的影响。工业革命使得欧洲从农业、手工业的经济向城市的、机器驱动的制造业占主导地位的经济阶段转化。经济发展也造就了新的阶级,带来了新的阶级意识和政治要求,如“自由、平等、博爱”的革命口号,先是从法国传播到欧洲,再传播至整个世界。资本主义社会的建立使得个人主义、自由主义成为新的文化基石,文学也汇入了推崇个性、自我、创造的文化新潮。这对浪漫主义文学强调主观精神和个人主义倾向起了引导和推动作用。18 世纪末初露端倪的英国浪漫主义诗歌到 19 世纪进入辉煌时期,但小说的成就也不可忽略。瓦尔特 · 司各特(Walter Scott, 1771—1832)、简 · 奥斯丁(Jane Austen, 1775—1817)、罗伯特 · 路易斯 · 史蒂文森(Robert Louis Stevenson, 1850—1894)等一起推动了 19 世纪英国浪漫主义小说的兴起。

瓦尔特 · 司各特作为浪漫主义诗人中的一员,转向小说创作后,又把浪漫主义精神引进了他的小说。从 1814 年起,他写了 27 部长篇历史小说,在反映史实、描摹世态中糅合了中古传奇和哥特式小说的要素,驰骋想象,将历史真实性与艺术创造性很好地结合起来。他的历史小说鲜明地体现了浪漫主义小说的特点,几乎成了浪漫主义小说的同义语。司各特偏爱描写中世纪、苏格兰宗法制社会生活方式和纯朴人性,将苏格兰人豪放的性格特点糅合在自然风光的描写中。他的小说中对戏剧性非凡事件的喜爱和描写,对自然质朴的民间文学的钟情和化用,对美丽自然景物的赞美和描绘,都闪烁着浪漫主义文学的独特光彩。德国、法国的浪漫主义小说在内容上注重"表现自我",形式上自由散漫,而司各特的浪漫主义小说在倚重想象的同时,重视展现社会历史图景,对故事情节进行精心的安排。司各特以讲故事为创作第一要素,并采用第三人称全知叙述形式,这种叙述方式成为后来维多利亚时期小说的常规。司各特小说的主题主要有三类:第一类是取材于苏格兰历史的,如《威弗利》《中洛辛郡的心脏》《盖伊·曼纳林》《黑侏儒》《古董家》《修墓人》《罗布·罗伊》《拉摩穆尔的新娘》以及《蒙特罗斯的传说》等。其中,《威弗利》所讲的历史事件都是现实中发生过的,跟随着作者的描写,读者仿佛可以看到苏格兰高地人们居住的荆棘丛生的峡谷山洞,深山密林中从天而降的瀑布,北方部落人们的歌喉,骁勇善战、粗犷勇猛的勇士,美丽动人、豪放泼辣的女人等,这些真实的描写让这部小说具有了一种历史厚重感。另外,作者在小说中也以巨大的热情讴歌了热爱自由的苏格兰高地人民的英雄主义精神。《中洛辛郡的心脏》相比《威弗利》更加紧张、扣人心弦,更具有浪漫主义色彩。故事发生的背景是1736年发生于苏格兰的暴动,讲述的是农村姑娘珍妮·迪恩斯为拯救被诬陷的姐姐而展开一系列调查,并经历、目睹了各种人生挫折、生离死别的故事。小说的女主人公珍妮是司各特作品中的第一位女性主人公,她来自农村,身材矮胖、面皮黝黑,唯一引人注目的地方是她善意而平和的态度。她一直坚信真理必胜,也正是因为她具有这种普通性和与作者笔下其他人物相比的独特性以及严肃的道德主题,使得这部小说非常受欢迎。第二类是取材于英格兰历史的,如《艾凡赫》《修道院》《修道院院长》《肯尼尔华斯》《尼格尔的祖产》和《皇家猎宫》等。其中,《艾凡赫》讲述的是一段极富浪漫色彩的骑士传奇故事。在这部小说中,作者将个人命运和国家兴衰的重大历史事件结合起来,让小说虚构的人物与历史上真实存在的人物相互交流、影响。艾凡赫不仅是具有浪漫精神的骑士代表,同时也是作者塑造的一个民族和解的象征。第三类是描写欧洲大陆历史的,以《昆廷·达沃德》最为著名。《昆廷·达沃德》以15世纪的法国为背景,重点展现了路易十一和查尔斯公爵之间的斗争。15世纪的法国正处于新旧交替的阶段,封建制度正在解体,个人利益成为人们公开为之奋斗的行动准则。路易十一就是这个时代嘲弄和放弃人的高尚原则的典型代表,这部作品的主旨就在于刻画这个人物形象的卑鄙和罪孽,而他的对立面是勃艮第大公国的查尔斯公爵,他性情暴烈,好轻举妄动。他们之间的斗争反映了新旧两种秩序的矛盾和斗争。

简·奥斯丁的浪漫主义小说又大大不同于司各特。奥斯丁生活的时代虽然正值欧洲政治风云激荡的时期,但她的作品反映出来的却是一个相当平静、较为窄小的世界。她把自己的创作比喻为在一块两英寸宽的象牙上用细细的画笔轻描慢绘。她只从自己最熟悉的生活范围中取材,以喜剧精神观照和描写"一个村镇上的三四家人"的生活琐事。这也显示了奥斯丁在世态人情的表现、人物形象的塑造、故事结构的安排、语言的运用方面所下的功夫。早在1787—1793年,奥斯丁就创作了29篇作品。在这些作品当中,有一篇名为《英格兰历史》的小说,其中戏仿了当时盛行的历史题材小说。还有一篇名为《爱情与友谊》的书信体小说,嘲弄了当时非常流行的感伤小说。到了19世纪初,她相继出版了《理智与情感》《傲慢与偏见》《曼斯菲尔德庄园》《爱玛》《劝说》《诺桑觉寺》等小说作品。其中,《理智与情感》显示了奥斯丁相当熟练的写作技巧。小说的情节主要围绕着两位女主人公的择偶活动展开,着力揭示出在当时英国的社会潮流中,以婚配作为女子寻求经济保障、提高经济地位的恶习。小说的女主人公埃莉诺由于重感情又有理智而最终受到作者的赞赏。《傲慢与偏见》原名为《第一印象》,写于1797年。最初交给出版社时,曾遭到拒绝,被尘封了近10年之后,才得见天日。《傲慢与偏见》讲的是班纳特家的故事。通过对班纳特先生女儿伊丽莎白、吉英、夏绿蒂和丽迪亚分别结成的四对婚姻的展现,表明了作者的婚姻观。奥斯丁不否认经济条件和门当户对对婚姻的重要性,但她否定庸人的市侩态度,重视婚姻选择中人的独立意识和自主情感,重视建立在对对方人品了解和认可基础上的两情相悦。奥斯丁小说堪称以小见大的典范。她无意于宏大叙事,小说故事平淡,情节平常,人物平凡,但她以严肃的道德感和内在的喜剧感,以高超的叙事方式和精练活泼的语言,从一个侧面写出了人与人、人与现实的复杂关系,表现复杂的人性内涵,提供了有关社会与个人、理智与情感、表象与真实关系的探索和丰富启示。

19世纪后期引人瞩目的小说家罗伯特·路易斯·史蒂文森(Robert Louis Stevenson,1850—1894)被认为是继司各特等人之后再度使英国读者恢复对小说和小说家热忱的人。一些评论家赞赏他重视人内心世界的梦想和隐秘的愉悦的努力,认为他的"新浪漫主义"弥补了片面强调视觉形象的现实主义小说的缺陷,为英国小说注入了新鲜血液。史蒂文森主张小说家写作时应该暂时“忘却自己”，尽情地让浪漫的思绪展翅飞翔，他认为艺术的任务就是使读者的想象获得营养，因而很注重使单调乏味的日常生活变得浪漫而神奇。他的“混合”技巧也显得十分娴熟、大胆，并把这种技巧作为其小说创作的基本原则和指导思想。于是，他在《新天方夜谭》中将一系列本应发生在山林旷野的充满神奇色彩的冒险故事移植到英国人所熟悉的伦敦城里；在《化身博士》中，他让小说中一个非常现实的人——律师尤特森先生讲述一个令人不可思议的故事；在《巴伦特雷的少爷》中，他同样让善良忠厚的老仆人马凯拉讲述令人恐惧的故事。在小说描写方面，史蒂文森表现出重动作而轻景物的倾向。他笔下的人物始终在行动，小说故事情节总是急速展开，环环相扣，紧张急促，扣人心弦。例如，《诱拐》中的狱中搏杀，《巴伦特雷的少爷》中的兄弟决斗，《卡特琳娜》中的酒瓶飞射等。在景物描写方面，史蒂文森人物、景物是“静止的形象”，没有必要花过多的笔墨去描绘。因此他总是随意利用简约的景物去勾勒推动人物的行动和情节的发展。例如，在《诱拐》中，他在阻挡戴维和阿伦穿越哈兰高地去路的宽阔的激流中设置了一块毫不起眼的小岩石，让人物必须通过其惊险的跳跃跨越才能继续其“行动”，发展其情节。另外，史蒂文森还特别重视情节与人物性格的关系，他总是将人物置于异乎寻常的紧张情节中，使人物经受千锤百炼，以体现人性的价值，激活人性中的英雄主义梦想。

二、哥特式小说的继续

18世纪，笛福、理查逊、菲尔丁等小说家深受启蒙时代理性主义思想的浸染，小说创作奉行写实主义原则。到18世纪后期，英国小说由推崇理性转而崇尚情感。此时，作为浪漫主义小说先驱之一的哥特式小说开始对理性主义思想进行反驳，并在19世纪初得到继续。安·拉德克利夫（Mrs Ann Radcliffe，1764—1823）的最后一部哥特式小说《加斯顿·德·邦德威尔》就是1826年出版的。查尔斯·罗伯特·梅图林（Charles Robert Maturin，1782—1824）的哥特式小说学习拉德克利夫和刘易斯的风格特点，又带有哲学性质的讨论。他的小说《致命的报复》写了背叛、复仇、弑亲和自杀，具有拉德克利夫小说善于设置悬念的能力，更具有刘易斯小说令人恐怖的特点。梅图林最著名的小说《漫游者梅尔莫斯》直接用了浮士德的题材。在这部小说里，梅图林不是简单地渲染恐怖，而是要探讨人性的堕落。男主人公梅尔莫斯把灵魂卖给魔鬼换得长生不老，但到后来他厌倦了无聊的生活，渴望死亡，到处寻找愿意与他交换命运的人,由此生发出一连串的故事。每个事件的主角在最痛苦的时刻都遇到梅尔莫斯,但最终都不愿意当他的替身,出卖灵魂以求长生。梅图林在小说里表现出对神学的绝望情绪,否定了从生活中获得幸福的可能性。玛丽·雪莱(Mary Shelly,1797—1851)的小说《弗兰肯斯坦,或现代的普罗米修斯》是哥特式小说的新发展,具有科幻色彩,在活跃的艺术想象中触及了人性、科学的伦理价值等诸多问题。弗兰肯斯坦是个科学家,他用现代科学方法创造了一个“人造人”,即怪物,成了现代的普罗米修斯。在呕心沥血终于实现了制造生命的梦想后,弗兰肯斯坦却被自己创造的这个丑陋的怪物吓跑了。小说的核心是怪物的叙述。怪物窥探了流亡者一家困顿但充满天伦之乐的生活,激起了他对人类情感的渴望。他偷偷学习人类的语言、生活方式,但却招致误解、嫌弃、攻击。在不断的受挫和极度失望中,怪物变得仇视人类,开始残害无辜。怪物还要求弗兰肯斯坦给自己创造一个女伴,但弗兰肯斯坦意识到这将会带来更多的灾难,便拒绝了怪物。怪物对弗兰肯斯坦进行了疯狂的报复,先后杀死了弗兰肯斯坦的亲友和新婚妻子。追踪怪物至北极的弗兰肯斯坦精疲力尽地死去,而怪物感到的也只有精神痛苦和对生命的厌倦,最终消失在北极茫茫的黑夜里。怪物的报复是盲目和凶狠的,但他的恶是被人类的恶激发出来的。小说的魅力和力量在于它的带有预见性的思考,充满对现代生活的严肃追问,关涉科学与伦理、创造与责任、理性与情感等。

哥特式小说在爱德华·布尔沃·利顿(Edward Bulwer Lytton,1803—1873)这里也得到了新的发展。他的《赞诺尼》《神出鬼没》《一个奇怪的故事》等哥特式小说具有传统特色,以大胆的想象描写神奇的“超自然事物”。而另一些哥特式小说则尝试把历险故事、犯罪小说和社会抗议小说结合起来的写法,对罪犯持同情的态度。

哥特式小说对想象的倚重、对中世纪的浓厚兴趣,直接影响了浪漫主义小说家的创作。

三、现实主义小说的长足发展

19世纪中期,阶级对抗、生活动荡日益加剧,各种社会问题逐渐显露并变得严重,人们感到逃避现实、醉心自然、沉溺幻想的浪漫主义文学已失之虚假和空泛。于是,以准确再现社会生活为主旨的现实主义文学兴起,成为欧洲新的文学主流。英国现实主义文学的发展时期,恰逢英国历史上著名的维多利亚时期。维多利亚时期是兴旺发达的时代,也是矛盾丛生的时代。工业革命带来了巨大的财富,激发了人的创造力,但工业化和城市化的迅猛进程也带来了新的社会问题，严重的贫富两极分化，将社会分成互相陌生、互相敌对的两大阶级，加剧了社会的不平等。19世纪中期地质学、天文学、生物学等自然科学方面的一系列发现，对当时的社会思想产生了巨大影响。影响力最大的，就是达尔文生物进化理论的创立。维多利亚中期的英国社会努力将正在裂变的思想体系凝聚起来。反映中产阶级观念和社会态度的“维多利亚精神”成为社会的共同规范。这一时期的文学与这种精神发生了千丝万缕的联系。强烈的社会责任感、批判意识和道德感是维多利亚时期现实主义小说的特点。“关于小说用处的讨论成了当时英国小说批评舞台的主旋律”①，其中讨论得最多的是小说的道德教诲功能。小说家们都或多或少地倡导过小说的道德教诲功能。乔治·艾略特（George Eliot，1819—1880）就把唤醒世人的同情心看作小说的基本道德标准。查尔斯·狄更斯（Charles Dickens,1812—1870）在书信、演讲以及自己一些小说的前言就小说的道德功能问题发表过不少见解。他主张以小说唤起世人对劳苦大众的同情和对他们的崇敬。夏洛蒂·勃朗特（Charlotte Bronte，1816—1855）在《简·爱》的再版前言里，把正义的作家直接比作《圣经》中向暴君发出逆耳忠言的古代先知。维多利亚前期，因工业化而引起的种种新的社会问题为小说家提供了素材。那些揭露社会弊端和政治腐败的作品被称为“社会问题小说”。盖斯凯尔夫人（Mrs.Gaskell，1810—1865）对阶级矛盾和工人生活作了真实的揭露和细致的描写。威尔基·柯林斯（Wilkie Collins，1824—1889）的犯罪小说虽以情节曲折见长，但也旨在揭露社会罪恶。勃朗特姐妹尽管偏重以个人身世作为小说题材，但小说的寓意对社会具有挑战的力量。

维多利亚时期的现实主义小说以中产阶级，特别是其中下层为关注、描写的对象和读者群，善于表现小资产阶级人物的艰难生活、奋斗经历。由人物讲述自身经历和成长过程的自传体小说，是小说家们经常采用的小说样式，如狄更斯的《大卫·科波菲尔》《远大前程》，夏洛蒂·勃朗特的《简·爱》等。但第三人称全知叙述因其自由、全景式地反映社会生活，而成为维多利亚时期现实主义小说的叙事常规。小说风格以写实为主，力求客观、逼真地表现英国城乡普通人的性格特征、人际关系和日常生活场景，重视细节的真实性。谋篇布局理性规范，故事首尾完整，结构经验有序。这里简单讲讲狄更斯的现实主义小说创作情况。狄更斯一生共写作了百余篇短篇小说，几十篇中篇小说，15部长篇小说，还有大量的散文、特写、游记、剧本、演讲、书信等。从1837年到1841年，狄更斯接连

① 殷企平等．英国小说批评史[M]．上海：上海外语教育出版社，2001：54.

发表了《匹克威克外传》《奥立佛·退斯特》《尼古拉斯·尼克尔贝》《老古玩店》《巴纳比·拉奇》5部长篇小说。这些作品有对社会全貌的观察，但着重写社会下层，如济贫院、贫民窟、城乡小学、流浪者等，针砭时弊，但基调是乐观向上的。从1842年到1858年，狄更斯创作了《马丁·朱述尔维特》《董贝父子》《大卫·科波菲尔》《荒凉山庄》《艰难时世》《小杜丽》等长篇小说。这些作品的内容几乎涉及当时社会生活的各个方面，财富与贫穷对立，文明与罪恶同生，新生与腐朽并存。就艺术风格而言，将写实与幻想、幽默与感伤、哲理和抒情巧妙地融合起来。从1858年到逝世，狄更斯创作了《双城记》《远大前程》《我们共同的朋友》等长篇小说。这些作品中乐观的基调大大削弱，还常常出现一些与过去、死亡、衰败联系在一起的意象，给小说增添了冷峻的色调。作为现实主义作家，狄更斯努力描绘出广阔的生活画面，重视作品的真实性。但是，狄更斯小说的艺术世界，“是经由他那带有儿童心理原型过滤和变形了的19世纪英国社会，其中的主观表现性特征是十分明显的”①。狄更斯的小说在深层结构上大都隐含着由悲到喜、善恶有报的童话模式。在情节向善恶有报的圆满结局发展过程中，巧合、意外等因素起到了重要的推动作用，体现了童话般的神奇风格。

值得一提的是，与狄更斯对于下层人民生活充满同情的描述形成对比和互补的是威廉·梅克皮斯·萨克雷(William Makepeace Thackeray，1811—1863)，他对上层社会生活进行冷嘲热讽、犀利鞭挞，是英国上流社会虚伪阴暗面的具有天赋的揭发者。《名利场》是萨克雷的代表作，小说主要围绕两个女人——蓓基·夏普和阿米莉亚·塞德利的人生际遇展开。她们曾经在平克顿夫人的学校相遇，小说开始时，两个女孩已经离开学校，各奔东西。小说自此分为两条清晰的发展路线，但内容上也相互交错。这部小说成功之处就在于萨克雷塑造人物的高超本领。他笔下的人物都是善恶并存的活生生的普通人的形象。蓓基是作者刻画得最有血有肉的复杂人物。她虽然贫穷，但聪明、美丽，知道什么时候该表现得很温顺，什么时候又该耍心机，她为了爬进上流社会，可以牺牲一切，最后付出了亲情的代价，得以在名利场立足，但也注定要孤独终生。阿米莉亚是和蓓基形成鲜明对比的另一种形象。她家境好，有父母、兄长的呵护，同时还有一个年轻英俊的未婚夫陪伴，她对自己的生活很满意，没有什么远大的追求。她为人和善、诚恳，但又表现出懦弱、卑微的一面。她和蓓基完全是两种性格，如果说蓓基是恶的典型，那她就是善的典型，但她的这

① 蒋承勇.19世纪现实主义文学的现代阐释[M].北京：高等教育出版社，1996：207.

种没有自我的善往往让人觉得可悲，作者在塑造这个形象时也带有些讽刺意味。

19世纪末，英国作为头号世界强国已经风光不再，但它通过海外掠夺积聚了大量财富，在经济实力和军事力量方面仍然雄冠全球，英国中上层社会在精神与信仰方面仍然弥漫着一种对现存秩序的稳定感和对传统制度的自信心。因此，这个时期英国的社会政治思想相对保守，温和、渐进的改良主义思潮仍然有较大的市场。而由狄更斯等创造的现实主义的辉煌灿烂的时代已由盛而衰，但他们所祭祀的现实主义旗帜仍然高扬，号称爱德华时代英国现实主义小说三杰威尔斯、高尔斯华绥、阿诺德·贝内特都已在这一时期崭露头角。

第四节　戏剧的复兴

在谢里丹、哥尔德史密斯之后，英国戏剧的衰败就开始了，到了19世纪尤其是上半期也没有什么起色。此时，创作队伍后继无人，而剧场的扩建也带来了不少消极因素。剧场的扩建虽然可以增加效益，但新的格式对舞台剧产生致命的影响。这首先就是扩大了演员和观众的距离，莎士比亚时期依靠演员神情的微小变化或举手投足来表达感情的做法表现出了很大的不适应。因此，感情丰富、手法细腻的悲剧也就失去了自己的市场；演员间的对白越来越让位于音乐、合唱和齐声诵读；布景、效果的作用越来越大；场面宏大的情节剧越来越成为占主导地位的剧种。这时只有一些浪漫主义诗人尝试为伦敦的舞台创作诗剧。直到19世纪后期，一些剧作家在戏剧内容和舞台布景艺术方面努力进行一些新的探索，这使得英国戏剧得到了一定程度的复兴。

一、浪漫主义诗人在戏剧领域的尝试

19世纪初，一些英国浪漫主义诗人在戏剧文学领域惨淡经营，为戏剧表演舞台尝试创作诗剧。这些剧种包括华兹华斯的《边境居民》、柯尔律治的《沮丧》、拜伦的《曼弗雷德》《马林诺·法里埃罗》《福斯卡里父子》《该隐》《维纳》、雪莱的《解放了的普罗米修斯》《钦契一家》、济慈的《奥托大帝》、兰姆的《约翰·伍德维尔》、布朗宁的《斯特拉福特》《维克托王和查尔斯王》《德鲁兹人的归来》和《科隆蓓的生日》。其中，拜伦的《该隐》和雪莱的《解放了的普罗米修斯》比较具有代表性。

诗剧《该隐》的主题取自《圣经》的一个故事。按照《圣经》的传统说法，该隐出于嫉妒，杀死弟弟亚伯，因而被上帝判处到处流浪，成为丧家之犬。但在拜伦的笔下，该隐被塑造成一位富有反叛精神的英雄。在全剧的开头，亚当、夏娃、亚伯、亚大都在向上帝祈祷，只有该隐站在一边为自己的命运感到愤愤不平。他对上帝的善表示怀疑，对父母和弟弟卑躬屈膝、趋奉上帝的态度和做法表示异常鄙夷。虽然该隐还没有公开向上帝的权威性提出挑战，但他说他已经不知道上帝究竟是好还是坏了。知道该隐的不满后，魔鬼就出现了。他对该隐说，上帝是暴君。该隐让魔鬼为他揭示死亡的真相，因为这始终是他的一块心病。魔鬼回答说可以教他，但条件是该隐要成为他的弟子。该隐虽然拒绝了，但当夫人亚大来劝他回去时，他还是更愿意与魔鬼在一起。魔鬼答应用一个小时带该隐到各处看看，途中该隐接受了魔鬼的教导。当谈起该隐的生活时，魔鬼说生活的幸福取决于家庭，但魔鬼马上暗示道，他的弟弟亚伯更受上帝的宠爱。回家后，该隐发现亚伯已经准备好两个祭坛，并邀请他一起向上帝献上祭品。看到亚伯屈从上帝的行为，该隐切齿痛心，盛怒之下一拳打死了亚伯。之后，该隐感到内疚，接着被上帝判处流浪。在拜伦的剧中，该隐并不是一个简单的杀人犯，他的杀人动机也并非完全出于对亚伯的嫉妒。从全剧的一开头，该隐就对命运的不公提出了强烈的控诉。他是一个勇于追求真理、对任何事物都愿意问一个为什么的人。拜伦剧中的该隐是一个时代的产物，他的身上可以看到浪漫主义时期叛逆者的形象。而魔鬼则是拜伦着意刻画的不畏强暴、渴求自由的精神化身，让魔鬼开导和激励该隐去反抗上帝。

雪莱的《解放了的普罗米修斯》取材于古希腊神话里普罗米修斯和朱庇特之间发生冲突的故事。古希腊诗人埃斯库罗斯曾经创作悲剧《被缚的普罗米修斯》叙述这个故事。埃斯库罗斯在剧作结尾说，坚定不移的普罗米修斯最后被扔到深渊中。雪莱的诗剧在很大程度上改变了古希腊原剧的架构，他只用一幕的篇幅描写普罗米修斯的受苦情况。从第二幕开始，雪莱想象的理想生活状貌开始出现，朱庇特统治即将垮台。最后一幕是对理想社会的憧憬和歌颂。雪莱相信，人类倘若像普罗米修斯一样，内心充满爱、美德和不屈不挠，社会就会永远清明。雪莱在剧中所使用的多样化抒情技巧使人耳目一新。另外他还巧妙地借用了其他形式，如古罗马诗人品达风格的颂歌、斯宾塞式的诗节及对偶句等，以适应抒发自己感情的需要。

然而，无论是拜伦的《该隐》还是雪莱的《解放了的普罗米修斯》都不是成功的舞台剧。剧中的诗句优美，吟诵时也有相当的感染力，但就是不适于搬上舞台。

二、剧作家对戏剧内容和舞台布景方面的探索

英国戏剧衰微的状况到19世纪的后期才慢慢地出现了转机。如果说19世纪初的英国舞台还只是一种幻觉式的舞台——布景只是简单、粗糙、象征性的一两幅图画，更多地依赖演员的台词来说明故事发生的地点——那么，到了19世纪末，英国舞台则完全可以称作现实主义的舞台：精心制作的道具用来表现古代或现代生活的气息，自然但不夸张的表演手法用来再现生活的本来面貌。随着新的、更精致的剧场的建立，传统意义上的喜剧和悲剧才又一次出现在英国的舞台上，这就是托马斯·威廉·罗伯逊（Thomas William Robertson，1829—1871）、亨利·阿瑟·琼斯（Henry Arthur Jones，1851—1929）、阿瑟·温·皮奈罗（Arthur Wing Pinero，1855—1934）、奥斯卡·王尔德（Oscar Wilde，1854—1900）开始为英国舞台创作的时代了。

托马斯·威廉·罗伯逊生于一个演艺之家，从小就当儿童演员，长大后成了正式的演员。但不久他就转向了戏剧创作。他早期的几个剧本，如《生命之战》《鬼魂缠身的人》等都是在匆忙中完成的，还没有引起社会的注意。直到1865年他的《社会》先后在利物浦和伦敦上演，其在戏剧界的位置才得到确认。此后，他又推出了一系列剧目：《我们的》《等级制度》《剧》《家》《学校》和《战争》。罗伯逊的剧中往往有大段的舞台指令，他坚持舞台上的布景和道具应该尽可能地接近剧中所表现的那个时代的现实生活。这一点在19世纪中叶之前根本无法做到，因为一个剧本往往只演几场就被新的剧本所取代。而到了罗伯逊的时代，剧目更换速度放缓，剧院也就有更多的精力设计布景、道具，在剧本的排练上也能够下更大的功夫。由于舞台的演出更加贴近现实生活，深受英国的观众的欢迎和对剧作的认同。罗伯逊是第一个坚持让他的剧中人物在舞台上坐在一把真的椅子里、用真的茶杯喝茶的剧作家。在他生活的时代，流行的是那种矫揉造作、缺乏真实感的舞台表现手法：奢华的场面、过分的感情表露、诗体的台词和不自然的动作。因此可以说，罗伯逊是英国现代舞台表演艺术的创始人。

在罗伯逊之后，另外两位剧作家——亨利·阿瑟·琼斯和阿瑟·温·皮奈罗——也在他们的剧中探讨英国的一些社会问题：宗教、道德和中产阶级的生活。他们的部分剧作——特别是琼斯的《圣人和罪人》（1884）和《浪子》（1889）、皮奈罗的《第二位坦科雷太太》（1893）——也给英国舞台

带来了一些生气。尤其是皮奈罗的《第二位坦科雷太太》，为英国戏剧注入一种“高度的严肃性”，在创作现代英国戏剧方面走出了富有意义的一步。皮奈罗出身于律师之家，曾经学过法律，但在19岁时加入一家剧团，到各地演出。27岁时开始戏剧创作，一生共写出59部剧作。皮奈罗坚持剧作中的一切不论巨细都要合乎舞台演出的要求，一个事件顺理成章地引向另外一个事件，后来者总要前面设下伏笔，所以一部剧作最后形成一个紧密联结的艺术整体。他的剧作情节总是巧妙安排，条理清晰。《第二位坦科雷太太》讲的是日常生活中发生的琐事。坦科雷太太出身于社会下层，年轻时生活放荡，举止轻浮，现在和体面的、富有的、脾气和蔼的坦科雷结婚，希望自己能开始新的生活，不料婚后事与愿违，经历了一系列事件。从技巧和舞台艺术角度看，这是一出完美的大作。第一幕设计精到、圆满，事事安排得有条不紊，后面三幕的情节都埋下了伏笔。

说到奥斯卡·王尔德，人们最先想到的是19世纪英国唯美主义运动的口号——“为艺术而艺术”。王尔德是19世纪英国戏剧代表人物，同时也是一个唯美主义学者。1883年，王尔德开始进行戏剧创作，他凭借着《温德梅尔夫人的扇子》《认真的重要性》等社会题材的喜剧迅速成名。《温德梅尔夫人的扇子》讲述了一位贵妇准备放弃她的社会地位和情人私奔时被她的母亲说服，最终放弃了这个想法的故事。在这部剧中，道德标准得到了重申：一对夫妇的婚姻和声誉得到了拯救。然而，当婚姻和家庭又一次驶入安全港的时候，它们所代表的理想、准则统统被抛到了一边。温德梅尔夫人的婚姻没有破裂是由于丈夫并不知道他的妻子差一点儿与他人私奔，而这个秘密只有厄琳太太和温德梅尔夫人知道；而保密的代价使厄琳太太重返社交界的计划破产。《温德梅尔夫人的扇子》表面上提出的所要解决的问题是，一个背着过去包袱的女人如何甩掉这个负担，而成为一个不被过去所累的女人。这里牵涉到“原谅是神圣之举”的格言。虽然剧作在末尾告诉人们，宽容不只是一种美德，而且是人生之必需，但是人们依然不能轻易地忘掉别人罪孽的过去。

《认真的重要性》情节曲折、人物生动、语言风趣，因而也成为英国喜剧的代表作之一。这部喜剧讲述了约翰和他的朋友阿尔杰农的故事。剧中的约翰和阿尔杰农都过着一种双重生活。约翰在伦敦以埃内斯特（“认真”之意）自称，他以这个名字赢得了格温多琳的爱；阿尔杰农则是借用了他朋友的身份埃内斯特将自己介绍给了由约翰监护的姑娘塞西莉。两位姑娘爱上的其实不是自称为埃内斯特的两位年轻人，而是这个名字。当中发生阴差阳错的情节不仅为全剧增添了幽默感，也构成了全剧社会评论的基础。喜剧的副题“为认真的人而写的一出平凡的喜剧”就集中地概括了剧中自相矛盾的人物和情节，表达了作者对社会虚伪性的讽刺和抨击。

第六章 跨文化视角下的20世纪上半叶英国文学研究

鸦片战争之后，中国的国门被西方列强的坚船利炮打开，西方文明及各种思想也随之涌入中国。到20世纪上半叶，中国又相继经历了辛亥革命、五四运动、抗日战争、人民解放战争等一系列历史事件。在这些历史事件的推动下，中国社会的政治经济、思想文化领域都发生了翻天覆地的变化。1917年年初发生的文学革命，标志着古典文学的结束，现代文学的开始。与中国刚开始的现代文学相比，20世纪上半叶的英国文学已经走出了很远，诗歌创作开始广泛应用现代主义手法，即使是政治性较强的诗歌也被融入了很多现代元素；散文加强了对生活的干预，更加贴近普通群众的生活；现实主义小说仍然有广阔的读者群体，同时又出现了现代主义小说；戏剧经过了19世纪的低潮后又获得了新生，创作呈现出多样化的趋势，现实主义问题剧一统天下，而爱尔兰戏剧复兴则扩大了英国戏剧的内涵，诗剧也得到了革新，赢得了一批新的观众。

第一节 诗歌的现代化呈现

20世纪上半叶，英国经历了两次世界大战，经济大不如前，社会在焦虑不安和期待变革中踉跄前进。英王乔治五世在位的时代，爱德华·马什（Edward Sir Marsh，1872—1953）《乔治时代的诗集》里所列举的诗人反对19世纪末前卫的唯美主义诗歌，而回归传统、醉心于田园题材和传统诗律，其作品受到读者的热烈欢迎。但在第一次世界大战之后，“乔治时代的诗人”的田园诗式写作风格与战后生活格格不入，开始失宠。20世纪20年代，诗坛出现全新的景象，意象主义运动已经开始，现代主义也在迅速形成，之后在英国诗坛流行30多年。现代派诗歌追求相对于个人独特经验而言的个性化表达方式，强调诗的美学目的，是对19世纪诗歌传统彻底的反驳与否定。20世纪30年代末，现代主义大师已经觉察到现代主义作品在内容和写作方式上过于艰涩，变化势在必行。此时，W.H. 奥顿（Wystan Hugh Auden，1907—1973）及其一派诗人们摒弃现代派诗歌中矫揉造作的省略、复杂的句法和充满书卷气的典故，竭力在其诗作里以日常语言描写日常生活，以便更易为广大读者所理解，从而接近更有政治头脑的读者群。而且由于他们观点激进"左"倾，公开宣称支持社会主义，反映了现代社会的进步倾向。另外，奥顿诗歌也融入了许多现代元素，分别从艾略特和庞德的诗歌、弗洛伊德理论和马克思主义理论中得到许多灵感。到了 20 世纪 40 年代中期的战争年代，没有出现什么重要的新诗派。

一、彻底否定传统的现代派诗歌

现代主义是一个国际性的思潮，而英国维多利亚时期清规戒律的衰亡为来自国外的影响提供了可能性。法国文学为英国现代派诗歌提供的第一个榜样应该是象征主义。"象征主义"渡过英吉利海峡来到英国是在 1896 年。这一年，英国诗人亚瑟·西蒙斯（Arthur Symons，1805—1845）开始写一本介绍法国象征主义诗人的小册子，名为《文学中的象征主义运动》。这本书是献给威廉·巴特勒·叶芝（William Butler Yeats，1865—1939）的，而叶芝是英国象征主义的重要代表。叶芝曾发表一篇名为《肉体的秋天》的论文，宣称一个内心高于外在的时期已经到来。1899 年叶芝出版了《芦苇中的风》，这是一部具有典型的早期象征主义风格的抒情诗集。而英国现代派的中心人物托·斯·艾略特（Thomas Stearns Eliot，1888—1965）也正是从西蒙斯的这本小册子中为他的早期诗歌找到了模型。

就在叶芝潜心发展象征主义时，美国诗人艾兹拉·庞德（Ezra Pouhd,1885—1972）来到英国，结识了叶芝。庞德的许多新观念和新技巧都影响了叶芝。1908—1909 年，托马斯·厄内斯特·休姆（Thomas Ernest Hulme，1883—1917）在伦敦发起了诗人俱乐部，研究新时代诗歌创作。庞德也加入其中。在小说家福特·马多克斯·福特（Ford Madox Ford，1873—1939）等人的鼓励下，庞德放弃了早期的布朗宁式的诗风，转而采用一种简练精致的创作风格，其后发展成为意象派诗歌。意象派诗歌理论明确，而且意象派诗人们对宣传其理论主张不遗余力。庞德曾在《回顾》一文中归纳了三条意象派原则：第一，主观或客观之物当直接描述。意思就是不要生拉硬拽，或运用华丽的辞藻。第二，与展现无关的词语应完全摒弃，强调表达的简洁，是对 19 世纪诗歌的长篇大论，甚至跑题的做法的批评。第三，关于韵律，要用富有音乐性的口语自然节奏为基础，不用机械的节拍，主张用自由诗体，由此阐释了音乐和诗歌的相互关系，是对传统韵律学五步抑扬格的悖逆。

休姆认为，现代诗歌艺术应是对诗人内心一些瞬间感受的表达。而表现这种瞬间印象最有效的方法就是用一个主导意象。每一个词语都应该是一个意象。休姆还进一步指出，使用的意象应能够使人"沉浸于片刻的兴奋之中，以超越极限，将瞬间的感悟化成诗行"。

意象派诗歌抛弃了不能充分反映新世纪新生活的传统诗学，揭开了现代英美诗歌的新篇章，提出了一种新的写作方式，这不仅适用于意象派诗人，而且整个现代诗歌都可借用。意象派诗歌成了英语中真正的现代派诗歌的开端。英国现代派诗歌的扛鼎之作是由艾略特完成的。

艾略特是开创了英国20世纪20年代至30年代现代派诗歌的中心人物，他的代表作《荒原》在主题上和技巧上都是现代派诗歌的代表。该诗歌成功地运用了仿自然主义的再现手法，其象征主义和神秘体系表现出一个经历着信仰危机的现代世界。从诗歌所截取的生活片段中，可以看到现代生活的种种弊病：混乱、暴力、两性关系的对立、生活环境的恶化，以及最重要的信仰的迷失。诗歌最初发表的时候，由于其语言晦涩难懂而让人难以接受，被认为是"疯人院的肮脏"呓语，然而经过了一段时间后，诗歌的主题和采用的创作艺术手法逐渐为人们所接受，并被视为现代派诗歌的经典作品。

《荒原》共分为"死者葬仪""弈棋""火诫""水里的死亡""雷霆的话"五章。在这部作品中，诗人把神话的、人类学的、基督教的和东方宗教的意象结合在一起，用诗的方法反映现代西方世界的矛盾；诗人在精神的空虚和失败这一主调上巧妙地运用了各种变调；诗人把一系列戏剧场面用有力的感情效果连接起来以形成诗的结构；诗人运用了不易捉摸而引人入胜的用典方式；他强调用口语语言入诗——这些都给后来的一代诗人提供了范例。"死者葬仪"描写的是现代荒原的衰败、没落与死亡的过程。在这一章里，诗人运用了各种象征、暗示和典故等手法，希望荒原通过死的祭礼而得到新生。"弈棋"的情节取自艾略特的一个剧本，剧中公爵为了与情人偷情，设计让邻居邀请情人的婆婆下棋，并在其下棋过程中如愿以偿。艾略特用这个情节隐喻、暗示和讽刺人欲横流与尔虞我诈的西方现代社会。"火诫"一章是全诗的高潮，诗人将西方的圣奥古斯丁哲学与东方佛教结合在一起，以它们关于欲望导致痛苦的教谕来暗示人们应约束自己的感官欲望。艾略特通过"火诫"这一标题暗示了现代的荒原只有经过火的洗礼，才能最终获得新生。"水里的死亡"只讲述了一个故事，即沉溺于物欲和色欲中不能自拔并最终溺死在欲海中的弗莱巴斯死后的遭遇。其中汹涌澎湃的海水就是欲望的象征，也是毁灭的象征，弗莱巴斯的遭遇则警戒了世人应合理禁欲。“雷霆的话”一章可以说是“水里的死亡”的续篇，在这一章中，诗歌人奉劝现代人接受佛陀关于“舍予、同情和克制”的教诲，以使自己得到复活和现代世界得到拯救。

现代派诗歌到了20世纪五六十年代基本消亡，然而其影响却依然长存。庞德、艾略特等人经营的那些实验性的技巧对于更年轻的诗人来说已成了固定的东西。20世纪七八十年代以来的年轻诗人们在吸取前人创作的基础上更加注重内心的开拓，更注意多样化及独特性。

二、公开宣称支持社会主义的奥顿派诗歌

在英国诗歌史上，20世纪30年代是马克思主义盛行的年代。W.H.奥顿以及奥顿派诗人——包括斯蒂芬·斯班德（Stephen Spender，1909—1995）、塞西尔·岱伊·刘易斯（Cecil Day-Lewis，1904—1972）、路易斯·麦克尼斯（Louis MacNeice，1907—1963）等——积极拥护左派立场，深受左派思想的启发，面对生活的艰难显现出无比的勇气和坚强的信心，他们忧国忧民，具有强烈的改造世界的使命感，都深深地感到，他们有真知灼见急需表达。为此，他们欲将诗歌的读者群从精英分子拓展到普通大众，避免晦涩。他们用平凡语言写诗，以诗歌为新生活服务，作品宣传味道浓厚。尤其是奥顿派诗人，他们努力通过奥顿的影响而凝结在一起，每个人都从奥顿那里得到创作灵感，他们围绕在奥顿的周围，受到他的诗歌威力的“震撼”，嗅到“变化的气息”，洞见到充满希望的未来。奥顿捕捉到了他的时代的精神。然而，奥顿和奥顿派诗人的诗歌技巧却较为传统，好用格律，笔触轻灵，采用含蓄低调的表现方式。这里重点说说奥顿的诗歌创作情况。以1939年奥顿到美国定居为界，将其诗歌一分为二，1939年以前的诗歌为早期诗歌，之后的诗歌为后期诗歌。而最具影响力的作品多产生于早期，主要包括三本诗集《诗集》《看，陌生人！》《西班牙》。奥顿穿越古今，利用各种知识，融自然现象、人类历史、精神元素和细腻情感于一体。他的诗歌基于英国诗歌传统，具有古典主义倾向。蒲柏、拜伦、霍普金斯、哈代等人都对他产生过重要影响。他又吸收了现代派诗歌创作技巧，并从弗洛伊德理论和马克思主义理论中得到灵感，将各类作家的创作方法和理论糅合凝练，体现出自己的个人风格。不过，与艾略特相比，奥顿的诗风更加容易被普通读者接受，诗歌的语句也较为口语化，一些抽象概念的运用和阐释也较为自由。奥顿擅长用各种形式写诗，赋予各种诗体以新的生命，这些诗体包括清唱剧、田园诗、六节

诗、十四行诗、短诗、室内剧、诗体书信、颂歌以及诗剧等复杂的诗歌形式。奥顿早期的诗歌主题丰富，形式多样，既有短小的抒情诗，又有长诗，主要涉及政治、爱情、历史、人物、自然等多方面的内容。奥顿早期诗歌中有些表现出左翼政治思想，其中最突出的诗作表达了对法西斯主义和帝国主义战争的谴责以及对共产主义的向往。例如，《亲爱的，请你轻松地抬起头来》《战时》《1939 年 11 月 1 日》《西班牙 1937》等。其中，《西班牙 1937》是比较著名的一首。诗中既有对历史的追忆，又有对当前斗争的描述，也有对未来光明的希望。这首包含 23 诗节、92 诗行的诗作大体可分成4部分。第1部分包括前6诗节（共24诗行），叙述往昔好与坏的方面，时间跨度从古代到工业革命，将当前的斗争置于一个恰当的历史背景中。第 2 部分包括 11 诗节（第 7 ~ 17 诗节，第 25 ~ 68 诗行），其主旨在于讲述“眼前的战斗”。第 3 部分（第 18 ~ 20 诗节，第 69 ~ 92 诗行）描绘美好的明天，人们将把注意力转移到保健、爱情、游乐活动上。但这部分的结尾，诗人又提醒人们说，“眼前的却是战斗”。第4部分（第 21 ~ 23 诗节，第 81 ~ 92 诗行）又把话题折回眼前。结尾虽然带有预期失败的紧迫感，调子有些悲观，但却表现出强烈的历史责任感。可以说，《西班牙 1937》是一个战斗诗篇。在这部作品中，奥顿始终紧抓诗歌的戏剧性特征，他将昨天与今天、今天与明天、广场与陋室、城市与渔岛、苦难与希望、希望与希望的实现进行了戏剧性的对照。

第二节　散文的新发展

20 世纪初，随着国内国际局势的变化，英国逐渐失去了往日的辉煌，国内阶级矛盾也持续加剧。尤其是经过两次世界大战后，英国的殖民体系土崩瓦解。同时，革命的社会主义思想在世界范围内的广泛传播，其影响所及也在英国掀起了波澜。在激烈变动的历史和社会的背景之下，20世纪的英国文艺思潮此起彼伏，既有对传统的继承，也有现代的创新。这必然给英国散文发展以深刻影响而打上时代的烙印。20 世纪上半叶的英国散文不仅内容十分繁杂，各种主义、各种思想、各种流派、各种潮流均在散文中得到体现，而且形式也有很大的发展和变化，小品文得到发扬光大，表现出随意散漫、诙谐机智的幽默特征。为给读者带来娱乐以享受，散文通行起了平易流畅的文风。

一、内容繁杂

20世纪的一大特点就是科学技术的迅猛发展,从蒸汽机时代转变为电气化的时代,特别是包括电报、电话、无线电等电信业的发展,以及电影、广播等大众手段的普及,大大缩短了人们的交际距离。教育的普及、读者群的扩大和读者人数的增加也促进了出版业的大规模发展。这都为散文的发表提供了广阔的天地和良好的土壤。20世纪上半叶出现最多的散文当数时文,即报刊上的文章,主要是评论性的文字,如政治经济评论、时事评论和文艺评论,其中包括书评、剧评、影评、艺评等,内容十分繁杂。因为这些文章远远超出文学范围,涉及艺术、建筑、考古、哲学、数学、历史、政治、法律、经济、商业等门类,几乎无所不包。典型的例子如乔治·萧伯纳(George Bernard Shaw,1856—1950)的戏剧散文、伯特兰·罗素(Bertrand Russell,1872—1970)的哲理散文、乔治·奥威尔(George Orwell,1903—1950)的政治散文。

乔治·萧伯纳(George Bernard Shaw,1856—1950)是英国20世纪最杰出的戏剧家,同时又是一位卓越的散文家。他的散文与戏剧密切相关。在他的剧本里,往往附有长篇的序言来阐明他的思想和主题。而在剧中,他又常常通过人物之口长篇大论地发表各种议论。这些序论和台词其实就是一篇篇散文杰作。萧伯纳认为散文的格调不该是如某些文人所标榜的美,而应是讲求实效。萧伯纳散文具有强烈的节奏,富有音乐感。他常使用歌剧的手法来写戏剧,将人物的对话变成了对唱、重唱等歌剧场面。这种内在的音乐结构和口头语言的形式使得萧伯纳的散文不仅是让人读的,更是让人听的。他的作品不仅给人以教育和启迪,更给人以乐趣和享受。例如,《人与超人》一剧中的序言,其几乎就是一篇小品文,因为是写给老朋友的信,故作者亲密而毫无顾忌地用一些挖苦的词来与老朋友开玩笑。萧伯纳在散文中经常使用重复、对比、颠倒,以及一语中的的表达手段,讲究速度。例如,他在议论风声的时候,常常插入许多临时涌现的想法,或者谈了一面又赶紧补充另一面,因此句子往往很长。但这些句子都是若干短句的串联,不仅可以拆开分立,而且由于在意义上有对照、有呼应,而在节奏上又缓急相间,听起来从容,读起来顺口。仍以《人与超人》一剧中的序言为例,该文第二段从“已经没有任何一家仅仅有开创精神的刊物……”开始的一个长句内有8个从句,共计100字,但长而不乱,层次井然,从意义上讲必须一口气读完,从节奏上将也使人乐于顺畅地一念到底。这就是萧伯纳的速度的魅力。

伯特兰·罗素(Bertrand Russell,1872—1970)是著名的哲学家和数

学家,也是散文家,在现代思想史上占有重要地位。他创作了很多有关哲学、数学、逻辑学、政治学、经济学、教育等方面的著作和文章,充满了哲学思辨,从哲学的角度探讨现实生活中的各种问题,这就决定了他的散文风格。他所追求的是明晰简练:用严谨的逻辑、简洁的语言来透彻地表达科学的思想,力求想得清楚,说得准确。他在1912年发表的《哲学问题》一书的最后一章中说哲学的价值在于开阔人的思路,解除教条主义的束缚,使人们不拘于偏见,去发现更多的可能性。在《机器与情感》一文中,他对情感作了深入的论述,指出有时看似人的物质需求,实则为人的情感的满足。罗素对科学有极高的评价,并指出它与艺术完全不同的特点。《神秘主义与逻辑学》一书中的《科学在通才教育中的地位》一文就探讨了有关科学特性和科学方法。

乔治·奥威尔(George Orwell,1903—1950)不仅为后人留下了大量的小说,更留下了大量的散文作品。他的散文集除了《枪杀大象》《鲸鱼体内》和《评论文集》,其他散文均收集于1968年发表的四卷本《散文,时文,书信集》之中。他的散文向以简朴、清晰、具体、生动著称,风格清新,形象鲜明,避免一切修饰和做作,而且充分反映了他的政治意识。1936年发表的记叙文《枪杀大象》可谓奥威尔散文中的精品。作者从打死大象这件事表明,帝国主义与殖民地的矛盾之尖锐,更具体的是英国在缅甸的处境和殖民地人民的强大力量。1939年发表的《马拉喀什》一文,奥威尔更是直接描述了当时法国殖民地摩洛哥人民的苦难,其中描写犹太人居住区的一节最令人心酸。奥威尔的文学批评的文章也渗透着他的政治意识。他不仅从文学艺术的角度来评论,也从政治思想的角度来阐释。俄国作家托尔斯泰曾经撰文攻击莎士比亚的悲剧《李尔王》,奥威尔对此作了分析,于1947年发表了《李尔,托尔斯泰和弄臣》一文,指出托尔斯泰的不满是因为他与李尔王有共同之处,那就是土地和权力的政治因素。奥威尔还曾以科学为主题撰写了《科学是什么》一文,他批驳了那种纯科学的观点,指出科学和文学一样,与政治是分不开的。当然,奥威尔也偶尔会抛开对政治的关注,为自然的美景所吸引。例如,《观赏癞蛤蟆有感》就是一篇以癞蛤蟆的活动来判断春天来临的优美随笔。

二、通行平易流畅的文风

随着20世纪20年代无线电应用的普及和无线电广播电台的大量建立,听有声广播成了普通人们日常生活中不可缺少的节目。于是,原有的书面散文变成了口头散文。这一变化必然对散文的形式产生深刻的影响。

过去所谓“高雅华丽”的文风已经不符合大众的需要和时代的节拍。“平易流畅”成了最适合历史要求和群众口味的最通行的文风。有人提出能用短词、简单词就不该用长词、大词。

由于报刊、广播以及后来的电视等大众媒介成了散文的重要载体,20世纪上半叶的散文已不再像以往那样专注于使用各种修辞手法,不再专注于字斟句酌,不再专注于结构的严谨和笔法的优美,而是大量使用通俗口语,显现出醒目的谈话式风格。这使得散文更加接近人民大众,更加平易流畅,更加直接地反映普通人的思想感情,也就更加能有力地干预生活。典型的例子如爱德华·维罗尔·卢卡斯(Edward Verrall Lucas,1868—1938)的随笔。卢卡斯是一位新闻记者、编辑、发行人,更是一位散文家。他的作品内容繁杂,涉及文学、艺术、旅游等题材,形式多样。他的文风以轻松幽默、浅显明快著称,看似不经意,信手拈来,实则他的散文皆为精心之作。他于1907年发表的一篇题为《笼子间的沉思》的散文足以代表其风格。该文开头两段和最后一段,对河马的描写十分具体、生动而准确,文字平易简略。他将河马的体重与四个议员身体的重量来对比,令人不禁想到议员大腹便便的身躯。文章最后一段,作者出人意料地忽然提到一种宣传得最多的动物——扒手。当中的一句“警告人谨防——谨防什么?——人!大家感到狮子(它的皮最好扒下来做地毯)至少不会当扒手”读来不禁让人发笑。而这种幽默又是十分辛辣的。《一次葬礼》却是一幅生动而真实的人物素描。在葬礼上,作者想到死去的老友,也想到生与死的关系,文笔细腻,平静而亲切。《城市一周》也能代表卢卡斯轻松幽默的风格。他以风趣讥讽的笔调评述了从星期一至星期日一周里每一天在城市人眼里的意义,如这样的句子“很奇怪,一周的七天中只有‘困倦的星期一’这个词……为什么不是‘困倦的星期二’或者‘困倦的星期四’呢?”似乎都是些玩笑的话,却又含有生活的深意,如结尾的那句“星期一——不过我已经谈过星期一了,它总会转回来,假装成新的模样,这就是它的重要特性之一。实际上它总是原样未变”。

希莱尔·贝洛克(Hilaire Belloc,1870—1953)文笔优美的怀旧之作和马克斯·比尔博姆(Max Beerbohm,1872—1956)机智幽默的讽刺文也是雅俗共赏。贝洛克的散文作品数量颇多,合成册子出版的散文集有《论无》《论一切事物》《论任何事物》《论某事物》《与天使的谈话》《与猫的谈话》等。贝洛克在不少散文名篇中流露出一种怀旧情绪,文笔优美而抒情。他向读者描绘出一幅幅美丽动人的画面,表达了真实深切的情怀,读后令人不禁为之深深感动。例如,《地里割草》中的第六、第七段描写了第二天的割草情景,说了诸多露水未干掉前割草的几种好处。另外,贝洛克还特别以买卖生猪肉为例描述了乡间做生意的传统方式，读后令人回味无穷。类似文笔清新优美的散文还如《曲折的小街》《谈客店》。

比尔博姆以其机智、幽默、精美的讽刺性散文而闻名于世。他的文章就像一幅幅漫画，轻松而又尖锐地嘲讽社会的缺陷和各种典型人物的突出特征，令人在发笑之余，不觉会产生严肃的反思。1896年，他发表了第一部散文集《马克斯·比尔博姆作品集》，接着一连串的散文集相继出版，如《更多》《再多》《当前》等。其中，收入《再多》的《斯文的衰落》一文，作者用嘲弄的笔调讽刺了英国上流社会自古以来就十分崇尚的礼仪之风，说这种温文尔雅的举止风度其实不过是矫揉造作，令人觉得好笑。1918年发表题为《主人与客人》的散文，将做东或者做客这种日常作为一个大题目来看待，引经据典，敷衍铺陈，用幽默调侃的笔调，煞有介事地大大议论了一番，读来令人回味无穷。《外出散步》一文讨论的并不是散文的好处，而是用幽默的笔调讥讽了那些竭力推崇散步的人。作者认为，哪怕再有头脑、再有学问的人，在散步过程中都会变成呆头呆脑的傻子。

第三节　现实主义小说的进一步发展与现代主义小说的出现

20世纪上半叶的欧洲文学，一方面是传统现实主义文学的新发展，另一方面是现代主义文学运动的蓬勃兴起。同时代的英国小说发展也如此，现实主义小说继续发展，在20世纪最初10年，即爱德华时代“三巨头”（威尔斯、高尔斯华绥、贝内特）获得了很高的创作成就，然后是出现了现代主义小说的先声，并逐渐走向高峰。不过，在以危机和战争为时代特征的20世纪三四十年代，一度受到现代作家抨击的现实主义出现回归。新一代的作家认为，文学不应该脱离大众成为象牙塔里面的贡品，而应该对充满危机的社会现实做出反应。总之，20世纪上半叶的英国小说取得举世瞩目的成就，无论是现实主义还是现代主义，都为世界文学的画廊增添了光彩。

一、现实主义小说对传统的沿袭

在各种社会思潮和急剧变化的社会生活影响下，20世纪初期的英国文坛出现了前所未有的热闹景象，现实主义旗帜仍然高扬。此时，英国文坛也对文学创作中的诸多问题进行过激烈的争论。其中，弗吉尼亚·伍尔夫（Virginia Woolf，1882—1941）在她著名的评论《现代小说》中，挑选出20世纪初的3位小说家进行分析，并称他们为“爱德华人”。这三位小说家还并称为“20世纪英国现实主义小说三杰”，即赫·乔·威尔斯（Herbert George Wells，1866—1946）、约翰·高尔斯华绥（John Galsworthy，1867—1933）和阿诺德·贝内特（Arnold Bennett，1867—1931）。他们的现实主义小说继承了维多利亚时代的现实主义传统技巧，其中，贝内特还明显借鉴了法国自然主义创作方法，展示出当时英国社会生活的现实主义画卷。当然，20世纪初的现实主义小说的题材有所拓展，文学创作视角和风格各异，既有对海外扩张、殖民地风土人情的描写，也有对英国工业化进程中城市和乡村生活的反映，使英国文坛在继维多利亚现实主义的辉煌时期之后又掀起了一个现实主义文学的繁荣时代。以下就简单讲讲威尔斯、高尔斯华绥、贝内特的创作情况。

赫·乔·威尔斯（Herbert George Wells，1866—1946）继承了19世纪现实主义小说的优秀传统，塑造了许多“小人物”既可悲又可笑的形象，他以辛辣幽默的笔触讽刺时俗，描绘当时社会生活的风貌，揭示社会的真相，《爱情和鲁维轩先生》《吉普斯》《托诺－邦盖》《波利先生传》等都是这方面的代表作品。《爱情和鲁维轩先生》以鲁维轩先生对事业功名的渴望而最终失望为主线，对社会道德的沦丧和社会秩序的混乱进行抨击。小说用轻松揶揄的笔法描写鲁维轩的窘境。鲁维轩以小学教师的低薪薄酬面对生活的各种琐事和各种开销。眼看妻子即将分娩、事业一筹莫展，他只能自嘲自解，以养儿育女“为世上最重要的事业”。鲁维轩的岳父集中体现了世风的虚伪和世道的狡诈，这个能骗善诈的老手雄辩滔滔地贬斥诚实，赞美欺骗。威尔斯让这个偷取钱财、一走了之的骗子用庄重、高昂的调子述说怪诞无稽的言论，用谬论道出时俗的要害，让荒唐发出真理的闪光，充分显示出这本小说辛辣的讽刺性和强烈的喜剧性。小说寓讽刺于滑稽笑闹中，通过可悲又可笑的小人物的命运来反衬社会的炎凉，具有浓厚的现实主义气息。《吉普斯》描写了主人公吉普斯作为一个小人物坎坷的人生经历。在这部小说中，作家着意要表达的是吉普斯在曲折起落的生活境遇中所面临的道德、习俗的尴尬。吉普斯为人纯朴，知识有限，在生活中容易受到各种思想风气的影响，特别是上层社会的种种偏见和势利的影响。吉普斯在得到意外财产后，十分向往阔绰豪华的住宅和富人的生活方式，而且一度嫌弃身为女仆的青梅竹马安妮。在经历了一系列事件以后，吉普斯厌倦了所谓的上层社会，开始有所顿悟，最终他恢复了纯朴善良的本性。后来，“吉普斯”这个名字就成了20世纪初期“小人物”的代称。《托诺－邦盖》是威尔斯最杰出的讽刺小说。在这部小说中，威尔斯试图描绘维多利亚时代晚期和爱德华时代英国的全景式生活画面。小说以第一人称的口吻记叙了叔侄二人的人生过程，主人公乔治经历阴影笼罩的贵族山庄，死气沉沉的小镇，到冒险家乐园的伦敦，幻影般的成功，泡沫似的失败，串起了一个个动荡、混乱的社会场景，最后在迷惘的沉思中结束。小说中的假药“托诺－邦盖”代表着资产阶级在利益驱使下的道德沦丧和人们不切实际的欲望，深刻地反映了19世纪末英国社会变革时期复杂的社会状况，尖锐地讽刺了当时社会用金钱、广告、公关和媒体等对大众进行引诱、蒙骗的欺诈行为，以及社会大众本身的盲从心理。在形式上，小说开头延续了18世纪菲尔丁的叙述方式，既是作者又是主人公的“我”出来交代自己的写作缘由，讲许多的人生道理，然后以回忆的角度，从“我”的幼年开始，逐渐展开故事情节。威尔斯的社会小说都具有某种喜剧色彩，这也是狄更斯的传统。《波利先生传》中的主人公波利就是一个可笑又可爱的喜剧人物，但他比吉普斯有反叛精神。波利出身贫寒，地位卑下，他渴望改变自己的命运，显然不容易实现。他经营着一家布店，经营状况时好时坏，随时面临倒闭。伤心绝望的波利打算烧掉布店，然后一死了之来结束这种不断挣扎的人生。当火烧起来时，他突然爆发出生命自我保护的本能，想起了邻家楼上还有一个年迈生病的老人，于是奋不顾身地救出老人，结果成为救人英雄。此举获得了邻里的大加赞赏，自己的房子、财产的损失也得到了保险公司的赔偿。这以喜剧结果过去后，波利依然不能安定，最后离家出走，来到一个乡间的旅馆打工。很多年后，波利回到家乡，颇受冷遇，最终又回到了乡间的旅馆，继续承受着精神压抑的痛苦。在波利先生命运忽上忽下、难以预料的人生变故中，作家对社会现实、世态炎凉作了刻画，使得喜剧中含有悲剧意味，同时也表现了小人物内心对命运的不甘心和不断挣扎，以及伴随着的善良和温情。

约翰·高尔斯华绥（John Galsworthy，1867—1933）是最能体现英国本土现实主义文学传统的跨世纪作家。他写的三个三部曲都由长篇小说组成，用史诗般的规模，沿着传统的人性道德关怀和社会批判方向，描绘了英国资产阶级家族的兴衰历史和他们的精神发展史，剖析了社会问题。三个三部曲为《福尔赛世家》三部曲（《有产业的人》《进退维谷》《出让》）、《现代喜剧》三部曲（《白猿》《银匙》《天鹅之歌》）、《一章的结束》三部曲（《姑娘在等待》《开花的荒漠》《在河上》）。其中，真正在小说中深入中产阶级家族的精神世界，描绘他们的种种矛盾、痛苦与心灵挣扎而且取得巨大成就的，是《福尔赛世家》三部曲。《有产业的人》展示了福尔赛家族内部隐藏的危机和错综复杂的矛盾，是“福尔赛家族史”其他小说情节发展的逻辑起点。福尔赛家原本是农民，在英国对海外殖民地的扩张和剥削中，这个家族得以逐渐兴起，到了老乔连、索姆斯这一代，已经成为富豪。发迹的历史使这个家族建立起牢固的“财产意识”，他们喜欢收集名画、古董，最看重的是财产，他们“紧抓住财产不放，不管是老婆，还是房子，还是金钱，还是名誉”，这被作者称为“福尔赛精神”。在作者看来，这种“福尔赛精神”又不仅仅是一个家族的精神特征，甚至也不仅仅是英国上层社会有产者的特征，还是整个私有制社会人性中所共有的精神痼疾，它损害了人与人之间的真诚联系，也损害了家庭。因此，索姆斯和妻子艾琳的冲突，并不单纯是婚姻关系问题，还是金钱专制和个性自由的矛盾，是财产和人性的冲突。主人公索姆斯是一个不折不扣的具有“福尔赛精神”的有产业的人。他表面上十分爱自己的妻子艾琳，为她买衣服、首饰，建造乡间别墅。但实际上艾琳只是一件被索姆斯占有的财产。在建造乡间别墅的过程中，艾琳与建筑师波辛尼相爱，被索姆斯发现。索姆斯对波辛尼进行报复，控告波辛尼违反合同，使得波辛尼面临破产。最终波辛尼在失魂落魄中命丧于车轮之下。在这部小说中，作者成功地塑造了索姆斯这个典型的人物形象，他内心充满着无尽的贪欲，内心的情感被金钱的占有欲逐渐腐蚀。《进退维谷》继续讲述索姆斯和艾琳的故事。索姆斯和艾琳经历了波辛尼事件后选择了离婚。索姆斯更加醉心于财产和金钱的攫取，为了要一个孩子继承家业，他花费大量钱财娶了年轻美貌的法国姑娘安奈特为妻，并生下女儿芙蕾。此时，索姆斯的侄子，也就是哥哥老乔连的儿子小乔连回到家乡，继承了父亲的遗产，并对艾琳产生了同情，逐渐萌生爱意，最后两人结合，生下儿子约翰，生活美满。两家的生活方式是“福尔赛式”和艺术式的继续演示。《出让》中叙写了索姆斯和艾琳的后代阴差阳错相恋的故事。小说的最后，索姆斯为艾琳所盖的那座别墅上挂起了“出售或出租”的牌子。这也预示着维多利亚时代的传统被年轻的一代所摒弃，福尔赛时代已经没落了，它所形成的生活秩序正像一座衰朽凋敝、冷落寂寞、空空如也的大屋子——等待出租。这部长篇巨著描写了福尔赛家族四代人的变迁，形象地反映了20世纪初期西方世界价值观念的变化。高尔斯华绥继承了19世纪英国批判现实主义的传统技巧，在小说中塑造了众多的人物形象，庸俗、贪婪的索姆斯，善良、执着的艾琳，固执、任性的芙蕾等，都以其富有个性的语言和行动，鲜明地跃动在读者面前。在结构上，福尔赛家族三四代人，出场的有30多人，宛如一条展示群像的长廊。而每一章节又是一个相对独立的画面，表现家族具体生活的某个片段，由此结为一个整体，映照出一个家族连绵起伏的历史。

这种布局使纷纭的人物各得其所,使复杂的线索井然有序。在写作方法上,将情节发展和人物性格塑造相结合,特别注意选择人物比较典型的特征,然后不断地充实,使之栩栩如生。如果说威尔斯的社会小说从社会底层角度反映了小人物的不幸与挣扎,那么,高尔斯华绥则从资产者上层社会的内部来揭示这个阶层的矛盾、冲突和衰微,其栩栩如生的人物形象和又宏大又细致的场景中,表达了他对英国历史社会深情的道德关怀。

阿诺德·贝内特(Arnold Bennett,1867—1931)从小生活在英格兰北部山区的陶镇中,他的小说就是以写陶镇的生活获得成功的。19世纪最后的30多年,英国工业发展迅速,旧的城乡经济和体制逐渐解体,贝内特目睹了工业革命在英格兰北部造成的恶果,工厂、作坊不断地破坏着自然,田野一片灰暗。贝内特的城镇小说主要就是以这些传统的生产瓷器的城镇为特有的背景的。在小说中,贝内特将六个城镇改成五镇,描写城镇中的中产阶级下层人物,如瓷窑坊主、店铺老板、医生、律师、职员等,表现当时变化着的社会生活与道德观念,具有浓厚的地方色彩。《五镇的安娜》《老妇谭》以及《克雷亨格》三部曲(《克雷亨格》《希尔达·莱斯维斯》和《这一对》)等都是贝内特的代表性作品。

《五镇的安娜》几乎是巴尔扎克《欧也妮·葛朗台》的英国翻版。小说主人公安娜在五镇出生长大,善良、单纯而又有些懦弱,她继承了母亲的一大笔遗产,由她极其吝啬的父亲代为保管。在父亲的算计下,安娜先是嫁给了一个成功的陶器商人亨利·麦诺斯,后又因为父亲的压力,用100英镑埋葬了自己与威利的爱情,继续过着没有感情的生活。安娜的性格塑造比较成功。她天真、善良、谦卑、诚实,富有同情心。但是她又逆来顺受,她不敢也不能违抗父命,不能背弃未婚夫,没有多少独立意志和意愿可言。她的弱点在于一生听命于人,对别人的摆布不做反抗,把自己的命运放在他人手中。在小说中,她从头到尾,性格基本没有改变,从生活经历中没有学到多少教益因此,她的生活只能是随波逐流。安娜的问题在于性格,她的性格似乎很难改变,其关键在于,她不想也不愿意改变。安娜的父亲是一个金钱的奴隶,他有着狂热的对金钱的爱好,为了金钱,他可以牺牲一切,包括女儿的幸福。在小说中,作者表现出了对在金钱制度下被戕害的人的同情和惋惜。

《老妇谭》讲述的是出生于五镇的一对姐妹的悲欢离合。姐姐康斯坦丝·贝恩斯与妹妹索菲亚选择了不同的生活道路。姐姐温和、善良、与世无争,一直在镇里生活,生儿育女,直到丈夫去世,儿子外出求学,她才有机会回顾自己的一生,并感慨道:“我现在可成了个孤老太了……生活啊就是这样”。妹妹聪明伶俐、任性而又有些反叛，不甘于平庸，年轻时就外出闯荡，在法国巴黎苦心经营一个公寓，最后成为一个成功的、拥有多处房产的女房东。当她回到故乡的时候，却忍受不了小镇的一切，对在这小镇过了一生的姐姐也充满了怜悯。然而青春已逝，她还是不得不在这个地方住下来，在小说的结尾，索菲亚看着前夫形销骨立的尸体，不禁思绪万千：“我这一辈子活着究竟是为了什么？究竟有什么意义？”开始对生活的意义进行思考。在这部小说中，贝内特再一次表现出青春易逝、人生无常的自然主义倾向。在他看来，两姐妹的人生无论如何变化，经历如何不同，最终都逃脱不掉命运的摆弄，逃脱不掉死亡的降临，充满了宿命论的色彩。但是，如果读者把这部小说倒过来读，就会发现，这又是一个讲述人生的浪漫故事。姐妹俩老态龙钟，坐在一处，回忆往昔，她们可能会意识到，她们虽然到头来又是只身一人，但她们都享受了生活，经过了洗礼。写作方法方面，如果说威尔斯常把个人的喜好、情绪融入事件和人物的叙述当中，那么，贝内特则在《老妇谭》里置身度外，尽量用冷静、中立、客观的态度记述那些欢乐与忧愁、不幸与不公。他认为只有这样才能原原本本地再现生活。

贝内特的现实主义小说家声誉也确立在《克雷亨格》三部曲(《克雷亨格》《希尔达·莱斯维斯》和《这一对》)之上。《克雷亨格》三部曲以爱德温·克雷亨格和希尔达·莱斯维斯之间爱情与婚姻的变化为主线，真实客观地描绘了19世纪后期英国中产阶级生活与思想的方方面面。第一部《克雷亨格》从克雷亨格的角度讲述他与莱斯维斯的故事。克雷亨格父亲艰辛的童年，主持学校百年纪念会和青年辩论会，父子之间的矛盾冲突等，都写得很精彩。其间，克雷亨格在朋友家做客与偶然前来做客的莱斯维斯相识，之后两人频繁通信，互相表达爱慕之情。后通信突然中断，克雷亨格知悉莱斯维斯早已为人妻，很困惑。9年之后，两人再次相遇，此时莱斯维斯的丈夫因犯重婚罪而被投入监狱，克雷亨格帮助莱斯维斯偿清欠债，旧日情意重又萌发。第二部《希尔达·莱斯维斯》以莱斯维斯的角度讲述了她的身世婚变以及和克雷亨格相识的过程。小说结尾同第一部，不同的是两人终结为连理。第三部《这一对》从克雷亨格和莱斯维斯的角度讲述两人婚后的生活。总的来说，第二、第三部不如第一部成功。在《克雷亨格》三部曲中，贝内特并没有描绘惊心动魄的人生经历，也没有曲折吸引人的故事情节，而是以带有自然主义倾向的现实主义方法精心描绘了普通人的普通生活。

威尔斯、高尔斯华绥、贝内特继承维多利亚时代小说传统，遵循现实主义原则进行创作，因而受到现代主义作家伍尔夫的批评。伍尔夫将他们称为“物质主义者”，认为“他们写了些无关紧要的事情，他们浪费了无比的技巧和无穷的经历，去使琐屑的、暂时的东西变成貌似真实的、持久的东西”，而生活的“真实”与他们擦肩而过，“飘然而去”①。

20世纪三四十年代，一度受到现代主义抨击的现实主义又得到了回归，他们更加关注政治、社会问题、工人阶级生活，揭露上层阶级的堕落，具有很强的批判意义和浓厚的左翼倾向，代表作家如威廉·萨默塞特·毛姆（William Somerset Maugham，1874—1965）、克里斯托弗·威廉·布拉德肖·衣修午德（Christopher William Bradshaw-Isherwood，1904—1986）、约翰·博音顿·普里斯特利（John Boynton Priestley，1894—1984）等，他们也创作了很多优秀的现实主义小说，限于篇幅，这里不再详述。

二、现代主义小说对现实主义创作技巧的摆脱

尽管威尔斯、高尔斯华绥、贝内特创作的作品都秉承其前辈们的现实主义传统，使维多利亚时代的现实主义传统得以在爱德华时代乃至后来一段时期内延续，然而，他们毕竟处在现实主义文学越过其顶峰并逐渐由盛而衰，文学的指针逐渐指向现代主义移动的时代。19世纪中叶在法国初见端倪的以象征主义和唯美主义为代表的现代主义文学到20世纪初来到英国，一开始就锋芒毕露，不仅在诗歌领域闹闹嚷嚷，而且在戏剧和小说领域也先声夺人，迅速汇成一股很强劲的与现实主义分道扬镳的现代主义小说潮流。亨利·詹姆斯（Henry James，1843—1916）在其后期创作中刻意追求的艺术形式的完美雅致和心理刻画得精致细腻的被称为心理现实主义的小说，堪称英国现代主义小说的先声。詹姆斯创作的显著特点是随着作品从外部事件转向精神世界，小说的故事性和情节性都逐步淡化。对于詹姆斯来说，小说主要不是叙述一个物质性的活动过程，而是再现一种主观的情景，一种心理的现实。例如，《鸽翼》《奉使记》《镀金碗》就能明显看出詹姆斯醉心于语言风格的华丽和艺术形式的美，集中体现了老到成熟的后期詹姆斯风格，这些作品也成为现代主义小说的经典之作。

而约瑟夫·康拉德（Joseph Conrad，1857—1924）、爱·摩·福斯特（Edward Morgan Forster，1879—1970）、福特·马多克思·福特（Ford Madox Ford，1873—1937）等人不满足于现实主义小说创作的传统格式，在小说题材和形式方面进行了改革。尤其是康拉德对于小说创作中运用印象主

① ［英］弗吉尼亚·伍尔夫著，瞿世镜译．论小说与小说家[M]．上海：上海译文出版社，2000：6—7.

义技巧所进行的不懈的探索和实践，都为英国现代主义小说的迅速崛起奠定了坚实的基础。

如果说詹姆斯结束了维多利亚小说传统，同时又是英国现代主义小的先驱者，那么，康拉德在许多方面便是他的继承者。康拉德早在1895年发表的《奥尔迈耶的愚蠢》就已经表现出他在技巧和风格上的特点。从一开始，康拉德就对小说艺术进行一系列革新。他认为，一切艺术都依赖于感觉，小说艺术本质上与绘画、音乐一样是感觉艺术。他说："我力图完成的任务是，通过文字的力量，让你听到，让你感觉到——最重要的是让你看到。"① 因此，他特别注意色彩和明暗的运用，尤其是突出光与影、黑与白的对比，并赋予这一对比以丰富的象征意义。例如，在《吉姆爷》中，白色是善良和宁静的象征，而黑色则是邪恶和骚乱的象征。此外，康拉德还实验性地采用了"印象主义"的手法，试图将以往人们一致相信的所谓"独一无二的个性"分解开来，揭示其组合结构，从而使整部小说——而不是某一人物——真正具有心理学的深度。康拉德的叙述手法也极富新意，打破了现实主义小说惯用的时空构架和单一固定的叙述角度。《黑暗的心》和《吉姆爷》中的核心事件被包裹在多层叙述之中，读者从马洛向书中其他人物的讲述中了解事实的真相。

声称"我属于维多利亚自由主义的潮流之尾……"(《两呼民主》)的福斯特和从19世纪末开始就与康拉德携手合作、在小说中倡导运用印象主义表现手法的福特，都有意识地在传统与革新之间架设桥梁，从而大大地促进了英国现代主义小说的崛起。经过他们的不懈努力，英国现代主义文学迅速走入全盛时期。例如，戴·赫·劳伦斯(David Herbert Lawrence，1885—1930)的《儿子与情人》《虹》《恋爱中的女人》，詹姆斯·乔伊斯(James Joyce，1882—1941)的《青年艺术家的画像》和《尤利西斯》，伍尔夫的《达洛维夫人》等现代主义经典作品相继问世，标志着英国现代主义小说达到了高峰。其中，《青年艺术家的画像》作为一部突破传统模式的"成长小说"，其现代性体现在小说的焦点从个人与社会的矛盾转向精神、灵魂和自然。"主人公已不再置身于一个社会单位之中，而是唯自身而存在，成为与群体或其他个人既无共同需要又无共同关联的一个细胞。"②

① [英]康拉德．台风及其他故事[M]．纽约：新美国图书馆，1963：21.
② [美]卡尔著，陈永国、傅景川译．现代与现代主义[M]．长春：吉林教育出版社，1995：299.

第四节 戏剧创作的多样化

19世纪末，罗伯逊、琼斯、皮奈罗、王尔德唤醒了沉睡的英国戏剧，而在20世纪前15年，以萧伯纳为代表的现实主义戏剧使英国剧坛重整旗鼓，再创辉煌。20世纪电灯的发明为舞台表演带来了前所未有的视觉效果，舞台一改维多利亚时期以来惯常的华丽富贵场景，变得更重视电灯对气氛及舞台效果的烘托影响。直接反映社会生活并将问题传达给观众的戏剧，在20世纪初随着萧伯纳的现实主义剧作的巨大影响力而迈向了一个新的台阶，并延续了近50年，成为20世纪上半叶戏剧创作的主流。其间，以叶芝为代表的爱尔兰民族戏剧复兴，扩大了英国戏剧的内涵。而以艾略特为首的诗剧革新使诗剧这一传统创作形式成为表现生活的又一有力手段，极大地丰富了戏剧创作的方式。

一、一统天下的现实主义戏剧

19世纪末20世纪初，世界形势发生巨大变化，英国先后经历了两次世界大战，昔日的帝国经济实力也因此被削弱。对外扩张给国内外人民带来了巨大灾难，国内工人运动不断高涨。而这一切，都给文学以巨大影响，英国出现了很多揭露统治阶级腐朽、表现下层人民苦难生活的作家。在戏剧领域，直接、直观反映社会问题的戏剧以一场轰轰烈烈的“新戏运动”拉开了揭示现实生活和社会问题的序幕。这场开始于19世纪末，于20世纪上半叶达到高潮的“新戏运动”强调戏剧的社会影响力，重思想性、文学性；认为戏剧的任务是反映生活。它在探索新的戏剧形式的同时，力图摆脱传统剧僵硬模式的束缚。“新戏运动”的倡导者和支持者萧伯纳以及积极的参与者高尔斯华绥等现实主义戏剧大师，最初都受到挪威剧作家易卜生的影响。易卜生的社会问题剧译本很早就广泛流传于英国，他的创作打破了剧作华而不实的传统标准，转而反映社会的各种问题以及给人们带来的各种困窘，他的“社会问题剧”揭露了社会上存在的利己主义和市侩主义，提出了关于文化、宗教、哲学、妇女等社会问题，打破了当时剧坛沉闷保守的氛围，深刻启示了“新戏运动”的剧作家。“新戏运动”剧作家不仅在剧作中探讨严肃的社会问题，避免说教，提出问题供观众思考，而且也致力于艺术创作形式的革新。他们在作品中以调侃、诙谐的笔调和机智、尖锐的措辞，辛辣地讽刺当时腐朽的社会现象，无情地鞭挞当权阶级。

萧伯纳把思想和智慧带上舞台，使戏剧肩负起鞭挞丑恶、激发人心、引人思考的使命。萧伯纳反对"为艺术而艺术"的主张。在他看来，戏剧是为了达到某种目的的手段。这种目的不光是娱乐，还有鞭挞社会。因此，他在剧作中经常用理性的绝对标准对世事作实事求是的评估，展示真实的社会面貌。为此，他经常给剧本附上冗长的前言。在他的笔下，英国人的伪善、残酷、形式主义和拘泥习俗等负面特征以惊人的方式呈现出来，"令人思考并使他们感到痛苦"①。萧伯纳作品所包含的深刻思想，在当时的英国产生了振聋发聩的影响。他的戏剧一扫维多利亚时代戏剧舞台上的轻薄、调侃、逗乐之风，使舞台变成讨论政治问题、社会问题、道德问题、妇女问题、教育问题的论坛。另外，他在讨论这些问题时加上了他的机智和幽默。他在嬉笑怒骂的同时揭露人的种种虚伪和掩饰，道出沉痛的真理。例如，《鳏夫的房屋》揭露了贫民窟的房租盘剥，《华伦夫人的职业》评论了妓女和卖淫问题，《武器和人》抨击了维多利亚价值观，《康蒂达》谈论了基督教社会主义运动，《人与超人》《回到马修斯时代》讨论了"生命力"和"创造进化论"思想，《英国佬的另一个岛》描写了爱尔兰人对英国统治的不满和愤恨，《巴巴拉少校》攻击了福音主义，《皮格马利翁》谈到了社会各阶级之间的不平等并批判了中产阶级的道德观等。其中，《巴巴拉少校》是萧伯纳一部反映重大社会问题的力作。剧中女主人公巴巴拉是军火商安德鲁的女儿，由于想救济穷人而参加了救世军的活动，担任了"少校"。她以为自己所参加的救世军是十分高尚的，为了替救世军募集捐款而到处找人募捐，并严词拒绝了父亲的钱。后来，她发现救世军原来是她父亲一类的资本家出钱兴办的，她的幻想也就破灭了。巴巴拉的父亲安德鲁是中心人物，他的座右铭是"血与火"，曾赤裸裸地说："战争毁灭性越大，我们越爱战争。"他吹嘘自己威力无边，社会上的一切都在他的控制之下，宗教、议会、法律都是为他服务的。为了追求军火生意的最大利润，他宣称："谁出公道价钱，就把军火卖给谁。……"在这个世界上，他只认金钱，一切都可以买卖。通过这个形象，萧伯纳有力地暴露了垄断资本家的本质。救世军的营地是虚伪的代名词，是剧作家激烈抨击的对象。这部剧的情节并不复杂，但却充满了相互矛盾的人物、事物。其中最突出的一对矛盾就是救世军与安德鲁的军火工厂，读者和观众可以从中鲜明地感觉到饥饿与富足、理想与现实的对比。萧伯纳最受欢迎的作品是《皮格马利翁》(又译《卖花女》)。该剧剧名来源于一个古希腊故事。

② ［爱尔兰］弗兰克·赫里斯著，黄嘉德译．萧伯纳传[M]．北京：外国文学出版社，1983：121.

古罗马诗人奥维德的长诗《变形记》中有一位名叫皮格马利翁的雕塑家，他厌恶现实堕落的女性，转而雕刻了一尊心目中最完美的女性雕塑。结果他爱上了这尊雕像，并祈求爱神把这尊雕像送给他，当他的妻子，最终爱神同意了他的请求，赋予雕塑生命。皮格马利翁给她取名，并和她幸福地生活在一起。萧伯纳的这出剧完全颠覆了古希腊神话，不仅人物、地点、时间变了，故事的内容也变了。剧中的故事发生在20世纪初的伦敦。某个雨天的晚上，卖花姑娘伊丽莎在歌剧院附近兜售鲜花，结果被一个语言学家希金斯看中。希金斯声称他可以用三个月的时间使来自下层社会的卖花姑娘就像贵妇人一样讲话。伊丽莎便请求希金斯训练她，最后果真变成了一个谈吐优雅的女士，并得到了上流社会的认可。对于这次试验的成功，希金斯扬扬自得，大肆庆祝时完全无视伊丽莎的努力和存在。伊丽莎感到惊愕和失望，一气之下把首饰还给了希金斯，愤怒地离开了。萧伯纳通过此剧力图证明，贫穷女子与上流社会女子之间的差别仅仅是英语发音的不标准和举止的不文雅。通过训练，可以改变一个人的谈吐气质，外表也有所变化，但其内在文化、内在美德却是其成长的那个环境中养成的。因此，这出剧也体现了人们的外表，特别是表现在所谓有教养阶级人们的语言和风度虽然面似风度翩翩，却不一定和真正的内在的文化相符合。这出戏情节紧凑，有铺垫、冲突、高潮、解决冲突以及结尾，深受观众欢迎。此外，该剧虽然是一出轻松的喜剧，但却寓意深刻，提出了几大问题，如男性有权利并有能力按照自己的意愿塑造女性吗？美丽是否等同于美德，伊丽莎应该恳求大男子主义的希金斯的关爱吗？剧作家并没有为这些问题提供答案，却在娱乐中促使观众去思考。古希腊神话只讲了雕塑家爱上了雕像，使雕像变成真人，但是没有讲雕像的感受。而萧伯纳的戏剧讲了伊丽莎的感受，她觉得自己没有得到应有的尊重，她感到愤怒。总之，萧伯纳在现实主义问题剧的创作思想上师承易卜生，在艺术上又承袭了从亚里斯托芬到斯威夫特的讽刺文学的传统，在这个基础上，他开了现实主义讽刺剧的先河。

高尔斯华绥在戏剧创作中与萧伯纳有不少相近之处，从其剧作中可以看出其对于当代社会问题的关注。例如，高尔斯华绥早期的一个剧目《正义》就是一出以抨击英国监狱中对囚犯的非人待遇为主题的剧作。该剧上演后引起了很大的轰动。有几个剧评甚至建议英国议员去看。由此也可以看出高尔斯华绥创作社会问题剧的思路：希望通过批评促使政府从内部进行改革，其目的是对社会制度进行修正、补充。类似《正义》的剧作还如《斗争》《长子》《逃亡者》《乌合之众》《骗局》《忠诚》《被流放》等。总体来说，高尔斯华绥的现实主义戏剧成就与萧伯纳比虽然稍显薄弱，但是他的戏剧也深刻地体现了现实主义的特色，他的戏剧不仅像小说一样揭露了上层社会的腐朽颓败，同时还把当时社会各种矛盾以及工人阶级的斗争直接搬上舞台。例如，以工人罢工为背景的剧作《斗争》，展现了罢工领导人大卫和公司董事会主席琼斯个人性格上的冲突。高尔斯华绥以艺术大师的熟练手法创造了当代社会两个敌对阶级的人物形象，批评了极端主义，体现了劳资双方互相忍让、理解，并以此改良社会的主张。1920 年上演的《骗局》记述了一个与小说《傲慢与偏见》类似的故事。剧中的男主人公希尔克瑞斯特是旧秩序的忠实卫道者，在总结他对人生和社会的看法时，他对女儿说："人生就是斗争，是处于发展的不同阶段、处于不同地位、拥有不同的社会财富和社会影响的人们之间斗争。唯一应该做到事情就是要有游戏规则，并遵照规则行事。"具有讽刺意义的是，他的夫人恰恰是靠着不遵守规则才击败了对手。

除了萧伯纳、高尔斯华绥外，还有 W.S. 毛姆（W.S.Maugham，1874—1965）、肖恩・奥凯西（Sean O' Casey，1880—1964）、诺埃尔・考沃德（Noel Coward，1899—1973）等剧作家都创作了不少社会问题剧。受萧伯纳和其他同代剧作家的影响，社会上的不公正、欺诈和其他丑恶的现象都成了毛姆抨击的对象，这方面的代表作如《圈子》《苏伊士以东》《坚贞的妻子》《神圣的火焰》《养家糊口的人》等。奥凯西是在萧伯纳的影响下成长起来的，他早期剧作中的不少政治观点都来自萧伯纳，尤其是他剧作中使用反语法的手法和萧伯纳如出一辙。例如，《紫色尘埃》中，有钱的英国人企图把英国的精神气质强加于一个爱尔兰的小村子的做法和新殖民主义与落后的爱尔兰村民之间的差别和对立，很大程度上都模仿了萧伯纳的《英国佬的另一个岛》。1943 年在都柏林上演的《给我的红玫瑰》是一部以 1913 年大罢工为背景的爱尔兰题材的剧目，剧中男主人公铁路工人艾蒙・布瑞登是以 1913 年大罢工中运输工会领袖吉姆・拉金为蓝本的。这是一出以争取精神的和理性的自由为主题的悲剧。布瑞登在罢工斗争中献出了自己的年轻的生命才唤醒了他周围的一批人。同样，考沃德与老一辈剧作家萧伯纳、毛姆也有着千丝万缕的联系。他的第一部剧作《不成熟的想法》，在背景和人物塑造的许多方面都可以看到萧伯纳《你永远也说不清》的影子，而该剧的剧情则在很大程度上照搬刚刚上演的毛姆的《圈子》，只不过在后一个剧中故意把角色颠倒了一下。综观考沃德在 20 世纪上半叶的主要剧作，不难看出在欢笑、嬉戏和形形色色的喜剧情节的后面，很有很深刻的主题。例如，《旋涡》将英国上层社会刻画成一个伦理和情感的荒原。

二、扩大戏剧内涵的爱尔兰戏剧

从18世纪中叶到19世纪末，英国剧坛上还未出现过一部真正表现爱尔兰民族文化的戏剧。萧伯纳的《英国佬的另一个岛》虽把爱尔兰作为描写背景，但其表现的程度也相当有限。20世纪初，在以叶芝为代表的知识界人士的带领下，一场力图表现本土传统文化、发掘本土创作题材和运用本土创作语言的新爱尔兰文学运动得以开展起来。

叶芝一直想创建一个专门传播爱尔兰文化的剧院，把爱尔兰的深层思想和情感搬上舞台，以创造一种凯尔特和爱尔兰流派的戏剧文学。早在1891年，他在伦敦就创建了“爱尔兰文学社”，其社员以爱尔兰的作家和新闻界人士为主。翌年，他又在爱尔兰创立了一个类似的文学社，并在此基础上，和莎贝拉·奥古斯塔·格雷格利夫人（Lady Isabella Augusta Gregory，1852—1932）等人一起于1899年创立了爱尔兰文学剧院。同年5月，该剧院上演了叶芝的《凯瑟琳伯爵夫人》。这出带有强烈的爱尔兰民族文化特色的戏剧，以其优美的民族语言令观众耳目一新。1902年，叶芝和格雷格利夫人又同爱尔兰业余演员团体合作，上演了叶芝的《凯瑟琳·尼·霍利安》和其他爱尔兰剧作家的剧目，以此形成了爱尔兰国家剧院社。1904年，叶芝和格雷格利夫人又一起创立了阿比剧院，成为爱尔兰文学社固定的演出场所。

作为爱尔兰戏剧运动的核心人物，叶芝剧作大都取材于古老的民间故事和英雄传说，不断挖掘爱尔兰古老的历史文化传统，勇于吸收欧洲文学的新思潮，创作了一幕又一幕精彩的剧目，包括《布满阴影的水》《凯瑟琳·尼·霍利安》《黛德尔》等。其中，《布满阴影的水》深受法国象征主义的影响，讲述了海盗福盖尔抢劫女皇德克托拉的故事，体现了凯尔特族处于黎明时代的那种朦胧的美。《凯瑟琳·尼·霍利安》讲述了1798年法国军队帮助爱尔兰人民反抗英国殖民的故事。当听说法国军队已在吉拉拉登陆来帮助爱尔兰起义的消息后，剧中那个被抢走土地的老妇就像年轻姑娘一样“迈着女王的步伐”迎上前去。这里的老妇实际上就是爱尔兰的象征，而抢走她土地的陌生人就是英国人。叶芝以这个具有浓厚民族主义象征色彩的故事展现了爱尔兰的历史变迁。此戏是叶芝最简洁的民间故事，又是他古典主义意义上的完美杰作。他在戏中有力地拨动着爱国主义这根弦，尽管剧中对话寥寥，但观众听到的却是民族感情中最纯净和最崇高的呼声。《黛德尔》是一首爱情颂歌，讲述了女主人公黛德尔逃婚途中与一个英俊的年轻人一见钟情，最后为爱人殉情的故事。该剧虽悬念丛生，却深富美感，叶芝还在剧中采用了从未尝试过的戏剧结构，因此它代表了叶芝对易卜生、萧伯纳和所有自然主义戏剧的反叛。

叶芝的同伴格雷格利夫人也以其颇具农家风俗特色的戏剧积极配合。她生于贵族家庭，因结识诸多文学民族主义者而转变为一个民族主义者，并自愿充当叶芝的保护人，为叶芝成为一个诗人和剧作家创造了必要的写作和生活条件。她先后创作了《散布消息》《牢门》《月出》等剧作，成为爱尔兰民族戏剧运动的重要参与者。其中，《散布消息》中把巧合、误解和爱尔兰人对事实夸张的本领会聚一起，将平凡单调的日常琐事夸大成一桩耸人听闻的谋杀案。这个戏剧反映了与外界隔绝的当地人的性格，他们不服外来的权威，也不顾事实的真相。《月出》讲述了一个以卖唱为生的政治避难者，因演唱自己家乡的歌谣感动了警察而获得帮助并得以逃脱的故事。因此，该剧也被视为一个鲜明的爱国主义剧目。

另外，约翰·米灵顿·辛格（John Millington Synge，1871—1909）冷静直率的现实主义剧作和奥凯西以表现爱尔兰历史事件为主要题材的创作，无不在唤起爱尔兰民族意识，传播民族语言和文化，从而为赢得民族独立起着推波助澜的作用。

三、诗剧的革新

诗剧，即对白交替使用无韵诗与散文的戏剧。英国诗剧的渊源可以一直追溯到中世纪，而到伊丽莎白时代则发展到顶峰。然而，到了19世纪，诗行的高雅华丽及其中饱含的激情和节奏感已经不能适应现代社会表现平民生活的需要。在挪威，易卜生摈弃了传统诗剧的华丽章句，进而采用散文体表现现代人生活，这深刻影响了英国戏剧。自文艺复兴以来，英国诗剧的地位更是每况愈下。20世纪40年代，在艾略特和克里斯托弗·弗赖伊（Christopher Fry，1907—2005）的努力革新下，英国诗剧得到了复兴。经过实验创新的诗剧，保留了原有的典雅优美的同时又不拘泥于诗歌格律，而采用流畅的语言和明快的节奏。由此，诗剧又赢得了一批新的观众，在英国剧坛获得了新生。

艾略特不仅以《荒原》等现代主义诗作名噪诗坛，同时也以《大教堂谋杀案》《鸡尾酒会》等诗剧蜚声剧坛。作为剧作家，他大半生致力于英国诗剧复兴。与19世纪的诗人剧作家相比，艾略特在使诗歌戏剧贴近普通观众方面作了更有力的尝试。艾略特认为，戏剧是一种更加大众化的文学形式，要更加适合普通观众的需要。另外，艾略特还在作品中灵活运用各种戏剧手法，并将喜剧气氛和现实主义特征融入剧中，从而大大增强了舞台效果。他第一次尝试诗剧写作的作品是情节剧《斗士斯威尼》。在露天古装表演剧《磐石》中,艾略特运用教堂唱诗班的合唱,这种尝试使他认识到,演唱者越多,"词汇、句法、行文的内涵也就更加简单和直接。"同样,《大教堂谋杀案》也是较多运用颂诗班的合唱以烘托剧情的代表作。这出宗教剧取材于1170年英国坎特伯雷大主教托马斯·贝克特被害的历史事件,表现宗教道义和极权统治之间的对抗,宣扬宗教救世和以身殉教的精神。全剧共分两幕,以贝克特圣诞节布道的散文演说词衔接前后。剧中,国王的四个武士奉命驱赶不成而杀死了贝克特。谋杀进行得无声无息,观众无法看到,但妇女颂诗班歇斯底里的叫喊再现了谋杀的恐怖。然后,艾略特采用了萧伯纳惯用的方式,让四个武士上前向观众为自己的行为辩解。与此同时,颂诗班唱出了贝克特是为人类的罪恶而殉道。继《大教堂谋杀案》之后,继续艾略特从事诗剧的改革和创作,代表作如《合家团圆》《鸡尾酒会》《机要秘书》《政界元老》。其中,《鸡尾酒会》是艾略特诗剧革新的里程碑。该剧在台词的处理上巧妙地采用精确、明晰的词句,让观众领会到诗剧的魅力而又无诗剧华丽、造作、远离现实之感。作者通过对人物隐蔽的内心世界的剖析,通过剧中人物对自己性格与情感上的弱点的自我认识,揭示了人性中善与恶的斗争,具有劝恶从善的宗教教谕色彩。艾略特虽有意到希腊戏剧中寻找主题,但处理得更加隐晦,很少人能看出他的故事源自欧里庇得斯的《阿尔塞斯梯斯》。事件的不断发展推动戏剧冲突的激化,牢牢地吸引住了观众。艾略特的诗剧已冲破了神话、宗教、历史题材的束缚,走下典雅华丽的殿堂,成为表现现代社会的一种有力的戏剧形式。艾略特在诗剧题材方面的实验走向了成熟。

艾略特在20世纪40年代的诗剧革新里并非单枪匹马,弗赖伊也在同一领域取得成功,他也极大地推动了诗剧复兴。弗赖伊非常推崇诗剧。他的戏剧情节单一,主题简洁,其主旋律强调年轻和生存终将战胜年老和死亡。弗赖伊的诗剧更多的是表现一种心境、气氛和梦幻,而并不注重严谨的结构。他的代表诗剧如《推车少年》《凤兮频来》《不该受火刑的女人》《观察维纳斯》等。其中,《凤兮频来》里典雅的幽默给诗剧带来了新的气息,很受当时观众的欢迎。

在艾略特《大教堂谋杀案》获得成功之后,大批诗剧竞相问世。在20世纪40年代诗歌宗教剧的创作中比较有名的如诺曼·尼科尔森(Norman Nicholson,1914—1987)的《山中的老人》。诗剧以严谨的方式讲述以利亚(公元前9世纪以色列的先知)的故事。剧中以诗歌和散文谱成的对话如金属弦乐般铿锵,宗教味十分浓厚;坎布里亚王国和《旧约全书》中趣事的交相描写十分风趣,充满活力。以写侦探小说著名的多萝西·塞耶斯(Dorothy Sayers,1893—1957)也以一出《你房屋的热情》积极呼应,该剧也是为坎特伯雷节所创作的。剧本描述了教堂建造时期发生的事情,探索神和人类的创造力,并试图通过一些戏剧效果推进故事的发展。

第七章 跨文化视角下的20世纪下半叶英国文学研究

第二次世界大战之后，国际多元文化不断碰撞与融合，使得英国的诗歌、散文、小说、戏剧等都获得了极大的发展，引起世人的瞩目。诗歌方面呈现出多样化的发展态势，运动派诗歌、爱尔兰诗歌、非裔诗歌等竞相发展；散文方面呈现出不同于以往散文的新特点，更加清晰平易，大众化趋势明显；小说方面呈现出了多元化的格局，后现实主义小说、实验主义小说、解构小说、梦幻社会小说、多元化观念小说以及少数族裔小说都得到了巨大的发展；在戏剧方面，20 世纪 50 年代中期出现的荒诞派戏剧以及 50 年代后期和 60 年代末出现的左翼戏剧，促使英国戏剧重新走向繁荣，此后 20 世纪 70 年代的新戏运动再次推动了英国戏剧的蓬勃发展。

第一节 诗歌的多样化发展

20 世纪下半叶，现代诗歌在英国出现了回潮，很多人意识到了理性、传统在诗歌中的重要性，于是出现了运动派诗人群体。到了 20 世纪 60 年代至 70 年代，爱尔兰诗人的创作也逐渐增多，并形成了爱尔兰诗人群体。与此同时，英国的女性诗人与非裔诗人也纷纷通过各自的诗歌发出属于自己的声音，促进了 20 世纪下半叶英国诗歌的多样化发展。本节主要对偏重于理性的运动派诗歌、侧重于描写爱尔兰民族的爱尔兰诗歌、侧重于表现女性问题的女性诗歌、侧重于描写非洲族裔生活的非裔诗歌进行分析。

一、偏重于理性的运动派诗歌

1956 年，英国著名诗人罗伯特・康奎斯特（Robert Conquest，1917—2015）主编的《新诗行》收录了菲利普・拉金（Philip Larkin，1922—1985）、康纳

德·戴维(Donald Davie,1922—1995)等人的诗作,他们极力宣扬理智的讽刺,注重英诗传统的韵律,是英国诗坛掀起新运动的标志。这些诗人也因此被称为“运动派诗人”,他们的诗歌创作也被相应地称为“运动派诗歌”。这里主要对运动派诗人的代表菲利普·拉金(Philip Larkin,1922—1985)的诗歌创作进行分析。

菲利普·拉金(Philip Larkin,1922—1985)出生于考文垂的一个中产阶级家庭。少年时代的拉金希望自己将来能够成为一名爵士乐鼓手。后来,他进入了一家文法学校,开始对文学产生极大的兴趣。1940年,拉金进入了牛津大学学习,大学期间,他结识了金斯利·艾米斯(Kingsley Amis,1922—1995)等一些有志青年,并与他们一同商讨文学方面的问题。1945年,拉金出版了自己的第一部诗集《北方之船》。1946年,拉金开始接触哈代的作品,并成为了哈代风格的追随者,理性在他的诗歌作品中的地位得到了上升,使他逐渐形成了自己独特的风格。从1955年开始,拉金一直在图书馆工作,同年出版了第二部诗集《受骗较少的》。该部诗集受到了普遍好评,拉金也因此成为当时英国最受欢迎的诗人之一。接着,拉金创作了诗集《降灵节婚礼》《高窗》。由于诗歌成绩斐然,1965年,拉金获得了女王诗歌金质奖章,并被评论界誉为“英格兰现有的最优秀诗人”。由于拉金曾拒绝受聘担任桂冠诗人,因此他又被称为“非官方的桂冠诗人”。晚年的拉金诗歌创作逐渐减少,只偶尔在杂志上发表诗作,1985年去世,享年63岁。

拉金的诗歌写得从容不迫,他总是以一个旁观者的身份冷眼观察、抨击评论社会,涉及的主题有生活的无奈、人类命运的惨淡无光、逝去的年华无法挽留以及希望与现实之间的差距等,内容激进而形式保守,因而表面上看似平淡,却蕴含着带有节制的深沉、冷峻、准确和诚实。这里主要对他的《受骗较少的》《上教堂》《降灵节婚礼》进行分析。

《受骗较少的》这部诗集收录了29首诗,它的出版标志着“运动派”诗歌的诞生。在这部诗集中,拉金用诙谐的笔调展现了现代社会中人的失望和失败的命运,以及工业化给现代社会带来的种种弊端,引起了社会各界的强烈反响。这部诗集中最有名的诗作包括《写在一位年轻女士相册上的诗行》《欺骗》《上教堂》《蟾蜍》《出嫁前的名字》等,这些诗作充分体现出了拉金对社会的细致观察和准确把握。其中,《欺骗》和《上教堂》被许多评论家公认为是该诗集的代表之作。

《欺骗》一诗描写了一个年轻的妓女回忆自己被人下迷药并被强暴的过程。在这首诗中,拉金认为无论这个妓女承受了多大的痛苦,但与施暴者相比,她却是受骗较少的,因为施暴者已经“跌跌撞撞地爬上喘息的楼

梯 / 闯进意满志得的荒凉楼阁”。拉金的这一看法角度独特，发人深省。

《上教堂》表达了诗人参观教堂时的所思所想。诗歌中的第一、第二节运用叙事和描写的笔法对“我”独自参观一座空荡荡的教堂的所见进行了客观而细致的再现，第三至六节则写了“我”站在教堂中的所思所想，“我”对教堂在将来被废弃的假设进行了各种推测。在诗歌的结尾处，诗人总结了当下人们需要教堂的各种理由：

它是建在严肃土地上的严肃之屋，
我们所有的冲动都在它混杂的空气中，
得到认可，变成命运。
而那永远不会过时，
因为总有人会惊奇地发现
自己有一份饥渴想要更严肃，
并被它吸引来这土地，
这里，他曾听说，人会活得明智，
那是由于无数死者躺在周围。

可见，教堂存在的理由是人们在面临孤独和死亡的时候依旧具有一定的追求，依旧期望能够活得通达事理，有远见。这首诗视角开放，观察敏锐，思考深刻，语言直白，十分细腻准确地描写了当时年轻人偶然进入教堂的内心感受，从开始的好奇到后来的严肃思考，被称为是拉金确立自己在英国诗歌中的地位的扛鼎之作。

《受骗较少的》获得成功后，拉金还出版了《降灵节婚礼》，这部诗集基本延续了《受骗较少的》中的主题、技巧和风格，同时也进行了新的拓展。这部诗集内容更为丰富，语言更为直白，口语化倾向更为突出。例如，《布里尼先生》一诗描写了由叙述者搬进布里尼先生曾住过的公寓，看到公寓中的家具和布置时引发了叙述者的联想，觉察出自己其实与布里尼先生一样过着空虚单调的生活。在诗歌的结尾，诗人写出了自己对这件事情的感受：

我们的生活方式与我们的天性相衬，
他这样的年纪再没有什么可炫耀
只有这租来的盒子让他充满信心
如此生活便是最好，我不知道。

公寓被喻为“租来的盒子”，这反映出了现代人对生活的无能为力和后工业化时代生活的冷漠。

又如，拉金最有名的诗篇《降灵节婚礼》一诗，描写了铁路沿线的英国情况。诗人乘火车从赫尔到伦敦的旅行，正碰上降灵节，看见许多新婚夫妇在父母和亲人的护送下怀着对生活的向往和希冀登上列车时的情景。诗人描写了婚礼中各色人等的心态：

父亲们从不知道
会有如此的成功，又是这样有趣；
妇女们分享着
这秘密如同一次快乐的葬礼；

在诗人眼中，所谓的婚礼并不是一件值得高兴的事情，新婚夫妇的生活其实就像是一次旅行，目的地就是人生命的终点，这一观点体现出了诗人对生活与人生的感悟，带有一定的悲观主义色彩。

总之，拉金因注重描写社会中的种种现象赢得了“社会诗人”的称号，他的诗歌机智而又富有理性，反映出了20世纪五六十年代英国知识分子在英国诗坛经历了现代主义风潮后的反思，他也因此被称为“运动派”诗歌的倡导者。

二、侧重于描写爱尔兰民族的爱尔兰诗歌

20世纪60年代至70年代，北爱尔兰诗人在英国诗坛崛起，形成了以谢默斯·希尼（Seamus Heaney，1939—2013）为代表的包括保罗·穆顿（Paul Muldoon，1951—　）、德里克·马洪（Derek Mahon，1941—　）、迈克尔·朗利（Michael Longley，1939—　）、汤姆·保林（Tom Paulin，1949—　）等人在内的爱尔兰诗人群体，他们的诗歌创作植根于当地文化，但又不局限于地域，把视野扩展到了整个社会，能够越过政治现象对冲突的历史、语言和集体无意识的根源进行深度探索，从而在英国的诗歌史上产生了十分重要的影响。这里主要对爱尔兰诗歌的发展贡献最大的谢默斯·希尼（Seamus Heaney，1939—2013）的诗歌创作进行分析。

谢默斯·希尼（Seamus Heaney，1939—2013）出生于北爱尔兰首府贝尔法斯特近郊德里郡的一个信奉天主教的农民家庭中。在家乡的中学毕业之后，他先后进入圣哥伦布学院和贝尔法斯特的女皇大学学习，毕业后又入圣约瑟夫大学攻读教师资格证书。1963年，希尼开始任教于圣约瑟夫大学，并加入了“贝尔法斯特小组派”诗人社团，在教书的同时进行诗歌创作。1965年，希尼的小册子《十一首诗》发表。1966年，第一部真正意义上的诗集《自然主义者之死》出版，为他赢得了包括毛姆文学奖在内的多项荣誉，奠定了他爱尔兰优秀诗人的地位。1969年，希尼出版了诗集《黑暗之门》，同样获得评论界的好评。此后陆续出版的诗集有《在外国过冬》《北方》《野外作业》《朝圣岛》《山楂灯笼》等。1995年，希

尼获得了诺贝尔文学奖,他在诺贝尔颁奖典礼上的演讲《归功于诗》,也是一篇重要的诗论;同年,他凭借最新作品《地铁线》获得了艾略特奖,1996年他又被法国政府授予了文学艺术勋章,成为继威廉·巴特勒·叶芝(William Butler Yeats,1865—1939)之后最著名的爱尔兰诗人。此外,希尼还写了不少针对当代诗人的评论文章,并出版了《先人之见:1968—1978论文选》《舌头的管辖》《写作的位置》《诗的疗效》四部评论集。2013年8月30日,希尼逝世,终年74岁。

在寻找自己的诗歌风格的过程中,美国诗人罗伯特·弗洛斯特(Robert Frost,1874—1963)有关自然、地方色彩和传统题材以及其清新的风格与特德·休斯(Ted Hughes,1930—1998)笔下自然界的残酷景象都极大地影响了希尼,为他的创作指明了方向。希尼的诗歌以自然、朴实的语言对北爱尔兰乡村生活进行了描绘,并将个人和家庭的境遇放在了国家和民族的历史背景之中,将爱尔兰文学和英国文化传统结合起来,使其呈现出明显的民族特色和高度的现实性,这里主要对他的诗集《自然主义者之死》《黑暗之门》《在外国过冬》进行分析。

在《自然主义者之死》这部诗集中,希尼展现了他对爱尔兰民族生活的独特的观察视角和对语言的准确运用。例如,诗集的第一首诗《挖掘》描写了诗人父亲与祖父的辛苦劳作,与诗人自己的生活形成了对比,表达出对爱尔兰传统的尊重,对父辈的骄傲。诗歌开始于诗人听到窗外父亲用铁锹翻地的声音,这让他想起了自己小时候父亲也是这样劳作的:

他提起长长的锹柄,将闪亮的锹刃深锄地中
刨出我们拣起的新土豆
手里爱抚着它们的凉爽坚硬。

祖父也是如此不停地在田地中劳作的:

我祖父一天挖的泥炭,
比特纳沼泽的其他人都多。

由此诗人想到了自己现在的生活,虽然铁锹已经被笔所取代,但是这种挖掘的精神却一直延续着:

在我的食指和拇指之间
夹着粗短的笔。
我将用它来挖掘。

在这首诗中,铁铲是其祖辈赖以生存的工具,喻指深植于诗人的爱尔兰民族血统的传统。祖孙三代的挖掘体现出了对爱尔兰民族传统精神的继承,同时也揭示出了这种传统在时代发展中出现的变异。诗人意识到自己用笔写作、耕耘爱尔兰的历史文化,和祖辈用铁铲挖掘爱尔兰的土地延续民族的血脉从本质上而言是一样的。

与《挖掘》表现主题相似的作品还有《追随者》《挖土豆》《采黑莓》等，这些诗歌都是通过乡村的生活来暗示爱尔兰民族的传统，表现了在新的形势下诗人对这种传统的新思考。

在《黑暗之门》这部诗集中，希尼开始对爱尔兰民族的黑暗之处进行挖掘，如在表现诗人对自己民族的审视的《沼泽地》一诗中，沼泽地就是爱尔兰的象征，沉溺在沼泽里的各种生物和历史遗迹，恰似爱尔兰人民心灵里所积淀的民族意识和文化特性，是爱尔兰民族文化遗产之大成所在，只有发掘出来蛰伏在里面的物质，爱尔兰人民才能对自己的种族身份予以真正了解、深刻理解：

他们剥开的每一层
都像有人住过一样。
沼泽的凹处可能是大西洋水的渗出地，
潮湿的中心地带深邃无底。

连诗人希尼自己也说，创作这首诗是“想要使保持不变又移动不居的爱尔兰沼泽地成为一个象征，象征爱尔兰人民保持不变又移动不居的意识。历史是世世代代留住我们、邀请我们的松软土地”①。因此，这首诗沉郁蕴藉，有着预言式的风格。

而诗集《在外国过冬》是以爱尔兰宗教冲突为主题的，诗中隐晦地表达出了他对英国侵犯爱尔兰语言和疆土的沉痛与抗争，同时有意识地超越了他自己早期那种个人化的、有关乡间童年生活的境界，而走入了爱尔兰民族及史前人类遥远的历史之中，显得更加成熟。例如，《图伦男子》一诗中，诗人描写了作为牺牲品的图伦男子：

有一天我会去奥胡斯
去看他那炭褐色的头颅，
他那眼睑的柔软外壳，
他那尖尖的度帽。

然后诗人将图伦男子被埋葬于沼泽的过程比喻为男子与大地结合：

她用她的项圈套紧他
然后张开她的沼泽，
那些黑色的汁藏使得
他的身体保存犹如圣人。

在诗中，作者想象了图伦男子在行刑之前的景象，深刻地体会到了图

① 王守仁，何宁.20世纪英国文学史[M].北京：北京大学出版社，2006：277.

伦男子牺牲的社会内涵：

在日德兰那里
在那古老的杀人地区
我将感到迷惘
和苦恼，如同在家一样。

这首诗将北欧挖掘出来的在铁器时代被处死或作为祭品被杀死的这具尸体与北爱尔兰暴力中的牺牲品联系了起来，使其具有了现实意义，揭示了对无辜者的杀戮是一直存在的。

总之，希尼以博大的人文精神来把握历史与现实，将爱尔兰民族的认同与北欧等其他民族的发展结合在了一起，并使诗歌的本土性、历史性和知性色彩有机地融合在一起，从而在更广袤的层面上实践民族独立与和解，也极大地促进了爱尔兰诗歌的发展。

三、侧重于表现女性问题的女性诗歌

经历了早期的女权主义平等政治运动以及后来强调的男女间差异性的运动之后，英国女性诗人在第二次世界大战后发出了她们有史以来最为嘹亮的声音，她们更加关注诗歌的语言、形式与诗歌主题的切合，为英国女性诗歌乃至英国诗歌的发展作出了杰出的贡献，形成了一个具有一定影响力的女性诗人群体，这个群体的主要成员有 U.A. 凡索普（U.A. Fanthorpe，1929—2009）、卡罗尔·安·达菲（Carol Ann Duffy，1955— ）等。这里主要对英国文学史上第一位被授予“桂冠诗人”称号的女诗人卡罗尔·安·达菲的诗歌创作进行分析。

卡罗尔·安·达菲出生于苏格兰格拉斯哥市的一个罗马天主教家庭，父母都是爱尔兰人。她 6 岁时，举家迁至英格兰的斯塔福德地区。达菲从小就热爱读书，11 岁就开始写诗。她在圣约瑟夫女修道院和斯塔福德女子高中上学时期，就已经展露出她的创作才华。她的诗作被一位老师寄给杂志《前哨》出版。16 岁时，达菲遇到英国诗人、画家艾德里安·亨利（Adrian Henri，1932—2000），两人同居 11 年。1974 年，达菲进入利物浦大学学习哲学，1977 年获荣誉学位。在此期间，她有两部剧本在利物浦歌剧院演出，还写了诗歌短集《第五首终曲》。1983 年，达菲以诗歌《不管她曾是谁》获得英国诗歌协会全国诗歌大赛冠军，从此正式步入英国诗坛，在此后的岁月中创作了大量诗歌。1988 年至 1989 年，达菲任《卫报》诗歌评论员，兼任诗歌杂志《范围》的编辑。目前，达菲在曼彻斯特大学任教。

达菲的诗歌创作主题广泛，主要包括女性问题、种族冲突问题、宗教偏见问题以及政府对弱势群体的冷漠态度等。从诗歌韵律和结构上看，达菲的诗歌遵循着诗歌传统，但是在抒情方式上，达菲却取得了新的突破。对于女性在社会中的地位，尤其是下层社会中女性的地位的关注，一直是达菲诗歌的主要内容之一。1985年出版的诗集《站立的裸女》是她的代表作品，其中最著名的诗歌《站立的裸女》以个体艺术家作裸体模特的女性自述的方式，辛辣地讽刺和嘲笑了资本家和媚俗文化，人物刻画出色、节奏把握准确、对话生动，受到评论界的一致好评，并获得1986年苏格兰艺术院奖。

女模特自述生活的困境迫使她如同一个娼妓一样来出卖身体，而这些由出卖的身体所作的画在资本家的眼里却成为价格不菲的艺术品。资本家对艺术的欣赏实际上是建立在下层人民的痛苦之上的。诗中对处于下层的艺术家们的生存充满了同情，而艺术家对女模特的态度也是带有同情的色彩的，诗中所写的这个年轻的艺术家在作画的过程中经常走神：

有时他不专注于作画
我挨冻他有些紧张。男人们想起了自己
的母亲。
他的画笔挥舞之间便在画布上占有了我，
如此反复地着色。年轻人，
你拿不到我肖像的所值，
我们都很穷，在尽自己的所能谋生

他问我为什么要干这一行?
因为别无选择。别讲话。
我的微笑使他分神。这些艺术家们
拿自己太当真。夜晚我去酒吧
跳舞饮酒。结束时
他点燃了香烟，得意地给我看了那幅画
12法郎，我拿起了披肩。它并不像我

诗中艺术家和女模特之间的友好对话表现了他们之间的相互同情，达菲正是通过刻画女模特在当裸体模特时的心理活动，表现了女性对自我身份的焦虑与否认。“它并不像我”暗示了画中的“我”已经不再是真实的“我”了，表现了达菲对女性命运的深度思索。

诗集《女性福音》从女性视角出发，对女性经验进行赞美。诗人使用大量超现实意象，生与死、生命的轮回，特别是月经、生育和老去等痛苦与欢乐并存的女性特有的生命体验，都被涂上一层梦幻和童话色彩。在诗集中，诗人对叙事长诗表现出十分浓厚的兴趣，进一步确立了她的诗作的戏剧独白手法和平实的语言风格。

总之，达菲的诗歌雅俗共赏，语言平实，毫不做作，简洁有力，独有一种微妙和细腻。同时，惯于使用戏剧独白刻画人物的心理，对人物的把握敏锐而准确，从而深刻地揭露了现代人尤其是女性的精神实质。

四、侧重于描写非洲族裔生活的非裔诗歌

第二次世界大战后，大批的非洲裔加勒比移民来到英国，但他们却被英国本土人民所歧视。对此，1981 年 3 月，非裔民众举行了英国历史上最大规模的非洲族裔示威游行——“黑人行动日”，并在之后的几年中，频频爆发了种族冲突和暴动。与此同时，在诗歌领域，一些非裔诗人试图用诗歌来争取社会对非洲裔族群的认同，争取自己应得的社会地位与文化空间，他们逐渐以其独特的艺术风格和语言在英国诗坛上占据重要地位，其中成就较高的有林顿·科威西·约翰逊（Linto Kwesi Johnson，1952— ）、弗莱德·达圭尔（Fred D’Aguiar，1960— ）等。这里主要对林顿·科威西·约翰逊的诗歌创作进行分析。

林顿·科威西·约翰逊（Linto Kwesi Johnson，1952— ）出生于牙买加，1963 年移民到了英国，后毕业于英国伦敦大学。约翰逊的身份是多重化的，既是诗人，又是演员、杂志编辑、电视制片人和“今日种族会”的发起人。此外，他还是非裔诗歌中“配音诗歌”（即配合音乐朗诵的诗歌）这一新形式的开创者。约翰逊的很多诗歌都是以唱片的形式发行的，从 1977 年到 1989 年，他共灌录了八张唱片，包括《恐惧、敲打和鲜血》《创造历史》等，在这些唱片中，诗人亲自朗诵诗歌，配以强烈的节奏感，吸引了不少非洲族裔的年轻人，同时，也赢得了广大英国人的喜爱。在风格上，他将黑人音乐，包括爵士乐、灵魂乐、加力秀①和牙买加流行乐里奇②与西印度群岛的语言、英国非洲裔的街头俚语相融合，创造出了一种独特的节奏和韵律，表达了非洲族裔在白人种族主义者的统治下的焦虑和愤怒，以及对种族独立和文化自主的渴望和奋斗。

约翰逊的诗反映了发生在英国社会中的重大历史事件，如《胜利的力量》《流血的五个夜晚》就写出了 20 世纪 70 年代诺丁山暴乱和 1981

---

① 加力秀（calypso）：西印度群岛的即席编唱小调。

② 里奇（reggae）：20 世纪 60 年代后期出现在牙买加的流行音乐，到 20 世纪 70 年代时，流行于全球，在英国、美国和非洲尤受欢迎。

年发生在伦敦郊区黑人聚居区布林克斯顿的种族骚乱事件等历史事件，《桑尼的信》通过一个叫桑尼的黑人青年被警察无端怀疑而受到殴打的故事，对整个黑人群体所受迫害的历史事实予以了重现，对现实的关注使得其具有了一定的历史意义。在他的诗歌中，不断重复出现“恐惧”“战争”“鲜血”等词语，如他写道：

历史的向往那火一样节奏
转变的时刻那火一样的节奏，
估量着炸弹和燃烧的时间。

诗句生动地描述了英国非洲族裔在白人种族主义者的统治下的焦虑和愤怒，明晰地表达了诗人对白人主流文化的抗衡和对文化自主的奋斗和渴望，反映了处于边缘的非洲族裔青年人的心声。

在表现历史的同时，约翰逊采用了时间与空间跳跃的手法对事情的发生进行详细的说明，在《流血的五个夜晚》中，不同的诗节记录了不同时间、不同地点发生的种族流血冲突事件，第一晚是在布林克斯顿区，第二晚是在瑞尔顿街，而第三晚则转到了伯明翰的“彩虹镇外面的 / 河边”，地点的改变却并不能改变流血冲突事件的发生，说明了非洲族裔遭受迫害的普遍性。

总之，约翰逊的诗歌对非洲族裔青年的困境、渴望和抗争以及非洲族裔群体对政治平等和文化独立的追求予以了准确的把握，充满了对文学与历史关系的思考和表征，语言独特，韵律流畅，感情充沛，在英国诗坛占据一席之地。

第二节　散文的新创作

英国散文在20世纪下半叶复杂的国际政治形式和多元国际文化的背景下取得了较大的发展。以往端庄文雅的正式散文虽然文体依旧保持着一贯的内容充实、文采斐然的传统，但显得有些过于冗长曲折、典雅有余而简朴不足。所以，20世纪下半叶的英国散文多趋于平易，生动幽默，个性化，坦诚相待，无话不谈。此外，随着广播电视的普及，20世纪下半叶的英国散文更加趋于清晰化和大众化，简明易懂，运用排比、比喻、类比等多种方式进行创作，还出现了传记性、政论文、小品文等散文，增强了英国散文的影响力。

一、写作方式的多样

第二次世界大战使得英国作家有了新的题材内容，对生活产生了新的态度，对人生产生了新的认识，这也使得英国作家在写作散文时的表现手法多种多样，呈现出新颖独特、别具一格的特点。20世纪下半叶英国比较著名的散文家克莱夫·斯特普尔斯·刘易斯(Clive Staples Lewis，1898—1963)在散文创作方面鲜明地体现了这一点。

克莱夫·斯特普尔斯·刘易斯出生于北爱尔兰的贝尔法斯特的一个有钱的清教徒律师之家，从小就喜欢躲在小阁楼上读书和幻想，有敏锐的观察力却不喜交际。童年时代的生活平静安逸，但9岁时母亲不幸去世，这一经历直接影响了他笔下魔法世界的诞生。随后他就被送往英格兰一所严格的寄宿学校，从此逐渐远离了父亲。15岁时他跟父亲的老校长生活在一起，在他的指导下得到了文学和哲学方面良好的古典训练，并于1916年考上了牛津大学。第一次世界大战爆发时，他参了军，负了伤。战后，他回到大学继续学习，完成学业后，1925年至1954年任牛津大学马达林学院研究员，1954年以后任剑桥大学中古及文艺复兴英国文学教授。1963年11月22日，刘易斯去世。

刘易斯学识渊博、机智幽默，一生著述甚丰，是一位面广多产的作家。他写过科幻小说《来自沉默的行星》《佩利兰德拉》，儿童文学作品《狮子、女巫和衣柜》等。此外，还有一些讨论宗教的书信以及文学评论和研究。这里主要分析刘易斯的散文创作。

刘易斯散文常用的写作方式是离题议论，如《玫瑰传奇》一诗中关于命运、自由意志、大自然的功能与局限等的议论。在《被抛弃的偶像》一书的跋中，刘易斯还提到以后还会出现新的模式，也会证明这种模式是存在事实根据的，具有较强的可信性：

> 在这方面，就像在法庭上一样，证据的性质决定于质询的形式。一个能干的盘问者可以取得意想不到的效果。他固然不会从一个诚实的证人口中去套假证，但对证人头脑中的全部事实来说，整个质询就像一张蜡纸，它决定整个事实中哪些会出现，以及这些事实要说明什么。

他还善于运用类比和比喻来说明问题。这些类比和比喻往往十分形象生动、通俗易懂又机智过人，而且并不复杂、深邃，如

> 艾迪生与托利党文人之间的截然不同在对待敌人的问题上表现得特别清楚。……蒲柏或者斯威夫特的讽刺描述就像

是雷击；而艾迪生的方式则更像自然界缓慢的活动。把石头弄松，使线条消失，用不知不觉的蔓生改变整个自然面貌，这种变化很难使其复原。不管其意图如何，他的通情达理、和蔼可亲（这都是头脑里使人愉快的习惯），到头来要比托利党人的怒气冲冲更为有力。咒骂是失败者特有的权利，但也是可悲的权利。

这是一篇评论艾迪生的文章，刘易斯将艾迪生与蒲柏和斯威夫特进行了对比，这段比较十分生动、清楚地表达出了两种态度、两种文体，也十分明显地表现出了作者的倾向，最后一句结论性的话是富有哲理的格言式的论断，反映了作者对事物所持有的看法。可见，作者所运用的通俗的类比，包含着深邃的哲理，表明了作者对一些事物本质的理解。

有时刘易斯会发挥卓越的雄辩才能，将文章写得极具气势，让人感觉文章一气呵成，自然不受约束，如《有教养和没教养》一文：

……我发现区分往往在于文体。……我们把那种不完美称作文体上的不完美，因为这不是由于作者见解上的毛病，而是由于他对语言的运用不敏感或不经心。精选一下表示性质的用语，远处的山峦就会在地平线上更清楚地显露出来；使用一个恰当的比喻，现在淹没在废话的海洋中，仅仅模糊可见的整个画面就会永远印在脑海深处；更为宏伟的节奏就可以使我们得到空间和运动的感受，而不至于像现在那样，要自己去臆测。

在这段话中，刘易斯把排比与比喻结合在一起，连续使用，极具节奏感，犹如波浪一个高于一个滚滚而来，形成一种倾泻之势。这种阐述自己观点雄辩有力的方式，使人在不经意间忽略其观点的正确与否，同时也增强了这篇散文的文学魅力。

二、体裁的扩大

第二次世界大战后，英国散文不仅题材内容扩大、写作方式多样，而且出现了一些传记文、政论文、史论、小品文等，这有力地促进了英国散文的新发展。这里主要对维克托·索顿·普里切特（Victor Sawdon Pritchett，1900—1997）的传记文、雅各布·布洛诺夫斯基（Jacob Bronowski，1908—1974）的小品文进行分析。

维克托·索顿·普里切特出生于东沙福克郡的首府伊布斯威池城。曾随做推销员的父亲游走四方，在一些地方和伦敦郊区度过童年时光，后在达尔威池城上过学。15岁时他就离开了学校去学皮匠手艺,21岁时前往巴黎改干照相这一行。他一面工作一面自修,并向报刊投稿,终于成为一名新闻记者。他曾去爱尔兰,后又到西班牙为《基督科学箴言报》撰稿。最后他定居伦敦,专门从事文学创作。

普里切特的散文主要是传记文。他的两部自传十分著名,第一部是发表于1968年的《车在门前:早年》,写了他早年常常外出,总有车子等在门前,这使得他一辈子都热衷于旅行。第二部是出版于1971年的《熬夜》,描述了他艰苦的创作生活。

80岁时,他又写了一篇自传性的散文《与世纪同岁》,对自己的一生进行了总结。他为自己的健康感到自豪并阐发了作为一个与世纪同龄的老人的感慨:

> 从童年时起,我就为刚好出生于1900年年底之前而自豪。每个生日我都为自己与世纪同岁而感到十分得意。这种自负让我舒服自在了14年。而后是两次可怕的战争,巨大的社会变化,技术革命,英国力量的消失,福利国家的兴起,10年或20年外面世界的"和平",以及又一次令人注目的种种威胁。

这篇自传性散文谈到了作者的一生,在文中,作者不仅抒发了自己对人生的感悟,还发表了对时代的评论,尤其是现代社会科技的发展所带来的非人性化的变化对散文前途的影响:

> 这不用从别的方面,只需从普通的讲话中就可看得出来:一半母音和辅音都丢掉了,一句话变成了像一个含糊不清的词,一个电报语。学校教出许多不能读书写字的成年男女,因为机器已让他们觉得无此必要。我猜想少数喜爱阅读的核心读者还会存在,就像中世纪的职员还用拉丁文一样,但是散文的前景不容乐观。新的一代人正面临着口讲眼看的戏剧的冲击,它阉割了散文。

普里切特还写了不少关于人物传记类的文章,如《首位侦探》是19世纪位列法国四大侦探之首的名探佛朗科斯·尤根·维多克(Eugene Francois Vidocq,1775—1857)的传记。虽篇幅短小,却将维多克传奇的一生得以真实而具体地再现,他本是一个罪犯,后来却成为一位著名的侦探。当罪犯时多次逃跑的经历,使得他的侦探生涯带有一定的神秘色彩:

> 例如,在等待审判时,他随手捡起放在身边板凳上的卫兵的外套和头盔,平安无事地走出了法庭。还有一次他把警察锁在他的房间里。他一次又一次诱使没有丝毫疑心的警察说出抓住维多克时会怎么处置他,他自己却对这一幕幕喜剧感到十

分开心。在有人护送的情况下他会跳下车去，在监牢里他会用绳子从窗口逃走，他会锯断手铐，挖地道逃出监牢，或者把守卫灌醉。所有这些都成了家常便饭。在阿拉斯大家都在找他，他却装扮成一位奥地利军官在那里住了一年，无论是原来就十分熟悉他的家里人、警察和同居的姑娘都没有发现他的真正身份。

这段文字笔调幽默风趣，将人物性格的特征予以了生动真实的表现，字里行间表达了作者对他的钦佩之情。

此外，他还发表了许多其他传记性的文章，笔调幽默而酣畅，记载了他对生活的观察与感悟，限于篇幅，此处就不再一一介绍。

雅各布·布洛诺夫斯基出生于波兰，后举家迁居德国，在他12岁时，又迁至英国定居加入了英国籍。他曾在剑桥大学攻读数学和物理，同时他又喜爱文学和自然科学，并且后来转向研究生命科学。但是，他的兴趣绝不只限于某一门具体学科。他的着眼点在于整个科学、整个文化，其中也包括文学。20世纪60年代他先后执教于美国麻省理工学院和英国牛津大学。20世纪70年代他在英国广播公司（BBC）电视上作了系列的西方科学史的演讲，其讲稿汇集成书于1973年出版，名为《人的上升》。次年去世。

《人的上升》中的“上升”（ascent）这一词显然引自赫胥黎为捍卫达尔文的“进化论”与教会所作的一次辩论。书中选取的演讲词都是极好的散文，这些演讲词内容丰富，深入浅出，旁征博引；语言风格却简明洗练，通晓酣畅，文采斐然，作者用浅近通俗的语言将深奥的科学原理清晰地讲述出来，同时还注重用生动、形象的语汇对那些在科学史上占有重要地位的科学家的个性特征进行描绘，如书中对爱因斯坦的描述：

穿旧毛衣、毡拖鞋，不喜欢背带和袜子—这些可不是故作姿态。那一天我们看见他，他似乎是在表达一个从诗人威廉·布莱克得来的信念：“诅咒背带，祝福放松。”他不关心世俗的成功、体面、随大流；大部分时间内他不知道一个像他这样地位崇高的人该怎样行事。他恨战争、残酷、伪善，尤其恨教条——只不过恨字不足以表达他所感到的那种带点悲痛的反感，他认为恨本身也是一条教条。他拒绝担任以色列国的总统，因为（他解释说）他不善考虑人的问题。这是一个不高的标准，别的总统也大可采纳，只不过能通过这标准的不会有几个罢了。

在牛顿和爱因斯坦两人面前谈人的上升几乎是一种冒犯，

这两位是像上帝一样阔步行走的。牛顿是旧约的上帝，爱因斯坦则是新约的上帝。他充满了人情、怜悯、巨大的同情心。他心目中的大自然本身就是一个有某种天神般气质的人，他经常说自然就是这样子的。他喜欢谈上帝："上帝不玩掷骰子"，"上帝没有恶意"。最后，有一天尼尔斯·玻尔对他说："不要再叫上帝干这干那吧。"这话不全公平。爱因斯坦是一个能问非常简单的问题的人，而他的生活和工作所表明的是：当回答也是简单的时候，你听到了上帝的思考。

爱因斯坦是20世纪全世界最伟大的科学家，作者不仅对他的科学成就予以了高度评价，还描述了他的衣着为人，他的政治观点，他的人文精神，语言精练生动，刻画全面具体，使得爱因斯坦这个人物形象活灵活现。

布洛诺夫斯基有一篇颇为著名的散文，题为《科学与情感》，对科学与艺术的关系进行了专门论述。他认为两者是统一的，因为人有想象力，所以可以是科学家，也可以是文学家。书中列举了许多著名的科学家与文学家来证明其观点，其中包括古希腊的毕达哥拉斯（Pythagoras，（约公元前580 ~约前500））是哲学家、数学家兼戏剧家；文艺复兴时期的艺术大师达·芬奇（Leonardo Da Vinci，1452—1519）既是画家、雕塑家，又是数学家和工程师，等等。

总之，布洛诺夫斯基热心从事于科学普及工作，他把科学普及文章提高到了文学性的新水平，将文学融入科学，使两者十分紧密地结合在一起，别具一格。

第三节　小说的多元化

20世纪下半叶，在国际多元文化的影响下，英国小说呈现出多元化的发展面貌。20世纪50年代前后，现实主义的回潮成为英国文坛令人瞩目的现象，除了出现了一些具有一定影响的现实主义作家外，还出现了一批愤怒的青年，他们的创作以第二次世界大战后英国青年一代的追求和生活方式为内容，抨击了上流社会的虚伪。20世纪六七十年代，很多作家不满于现实主义的创作方法，开始寻找新的创作方法，促使实验小说形成了一股新浪潮。随着作家对小说创作形式的进一步探索，小说中的后现代主义倾向得到了加强，小说界出现了一些重要的后现代主义小说作家及重要作品。此外，随着英国移民政策的发展，英国的少数族裔作家越来越多，他们以独特的素材和写作手段掀起了英国小说界的新浪潮，使得英国小说呈现出了不同的面貌。本节主要对侧重于表现英国社会现实的现实主义小说、侧重于表现战后青年一代生活的"愤怒的青年"小说、侧重于表现人性问题的实验主义小说、侧重于表现新的价值取向的后现代主义小说、侧重于表现后殖民生活的少数族裔小说进行分析。

一、侧重于表现英国社会现实的现实主义小说

20世纪下半叶以来，英国的现实主义小说创作得到了很大的发展，出现了一些比较重要的现实主义作家，如格雷厄姆·格林（Graham Greene，1904—1991）、查尔斯·帕西·斯诺（Charles Percy Snow，1905—1980）和威廉·库珀（William Cooper，1910—2002）等，他们延续了20世纪上半叶社会讽刺小说的余韵，以反讽的笔调揭示了英国社会现实，为英国小说的进一步发展作出了重要的贡献。这里主要对格雷厄姆·格林和查尔斯·帕西·斯诺的小说创作进行分析。

格雷厄姆·格林，出生在伦敦西北哈福德郡的一个中产阶级家庭中，他的父亲是一所寄宿学校的校长。他曾在父亲的学校读书，但学校里枯燥乏味的学习生活使他厌恶。在大学期间，他出版了他的处女作诗集《潺潺的四月》。毕业后曾担任过《泰晤士报》的编辑。1929年，他在第一部小说出版后辞去了报社工作。第二次世界大战期间，格林受雇于英国外交部，战后作为记者采访了许多国际政治的热点，这一经历为他后来的创作提供了有价值的素材。1962年，他获得剑桥大学荣誉博士称号。1976年，他获得美国侦探作家协会（MWA）大师奖。1981年，他获得耶路撒冷奖。他一生获诺贝尔文学奖提名达21次之多，但始终未能获奖。1991年，格林在瑞士去世，享年86岁。格林去世时，威廉·戈登曾说他是"二十世纪人类意识和焦虑的终极编年史家"[①]。

格林的小说创作始于第二次世界大战之前，代表作有《内在的人》《斯坦布尔列车》《布莱顿硬糖》《权力与荣耀》等。20世纪下半叶，格林依然依然保持着旺盛的创作精力，不断有佳作推出，如《恋情的终结》《麻风病例》《荣誉领事》等。格林认为："文学的政治任务就是反映自然，向人们展示他们自己的生活，指出他们的言辞和行动的含义；调查世界上的每一件事物，保持过去的传统，探索未来；教育读者，批评错误，使人们

① 侯维瑞，李维屏．英国小说史（下）[M]．南京：译林出版社，2005：686.

受到鼓舞；揭露罪恶和创造新世界。”[①] 因此，这些作品依旧采用了现实主义手法，继续着他之前小说创作中关于善与恶、忠诚与叛逆、堕落与救赎、怜悯与恐惧等主题的探讨，其核心始终围绕着道德焦虑和人性冲突。这里主要对他的《恋情的终结》和《荣誉领事》进行分析。

《恋情的终结》讲述的是一桩婚外恋。小说家莫里斯·本德里克斯因为打算写一部有关公务员生活的小说，于是便邀请了政府公务员亨利·迈尔斯的妻子萨拉共进午餐以搜集写作素材，两人在被法西斯的闪电战摧残着的伦敦开始了一段恋情。这段婚外恋非常短暂，最终以萨拉不辞而别宣告结束。在萨拉与“我”断绝关系两年之后，苦苦追查萨拉不辞而别的真相的“我”终于从萨拉的日记中得知，她之所以会这样做，并不是因为不再喜欢“我”、关心“我”，而是因为在空袭中“我”生死不明，她祈祷上帝显示奇迹，并发誓愿意忍痛与“我”分离以确保“我”安然无恙。当“我”得知这一切后决定劝她重新回到我的身边，但那时她已经身患重病，不久便去世了。

萨拉的日记是这部小说的重要组成部分，它记录着萨拉与上帝的对话，以及她如何想要逃离上帝的爱、盘算违背誓言而与丈夫迈尔斯恢复旧情，重归于好。虽然小说是以第一人称的口吻叙述的，可以说是格林带有自传性质的小说。并且，小说也运用了第一人称叙述、意识流、时序颠倒、倒叙、象征、梦魇等现代主义小说的技巧，但小说的主人公一直处于世俗和宗教两种现实层面的挤压下，现实和宗教的内涵一直占据着主导地位，且这部小说没有放弃故事性，所以，这部小说从本质上而言，并没有脱离现实主义的传统，这依旧是一部具有现实意义的现实主义小说。

《荣誉领事》是格林的政治小说中最有分量、最出色的一部，带有十分明显的消遣小说或惊险小说的特征。小说采用冷静的现实主义手法，以 20 世纪六七十年代的南美阿根廷北部某省一个死气沉沉的小镇为背景，以绑架这一政治性的事件作为故事的主要内容，深刻地描写了第三世界国家内部错综复杂的政治斗争。具体而言，这部小说共分为五部分：第一部分写巴拉圭的革命者为营救被当局关押的政治犯设计绑架美国大使，却错将酩酊大醉的查理·富特纳姆误当作美国大使而将其绑架，其妻克拉拉求助于情夫普拉尔；第二部分写普拉尔回忆自己与克拉拉在富特纳姆茶树庄园中相识的情景；第三部分写普拉尔与克拉拉以及警察局长商讨该怎么样对查理进行营救；第四部分写普拉尔到布宜诺斯艾利斯的英国大使馆请求他们从中调和将查理释放，返回小镇后又试图建立一个

① 陆建德．现代主义之后：写实与实验［M］．北京：中国社会科学出版社，1997：151．

敦促国际舆论让巴拉圭政府接受革命者的条件组织；第五部分约占全书的三分之一，写普拉尔来到查理的囚所向利维斯神父寻求帮助，当他出来向警察局长转达条件时被人枪杀，而利维斯神父为了救他也被射死。

在这部小说中，格林采取了非政治的视角，将宗教与政治进行了融合，充满着各式各样的讽刺，如利维斯神父打算通过结婚同教会一刀两断，但他的恋人之所以和他在一起就是因为他是神父；普拉尔自己害怕各种形式的爱，因此认为克拉拉也是一个性冷淡者，导致克拉拉只得假装自己也对性爱很冷淡；查理丝毫没有察觉到妻子克拉拉与普拉尔有染的事，因此煞有介事地将妻子托付给了普拉尔，等等。结尾也颇具讽刺意味，被绑架的人幸存下来，但营救他的人却中弹身亡。种种讽刺极大地提升了小说所要表现的主题。小说的结构明晰，宗教的内涵和政治的因素融合在一起，揭示出了格林想要表达的上帝的“权力和荣耀”。在艺术特色上，小说情节构思和叙述方式简单，但风格典雅，主题深邃，语气渲染恰当，气氛营造得体，具有自由人文的色彩，人物摆脱了俗套的政治脸谱，是格林艺术魅力的重要代表作。

总之，格林的小说主要描写社会现实生活，并始终没有脱离现实主义手法，充满着对人性的关怀和人类情怀，他是英国20世纪后半叶现实主义小说的代表作家之一。

查尔斯·珀西·斯诺（Charles Percy Snow，1905—1980）出生于英格兰的莱斯特郡的下层中产阶级家庭，曾先后在莱斯特大学和剑桥大学接受教育，1930年获得剑桥大学的博士学位，之后在剑桥大学基督学院从事研究、教学和管理工作，并同时进行文学创作。第二次世界大战期间及战后，他在政府部门供职，负责对科学家的选拔任用，直至战后。斯诺以其科学技术知识和人才管理能力作出了重要贡献，因而于1957年被授予爵士爵位，1960年成为终生爵士——莱斯特的男爵斯诺。1964年，他被任命为英国科学技术部长。1980年，斯诺逝世，享年75岁。

几乎在开始科学生涯的同时，斯诺也开始从事业余文学创作，他的一生创作了大量文学作品，成为英国20世纪50年代影响最大、成就最高的现实主义小说家。斯诺反对实验和形式革新，主张回归现实主义传统，因此，他的小说创作带有十分强烈的时代精神，准确、客观地描摹着社会现实，关注社会和道德问题，在更广阔的层面上对英国社会中存在的政界权力斗争、人的情感和理性的对立等问题进行深刻、全面探讨，着力表现了政界、学术界、科学界等领域中的人对权力的滥用。20世纪下半叶，他的代表作主要是系列小说《陌生人与兄弟们》，小说共11卷，可以以中间一本自述小说为界，按作品内容的时间顺序（而不是作品发表的时间顺序）

分为两个部分，第一个部分包括《希望的年代》《乔治·巴桑特》《富人的良心》《光明与黑暗》《院长们》和《新人》；第二个部分包括《回家》《事件》《权力通道》《沉睡的理性》和《结局》。这十一卷的前三部是路易斯·艾略特以主人公的身份自述经历，其余八部是他叙述他人的经历，各卷之间相互独立，但又紧密联系，构成了一个有机整体。

《希望的年代》由路易斯自述自己从9岁到28岁（约1914—1933）的个人故事。时至28岁，路易斯已经成为一名律师，在事业上十分成功，但是随着事业的发展，他开始遇到了婚姻和家庭的问题。妻子希拉生性悲观而精神趋向分裂，路易斯对她又爱又恨，难以自拔，无法摆脱，因为“她触动了我内心最深处的虚荣和痛苦，而这就是我特别的爱”。小说在这里由自我叙述转为自我发现，路易斯在认识自己感情和事业的危机的同时，似乎也看到了与别人结成紧密联系的必要与希望。

《乔治·巴桑特》，初版时题为《陌生人与兄弟们》，叙述了狂热的理想主义者乔治·巴桑特的悲剧性生活经历。巴桑特是一个充满理想、富有激情、才华横溢的律师，同时也是近乎狂热的理想主义者，他利用自己的魅力和才气带动一大批青年（其中包括路易斯）去追求一个绝对自由和充满无限希望的理想王国，但最后由于对肉欲的沉溺和挥霍无度而演变成了对本能和欲望的释放，陷入危机。小说揭示了个人不考虑客观实际情况的主观意愿与错综复杂的现实、人类本性中的弱点之间存在的巨大矛盾，理想主义者盲目的狂热掩盖了他真实的道德动机，割裂了他与现实世界普通人生的联系，因此他虚构的理想王国终将在现实和人性弱点面前成为空想，有着强烈的悲剧色彩。

《富人的良心》叙述了路易斯与犹太人查尔斯·马契的故事，小说通过路易斯的视角切入富裕的马契一家，描写了马契一家两代人不同的思想观念、不同的生活态度以及年青一代对传统的偏离与背叛。小说在塑造人物时，把人物对传统、对家庭、对犹太族裔性的叛逆融入实际的生活当中，增强了小说的可读性。

《光明与黑暗》描写了路易斯的大学同学罗伊因为精神处在极度的危机之中而选择了参军，并在执行任务中不幸牺牲。小说反映了第二次世界大战前后英国部分知识分子的政治态度和精神状态。

《院长们》是斯诺最为出色的一部作品，也是在揭示学界中人的争权夺利方面最为出色的一部，可以说，这部小说是社会大环境里蝇营狗苟的权力政治的缩影。小说记述了1937年古色古香、绿树成荫的剑桥学院内围绕着院长的选举而发生的一场校园权力斗争，并以犀利的笔触勾画了各种力量为了一己的利益而分化组合、投机取巧的众生相。斯诺对小说中为了争夺新院长的职位而费尽心机、玩尽手段的13名研究员的丑恶嘴脸进行了深刻的揭露、讽刺与嘲弄，说明科学与教育并不一定能带来客观公正，理性和正直在重大决策行动中往往被私利和宗派所击溃。小说在时间、地点以及人物的统一方面沿用了传统的现实主义小说手法，但笔触犀利，人物刻画惟妙惟肖。

《新人》中的新人是一批从事原子弹研究的科学家，他们本着只信奉科学真理的态度从事研究，直至看到他们的成果可以大规模杀戮人类，才认识到他们肩负着道义上的责任。小说提出了科学家们是否只能成为权高位重的旧贵族的工具的问题，揭示了开辟知识和技术新领域的科学家们的道德困境以及科学家和政客在道德和社会问题方面所采取的对立态度，反映了广岛之后英国乃至整个西方社会对随时可能爆发的核战争的恐惧心理。遗憾的是，由于小说中穿插的政治间谍线索在一定程度上冲淡了小说的主题。

《回家》是路易斯的第二本自述经历的小说，它的开头续接第一本自述小说《希望的年代》的结尾部分，运用第一人称的叙事手法，描写路易斯跻身政界，平步青云，但是希拉的精神状况日益严重，家庭危机如阴云密布。最后，这场名存实亡的婚姻在希拉自尽后宣告终止。后来，路易斯与玛格丽特相遇，两人相互倾慕，但由于性格与精神上的差异，他们在经历了一系列艰难曲折之后才结为夫妻。路易斯多年来在孤独与寂寞之中所憧憬的温馨之家终于成为现实。在这部小说中，作者将路易斯的全部生活展示在读者面前，从而使读者读到了一个人从战前到战后时期的全景图，进而可以通过对个人的理解来深入了解当时的社会。

《事件》再次以剑桥大学为背景，围绕一起科学实验中弄虚作假的事件，描述了一场为维护司法公正而展开的斗争，其争议的核心是司法的公正是否应该公平地赋予每一个人，但是政治观念上的好恶和权力结构的干预使公正得到充分的实现。

《权力通道》记述英国议会围绕对热核战争爆发前应采取什么对策而发生的一场富有戏剧性的冲突，对英国社会高层之间的政治和权力斗争进行了描写，揭示了“二战”后热核战争的危险以及西方政治的权力斗争与转移，有着强烈的现实感和时代感。

《沉睡的理性》讲述的是两个年轻的同性恋女子杀害了一个男孩的故事，揭示了人类理性的重要性，认为理性即使沉睡的时候，人依旧能够以难以意料和乖戾变态的方式将内心深处的兽性引发出来，产生危害。

《结局》是路易斯的第三部自述经历小说，它写走到垂暮之年的路易斯有个儿子叫查尔斯，他思想激进、充满活力，参加了20世纪60年代风起云涌的学生示威和游行活动，并反对校方和共同研究细菌战，查尔斯不愿意按照父亲的意愿安排生活道路，最后成为一名记者，并去了中东。路易斯虽然十分担心，但还是尊重和理解了他的选择，并且期待着“明天的到来”。在小说中，斯诺对人物之间的关系，特别是父子两代人之间的关系进行了深入的探讨。

总之，《陌生人与兄弟们》前后跨越半个世纪，通过路易斯·艾略特的人生经历和观察，表现了个人在现实大潮中起伏沉浮的命运，“展现了一个社会阶层的世态人情，记录了一个时代的历史图景”①，揭示了现代西方文明中的根本危机和现代文学的基本主题——人与人之间和人对自我的陌生化，“呼唤一种由陌生人转变为亲兄弟的理想的人际关系”②。作品以平铺直叙为主，文笔优美，对现实主义小说的传统进行了延续，在反映当代英国社会方面所具有的深度和广度方面发挥着重要意义。

二、侧重于表现战后青年一代生活的“愤怒的青年”小说

“愤怒的青年”指的是在20世纪50年代到60年代出现于英国的一批满腹牢骚、愤世嫉俗的青年作家，他们主要来自下层中产阶级和工人阶级家庭，虽然接受了高等教育，但是特权的压制和低微的出身却使他们的自我价值难以实现，绝望的他们拿起了愤怒的笔，对上层社会的虚伪和弊端进行了强烈的揭露和抨击，给当时的现实主义小说注入了新的生机与活力。他们的创作大多取材于工人阶级和底层中产阶级的生活。对英国战后的政治制度、等级观念以及生活现状进行了强烈的批判，对底层青年有志难圆的无奈和困苦表达了深切的同情。金斯利·艾米斯（Kingsley Amis，1922—1995）、约翰·布莱恩（John Braine，1922—1986）、艾伦·西利托（Alan Sillitoe，1928—2010）等都是“愤怒的青年”的代表作家。这里主要对艾伦·西利托的小说创作进行分析。

艾伦·西利托出生于诺丁汉的制革工人家庭，他的父亲目不识丁，还经常失业。14岁时，西利托失学，开始在诺丁汉的一家自行车工厂当工人，后入皇家空军在马来西亚服役。1948年，他因患肺病而被送到马略卡岛进行治疗。在治疗期间，西利托开始了写作，他的创作遍及小说、诗歌和剧本。1959年，西利托和相识多年的美国诗人露丝·费恩莱特结婚，并育有一儿一女。2010年，西利托在伦敦查灵克罗斯医院去世，享年82岁。

---

① 侯维瑞．英国文学通史［M］．上海：上海外语教育出版社，2006：875.

② 侯维瑞，李维屏．英国小说史（下）［M］．南京：译林出版社，2005：697.

西利托的小说多以英国工人阶级的生活为题材，表达了对工业社会的英国的愤怒，《星期六晚上和星期天早上》《长跑者的孤独》等都是西利托的著名作品。

《星期六晚上和星期天早上》是西利托的代表作，也是他“愤怒的青年”小说的代表作。小说塑造了英国“福利国家”时期的一个典型工人的形象。小说的主人公亚瑟·西顿也是诺丁汉的一家自行车工厂的车工，年龄只有15岁，这份工作一周可以给他14英镑的工资作为报酬，在那个“福利国家”里，这可以称得上是一份十分稳定的工作。然而，工厂内外对亚瑟而言就是两个世界，工厂内如监狱一般的制度让他厌恶，对领班总是充满了敌意和对抗的情绪，无味枯燥的苦役生活也常常使他爆发炸掉工厂的想法。六天里，他总是像牛一样埋头苦干，汗流浃背。每到周末的时候，他就会尽情地发泄一周的怨气。他将口袋里的钱花在喝酒、玩乐、打架和追逐女人上，他与同事的妻子偷情，又和同事妻子的妹妹（也是已婚女人）上床。星期六晚上和星期天早上的放纵和享乐，让他暂时忘却了工厂里的一切。亚瑟表现出了一种叛逆的性格，但仅仅是以打斗胡闹和狂滥饮酒来发泄他的愤懑，进行他的叛逆。对于自己的处境，他有着深刻的认识，对他人和社会，他毫无责任感，只是在他看到致使情人怀孕后设法流产时的痛苦情状感到于心不忍。在小说的结尾处，亚瑟和一个女工陶立安恋爱并结婚，他暴烈的脾气也得到了一定的收敛。婚后的一个周日的早晨，亚瑟去小河边钓鱼，深感自己如鱼儿一样，何尝不是被社会的大网网住，要生存就意味着不断的斗争：“跟妈妈和老婆斗，跟房东和领班斗，跟铜扣子、军队和政府斗。除了干非干不可的活儿和想法花儿掉工资，不是这样斗就是那样斗。”①

西利托以英国下层社会贫苦工人为主题，以现实主义手法再现了“二战”后的英国社会面貌：那是“一个赤裸裸的、没有粉饰的、群情激愤的、跟传统及政府对立的英国下层社会”②。读过这部作品后人们不难发现，亚瑟身上反映了弥漫于战后英国中下层青年中的怨愤心理与对立情绪，但是他个人的行为品质却未必应看作他的阶级的属性，也不必视为“阶级的对抗”。

《长跑者的孤独》也是西利托的一部较为典型的“愤怒的青年”小说，小说表现的也是个人对现实秩序和权威的反判和发泄心中怨愤的主题。这部小说是一部短篇故事集，共有九个短篇，从不同的侧面反映了诺丁汉工人阶级的生活状况。小说的主人公史密斯出生在工人家庭，家境贫寒，

---

① 常耀信．英国文学通史（第3卷）[M]．天津：南开大学出版社，2013：689.
② 同上．

常做些小偷小摸的事情，是一个“问题少年”。后来，由于他去银行偷钱而被送进监狱。史密斯擅长于长跑，对他来说，只有在监狱外越野奔跑时才能使他感到自己正驰骋于自由之中，与大自然同呼吸，与鸟树共欢乐。同时，在长跑的过程中，还能使他暂时忘却自己低下的阶级地位和屈辱的囚犯身份。史密斯由于跑得快，被监狱长要求参加一场长跑比赛，并被警告一定要获胜，这是因为史密斯的获胜能够给监狱长赢得奖章、荣誉以及上司的赞扬。对史密斯个人而言，如果能够赢得比赛的胜利，就能够赢得更加优厚的待遇以及更加美好的未来。开始时，史密斯感激监狱长对自己的赏识，为报知遇之恩，他拼命锻炼，期望取得好成绩。但是，在比赛的过程中，史密斯在跑道上醒悟到，秉承监狱长的意旨赢得比赛，意味着归顺当权者的意志和屈服于统治者的淫威，也意味着他放弃了个人的反叛和独立，即使取得了比赛的胜利，自己也不过是监狱长谋取个人荣誉的工具。史密斯虽然身陷囹圄，身不由己，无法摆脱现实的大网，但他至少仍有权利和能力自主控制自己的速度，证明自己还活着。于是，他不顾监狱长等人的催促，在比赛的最后一刻放弃冠军，让监狱长眼巴巴看着到手的金钱与荣誉化为乌有。事后，他虽然遭到了严厉的监禁和惩罚，但是他捍卫了自己的独立性和反抗的权利。

在《星期六晚上和星期天早上》《长跑者的孤独》这两部小说发表之后，西利托还发表了《开门的钥匙》《威廉·波斯特斯之死》《原始材料》等作品，但是这些作品中已经没有了“愤怒”情绪，早期的锐利和批判的锋芒已经消失殆尽。

三、侧重于表现人性问题的实验主义小说

20世纪下半叶，当现实主义创作手法已经不能满足英国小说家的需要时，以威廉·戈尔丁（William Golding，1911—1993）、艾丽丝·默多克（Iris Murdoch，1919—1999）、安东尼·伯吉斯（Anthony Burgess，1917—1993）和安格斯·威尔逊（Angus Wilson，1913—1991）为代表的一些作家开始尝试在题材内容与技巧上的革新与实验，如采用戏仿、改编、拼凑等离经叛道和标新立异的手法，直接搬用社会调查报告和统计数字、大量引述非小说文类的文字，杂糅各类文体风格与语言风格等，表现出了普遍的混乱意识和绝望心理，创作出了一部部主题新颖、形式独特、质量上乘的实验主义小说，体现出明显的反传统的倾向，使其成为英国小说发展史上不可或缺的重要组成部分，有力地促进了英国小说的发展。这里主要对威廉·戈尔丁（William Golding，1911—1993）的小说创作进行分析。

威廉·戈尔丁出生于英格兰康沃尔郡的一个知识分子家庭,父亲是一位思想激进的中学校长,崇尚科学、理性和人道主义,对人类未来持乐观态度。母亲是一位女权主义者,呼吁政府应给予女性参政的权利。由于父母忙于各自的事业,戈尔丁的童年时代非常孤独,极少和外界交流,这也给他以接触文学名著的机会,并经常在数学课上写东西。儿时的这些习惯和爱好渐渐演变为对文学的热爱,因此,12岁时戈尔丁就萌发了创作小说的冲动。1930年,戈尔丁进入牛津大学攻读理科学位,两年之后,改读英国文学,1935年毕业,并获得了教育学学士学位。1940—1945年,戈尔丁在英国皇家海军服役,第二次世界大战后进入中学教书,并在闲暇时专注于研究西方古典书籍,对深入探索人的本性,最终形成了有关人性的独特观点——人类只是一种文明化了的动物,如果缺乏恰当的训导和教育,人类将受制于野蛮、黑暗、疯狂的动物本能,显示出残酷和贪婪的一面。自此,利用写作来揭示人类的本性成为他的神圣使命。1961年,戈尔丁结束教师生涯,成为职业作家。1983年,戈尔丁凭借此自己的创作获得了诺贝尔文学奖。1993年去世。

作为英国极具创新意识的作家之一,戈尔丁的小说成功地突破了传统现实主义的写作模式,多以编撰神话和讽喻故事的形式出现,反映"二战"之后笼罩在英国的信仰和生存危机,着力表现人性的黑暗,他的作品坚定不移地要人们面对人的贪欲、残忍以及人世的腐败与堕落,同时也显示出他深厚的文化底蕴和深切的人文关怀。这里主要对他的代表性作品《蝇王》《平切尔·马丁》进行分析。

《蝇王》讲述了在未来的一次核战争中,一群3岁到13岁的孩子因直升机失事,流落到一个荒芜的珊瑚岛上。到了岛上后,孩子们推举冷静沉着的拉尔夫为首领,试图建立一个各司其职、民主管理的社会。在这些孩子中,理性的猪仔、具有先知先觉特征的西蒙以及其他一些孩子对拉尔夫十分尊重和忠心,他们代表着理智与文明;但是另一个名叫杰克的男孩却野心勃勃,他想自己成为领袖,支持他的人包括唱诗班的孩子们以及另外的一些人,他们代表着野性与原始。随着杰克权力欲的不断膨胀,他与拉尔夫之间冲突不断,杰克利用孩子们对野兽的恐惧心理制造恐慌,并且滥施捕杀,差点打死探听野兽底细的西蒙,猪仔则被依附于杰克的罗杰用石头杀死。最后,杰克竟然下令放火烧山,幸亏海面上的一艘巡洋舰上的英国军官发现了火情,并将拉尔夫与其他孩子救离了荒岛。小说表面上是在描写孩子们的冒险记,实际上体现出了戈尔丁对"人世道德主题"以及"人性善恶"这一命题的思考。作者使用了大量的蒙太奇手法,让人物的性格变得更加的立体化,很好地展现了"人性堕落"这一基本主题。"蝇王”一词出自《圣经·列王记》上卷，指鬼王别西卜，在弥尔顿的《失乐园》中，指地位仅次于撒旦的堕落天使。戈尔丁用“蝇王”来为小说命名，显然具有邪恶战胜文明、兽性战胜人性的象征意义。小说中所谓的蝇王实际上是一颗祭祀怪兽的猪头，四周苍蝇云集成黑绿色一片，喻指人性中的邪恶本能，其具体形式包括堕落、混乱、毁灭、歇斯底里和恐怖。蝇王猪头所要传达的信息是罪恶并不是来自外界的，人性中的贪欲和残忍造成了堕落。

1956年出版的《平切尔·马丁》讲述的是一名海军军官在其船只沉没后独自漂泊到一块暗礁上的故事。这部小说分三个阶段揭示了主人公的人性：第一阶段集中描写主人公落入刺骨的海水中，开始漂泊，汹涌的波涛使他感到难以呼吸。在这一阶段中，戈尔丁充分运用了17世纪诗歌中经常运用的抽象比喻，即主人公在海水中的沉与浮，就如同他的人生一直都各种各样的欲望和无奈的失望中不断颠簸，在肉欲和灵魂之间不停摇摆。第二阶段主要描写一块岩石出现在平切尔面前时的感受。这块岩石一方面给他带来了生的希望，另一方面也给他带来了精神的折磨。在这个阶段中，平切尔的自我崇拜达到了顶点，他向海天咆哮：“我并不声称自己是一个英雄，但我拥有健康、知识和智慧，所以我将战胜你！”第三阶段描写的是平切尔对往事的回忆。在这里，戈尔丁通过平切尔这个人物，喻指了那些现实生活中对自己缺乏正确认识的各类人物，充分地揭露了人身上的“原罪”的掠夺性，并指出一切罪恶来自人类的“贪婪”。在小说的结尾处，平切尔遭到了天谴，这种结局暗示了以追求和满足“自我”欲望为生活目标的人最终会走向毁灭。可以说，《平切尔·马丁》这部小说就是一个生动的比喻，它将人身上的“原罪”的掠夺性充分地揭露了出来，并指出“贪婪”是一切罪恶的本源。

总之，戈尔丁的小说多以寓言讽喻的形式解释了他所认为的人性本恶的原罪思想。作者对人类堕落和腐败的表现一方面反映了他对西方生活现实的感受，流露出对人类现状和前景的消极悲观情绪；另一方面脱离了社会经济环境而言人性生来便恶和人类必然堕落，这无疑会陷入唯心主义的困境。

四、侧重于表现新的价值取向的后现代主义小说

后现代主义通常被认为是对现代主义的发展和延续，主要是通过新的价值取向与传统伦理道德观念发生决裂，反映现代生活中的情感享受、物质追求和底层人民生活的合理性。20世纪70年代到80年代，面对层

出不穷的新潮艺术和尖端技巧，以B.S.约翰逊（Bryan Stanley Johnson，1939—1973）、劳伦斯·达雷尔（Lawrence Durrell，1912—1990）、约翰·福尔斯（John Fowles，1926—2005）为代表的作家开始将后现代主义手法运用到了文学创作中，成功地创作了一系列具有后现代主义倾向的小说作品，促使英国文学史上出现了后现代主义文学高潮，促进了英国文学的发展。这里主要对约翰·福尔斯的小说创作进行分析。

约翰·福尔斯出生于伦敦近郊，少年时代为躲避"二战"的空袭而随家人疏散到英格兰南部一个叫德文郡的小村庄，少年福尔斯在此地对大自然的神秘产生了浓厚兴趣，这无尽的神秘美成为他日后文学创作灵感的源泉。中学结束后他应征入伍，在爱丁堡大学接受中尉军官的训练。第二次世界大战结束后，福尔斯进入牛津大学攻读法语和德语，受当时风行校园的法国存在主义作家萨特和加谬的影响颇深。从牛津大学毕业后，福尔斯先后到了法国和希腊教授英语，这段海外经历使得福尔斯在创作上呈现出了自己的风格。回到英国后，福尔斯继续以教书为业，但同时他又不断地进行小说创作。1963年，福尔斯的处女作《捕蝶者》（又译为《收藏家》）问世，接着发表了《魔法师》（又译为《巫术师》）、《法国中尉的女人》《丹尼尔·马丁》《尾数》等小说，取得了世人瞩目的文学成就。他晚年一直深居简出，很少参加社会活动。2005年11月5日，福尔斯于英国西南部多塞特郡家中病逝，享年79岁。

福尔斯主张同生存的险恶际遇抗争，他的存在主义思想重在"力图重新确定个体自身的独特感"。这些思想和主张都可以在他的小说创作中找到，进而体现出特有的后现代主义风格，其中最为成功的当属《魔法师》和《法国中尉的女人》。

《魔法师》的创作历经十年，可以说是福尔斯既逐之而磨之的精心之作，充满神秘气氛，颇具超现实主义色彩。小说的主人公尼古拉斯是一名学校校长，他是一位出生在中产阶级家庭的英国青年，对自己的出身和社会现实有诸多不满，对生活感到厌倦又具备强烈的反叛意识，总是试图逃脱所处的中产阶级氛围。他像捕蝶人一样生活在感情的真空内，对人世和人的本质感到迷惘困惑。为了寻觅真正的自我和真实的爱，他来到希腊一个小岛执教。由于远离家乡，尼古拉斯被强烈的孤独感所缠绕，甚至想要自杀来解决这一切。幸好牧羊女美妙的歌声让他重新鼓起生活的勇气。后来，他遇到"魔法师"莫瑞斯，并进入了莫瑞斯为他设计并导演的各种"上帝游戏"中，逐渐勇于面对自我，理解存在的神秘性和随意性。小说也正是在这里带上了神秘主义的气氛和类似于魔幻现实主义的色彩。福尔斯将诸如自我、生存以及个人自由选择等存在主义命题都纳入了尼古拉斯和魔法师之间的“上帝游戏”之中。在小说的最后，尼古拉斯带着感悟离开了小岛，回到英国并再次遇到了以前的恋人。总之，这部小说采用尼古拉斯自述的方式，通过隐喻等多种艺术手法，编织了一个五彩缤纷的虚幻世界，折射出关于人生价值、性爱和道德意识的主题，涉及对自我等存在主义式的关怀。

《法国中尉的女人》最为读者和批评家称道，几乎代表了福尔斯的最高文学成就，可称得上是当代英国小说中的传世之作，是典型的后现代主义小说。小说讲述了 19 世纪维多利亚时期的女性萨拉·伍德拉夫和研究生生物学的青年贵族查尔斯·史密斯之间的爱情故事。据传萨拉曾委身于一名法国中尉，但是法国中尉遗弃了她，于是她只能孤零零凄惨惨独对茫茫大海。其实，她是清白之身，委身法国中尉只是谎言，听着小镇里的人在背后辱骂和唾弃，她依然按照自己平素的一套去做。后来，她与崇尚科学的男主人公查尔斯陌路相逢。查尔斯得知她就是被小镇上的人们唾弃的“法国中尉的女人”萨拉后，顿时生发了将她从痛苦中解救出来的想法。不久，查尔斯和萨拉坠入了爱河。但是，随着情意日深，萨拉也显得越来越神秘莫测。后来，查尔斯发现外界所盛传的萨拉委身于法国中尉的事原来是萨拉自己编造的谎言，并且已经开始被萨拉那神秘和特别的气质所吸引。查尔斯放弃自己的名声和财富，毁弃与未婚妻原有的婚约而一往情深地追求萨拉，但萨拉却不辞而别，影踪全无。福尔斯为小说设置了三个结局，一个是查尔斯履行先前婚约与原有的未婚妻生育七个儿女；一个是查尔斯重新找到萨拉，有情人终成眷属；还有一个是查尔斯找到了萨拉，此时的萨拉举止优雅、衣着时尚，俨然已经成为独立而自信的新女性，她拒绝了查尔斯的求婚，查尔斯从此孤独一生。

小说的主题是“写在一个毫无自由的社会里，一位地位卑贱的女子是怎样获得自由的”[①]。作者将旧的写作传统和新的虚构形式结合起来，对维多利亚时代小说的内容、形式、语言、文体风格和对话进行了惟妙逼真的模仿，作者假装小说的人物都摆脱了自己的控制，具备某种生存的自由，这种自由使他们既难捉摸又无法预言，还经常以叙述者的身份突然介入故事的发展，告诉读者一切都只是作家的虚构，没有事实根据可言。在小说结尾处，作者还摈弃了传统的全知全能的视角，不断提醒读者叙述的虚构性和故事的虚假性，让读者自由参与对故事的编造和想象，这种别出心裁的设计体现了作者存在主义式的“自由”和“选择”主题，同时也反映了作者对 20 世纪后半叶小说创作的全新认识和对小说美学的新观念。

① 王晓燕.《法国中尉的女人》中的自由主题[J].高等函授学报（哲学社会科学版），2009（4）.

总之,福尔斯的小说在叙述技巧和文体风格方面均有推陈出新的创造,在将小说作为阐述思想的寓言形式方面也有独特的发展。他的成功令那些颇多微词、近乎苛刻的欧美评论家不得不重新审视战后英国小说。

五、侧重于表现后殖民生活的少数族裔小说

20世纪下半叶以来,英国实行了新的移民政策,通过设立奖学金等方式,接纳了英联邦国家不少青年学生来英国学习,这为少数族裔作家提供了不少便利,促使少数族裔作家的小说创作得到了极大的发展,成为英国小说创作的一支重要的生力军。少数族裔作家都对英国文化传统和自己本民族的文化传统十分熟悉,具有双边甚至多边文化综合的优势。他们在白人主流社会之外的少数民族边缘社区中生活,因此他们的作品中有一种独特的社会结构和文化秩序,跨文化色彩浓厚。在这些少数族裔作家中,最为有名的是被称为"英国文坛移民三雄"的V.S.奈保尔(V.S.Naipaul,1932—)、萨尔曼·拉什迪(Salman Rushdie,1947—)、石黑一雄(Kazuo Ishiguro,1954—)。这里主要对V.S.奈保尔的少数族裔小说进行分析。

V.S.奈保尔出生于特立尼达岛的一个印度家庭。从11岁开始,奈保尔就热爱上了文学和文学创作,作为记者的父亲给予他热情鼓励和悉心指导。1948年,奈保尔毕业于特立尼达和多巴哥首都的女王皇家学院。1950年,他获政府奖学金而进入英国牛津大学攻读英国文学。大学期间,他的小说屡屡遭到退稿,父亲的鼓励使他坚持创作。1954年,他获得了英国文学学士学位后定居在英国,成为自由撰稿人。之后,他先后在英国广播公司担任"加勒比海之声"的编辑和《新政治家》杂志的小说评论员。1990年,奈保尔被授予了骑士封号。他还曾获毛姆奖、布克奖等很多重要的文学奖。2001年,他又获得了诺贝尔文学奖。

奈保尔自登上文坛后,发表了大量作品,包括小说和游记、历史叙事、自传等非小说作品,其中重要的小说有《毕司沃斯先生的房子》《斯通先生与骑士伙伴》《半生》《到达之谜》《大河湾》等。这里主要对他的《到达之谜》《大河湾》进行分析。

《到达之谜》以一种近乎沉思的口吻来述说作者的发现以及他不断变化的价值观,其要探讨的主题是到达与旅行的关系及到达的本质。小说主人公是一位来自加勒比地区的作家,在经历多年漂泊的生活之后,终于在英格兰找到了归家的快乐。小说的叙述者无名无姓,纪实与虚构交错。小说构思精巧,叙述者多次回到中心意象,又一直改变自己对这些意象的

看法。这部小说共分为五部分：第一部分为《杰克的花园》，讲述了旅人在英格兰威尔特郡的乡间生活，此时，旅人已经成为知名作家，他在那里租了一所房子居住，有生以来第一次能够直面人生；第二部分为《旅行》，讲述了旅人从特立尼达来到英国求学，经过奋斗终于成为作家的过程；第三部分和第四部分分别题为《常春藤》和《白嘴鸦》，这两部分都是以英格兰乡村为背景的，讲述了旅人在那里的生活经历以及对他人的认识；第五部分为《告别仪式》，回忆了他在离开多年后返回特立尼达参加为妹妹举行印度教葬礼的情景。整部小说叙述构思精巧、小说的标题来自叙述者在杰克家藏书中发现的契里科（意大利画家）早期的一幅同名绘画。这幅画画的是一个典型的地中海图景：古老的船坞、城墙、城门，远处有依稀可见的桅杆，近处是行人稀少的街道，只有一两个蒙着头巾的人，这个画面看起来“荒凉神秘，讲述着到达的秘密”。选择这幅画作为小说的标题，就是因为其标题“以一种间接的，诗化的方式，使人注意到我自己体验中的某种东西”[①]。可以说，《到达之谜》是带有自传性质的，以一种近乎沉思的口吻，讲述了作者的发现以及他不断变化的人生观。初到伦敦时，叙述者本以为到了一个自己早已从文学作品中熟知的城市，但结果却发现这是一个“陌生、未知的城市”。在经历了一系列的波折之后，他取得了功绩与名声，有资格租住在一座乡间别墅时，英格兰的乡村风让他笼罩在浪漫主义的光环之中，他感觉到自己已经与英国自然风物融为一体。可以说，《到达之谜》表现了边缘人的身份转换。在西方世界生活了多年的奈保尔，最终理解了“到达”的意义，对他而言，到达的意义在于它在隐喻层面所负载的信息而非其作为一个事件的存在。从这个意义上而言，《到达之谜》标志着奈保尔完成了由后殖民作家向英国作家身份的转变。

《大河湾》以殖民文化和本土文化、现代性和传统主义的交锋为主线，以非洲一个刚刚独立的国家蒙博托统治下的扎伊尔为背景，尖刻地批判了第三世界国家的社会和政治。小说主人公萨利姆的祖先是来自印度西北区的穆斯林，在非洲大陆东海岸定居经商。1963 年，年轻的萨利姆驾车前往非洲中部，在那里的河湾小镇买下一个店铺，准备独闯生活。小镇是当地的贸易中心，萨利姆经营有方，生意做得不错。但是，这是个前途渺茫且不属于任何人的地方，“大人物”总统肆意妄为，控制一切，使得萨利姆这样的芸芸众生没有任何前途可言。“总统”领导人民赶走西方殖民者，摧毁殖民者修建的河湾小镇，宣称要兴建一个“新领地”，一个现代化的非洲。但是，随着时光的流逝，“新领地”陷入衰败之中：百姓随意丢

① 黄晖.《抵达之谜》：混杂身份的解构与重构[J].淮阴工学院学报，2011（6）.

弃的垃圾堆积如山，官员们贪婪、腐败，毫无管理能力，规划好的大学成为养鸡场。“大人物”总统掌控着强大的军队，对民众长期实行愚民性的教育灌输和新闻宣传。他还善于玩弄手腕，用恐怖的高压手段戕杀人们的良知，用利益和权力收买受过教育的知识青年。国家处于比殖民时期还要可怕的专制统治和压迫之中。萨利姆的梦很快破灭，他只好在朋友的帮助下乘坐轮船逃离河湾。小说以冷峻的口吻叙述了萨利姆在河湾生活的经历，涉及了非洲国家的种族、教育、传统文化、现代性等诸多问题，同时也塑造了各种人物，对非洲国家独裁统治的暴政和腐败进行了无情的揭露，在后殖民语境中深化了漂泊无根的主题，赋予了作品深刻的社会政治意义。奈保尔试图通过这部小说来表明，人们对从殖民统治下获得民族独立的国家的美好愿望是不可能真正得以实现的。究其原因就在于这些国家没有自己的传统可言，他们只是在简单地模仿欧洲殖民主义的做法，而没有建立起属于自己的政治观念与社会秩序。

从整体上来看，奈保尔在长达约半个世纪的“写作之旅”中一直以一种独特的方式关注着第三世界国家人民的生存状态，向人们展现了第三世界的部分真相。他的作品主要涉及的是异质文化间的冲突和融合，以及后殖民主义时期宗主国对第三世界特别是非洲国家的控制和破坏，同时也表现了殖民统治对这些国家语言、政治文化价值观等的持久影响。也正因如此，瑞典皇家学院才授予了奈保尔2001年度的诺贝尔文学奖，并称他“像一位研究丛林深处某个迄今尚未探索的自然部落的人类学家一样探访英国的现实”。

第四节 戏剧的多派别发展

第二次世界大战对人和社会的伤害，使得20世纪40年代末的英国经济呈现出一片萧条的景象，萎靡不振，文学领域的戏剧创作也平平淡淡，远远落在诗歌和小说的后面。不过，这种局面很快有了改观。20世纪50年代中期出现的荒诞派戏剧，50年代后期的左翼戏剧和60年代末出现的新戏运动浪潮，使英国的戏剧得到重新发展与繁荣，呈现出流派纷呈的局面。本节将主要对侧重于表现人类生存境况的荒诞派戏剧、侧重于描写工人阶级的左翼戏剧、侧重于描写个人内心感受的新戏进行分析。

一、侧重于表现人类生存境况的荒诞派戏剧

20世纪50年代中期，旅居在法国巴黎的一批剧作家将存在主义和荒诞主义引入戏剧，开创了一种被称为“荒诞派”的戏剧。荒诞派戏剧注重探讨人类生存境况的荒诞本质，反映了存在主义哲学里的“人生、世界是荒谬的”主张，在结构上不讲究逻辑性，也不讲究人物行为的理性原则以及语言的准确性，仅仅是单纯地在舞台上表现丑恶肮脏的现实，使得现代人强烈地感到，人生徒劳，世界毫无意义，生活没有希望。此外，荒诞派戏剧刻意地避开了人物的性格和人物的相互关系，没有故事情节，也没有矛盾冲突，没有典型人物，也没有典型性格，更加没有完整的人物形象，感情夸张，对话极端，整个画面呈现出滑稽的漫画效果，在这滑稽之中让人类感受到人类的可怜处境，从而获得一种对生活的深刻感悟。

塞缪尔·贝克特(Samuel Beckett,1906—1989)的《等待戈多》是“荒诞派”戏剧的奠基之作，被称为“20世纪荒诞派第一剧”,1953年在巴黎公演后，使得贝克特在戏剧界名噪一时。同时，该剧对20世纪50年代末期以来的英国及世界各国的几代剧作家产生了深远影响。

塞缪尔·贝克特(Samuel Beckett,1906—1989)出生于爱尔兰的都柏林附近的一个新教中产阶级家庭，自幼受到良好教育。1927年，他毕业于都柏林著名的三一学院。1928年，由于法语成绩突出，曾作为交流讲师被三一学院派到法国巴黎高等师范学院任教。1930年，重返三一学院，获文学硕士学位，并留校教授英语。1932年贝克特辞职，开始专门从事写作。1937年，贝克特定居巴黎。“二战”期间德国曾占领法国，贝克特曾因参加抵抗运动，受法西斯的追捕，被迫隐居。“二战”后，曾短居爱尔兰，不久返回巴黎。1989年，贝克特在法国巴黎逝世。

贝克特的大多数剧作都是用法文写成的，以《等待戈多》最为有名。《等待戈多》几乎没有什么传统意义上的情节，打破了欧美传统戏剧的结构框架，人物、布景、道具都十分简单。剧中出现的人物只有5个：两个身份不明的流浪汉——爱斯特拉冈和弗拉季米尔，波卓和他的奴隶幸运儿，还有一个男孩，这个男孩是戈多的信使。整个剧的画面十分空荡，黄昏下，只有一条乡间小路，一棵树，流浪汉爱斯特拉冈和弗拉季米尔在等待一个名为戈多的神秘人物。然而，戈多是什么人，他是否就是上帝，他何时会来，他们都不得而知。在等待的过程中，他们闲着什么事都不干，不断做出可笑的动作，一会儿是两手使劲儿拉，一会儿是脱靴子，一会儿是喘气，一会儿是摘帽子。他们的对白没有逻辑，也不连贯，却将人物内

心意识流动的过程富有深意地表现了出来,同时也真实地描写出了那些特定环境下的人的精神状态和思想情绪。等待的过程中来了一个叫波卓的人,他用皮鞭抽打着他的奴隶——幸运儿。实际上这个奴隶一点儿也不幸运,一直都被波卓不断地抽打和谩骂。波卓和幸运儿走后不久,一个小男孩通知他们,戈多今天不会来了,但明晚一定会来的。于是,两个流浪汉感到无事可做,又开始漫无边际地随便谈话,最后商定了要走,却谁也没动,可以说是欲走不能走,欲死不能死,处于永无结果的等待之中。第1幕就这样结束了。第2幕以同样的场面结束,也是同一个男孩来告知他们同一个消息,他们的对话一字未变,仅仅是问答顺序具有一定的变化罢了。同样的场景、永无休止的重复,将人类无所事事、生活漫无目的的境况巧妙地表现了出来。波卓和幸运儿也出现了,前者眼睛看不见了,后者不能讲话了,小男孩再次带来口信说戈多不来了,“但他明天一定会来”。剧终的时候戈多依旧没有出现,给观众留下的尽是疑惑和思索。

《等待戈多》整出戏像是一大堆废话,充斥着很多“喧哗与骚动”,然而却“没有任何意义”。剧中尽管有大量动作,可几乎都是毫无意义或没有结果的。然而这些人的貌似胡言乱语的话语、貌似疯疯癫癫的动作,并不是完全没有可取之处的。它们在带给人们欢笑的同时,更重要的是迫使人们去对反复出现的问题进行深刻思考:这些人为什么做这样的事情?难道他们不是和我们生活在同一个世界里吗?人们看后进而便会想到自身,觉得自己和那两个流浪汉有一些相似之处,于是忽然对生活的真谛似有所领悟,开始理解荒诞的意义,开始把自身与剧中人物生活的荒诞性联系起来,觉察出自身存在的荒诞之处,并清楚地看到人类生活里普遍存在的荒诞性。贝克特希望借此剧揭示现代人的生存困境,展现人生的虚无与绝望,实实在在地演绎存在主义的“世界是荒诞的,人生是痛苦的”哲学思想。他给《等待戈多》贴上“悲喜剧”的标签,实际上该剧带有相当浓重的悲剧成分。对于悲剧这种形式,贝克特曾经说过:“戏剧的精神,如果从某种程度上说有一种精神的话,就是没有什么比悲剧更怪诞的了。”

总之,贝克特通过一系列的荒诞剧作,塑造了各种形态丑陋、性格畸形的人物形象,借此表现出了人类生存的困惑与矛盾,宣泄了人们内心的迷惘与苦痛,对英国的新一代作家有着不可估量的影响。

二、侧重于描写工人阶级的左翼戏剧

1956年之后,英国出现的大多数剧作家如阿诺德·韦斯克(Arnold

Wesker，1932—2016）、约翰·阿登（John Arden，1930— ）、爱德华·邦德（Edward Bond，1934— ）等，都加入了一场艺术运动，即通常被人们称为“左翼”或“政治性”剧作家的“运动”。这些参加“运动”的剧作家所创作的作品被称为“左翼戏剧”。左翼戏剧并不局限于表现个人的处境，而是重点描写工人阶级的生活境况和与社会的抗争，将矛头直接指向社会结构和政治体制，揭示殖民统治和旧的社会制度。此外，“左翼戏剧”在创作手法上以写实为主，作品充分体现了自然主义戏剧创作的特征。

阿诺德·韦斯克的《韦斯克三部曲》(《大麦鸡汤》《根》《我在漫谈耶路撒冷》)主要描写工人阶级，带有激进思想，反映了剧作家的社会主义信念。语言也以表现工人阶级生活的日常口语为主，代表着左翼戏剧创作的特点和成就。

阿诺德·韦斯克出生于伦敦东区一个犹太工人家庭，家里十分贫苦，16岁就离开学校。当时他已对戏剧舞台产生了浓厚的兴趣，为了能在皇家学院听课，他不得不去给木匠当学徒，帮书店卖书以及做木匠活挣钱支付听课费。韦斯克艰难的生活经历以及他在铅管厂、农场和厨房帮工的经验为他的戏剧创作提供了生活原型，所有这些经历都为他的剧作提供了丰富的背景资料和坚实的创作基础。因此，韦斯克的作品具有较多的自传因素。1955年，韦斯克向伦敦的电影技术学校提出入学申请，但《愤怒的回顾》的上演使他改变了初衷，并意识到自己能够在戏剧方面有所作为。他回到家中，很快完成了《大麦鸡汤》的写作，并先后创作了《根》《我在漫谈耶路撒冷》《厨房》《每份菜都有土豆片》《四季》《朋友》等。2006年，韦斯克被授予爵位。

作为一个社会主义者，韦斯克毕生都在为在英国实现社会主义而奋斗，1961年他因参加禁止原子弹游行示威被判刑。后来，甚至放弃戏剧写作，组织各种属于工人自己的艺术团体。可结果是他不愿意看到的，他的戏剧最大的成就就是使中产阶级的观众熟悉了下层工人阶级的生活，但这些戏剧依旧最适合中产阶级的口味。这里将主要对《韦斯克三部曲》《大麦鸡汤》《根》《我在漫谈耶路撒冷》进行分析。

《大麦鸡汤》剧情从1936年的一个信仰社会主义的卡恩家庭开始。体力强盛，精神充足、情绪激动，意气风发、意志坚定的社会主义者莎拉·卡恩和女儿艾达勇敢地、坚定地投身于工人群众的示威游行，以声援西班牙人民反对法西斯独裁的运动。艾达的男友戴夫还将亲自到西班牙参战，由此受到整个卡恩家族的敬佩。第二幕剧情转到了1946年。这时，第二次世界大战已经硝烟散尽，卡恩家的小儿子罗里也已经长大成人，成为一名厨师。艾达等待着戴夫回家结婚，以便一起去农村实现乡间社会主义的理想。最后一幕中，莎拉的丈夫哈里中风瘫痪，家人和朋友中大多数人对社会主义的热情已经逐渐冷却，甚至产生了幻灭思想，只有莎拉还保存着一丝单纯的憧憬。当罗里从巴黎回来时已经失去了对社会主义的信仰和热情。剧终时，依旧对社会主义抱有坚定信念的母亲莎拉大声劝告儿子罗里，以使其重新恢复对社会主义的信仰，全剧在罗里的无动于衷中宣告结束。剧本成功地塑造了满怀革命热情、坚持自己信念的母亲莎拉的形象，她是社会主义希望的象征；而表现邻里关系的大麦鸡汤则是同情和友爱的力量的象征。

《根》的主题是教育问题，其中也包含对社会主义思想的宣传。乡下姑娘比蒂在城里做工时认识了社会主义的信仰者罗里，后者试图使她信奉社会主义，并教她欣赏真正的艺术，接触古典音乐和优秀书籍。为了赢得罗里的喜欢，比蒂总是表现出对学习新知识的渴望之情，但又因为常常被训导而心生不快。在第三幕中，当比蒂好不容易劝说全家人将屋子收拾干净，穿着整洁地等待罗里到来时，邮差送来一封信，罗里在信中表示要和比蒂断绝关系。比蒂因而受到家人的嘲笑，最后她逐渐从震惊中清醒过来，决定“重新站起来，重新开始”。剧本结构简单，但依旧将韦斯克借以所表达的主题完整地、深刻地表达了出来，即人们想要架起人与人之间沟通的桥梁，只能通过交谈讨论问题和用共同的语言谈话的方式；它从某种角度对乡间村民只专注于自己的陈旧习俗和保守思想，而不愿接受新事物、新思想和新的感觉进行了批评。

《我在漫谈耶路撒冷》继续了《大麦鸡汤》第二幕中的一个情节，讲述戴夫和艾达乡间梦的破灭。机器工业和城市生活使人与人之间变得情意不相通，彼此不了解，见面就好像是陌路人，因此戴夫和艾达决心遁迹乡野与世隔绝，在自给自足的生活中重新感受生活和大自然带来的本真乐趣和真挚的夫妻之情。然而，对世外桃源的追寻梦很快被现实击得粉碎。戴夫先是被雇主借小偷小摸之名开除，而后又不断受到朋友和亲人的责骂和欺骗，直到最后被迫搬家回伦敦。乡间寻梦终于醒悟。“耶路撒冷”是犹太人的天堂和乐园；艾达夫妇虽试图建立自己的“耶路撒冷”，但终究未能获得成功。在严酷的现实面前，他们终于懂得仅仅依靠空想是不能从根本上解决问题的。

总之，阿诺德·韦斯克的作品在内容上多以表现工人阶级为主，希望通过自己的创作唤醒工人阶级，驱除他们对文化的麻木不仁，促使他们逐步觉醒，清楚地意识到自己的困境，因而他的作品带有很强的写实性。

三、侧重于描写个人内心感受的新戏

20世纪50年代中期，为了响应社会的呼声，有一批剧作家开始有意识地对戏剧进行实验创新，给英国戏剧界注入了新鲜的血液。为了与20世纪40年代的戏剧相区别，人们称这些实验创新的剧作为“新戏”。1956年，由约翰·奥斯本（John Osborne，1929—1994）创作的反映时代生活的写实主义戏剧《愤怒的回顾》首次在伦敦演出，掀起了英国战后新戏运动的第一次浪潮。1968年，当时英国取消戏剧表演的审查制度，又掀起了新戏运动的第二次浪潮。20世纪70年代以来，一些出道较早的戏剧家继续活跃在英国的剧坛上，创作出了一些颇具影响力的新作品，与此同时，还涌现出了一批擅长创作政治戏剧的新秀，主要以哈罗德·品特（Harold Pinter，1930—2008）为代表。这些剧作家大多都有20世纪四五十年代的经济大萧条、第二次世界大战、战时的恐怖与凄惶、战后的经济危机、种族歧视冲突等经历，因此通过戏剧将当时人们的愤怒情绪和生存焦虑淋漓尽致地表达了出来，这些戏剧代表了英国新戏的最高成就，有力地促进了英国戏剧的发展。这里将主要对约翰·奥斯本（John Osborne，1929—1994）和哈罗德·品特（Harold Pinter，1930—2008）的戏剧创作进行分析。

约翰·奥斯本（John Osborne，1929—1994）出生于伦敦郊区，父亲是一位收入微薄的广告文字撰稿人，1941年因无钱治病而死于肺炎，这给奥斯本年幼的心灵蒙上了一层无法抹去的阴影，同时也对他日后的戏剧创作产生了深刻的影响。由于家境的贫寒，奥斯本进入收费低廉的公立寄宿学校读书，加之身体孱弱，性情腼腆，在学校常常被欺负或遭到冷落。15岁时，奥斯本因殴打校长被学校开除，从此进入社会谋生，曾经在学校和杂志社工作，并当过一家商业性报纸的记者，也曾经做过演员、导演、编剧等。1956年，奥斯本第一次在伦敦的舞台上演出。这一年，在伦敦皇家宫廷剧院里第一次上演了奥斯本创作的《愤怒的回顾》，被誉为“五十年代最生动的一出英国戏剧”，这标志着他自己的职业剧作家生涯的正式开始。《愤怒的回顾》让奥斯本名声大噪，后来的《杂艺演员》《路德》《不能接受的证据》等也都得到了公众的热烈反响。此处我们主要介绍《愤怒的回顾》。

《愤怒的回顾》是一出3幕剧，讲述了主人公杰米·波特和他的妻子艾莉森住在英国中部某小镇某个小公寓里，两人来自不同的社会阶层。波特是一位受过大学教育的年轻人，但是由于他出身工人阶级家庭，并没有在社会中取得一定地位，身份卑微，只能栖身在这个小公寓里；艾莉森则出身前驻印度陆军中校家庭，漂亮而有教养，不顾家人的反对毅然嫁给了一无所有的波特，与他共同生活在这个小公寓里。波特由于没有正经的职业而感觉自己已经被社会抛弃，脾气变得暴躁，对英国社会的一切心存不满，包括阶级差别、国家利益、宗教伦理，甚至将矛头指向妻子的朋友和家人，对自己的妻子进行无谓的责难。面对着生活的沉闷和丈夫的抱怨，艾莉森以良好的家庭教养回避。她的朋友海伦娜不时来做客，亲眼看到了艾莉森的委屈后，就将艾莉森的情况告知了她的父亲。最终，有孕在身的艾莉森被父亲接回了家。可是，当艾莉森流产回家时发现海伦娜竟然成了波特的新情人，并且二人已经同居。海伦娜看到因失去孩子而面色憔悴、神情沮丧的艾莉森，意识到自己的错误，选择了离开，剩下艾莉森和波特面对这破碎的辛酸生活。戏剧的结尾，夫妻俩又玩起了以前经常玩过的大熊和松鼠的游戏，幻想着逃避残酷的社会现实。然而，他们这种孩童式的游戏只是一种幻想里的弥补，无法真正逃避社会现实。

这部作品以传统的现实主义戏剧手法进行创作，让一个底层的却又具有较高学历的知识分子将自己的愤怒直接表达出来，波特的怨愤发泄可谓代表了战后整整一代人对社会现实的不满情绪，尤其是对过时的社会结构和政治事件的不满，对中产阶级表面有教养实际上冷酷无情的伪善进行了愤怒的批判。在舞台布景的设计，煤气灶、天窗、倾斜的墙壁、陈旧的家具，给观众的视觉、听觉带来相当大的冲击性。整日埋头看报的波特和辛勤熨烫旧衬衣的艾莉森，是当时困境中的一代青年人的社会写照。

除了反映对不平等现象的愤怒之外，《愤怒的回顾》还表现了社会异化问题。波特所代表的青年人本应是社会发展的动力，但他们并没有参与到社会大潮之中，难以被社会所接受。所以，他们一直受到幻灭感的困扰，感到孤独和压抑，思想情感没有依托，精神空虚无聊，只能依靠读报和争吵来打发时间。他们居住的小公寓象征了他们与外界的隔离。另外，波特同妻子之间也存在着隔阂，情意不通，思想有距离，他们的夫妻关系完全处于不稳定状态之中。波特难以容忍妻子对他采取忍耐与宽容的态度，认为这表现出中产阶级的冷漠与傲慢。因此，他之所以对妻子采取责难的态度完全是因为他对她的阶级的不满所造成的。从整个剧情来看，这对青年夫妻之间的冲突越演越烈，不得不分开。然而，他们后来又发现，彼此不能分开，只能一起面对这个单调乏味的世界，所以二人又和好如初。至此全剧又回到起点。这就是说，愤怒的喧嚣并不能够解决任何问题。这也许是奥斯本故意安排的结局。

总之，奥斯本在创作题材上不断拖拽，他通过多种手法将当时社会、政治和经济秩序充分展现了出来，"愤怒"是他的创作主旋律，所喷发而出的怒火令观众大为振奋。同时，他创作时使用的语言也颇具特色。剧作家把俚语和俗语成功地搬到舞台上，简练而富有魅力。

哈罗德·品特（Harold Pinter，1930—2008）出生于伦敦东区哈克尼地区的一个犹太裁缝家庭里，父母都是犹太人。在"二战"期间，一家人为躲避战争，被迫逃到伦敦市郊。大屠杀、德国纳粹等历史事件在品特幼小的心灵里留下深刻印象，为他成年后激进政治思想的形成埋下伏笔。16岁时，品特分别在皇家戏剧艺术学院以及语言和戏剧中心学校学习表演。1949年，品特开始担当一些广播剧、巡演戏班子和轮演剧团里的角色。这些演出的经历为他进行戏剧创作打下了良好基础，尤其是在戏剧语言、节奏和技巧运用上具有切身体验。1950年，品特开始进行文学创作，早期的作品一般被归为荒诞派戏剧，如《房间》《生日晚会》《回家》等。20世纪六七十年代，品特的戏剧由荒诞转到了政治化，篇幅短小，言辞犀利、激进，如《山地语言》《温室》等。另外，也有中产阶级人物出现较为频繁的以记忆、时间为主题的《风景》《沉默》《往昔时光》《背叛》等，得到了公众的普遍肯定。1995年，品特被授予大卫·科恩文学奖，次年又被授予了"戏剧界终身成就奖"。2005年，品特荣获了诺贝尔文学奖。2008年12月24日，哈罗德·品特因患癌症在伦敦的家中去世，享年78岁，被埋葬在伦敦西北区的坎瑟尔·格林公墓。此处，我们主要介绍《往昔时光》和《背叛》。

对戏剧进行了革新实验，打破了传统，品特1971年发表的《往昔时光》在布景上转向了印象主义，人物上的冲突也转到了思维和智力上，减少了大量的舞台动作。剧中只有三个人物，丈夫迪利、妻子凯特以及凯特最好的朋友安娜，整部剧就是由三个人的对话构成的。在第一幕中，安娜回忆了她与凯特年轻时候的故事，所有的经历使得她们听上去如同一对同性恋。实际上，安娜这次来找凯特就是试图恢复她们过去的关系。在第二幕中，凯特加入了这场较量中，极力回忆过去的日子力图保持她同凯特的关系。剧中的三个人都沉浸于对过去的回想之中。剧终，她们关系破裂，迪利在哭，凯特象征性地死去，安娜一无所有。

这部剧多利用剧中人自己的回忆，引出各自叙述的差别和矛盾，从而显示出人物之间的关系与分歧。比如，凯特告诉迪利，安娜经常偷她的内裤，但安娜后来却告诉他，是凯特不断把自己的私密衣物送给她。迪利对安娜的谈话充满怀疑，也对妻子和安娜之间的亲密关系感到十分嫉妒。安娜也很嫉妒迪利和凯特的关系，两个人于是开始一场从精神到身体争夺凯特的拔河赛。当凯特洗澡时，两个人讨论她怎样擦干自己的身体。

安娜和迪利的描述都充满性欲。最后,迪利坚称,“听着,我告诉你,我要占有她,毕竟我是她的丈夫。”但同时他又说,“你可以旁观”;这句话暗示出三角性爱关系。同时,剧中人对往昔的回忆并不是逻辑分明、时间清晰的正常心理活动;相反,回忆过去加深了现实的矛盾,回忆过去更模糊了现实。“有些人记起一些事情,尽管这些事并没发生过。”这主要是因为剧中三个人物为了在争夺爱人上占上风,努力排斥第三方,所以对同一事件往往产生矛盾的记忆和解释,以达到诋毁他人记忆的目的,使现在的时光同过去联系失常,模糊了人的知觉,使人无法区分过去和现在。

总之,在《往昔时光》中,每个人物都分别构想自己的过去,用自己的回忆来证明或否定其他两人对现实的认知。品特在一个充满性冲突的环境下展示这个观点,是为进一步说明人性的共同点,即对性的渴望和喜欢幻想的倾向。此外,该剧也反映出作者的反女性主义的观点。

1975年,品特与妻子离了婚。之后,品特创作了《背叛》。《背叛》一改作者以往的创作手法,分九场,通过倒叙的方法真实清晰地再现了过去。该剧从1977年讲到1968年,讲述了艾玛与好友杰里的婚外情已经持续长达两年时间,他们之间的感情的存在是对丈夫罗伯特的背叛。而罗伯特和杰里都曾是诗歌杂志的编辑,都喜欢文学,但现在一个是出版商,一个是经纪人,可以说他们二人都背叛了自己早年的文学理想,背叛了自我。这部剧作巧妙地表现了罗伯特、艾玛和杰里之间的相互背叛,除了这种情感上的背叛外,还表现了罗伯特和杰里对自己信仰的背叛。

总之,品特具有非凡的能力,在民间广泛地撷取素材,把底层民众和普通经历以具有普遍意义的方式表达出来,在语言上追求洗练、明了,让动作和视觉形象化,不断发展作品的思想和主题,并表现出独特的连贯性,他的剧本以高度的现实主义手法,刻画日常生活细节和人物语言,以此深入地挖掘出人物心理冲突,具有重要的价值,观众和读者有充分的理由对他的创作表示热情的赞赏。

下篇　跨文化视角下的美国文学发展研究

第八章　跨文化视角下的早期美国文学研究

美国是一个由殖民地发展起来的国家，因而美国文学先于美国这个国家而存在。在15世纪末，哥伦布发现了美洲大陆后，欧洲出现了有史以来规模最大的移民活动。随着移民活动的进行，欧洲大陆的各种文明也开始向美洲这块大陆扩散，特别是英国悠久的文化传统被英国的移民者移植到了原始的北美大陆，从而创造出了融汇各种不同因素的新文明——美国文明。在这种背景之下，美国文学开始出现。通常来说，19世纪之前的早期美国文学包括两个时期，即殖民地时期和启蒙时期。在殖民地时期，美国仅有几位诗人和民间作家，所创作的作品也不十分出色，但代表了北美开拓者对艺术特别是文学的追求。但到了启蒙时期，处于襁褓中的美国文学开始逐步摆脱殖民文化的约束，致力于创造具有独立美国风格的作品，为真正意义上的美国独立文学的到来奠定了基础。

第一节　殖民地时期的美国文学

美国文学史上的殖民地时期持续了一个半世纪之久。它大体相当于英国文学自约翰·弥尔顿（John Milton，1608—1674）至塞缪尔·约翰逊（Samuel Johnson，1709—1784）的那一个阶段。刚在荒野立足的北美殖民者在文学成就上自然不能与伊丽莎白文艺余辉尚在照耀的英国相提并论，但是，他们在开创新生活的同时也在不断创造着新文化和新文学。19世纪时，真正意义上的美国独立文学开始出现。它最初的发端说起来十分卑微，包括日记、札记、游记、布道文稿、书信、稗史等在内的各种形式的私人文字，在殖民地时期的文学中占据着相当重要的位置。除此之外，在这一时期里，有不少诗人如安妮·布雷兹特里特（Anne Bradstreet，

1612—1672)、爱德华・泰勒(Edward Taylor,1642—1729)忠实地模仿和移植了英国文学的传统形式,创作了一些与宗教信仰密切相关的诗歌。既然真正意义上的美国诗歌尚需两个世纪的艰苦努力才会问世,那么,布雷兹特里特、泰勒等诗人的诗歌创作无疑标志着那一丰功伟绩的光辉起点,是他们首先表达了北美开拓者对艺术的执着追求,让外界听到了自新伊甸传来的虔诚的歌声。这里将主要对北美殖民地时期最伟大的诗人爱德华・泰勒的文学创作进行分析。

爱德华・泰勒出生在英国考文垂一个自耕农家里,在清教共和护国公克伦威尔当政时代长大。对他的早年生活,人们所知甚少。他可能在剑桥大学就读过,做过小学教师。后来可能由于信守公理教义的原则,拒不宣誓尊奉圣公会而移居北美,以寻求信仰自由。1668 年,他到达马萨诸塞海湾殖民区,受到英克里斯・马瑟和哈佛学院院长查尔斯・昌西等新英格兰权威人士的欢迎。后来,泰勒进入哈佛学习,1671 年毕业后担任韦斯特菲尔镇牧师,历时达 58 年的时间,直到逝世。

泰勒是一个思想敏锐而活跃的人,虽然长时期远离新英格兰文化活动中心,但依旧成功地保持了他对教会历史、教会政治、神学、医学、金属学及自然现象的浓厚兴趣并对之进行了深入研究,成为一个学识极其渊博的人。他的学识在他的著作中得到了明显的体现,这包括:几卷讲道和翻译文稿,一部诗歌形式的《基督教史》,数篇悼念新英格兰名人和他的私人朋友的挽歌,一部内容和形式都十分复杂的诗作《上帝的决心》,217 首《受领圣餐前的自省录》(简称《自省录》),以及其他一些内容纷杂的诗歌。泰勒的不少诗作都和他的讲道有密切关系,有些则实际上应用于他的布道讲演中。他的诗作,除一首诗的一个片断外,在他在世时都未发表过。1883 年,他的后代将其长达 400 页的四开本手稿捐赠给耶鲁大学,其中部分优秀诗篇于 1979 年问世。这距离他卒世已经 200 余年。

泰勒进行诗歌创作具有十分明确的目的,他的诗笔是为上帝服务的。这和他的宇宙观有直接联系。泰勒是一个虔诚的清教徒,他的思想世界完全被加尔文教义、宗教信仰和神学理论所统治和支配。他过着一种地道的、正统的、倾向保守的新英格兰神权政治体制下勤勤恳恳侍奉上帝的清教牧师的生活。他笃信人的原罪说和少数人得拯而入天国说,相信全能上帝拯救灵魂的威力和慈悲。这一切都反映在他的诗作中。他在《受领圣餐前的自省录》的《序诗》中清楚地表明他甘愿以笔颂扬上帝的迫切心情。"主啊,"——他在诗的开首以毕恭毕敬的口吻问——"一块土渣能否重过大地,/高过丛山和晶亮的蓝天?/它能否胸怀奇志表现/和描绘无限的神圣?请你握住这支笔,/它的墨会以光荣和辉煌把永恒的荣耀加以装点。”泰勒坚信，诗笔必须由上帝造成和指挥，否则，将无所作为。因此他表示，他的“愚钝的想象力”只歌颂上帝，使主的荣耀照射出万丈光芒。他对上帝表明自己的心意说：

你的土渣从胸中呼出二字，
祈求你指挥它的笔正确地写，
证明你的存在，你最完美，
说明你的特征闪射出最亮的光耀。
你的造物将以茎上鲜花般闪烁，
或似宝石店中的珠宝。

泰勒知道，他投入毕生精力想要表达的是一个伟大的主题，唯恐自己的凡身俗笔不能胜任，因此不仅小心谨慎地祈求上帝帮助，还谦虚地求助于天使们：

光明的天使啊，请从羽翼上拔一根羽毛，
为我做一支生花妙笔：
借给我你的想象和精湛技巧，
以表达亮过灿灿宝石的主题。
我的想象昏暗、墨液浑浊，
会使它的荣耀无光，因为我无神技。

泰勒的诗作，从某种意义上而言，是把加尔文宗教所强调的《圣经》进行了诗歌化。从泰勒的诗作中，我们可以窥探到一个内心世界极其单纯的清教徒的心态。从总体上来看，泰勒的诗歌就像是一个大型比喻，它形象地表现出一个罪犯自出生到被捕、受审、获得新生的整个过程。在诗人看来，人的本性便是污秽和丑恶的：“天国之鸟”啄食了禁果，因而陷入“精神饥饿”状态。他来到这个肮脏的世界上：这里的亮光已被熄灭，太阳已被埋葬，生被死击败，天堂被地府取代；在这里到处是罪孽、死亡和魔鬼，把人赶向地狱。生活在这样的地方，人只会一步步走向堕落。诗人痛切地认识到了这一点；他的哀鸣直接发自他的心底：

我仍然抱怨；我仍在抱怨。
唉！伤心啊！可曾有心和我的一般？
一个污臭的猪圈，一槽肮脏洗衣水，
一个粪便坑，一片污泥滩，
一窠毒蛇，一窝黄蜂刺，
一袋毒药，一大盒罪戾。

诗人十分痛恨人心，为形容它的污秽，他想方设法搜罗一切他所知的尘世的一切龌龊东西，依然意犹未尽，因此，他骂自己的心又坏又黑又恶。

他把它看作各种罪过的训练所。他感到绝望，手足无措。在这个“污秽的泥坑”里，他和其他人一样“滚动”。他感到污泥已经进入自己“灵魂的管道”。

在这个丑恶的心的周围聚集着魔鬼的势力，它们时刻都在窥视时机引诱这颗心。诗人犹感自己的描述不够形象，因此把目光转向了一只蜘蛛。一只蜘蛛在吐丝结网捕食苍蝇，它绊住蝇腿，卡住蝇喉，从其脑后咬上致命的一口。这场争斗令诗人感慨万千，他想到，“地狱的蜘蛛”也在吐丝织网，施展其诡计，恶毒地使亚当的后代犯下受到惩罚的罪。

泰勒认为，人想要更正自己的错误，做一个全新的自我，就必须接受上帝的审判。人的世界必须由上帝制定法律进行治理，人的思想、言论和生活必须由上帝加以规范。于是，犯罪的他被上帝逮捕了；神圣的法庭清晰地出现在他的脑际：上帝本人是法官，基督任律师，天使担任法警，圣灵做书记官，一切造物都出庭作证，所有案件都遵照纯正的法律进行公正的审判与判决，不会引发任何痛苦。诗人于是向自己的灵魂说：

> 你有何可言，我的灵魂？你的一切行动都在此受审判。
> 基督可是你的律师辩护你的案件？
> 是他的当事人？这种人不会滑入地狱。
> 他从未败诉过；他申辩
> 用必胜的法律，从不拒理
> 选中他的最坏的罪犯。

他向主承认自己的案件十分严重，自己犯有大罪；他恳求主为他开脱，给他一线希望；他欢呼、兴奋，因为圣子为罪人进行辩护，把罪人的罪孽开脱，把他变成圣徒，圣子以自己的死作为代价“买”到胜诉的“辩辞”。

泰勒诗作的一个重要内容是对基督的歌颂。耶稣舍己替人类赎罪，满足诗人渴望得到上帝慈悲的心愿。这种心情十分明显地体现在《受领圣餐前的自省录》中。《自省录》是诗人为在教堂举行圣餐仪式而写的，通常以他在纪念“最后的晚餐”的圣餐仪式上布道所引用的《圣经》段落为基础。他在长达43年的时间内共写成两辑217首，其中大多数是关于耶稣的。在《自省录：第一辑八》中，诗人引用《圣经·约翰福音》第六章第五一节的一句为副题——“我是生命的粮”。这里的“我”指的是耶稣；这一节说，这生命的粮是从天而降的，人如果吃了这粮，就可以永生，耶稣所赐的粮就是他的肉，是为世人的生命所赐的。耶稣的血成为“生命的水”，供世人饮用。在《自省录：第二辑六》中，诗人引用《圣经·哥林多前书》第十章第四节的一句做副题——“也都喝了一样的灵水”。《圣经·哥林多前书》是圣保罗奉上帝旨意写给在哥林多教会的信。信中说道，他们的祖宗从前都在云里海里受洗礼而归了摩西，并且都吃、喝了一样的灵食与灵水，这灵水来自伴随着他们的灵磐石——基督。诗人满怀激情地说，这灵磐石就是基督，从中流出的水是宝贵的白兰地河，它从他的肋边喷出灵酒洗涤世人的灵魂，这磐石和水做成圣餐杯和晚餐酒供世人享用。诗人对耶稣的赞美充溢在他的其他诸如《自省录：第二辑一》等诗作中。

泰勒的200余首《自省录》绝大多数是在《圣经》的内容基础上写出的，当然有些属于例外，如《体验》。这首诗好像在表达诗人曾体验过的灵魂得拯之后与上帝实现精神融合的神秘经历，很有乔纳森·爱德华兹（Jonathan Edwards,1703—1758）在其《自述》中所描绘的那种体验的意味。泰勒在《体验》中说：

啊，我希望总能吸入这种空气，
如感到甜美满足时吮进的！
在最后圣餐上对主倾诉的祈祷里
端与我的灵魂吃。
是什么光柱包围着我的视线，我竟见到自己
比以往想象里更接近上帝？

显然，泰勒创作这首诗的精神状态十分激动。上帝的荣耀之光逐渐在他的灵魂中弥漫，充溢在它的各个角落，它的本体在消失，逐渐和主的神性融为一体。这种时刻，在宗教上被称为“妙悟时刻”。在精神高度兴奋中，小我得以和天国及神性相通，在短暂但极美好的时间内诗人感到自己胜过了天使：

我要求我的权利：光明的天使啊，请你们让出位置。
比我离圣灵站得更远一些。
我的本性是你的主？比你与神性结合得更紧密。
上帝的宝座第一，我的次之；而你
只有侍从的位置。

诗人感到满足，心里充满感激之情。他诚恳地希望自己的心变作主的金琴，以荣耀和仁慈来调正音律，使得每根金弦都调到最高调位，以最美妙的音乐对上帝进行歌颂。由此可见，诗人是多么虔诚地专一事主。对于泰勒这样不折不扣的清教徒而言，基督徒的生活是极乐的生活。他对这种生活的喜悦进行了大力歌颂。他笔下的圣徒们，如同约翰·班扬（John Bunyan，1628—1688）作品中步履艰辛的朝圣者一样，歌唱者乘车奔向天国。阅读泰勒的诗作，读者会加深对清教徒的认识和理解。或许，清教徒不像许多人所认为的那样严厉、冷酷和痛苦。

泰勒的诗歌总的说来比较艰涩。他只引用《圣经》，并不通篇用典。

他之所以晦涩，主要是因为他的意象所致。泰勒的头脑是诗人的艺术头脑。他不满足于抽象的论证。他的感官和思维锐敏，惯于将脑际所出现的兴奋点和客观对应物大胆地联结起来。这种跳跃的幅度之大及其速度之快，有时令人极难把握和追踪。他的诗表现出明显的“玄奥派诗歌”的特点。17 世纪英国诗坛所出现的以约翰 · 堂恩(John Donne，1573—1631)和乔治 ·赫伯特(George Herbert，1593—1633)为代表的“玄奥派诗人”，力图反映一个万物类似、相互间都存在着某种“神秘”关系的世界。这个世界被诗人的丰富想象力绘制成一个象征对应物的大网结。诗人的思想在表面上全不相关甚至相悖的事物之间腾跃，专门对事物之间所存在的、隐蔽的相似关系进行披露，并以此作为构成比喻的基础。

《家务》是泰勒的精妙诗作之一。他的诗人的想象一直萦绕在一个比喻上。如果沿着时间的大路向后走到 17 世纪新英格兰一处农舍，我们可能会看到家庭主妇坐在纺车前纺纱、织布的景象。纺车或织机是听从她调度的工具，正如基督徒是从主调度的工具。泰勒望到这一切，立刻产生“我是纺车和织布机”这一比喻。沿着这条思路一路奔驰，诗人看到纺车和织布机上的各个部件所具有的袍抽内涵。诗的第一节谈纺线织布：“主啊，把我做成你的完美的纺车吧，你的圣谕做线杆，我的激情做梭子，我的灵魂做线轴，我的谈话做卷线筒，把纺出的线卷起；再把我做成你的织布机，在上面编织这双股线，你的圣灵做线轴，你来亲手织，线很纤细，你的旨意做蒸洗机，除杂涤垢，然后用精妙的天国的颜料染布，使块块上面的天堂的鲜艳花朵光闪熠熠。”诗的第二节谈布的用途：

> 然后以此为我的理解力、意志、情感、判断、良心、记忆、我的言语及行动做衣，使它们的光耀充满我的举止，并为你增辉。

泰勒诗歌语言的形象和比喻无疑源于《圣经》，但是他不满足于单纯的模仿。他对《圣经》某些比喻的发挥和延伸充分表现出他所独具的意匠。

泰勒诗作的内容是单调、乏味的。一些智力活动稍弱的诗人会运用论证性的抽象语言写出一些平淡的应景之作来。但是，泰勒的诗竟无一首属抽象论述，读来竟是一场智力拼搏，足见他的诗笔的魄力不同一般。亚里士多德在其《修辞学》中说：“我们应当赋予语言以一种奇异的情味。”泰勒无疑做到了这一点。

第二节 启蒙时期的美国文学

与英国和欧洲其他国家相比，北美的启蒙运动要晚半个世纪，在18世纪中叶至19世纪初才进入了启蒙时期。在这个时期，北美经历了巨大动荡和变革，新旧之间混合交替。在思想方面，清教主义正让位于启蒙和理性时代的信念。在文学领域，作家在为独立革命进行思想准备和辩护，开始努力创立独立美国文学。于是，此时以鼓动为目的的革命文学十分活跃。美国独立后，文学界开始讨论美国的文化独立，开始认真寻觅表达民族精神的文学形式和手段，美国风格初露端倪。

一、以鼓动为目的的革命文学

18世纪60年代，英国殖民当局同北美大陆人民之间的矛盾越来越尖锐。从1763年起，13个殖民地先后爆发反英斗争，并建立了许多秘密的革命组织。1770年，波士顿发生了英军同当地居民的流血冲突事件，加剧了矛盾的发展。1773年12月波士顿发生倾茶事件，这是一场由波士顿"自由之子"所领导的政治示威事件。示威者们乔装成印第安人将东印度公司运来的一整船茶叶倾入波士顿湾，以此反抗英国国会于1773年颁布的《茶税法》。次年，英国当局下令封闭了波士顿港。1774年9月，13个殖民地统一意志，在费拉德尔菲召开了第一届殖民地大陆会议，准备向英国呈交请愿书，希望以和平的方式解决矛盾。但是，1775年4月，马萨诸塞的英国殖民军与当地"通讯委员会"的民兵发生了武装冲突，由此拉开了美国独立战争的序幕。经过7年的战争，1781年10月19日，英军无条件投降。1783年9月，英美签订《凡尔赛合约》，美国获得独立。

从1763年到1775年为独立战争爆发的酝酿期。其间，北美人民通过各种文学形式生动地反映出了当时美利坚人民在反英斗争中所表现出来的进步思想和动人事迹。独立战争前夕，北美殖民地文坛以政治性著称，多为宣传和鼓动性文字，主要包括两大部分，一部分是革命诗歌，另一部分是革命理论和散文。诗歌中比较有代表性的作品是菲利普·弗瑞诺（Philip Freneau，1752—1832）的早期诗作。他的社会诗内容丰富，有揭露英国殖民统治之作，如《政治祷文》《康沃里斯伯爵将军的败北》；有歌颂爱国将士为国捐躯的，如《纪念英勇的美国人》；有歌颂独立革命领袖人物的，如《纪念华盛顿将军》《悼念托马斯·潘恩》；有关于民族政治的，如《沉思》；有关于蓄奴制和法国革命的，如《致托比爵士》《苏弗里埃尔山脚下所写》《论潘恩先生的人权》等。

此外，弗朗西斯·霍普金森（Francis Hopkinson Smith，1737—1791）的《木桶战》和民间创作《杨基小调》，都是在反抗英军斗争中产生出来的名作，广为传诵。

革命理论和散文的杰出代表为本杰明·富兰克林（Benjamin Franklin，1706—1790）、托马斯·潘恩（Thomos Paine，1737—1809）、托马斯·杰斐逊（Thomas Jefferson，1743—1826）。富兰克林的《格言历书》，潘恩的《常识》《美国危机》，几乎成为独立战争爆发前后最重要的指导性作品。其中，《格言历书》的文学部分中的散文以及印在历书空白处的许多国家的成语、箴言，富有生活哲理、体现智慧、语言诙谐，成为当时及后世人处世的座右铭。潘恩的《常识》讴歌北美人民的斗争，并以严谨的逻辑指出北美大陆与大英帝国之间继续保持关系的宿弊所在。潘恩在书中指出，跟随在英国后面只会招来欧洲的疏远或敌视，而自由的美洲将赢得它的友谊和支持。他以很有感情的口吻说，被杀者的血，大自然的悲啼声，都在呼叫，该分手了。《常识》的论点有理有据，论证精辟透彻，每一字词都经过精心选择，每一比喻都熨帖而不落俗套，很有感染力。这部著作为北美独立事业作出了有力的辩护，长了北美殖民地人民的志气，从思想上加强了北美为独立而斗争的信念。《美国危机》评说事态发展的状貌，激励公众和全军将士做出更大的战斗努力。

杰斐逊的《独立宣言》是他和约翰·亚当斯、富兰克林等人一起在独立革命期间起草的。该宣言集中反映了杰斐逊的思想，也体现了他丰富的政治哲学知识和简练隽永的文笔。也因为《独立宣言》，杰斐逊成为18世纪启蒙时代思想的典型代表。《独立宣言》宣称："我们认为这些真理是不言而喻的：人人生而平等，造物者赋予他们若干不可剥夺的权利，其中包括生命权、自由权和追求幸福的权利。"杰斐逊坚信约翰·洛克在《两篇关于政府的论文》中关于人的权利包括生命、自由和财产的论断。他坚信政府的职能是保障这些权利，失去人民的信任的政府没有任何权威。《独立宣言》指出，纵观英王乔治三世的历史，他把人民置于专制统治之下，不配做人民的统治者。这些言论和思想足见《独立宣言》具有极强的政治性和鼓动性。

二、初露端倪的美国风格

18世纪80年代至19世纪初，美国文坛生机勃勃。新的政治秩序甫定,国家日益兴隆。文学界开始呼唤北美文化独立,作家、评论家、编辑、讲演家以及政治家一致认为,美国人要有自己独立的歌,要有自己的独立文化。诺亚·韦伯斯特(Noah Webster,1758—1843)是呼出北美文化独立第一声的人。他在发展美国语言方面的建树尤其受到历史的青睐。他在著名的《论英语语言》中,不厌其烦地谈到"本国语言""语言的统一""发音的相同"等充溢着浓郁民族主义情感的原则,提出美国语言的拼写和语法应以美国人民的语言实践为准则的重要理论。

美国建国之初,很多作家都感到无素材可写。对此,一批洞见未来的作家,勇敢地指出美国生活的特点,大胆勾勒美国文学应有的状貌,鼓励同人在荒野中披荆斩棘,踏出一条新路来。詹姆斯·克尔克·保尔丁(James Kirke Paulding,1778—1860)便是其中引人瞩目的一位。保尔丁的长诗《边远地区的人》及长篇小说《喂,向西去!》已经成为美国文学的经典之作。《边远地区的人》描述了向西拓殖的甘苦;《喂,向西去!》体现出作者在美国寻找题材的苦心。

在这一时期,独立革命前风行的日记、札记、布道演讲辞、宣传文章等文学形式,逐渐被具有更高艺术构思和表达性的、艺术目的更加明确的小说、诗歌、戏剧和散文等文学形式取代。美国人开始了独立文学的漫长创作过程。首先,真正意义上的小说出现。美国第一部伦理和感情类小说,威廉·希尔·布朗(William Hilt Brown,1765—1793)的《同情的力量》于1789年问世。这是美国第一部小说。翌年出版了苏珊娜·罗森(Susanna Rowson,1762—1824)的《夏洛特·坦普尔》。这两部小说打开了美国文学界小说创作的闸门。罗亚尔·泰勒(Royall Tyler,1757—1826)的《阿尔及利亚俘虏》和休·亨利·布拉肯里奇(Hugh Henry Brackenridge,1748—1816)的《现代骑士团》(Modern Chivalry,1792—1797)大体属讽刺小说范畴。其中,《现代骑士团》是独立战争后描写美国边地生活的第一部小说。此时,也出现了哥特式小说,查尔斯·布罗克丹·布朗(Charles Brockden Brown,1771—1810)尤以创作此种小说而闻名,其代表作如《威兰》和《奥尔蒙德》。布朗在创作中师承了欧洲和英国的文学传统,但缺乏幽默和讽刺。但是,他在美国文学尤其是小说史上的地位是不容忽视的。他是美国第一位职业作家,在某种意义上说,他"发明了美国作家"①,使美国小说成为一种文化事实。另外,这一时期内还有不少带图小说及历史小说面世。整体上而言,美国小说还处于起步阶段,受英国和欧洲的影响还很明显,但已经开始出现北美特有的风貌,包括印第安人、边地生活、独立革命及其英雄人物,

① Leslie A, Fiedler.*Love and Death in the American Novel* (*2ed edition*) [M].New York: Delta Book, 1966: 130.

以及美洲的风光、物土及人情。

这一阶段的美国诗坛整体上处于萧条状态，但仍有几位诗人创作了一些优秀的作品。例如，约翰·特朗布尔（John Trumbull，1750—1831）的讽刺诗并非旋踵即逝之作。前面提到的弗瑞诺，其诗歌虽然还带有浓厚的“英国味”，但他是第一位把目光转向美洲的重要诗人。他的诗歌除了社会诗之外，还有抒情诗。抒情诗或者是喟叹人生之如梦幻，或赞美自然万物之神妙，或者表达对土著印第安人风俗的惊诧，或者抒发对社会生活实际的满腹牢骚。弗瑞诺对北美的风物兴趣极浓，率先摆脱模拟英国18世纪新古典诗作的羁绊，直接观察和描绘四周的一切。美洲大地的风貌，一草一木，都能引起弗瑞诺的联翩浮想，并借以为框架，巧妙地遣词用字，写出抒发自己胸臆的诗歌。著名的《野忍冬花》便是适例。诗的最后两句，似是对花说，又似诗人自言自语。令人颇为回味。弗瑞诺从本国风物寻觅灵感的做法，影响了后代作家，是他对美国独立文学的诞生所作的贡献。弗瑞诺是最早提出“高尚野蛮人”概念的诗人之一。他写于1787年的《印第安人墓地》是美国文学中把印第安人理想化的最早的文学珍品之一。弗瑞诺在该诗的注中写道：“北美印第安人让死者坐着，用贝壳念珠、鸟兽的偶像，或（如果死者是武士）弓、箭、石斧以及其他武器装饰起来，然后埋葬。”这一风俗引起诗人想象的驰骋。诗歌取材于印第安人生活，这是弗瑞诺率先开创的一个种美国诗歌创作传统，这一传统直接影响了后代如亨利·瓦兹沃恩·朗费罗（Henry Wadsworth Longfellow，1807—1882）等著名诗人的创作。另外，弗瑞诺的重要诗篇《夜之屋》，从某种意义上讲，它开了美国诗歌写“死”之先河[①]。该诗的副标题是“一个梦景”，明示读者该诗所描写的乃是一场梦里的所见所闻。

独立革命战争中，美国戏剧创作及演出几乎完全停止，直至1783年方出现生机。此时，美国剧坛已出现敢于和引进的英国戏剧相竞争的剧作家，泰勒和威廉·邓拉普（William Dunlap，1766—1839）便是其中颇有建树的两位。泰勒于1787年推出的《对比》一剧，是一出令人耳目一新的喜剧，它将美国方言搬上舞台。就内容讲，它表现美国人的庄重和英国下流之辈的卑鄙两种品格间的比较。全剧自序幕开始，一直突出了它的美国性。邓拉普的《安德烈》堪称这一时期内的最佳悲剧。它描写独立战争期间美军俘虏一名英国军官并将其处以绞刑的爱国主义故事。当然，美国戏剧的进步依然不大，还有一段漫长的路程要走。

独立战争后，在杰斐逊、潘恩、富兰克林的努力下，美国散文作品表现

① ［美］G·弗里斯·克隆凯特．弗瑞诺的《夜之屋》［M］．康乃尔图书馆杂志，1969（8）：3—19.

活跃,出现了很多优秀的散文,他们为美国思想、美国风格的形成作出了不可磨灭的贡献。例如,杰斐逊在18世纪80年代创作的《弗吉尼亚笔记》,是他对法国政府关于美国地理、资源、人口及文明的一系列调查问题的回答。回答由数据性评述开始,继而介绍了弗吉尼亚及其居民,他对艺术和教育的看法,对待奴隶制的态度,对科学和自然界的关心和热忱,对独立小农经济的民主信念等。

潘恩在18世纪90年代撰写的《人的权利》宣传法国革命的理想和原则,为法国人民的革命行动作辩护。潘恩在该著作中认真分析了欧洲社会所存在的各种弊端,继而指出欧洲现行君主政体是万恶之源。另外,潘恩在狱中完成的传世之作《理性的时代》是一部阐述自然神论的具有非凡说服力的杰作,该书猛烈抨击了宗教的非理性的一面。

富兰克林的《自传》为自传体文学的上乘之作。它简明而极引人入胜地叙述了美国第一位自立更生、白手起家者又穷苦卑微而一跃为富有、闻名、发达的故事,忠实地记录了他光辉灿烂的一生的变迁,第一次把美国梦的实现过程落笔于纸上。《自传》的文体也体现出清教徒简朴、直爽、极力避免似是而非的风格,充分表现出清教文风的特点,对后代作家产生了深刻影响。《自传》文字通畅、准确、直截了当,句子结构简短,所用意象皆取自普通生活,读来绝无艰涩之感。

纵览自18世纪中期至19世纪初这几十年,美国文学似乎得到了长足的发展。这期间的作家与作品开始表现出一定的“美国味”。但总的说来,这一阶段的美国文学,其模仿性和依赖性还很强,真正意义上的美国独立文学的形成还需要后人的努力。

第九章　跨文化视角下的19世纪美国文学研究

19世纪的前50年，美国在经历了独立战争后，日益形成了新的体制，工农业也获得了迅速发展，全国经济空前膨胀。在其影响下，美国人民越来越渴望能拥有属于自己的文学对自己的新经历和新追求进行表现。于是，美国逐渐形成了属于自己的、具有鲜明自身特色的独立文学，其中影响最大的是浪漫主义文学。而到了19世纪50年代后，美国社会发生了重大改变，其中影响最大的事件是美国内战。这场战争发生于1861年，直到1865年才结束，历时5年，且死亡人数众多，物资消耗也十分巨大。这使得美国人民从浪漫主义的乐观中清醒过来，开始对浪漫主义的观点提出疑问。而这反映到文学创作中，就是逐渐产生了反对浪漫主义的现实主义文学创作传统。而到了19世纪八九十年代，随着老一代现实主义作家的创作已不具当年的犀利，后起之秀深感自身所负重责，决心正视现实，如实反映现实，迅速捕捉国家正在发生的微妙变化，以如实表现新格局中人的微妙感情变化。于是，自然主义文学在美国文学中萌生了。在本章内容中，将站在跨文化的视角，对美国19世纪的文学创作进行深入研究。

第一节　浪漫主义诗歌的发展与现代主义诗歌的萌芽

19世纪的美国诗歌创作，深受浪漫主义文学思潮的影响。与此同时，现代主义诗歌在这一时期也开始呈现萌芽状态。

一、热情奔放的浪漫主义诗歌

浪漫主义运动最初是从德国产生的，后来在英国和法国获得了广泛传播。而美国的浪漫主义文学运动相比英国来说，晚了大约20年。同时，美国的浪漫主义文学运动相比欧洲来说，呈现出自身的鲜明特色，即与表达民族的声音有机结合在一起。而在美国浪漫主义文学运动的影响下，美国浪漫主义诗歌的创作也具有了十分鲜明的美国特色。

美国浪漫主义诗歌的创作，深受超验主义的影响。超验主义认为，人是可以超越感觉和理性认识真理的，因而“强调精神和超灵，强调自我、自助和自悔，强调回归自然”[①]。同时，超验主义强调，人要学会对自然进行热爱、享受与保护；要不断对自我的灵魂进行教诲与完善；要重视精神修养，不可过于迷恋甚至沉溺于物质生活。对此，拉尔夫·瓦尔多·爱默生（Ralph Waldo Emerson，1803—1882）的诗歌有着较好体现。比如，《暴风雪》一诗：

天空的号角齐声宣告，
大雪降临，漫天狂舞，
徘徊着，似难寻宿处，
淹没了山丘和树林，河流和天空
也淹没了花园尽头的农家小屋，
旅行者封存了雪橇，邮差
耽搁了路途；家人躲在屋里
燃旺一室炉火，
狂暴的风雪让他们与世隔离
……
当他的时光来临，世界，
便为他一己主宰，然后
太阳露面，他悄然离去
空留那惊愕的人间作者
笨拙地、一砖一石、
用一个时代的时间
来复制这一夜挥就的作品
这风雪的游戏之作。

这首诗可以说鲜明地体现出超验主义思想，诗人通过对暴风雪的描写，对大自然浩荡雄浑的力量进行了描绘与赞美。

又如，沃尔特·惠特曼（Walt Whitman，1819—1892）的诗歌《一只沉默而耐心的蜘蛛》：

一只沉默而耐心的蜘蛛，
我看到它孤立地站在小小的海岬上。

① 杨仁敬，杨凌雁．美国文学简史［M］．上海：上海外语教育出版社，2008：78.

看它怎样向空旷的周围的探索
它射出一缕一缕又一缕丝，
不断地把它们卷开，又孜孜不倦地向外扩展。
而你，我的心灵啊，独自站在
漫无边际的茫茫空间里，
不停地沉思、探索，寻求可以连接的地方，
直到架起你需要的桥，直到下定你韧性的锚，
直到你抛出的游丝抓住了某个地方，哦，我的心灵啊！

这是一首深受超验主义思想影响的诗作，超验主义认为自然就是神秘且活生生的事物，而且自然中充满了象征。而在诗中，诗人就借助于自然界中一只普通且常见的蜘蛛，对人的心灵与外在自然物的契合进行了说明。

美国浪漫主义诗歌从内容上看，注重对独立战争胜利后新共和国进行热情讴歌。比如，爱默生的《民族的力量》一诗：

不是黄金，而是它的人民；
才能使一个民族伟大强盛；
为了真理，为了荣誉，
他们坚定不移，不怕牺牲。

有人在酣睡，他们在忘我劳动。
有人望风而逃，他们却奋勇冲锋——
是他们建造了支撑民族大厦的柱石，
使之拔地而起，高耸云层。

在这首诗中，诗人运用简单、朴实的语言以及优美的韵律，对民族的中间力量进行了热情讴歌，他们为了追求荣誉和真理而勇敢、坚强地奋斗着。

美国浪漫主义诗歌还对美国人民的智慧、创新以及面对困难和危险的勇气与坚持进行了热情赞扬，并对美国人民追求民主、自由和平等的愿望进行了深刻反映。对此，惠特曼的诗歌有着鲜明的体现。惠特曼的诗歌从总体上来看，主要是对时代、民族和人民进行歌唱、对自由、平等进行赞美的，如《我听见美国在歌唱》一诗：

我听见美国在歌唱，我听见各种各样的歌，
那些机械工人的歌，每个人都唱得欢快而嘹亮，
木匠边测量着木板或房梁边唱着他的歌，
泥瓦匠边准备开工或歇工边唱着他的歌，

船夫在他的船上唱着他的歌，舱面水手在汽船甲板上唱歌，
鞋匠坐在凳子上唱歌，做帽子的人站着唱歌，
伐木者的歌，牧童的歌，从早上、午休到日落一直唱在路上，
母亲或年轻的妻子在工作时，姑娘们在缝纫或洗衣裳时甜美
唱着的歌，
每个人都唱着属于他或她而不属于任何其他人的歌，
白天唱着属于白天的歌一晚上，健壮、友好的年轻小伙子，
开嗓子唱起他们那雄伟悦耳的歌。

在这首诗中，诗人运用简朴的语言、排比的句式，对机械工人、木匠、泥瓦匠、船长、水手、鞋匠、伐木者等美国各行各业普通劳动者的美进行了热情歌颂，并由此反映出美国这一国家及其人民的朝气蓬勃以及美国人民向往民主、自由和平等的愿望。

又如，《啊，船长！我的船长呦！》一诗：

啊，船长！我的船长！我们可怕的行程已结束，
我们的船渡过了一个个难关，我们追求的目标已达到；
港口就在面前，钟声在响着，人们在欢呼
望着庄严而威武的航船，平稳地前进，
但心啊！心啊！心啊！
鲜红的血在滴着
我的船长躺在甲板上
他停止了呼吸，全身冰凉。

这首诗是诗人为了纪念被刺杀身亡的林肯总统而创作的，他将林肯比作船长，驾驶着美国这条航船在大风大浪中艰难前进，并最终经南北战争而抵达了目的地，获得了胜利。这使得美国人民欢欣鼓舞，但此时船长却去世了。通过这首诗，不难看出诗人对民主、自由和平等的向往。

美国浪漫主义诗歌从艺术技巧上来看，常常运用象征主义的手法。对此，不少浪漫主义诗人的诗歌创作中都有所体现。比如，朗费罗的诗歌《箭与歌》：

我向空中射出一支箭，
箭落地，我不知它的踪影；
因为它飞得那么迅猛，
肉眼跟不上它的飞翔。
我向空中唱出一首歌，
歌声落地，我不知它的踪影；
因为谁的眼睛那么锐利，

可以跟得上歌声的飞扬?
很久很久以后,在一棵橡树上,
我找到了那支箭,还没有折断;
而那首歌,从头至尾,
藏在一个朋友的心间。

这是一首对友谊进行歌颂的诗歌,诗中,诗人用“箭”来象征“友谊”,暗示友谊能够像箭一样,跨越很远的距离。总体来说,这首诗的意思是较为浅显的,但体现出的内容是十分深刻的。

浪漫主义诗歌创作也深受英国浪漫主义诗歌的影响,并着重强调了诗歌格律的严整性。比如,埃德加·爱伦·坡(Edgar Allan Poe,1809—1849)的诗歌《致海伦》:

海伦,你的美在我眼里
就像尼西亚远古的帆船,
在芬芳的大海上轻轻驶过,
载着倦于旅途的流浪汉,
将他送回故乡。

他已习惯了在恶海上漂荡,
你美丽的秀发,典雅的面容,
仙女般绰约的风姿和模样,
使我回到希腊的光荣,
回到罗马的辉煌。

看啊!从你明亮的窗龛,
我见你站着如一座雕像,
玛瑙的灯盏在手中闪亮!
啊,普赛克仙女
那是你的圣地!

这是坡的一首抒情之作,写得含蓄、幽婉、细腻、感人。同时,该诗有着完美严谨的结构、洒脱自如的韵律,是英美诗歌中格律工整的精品之一。

总的来说,产生于19世纪的浪漫主义诗歌,尤其是惠特曼的浪漫主义诗歌,不仅是美国诗歌史上的一座丰碑,而且在世界诗坛都是光彩照人的。

二、日渐萌芽的现代主义诗歌

在19世纪后期，美国诗歌的创作逐渐呈现出现代主义的萌芽，而这主要得益于艾米莉·狄金森(Emily Dickinson，1830—1886)的诗歌创作。

狄金森一生共创作了1 700多首诗歌，但生前只有7首得到发表。而在20世纪初，狄金森的诗歌被重新发现，而且她的遗诗令这一时期的现代主义诗人着迷。

狄金森的诗歌创作理论，被20世纪的现代主义诗人尤其是意象派诗人所继承。在她看来，诗歌必须要具有强烈的、感人的力量；应该借助于具体的形象来对诗人的思想进行体现、对诗人的内心境界和情调进行展示；应该用简单、平实、精确、凝练的语言对于深刻且极富感染力的寓意进行表达。而狄金森的这一诗歌创作理论，与20世纪初的印象派诗人庞德等提出的意象主义诗歌理论存在着较大的一致性。由此可以推断，现代主义诗歌的创作深受狄金森的诗歌创作理论的影响。这里以诗歌《小石头》为例进行具体分析：

小石头多么快乐
独自在路上滚着
从不介意荣辱沉浮
从不畏惧危机发生
他朴素的褐黄云裳
为过路的宇宙穿上
像太阳一样独立
成群或单独，却发光
以不拘礼的淳朴
履行绝对的义务

在这首诗中，诗人运用简单而平实的词句，将小石头的特征形象而深刻地刻画了出来，它既普通、平凡，又快乐、自信、不屈不挠。而通过对小石头特征的描写，诗人给自己画了一幅自画像。因此，这里的小石头除了是自然物外，还是诗人自己的象征，表达了自己不在乎荣辱的高洁心态。

狄金森的诗歌从内容上看，主要有四个方面的主题：一是大自然，即对大自然进行歌唱；二是爱情，即对真挚美好的爱情进行赞美；三是死亡，即对死亡的痛苦以及“死亡”与“永生”的矛盾进行描写；四是人生，即对人生的遭遇进行讲述。同时，她在对这四个主题进行书写时，都注重对自我以及自我的心理进行深刻的表现。也就是说，狄金森的诗歌开创

了心理描写的先河,而她的《我感觉,葬礼在我脑中举行》一诗被认为是美国第一首现代心理诗:

我感觉,葬礼在我脑中举行,
哀悼者来来往往
不停踱步——踱步——直至
我的感官如开裂一般——

待他们坐定,
宗教仪式开始,如同鼓点
不停敲击——敲击——直到我感觉
头脑开始麻木——

接着我听见他们抬起棺材
同样带铅钉的靴子,在此
吱吱嘎嘎在我灵魂碾过
接着四空——开始鸣响丧钟,
……
接着理智的模板,断裂,
我往下跌落,往下——
每次跌落,撞击一个世界,
接着——失去知觉——

在诗中,"我"已经脱离了躯体,对另一个"我"即脑中、思想和灵魂中的"我"的葬礼进行了观察。同时,诗中在对"我"的死亡过程进行描述的同时,也对"我"所经历的整个死亡心理过程进行了生动形象的展示。

此外,狄金森在对爱情主题进行表现时,表现出了极具现代性的爱情观和婚姻观。狄金森为了摆脱当时女诗人所面临的婚姻和家庭的双重束缚,选择了终生未嫁。但是,她的爱情诗却写得大胆而直率,并且充满了新颖的比喻以及奇特的想象。比如,她在诗歌《为什么我爱你,先生》中,

为什么我爱你,先生
因为——风,从不要求小草
回答,为什么他经过
她就不能动摇
……
闪电,从不询问眼睛,
为什么,他经过时,要闭上

因为他知道它说不出
有些道理，
难以言传

日出，先生，使我不能自己
因为他是日出，我看见了
所以，于是
我爱你

诗人借助于风吹而动的草和电闪而眨的眼这两个比喻意象，既明确指出自己对情人的爱是自然的、出于本能的、无法控制的；也指出"为什么我爱你？"这个问题的愚蠢性。

狄金森的诗歌中，有不少富有现代感的奇特意象。意象派诗歌的奠基人庞德认为，诗人在创作中应大胆地对生活中的意象进行表现，而且意象"不应被当作装饰，意象本身就是语言，意象是超越公式化的语言"[①]。也就是说，意象派诗歌注重通过具体意象对感情进行表达，而不是直接对感情进行抒发。而狄金森的诗歌，多是具体意象的巧妙排列和叠加，并于其中蕴含着丰富的思想与感情。正因如此，意象派著名女诗人艾米莉·洛厄尔（Amy Lowell，1874—1925）称她是"意象派诗人的先驱者"。在《草丛中的细长家伙》一诗中，狄金森运用婉约的笔触以及长竿、鞭梢等静态的视觉意象和它穿过草丛时两旁的草如梳过一般分开、它躲避行人时会曲一曲等动态的视觉意象，对细长家伙即蛇的外貌进行了生动描写。同时，诗人还在诗中明确指出人与物进行沟通的困难，而这是通过人遇蛇总会神经紧张、气促心悸、骨子里冒寒气这一现象表现出来的。

狄金森在进行诗歌创作时，还常常运用戏剧性独白的形式、通感的形式等，对自己的知觉与心理感受进行表现。其中，通感指的是"不同感官感觉的混合，把一种感官的经验与感受通过心理媒介传达给另一感官的过程"[②]。狄金森是美国最早在诗歌中运用通感这一现代主义手法的诗人之一，以她的《我听见一只苍蝇嗡嗡——我死时》一诗来说：

我听见一只苍蝇嗡嗡——我死时
卧室里一片寂静
像空中的寂静一样——
在风暴的起伏之间——

① 丁晓春．艾米莉·狄金森诗歌现代性解读[J]．青海师范大学学报（哲学社会科学版），2007（3）．
② 洪振国．艾米莉·狄金森——现代主义的先驱[J]．外国文学研究，1996（4）．

周围的眼睛——泪水已经拧干——
他们的呼吸又开始稳定
等待着最后的那一击死——神
出现——在卧室里——
……
那绿色的——不定而无力的嗡嗡声——
在光——和我之间——
随后窗户消失——随后
我就不能见到所见——

在这首诗中，诗人运用听觉和视觉的沟通与混合，描写了一只绿色的、发着嗡嗡声的苍蝇，并借此表达出自己复杂的心智活动。

总的来说，狄金森的诗歌创作呈现出了现代主义的倾向，并深刻影响了后世现代主义诗歌的创作与发展。

第二节　多派别小说的创作

19世纪的美国小说创作，从总体上来说深受浪漫主义和现实主义这两种文学思潮的影响，且在浪漫主义小说和现实主义小说的创作中都取得了十分重要的成就。

一、以开创新的一代民族文学为重任的浪漫主义小说

自进入19世纪之后，越来越多的美国作家意识到开创新的一代民族文学的重要性，并将其作为自己的一项重要责任。而在新的一代民族文学的开创过程中，包括浪漫主义小说在内的浪漫主义文学可谓发挥了极其重要的作用。

美国的浪漫主义小说的发展历史，总体来说是比较短暂的，从它于18世纪末期萌芽，到其在19世纪50年代时逐渐衰落，不过60多年的历史。但是在这短短的60多年中，浪漫主义小说却发展迅速，并成为世界浪漫主义文学的优秀代表。与此同时，这一时期出现了一批成就和影响都较大的浪漫主义小说家，如盛顿·欧文（Washington Irving，1783—1859）、詹姆斯·费尼莫尔·库柏（James Fenimore Cooper，1789—1851）、纳撒尼尔·霍桑（Nathaniel Hawthorne，1804—1864）以及赫尔曼·梅尔

维尔（Herman Melville，1819—1891）等。

19世纪的浪漫主义小说，多取材于美国独立战争时期的故事、开发西部的业绩和印弟安人的部落生活。对此，库柏的浪漫传奇小说中有着鲜明的体现。他的长篇小说《间谍》就讲述了一个发生于独立战争期间的中立地带的故事。小说的主人公哈维原本是一个流动小贩，而在独立战争爆发后，他将自己伪装成了亲英分子，并在家乡纽约州威斯彻斯特县这一被称为“中立地带”的地区进行秘密活动，主要是侦查英国情报，并及时将其报告给联邦军总司令乔治·华盛顿的谍报机构。而在战争结束时，哈维拒绝了人们对他的报偿行为，并回到了原本的流动小贩身份。在哈维的身上，可以看到美国人民所具有的强烈爱国主义以及美利坚民族所具有的优秀精神道德，即纯洁、质朴、无私、无畏等。

19世纪的浪漫主义小说有着多样化、美国独有且过去从未表现过的题材，包括美国的历史、美国的传统、美国的自然景色、美国的风土人情等。因此，这一时期的浪漫主义小说有着鲜明的美利坚民族风格。以欧文的小说《纽约外史，一部由狄德里希·尼克包克尔记录的从世界开端到荷兰王朝结束的历史》（简称《纽约外史》）来说，这是一部讲述新尼德兰地区的发展历史的小说。小说中的“新尼德兰地区”，指的是荷兰人1613—1664年在北美大陆东海岸的哈得逊河和下特拉华河流域建立的殖民地，后被英国人所占，并改名为“纽约”；而在美国独立战争结束后的1788年，这里建立了纽约州。而欧文写作这部小说，为的是“以逗趣的形式体现我们这个城市的传统，阐述本地人的脾性、风俗和特色，给本地的风光与场所以及熟悉的人物披上一层唤起想象力的怪念丛生的联想”[①]。该部小说是由七卷内容构成的，在第一卷中，作者模仿近代史学家的笔法，既对宇宙的起源、整个世界的面貌进行了讲述，也对首先发现美洲大陆的欧洲人进行了滑稽描写；在第二卷中，作者对早期荷兰殖民地开拓者的开拓活动进行了生动展现；在第三卷中，作者对希特勒统治下的新阿姆斯特丹的早期环境进行了生动展现；在第四卷中，作者讲述了一个有关荷兰殖民地统治者的传说，这个统治者除了具有粗鲁的、好斗的性格，别的一无是处；在第五卷到第七卷中，作者讲述了荷兰最后一任总督保特·斯蒂弗森特的政治改革、军事行动以及对英国人入侵的抵抗。整部小说通过可笑的人物塑造、荒唐的故事情节以及幽默、讽刺、夸张等艺术手法，对荷兰殖民统治时期的野蛮统治进行了无情的揭露与揶揄。

欧文的另一部小说《睡谷的传说》，将背景设置在哈得逊河附近的一

① 毛信德．美国小说发展史[M]．杭州：浙江大学出版社，2004：26—27.

个乡村,通过讲述穷教师追求富家女失败的故事,揭示了金钱在贫富不均的社会中对爱情的重要影响。另外,这部小说也对当时当地的人情风俗进行了生动描写,从而深刻地反映出18世纪初期殖民地人民的思想面貌。

19世纪的浪漫主义小说大多有着曲折而虚幻的故事情节以及细腻的心理分析与描写,这在霍桑的长篇小说《红字》中有着鲜明的体现。《红字》被认为是美国浪漫主义小说中最有声望的权威作品,有着生动曲折的故事情节,也有着十分细腻的心理描写。就故事情节来说,这部小说共有24章,讲述了一个发生在17世纪的波士顿的简单但十分动人的故事。年轻美貌的主人公海丝特有着不幸的婚姻,嫁给了身体畸形多病的术士罗杰,而且两人之间毫无爱情可言。后来,罗杰在海上被掳失踪,海丝特只能自己过着孤独的日子,并承受着沉重的精神压力。这时,英俊且有气魄的青年牧师亚瑟在她的生活中出现了,两人产生了真挚的感情,并度过了一段热烈的爱情生活,海丝特还怀了孕。但是,海丝特的行为与加尔文教的教义是相违背的,因此她被定为通奸罪并遭到逮捕,还在狱中生下了女儿。之后,海丝特依照当时的教规被要求在法院广场的高台上接受示众和讯问。而执行审讯任务的,正是海丝特的情人亚瑟。但是,她深爱着亚瑟,并将他们的爱情深埋在心底,因而拒绝回答任何问题、不肯说出奸夫的姓名。最终,她被要求在胸前佩戴着象征通奸罪的红字A。而在海丝特接受审讯时,她的丈夫从海上逃了回来也在刑台周围的市民中间,并决心找出奸夫。最终,海丝特被允许出狱,她独自带着女儿在市郊半岛边缘的一间小茅屋里生活,靠做针线活维生。但在此期间,海丝特还经常受到迫害,如清教徒法庭用种种狡猾的手段来惩办她、牧师要利用她在街心作劝诫并要将她的女儿带走等。对此,海丝特感到非常焦虑和害怕,于是向贝灵汉州长求情,但被无情拒绝。后来,由于亚瑟给贝灵汉州长说情,她们母女才未被分开。但此时,化身为医生的罗杰创造机会频繁地接触海丝特,并在发现她的情夫是亚瑟时,便开始了复仇。他对亚瑟实行了无情的心灵折磨,使亚瑟的身心遭到了沉重打击。而且,在罗杰的鼓动下,亚瑟鼓起勇气和海丝特及他们的女儿见了面,并决定逃往英国,但因罗杰的破坏未能实现。后来,亚瑟因无法忍受内心的痛苦而在自己即将成为主教的前夕宣布了自己隐藏多年的秘密:他就是海丝特的情人,也是海丝特女儿的父亲。之后,他将胸前烙着的猩红色的"A"字展现在人们的面前,并在海丝特的怀里去世了。此后,海丝特带着女儿离开了波士顿,但她仍然佩戴着那个鲜艳的红字。而在年老之后,海丝特再次回到了她与亚瑟相识的地方,并在那里度过了余生。而在她去世后,她被葬在了亚瑟的墓旁,墓碑上刻着铭文:“在一片黑地上,刻着血红的A字。”整体来看,小说的情节是十分曲折的,而且环环相扣,十分感人。

就心理描写来说,小说中对人物的内心活动进行了十分细腻的描写。而对人物内心活动的描写,在小说中有着十分重要的作用。首先,心理描写有助于对人物的出身、性格、生活等进行深刻的反映。比如,海丝特在戴着红字示众时,作者对其内心活动进行了描写。据此,海丝特的出身、教养、不幸的婚姻生活以及她对生活的不满、她所遭受的极端痛苦和屈辱进行了深刻表现,并对她勇敢的性格、坚强的意识以及强烈的反抗精神进行了展现。其次,心理描写与情节发展是息息相关的,能够推动故事情节的发展。比如,海丝特在被允许出狱后,本可以撕掉胸前的红字,带着女儿到别的地方开始新的生活。但是,她并没有这样做,而是继续在胸前贴着红字,在那个罪恶的地方生活,成为耻辱的典型。而她之所以选择这样,完全是为了亚瑟以及自己和他的纯真爱情。对此,可以通过海丝特的内心活动可以看出,她想:“在那里住着一个人,踏着一个人的脚步,而她自认为与这个人有一种结合关系,虽然世上无人承认,却把他们带到末日审判之前,就以那法庭为他们结婚的圣堂,好共同承担来世永无终结的报应。”不过,由于受到宗教的束缚,她不敢承认自己留下来的真正原因,而是让自己相信她之所以这样做是为了用自己的苦行和克己助人的善行对自己的灵魂进行洗涤。对此,通过海丝特的内心活动看出,她想:“这里曾是她犯罪的地方,也应是她受惩罚的地方;因此也许她日常受辱的痛楚,终会洗净她的灵魂,产生出另一种纯洁来,而因为那是殉道的产物,所以要比她已经丧失的纯洁更接近神圣。”而海丝特的这一心理活动,恰好为后面故事情节的开展做好了铺垫。试想,海丝特如果真的带着女儿远走高飞,后面的情节将无从展开。最后,心理描写有助于对小说的主题进行深化。比如,通过对海丝特和亚瑟的心理描写,作者对宗教恶势力摧残人的心灵、压抑人性和人权的罪恶进行了强烈抨击,从而使小说的主题得到大大深化。

19世纪的浪漫主义小说,最常运用的一种浪漫主义艺术手法便是象征。这里同样以《红字》这篇小说来说,小说中贯穿始终的红字A具有多种象征意义,而且人们能够从不同的角度对它的内涵进行解释。它既可以象征人类始祖的一种原罪(Apple),也可以象征新生的美国(America)及其蓬勃奔放的精神,还可以象征生命、力量以及男女坚贞不屈、永不熄灭的爱情火焰等。再以梅尔维尔的小说《白鲸》来说,它通过对“裴廓德号”捕鲸船在海上捕鲸的惊险经历的描写,对19世纪初期的美国在资本主义初步发展时期被迫出海捕鲸的水手们的悲惨命运进行了深刻反映。

而小说中的白鲸莫比·狄克，可以说有着深刻的象征意义，一方面象征着强大的自然力量，白鲸既和善又凶狠，既危害人又对人有益，另一方面既庞大、野蛮又变幻无常、美妙无穷，这正像自然一样；也象征着上帝，小说的主人公亚哈对白鲸所具有的仇恨情绪，从实质上来说就是对上帝的仇恨。

19世纪的浪漫主义小说，还创造了具有独特意义的艺术形象，如“皮袜子”。“皮袜子”这一艺术形象出自库柏的小说“皮袜子五部曲”，包括《拓荒者》《最后的莫希干人》《草原》《探路人》和《逐鹿者》五部小说。在小说中，作者通过对绰号是“皮袜子”的主人公纳梯和他的朋友——印第安部落首领、莫希干人——秦加茨固的经历的描写，表现了原始荒野在现代文明进逼下的节节后退。而“皮袜子”指的是从原始森林出没、以行猎为生、以鹿皮裹腿为特征的一群人，他们看似野蛮，实则充满了人性。

总之，浪漫主义小说是19世纪上半叶美国小说的主要类型，不仅取得了重要成就，而且极大地影响了后世美国小说的创作。

二、注重分析与解剖现实的现实主义小说

在19世纪中后期，围绕着废除还是保留奴隶制度，美国爆发了南北战争，使得美国在政治和经济上都发生了重大改变。与此同时，这场战争也影响到美国文学的创作，战前那种缅怀过去、耽于理想的浪漫主义已无法适应时代的变化与发展需求，于是正视社会、正视人类、正视生活的现实主义逐渐产生了，并获得了迅速发展。

在美国19世纪的现实主义文学创作中，占主导地位的、影响最大的、成就最高的是现实主义小说的创作，并出现了一批对后世现实主义小说创作产生了重要影响的小说家，如斯托夫人（Harriet Beecher Stowe，1811—1896）、布列特·哈特（Bret Harte，1836—1902）、马克·吐温（Mark Twain，1835—1910）和威廉·迪恩·豪威尔斯（William Dean Howells，1837—1920）等。

19世纪的美国现实主义小说，是以批判黑奴制度的废奴小说为发端的。废奴小说是在废奴文学的影响下产生的，而废奴文学就是“产生于19世纪30年代而盛行于50年代的，以废除奴隶制度、揭露和控诉奴隶主罪行为目的的美国资产阶级进步文学潮流”[①]。按照历史时期来看，废奴小说在美国发生南北战争以前就已经产生了，而且在某种程度上促进了这场战争的爆发。但是，从废奴小说的性质来看，它不再具有浪漫主义特征，而是呈现出十分明显的现实主义特征，对蓄奴制的罪恶进行了深刻

① 毛信德．美国小说发展史[M]．杭州：浙江大学出版社，2004：64—65.

揭露。因此，可以将废奴小说看成是现实主义小说的发端。而在废奴小说的创作中，影响最大的是斯托夫人及其小说《汤姆叔叔的小屋》。这部小说讲述了一个令人心酸的故事，主人公汤姆是肯塔基州仁慈的庄园主谢尔比家的一个具有高尚品格且对基督教虔诚信奉的黑奴，并因自己为人可靠被主人提拔为总管。不过，在谢尔比因投机股票失败、负债累累时，决定将汤姆和女奴伊丽莎的爱子小哈利卖掉，以偿还债务。在得知这一消息后，伊丽莎带着儿子出逃，其间还遇到因不堪忍受主人虐待而出逃的丈夫乔治，于是三人一起逃到了加拿大。而汤姆选择了逆来顺受，并开始了多次被贩卖的生活。最终，善良的汤姆被凶狠的庄园主雷格里折磨死了。通过对汤姆悲惨人生和命运的描述，作者对蓄奴制度的罪恶、奴隶主的凶狠残暴以及黑人奴隶在肉体和精神两方面遭受了沉重压迫进行了深刻揭露。这部小说在发表后，在社会上引起了强烈反响，并借助于舆论的力量大大推进了美国废奴主义运动的发展。因此，林肯总统在南北战争结束前夕在白宫接见斯托夫人时，戏称她是"写一本书发动了一场战争的小妇人"。

19 世纪的美国现实主义小说，在经过废奴小说的发展后，产生了现实主义小说的主要形式，即以描写本乡本土的社会风俗、风土人情、世俗故事、民间传说等为主要内容的乡土小说。它通过对现实生活以及普通人的普通生活的真实再现，大大推动了美国现实主义文学的发展。所谓乡土小说，就是"一种具有特殊质地和背景特点、除本地人外其他任何地方或任何人都不可能创作出来的文学"[①]。因此，乡土小说的创作者主要对自己所熟悉的生活环境以及人物进行了生动描写，因而生活气息十分浓厚，现实主义色彩也十分浓郁。同时，乡土小说的创作也深受幽默传统的影响。不过，这一时期的乡土小说创作不论是从思想性上来看还是从艺术性上来看，都较为粗糙。但是，这并不会影响乡土小说在美国现实主义小说发展中所具有的重要作用。马克·吐温是这一时期最为著名的乡土小说家，他运用幽默的文笔，对自己熟悉的地区和熟悉的生活进行了生动描写，并注意对人民语言的运用，因而有着十分浓郁的乡土气息。比如，他的以儿童历险生活为题材创作的小说《哈克贝利·费恩历险记》，通过描写主人公哈克贝利与老黑奴吉姆在密西西比河上漂流时的经历，对美国在南北战争之前的社会面貌进行了广泛反映，并对不分种族、肤色的、人人平等的自由进行了热情歌颂。在小说中，作者也着重对密西西比河两岸的风光以及人们的生活进行了生动描写，因而读来会感觉乡土气息

① 常耀信．精编美国文学教程（中文版）[M]．天津：南开大学出版社，2006：126.

十分浓重；还对美国社会的黑暗以及蓄奴制的罪恶进行了尖锐批判。另外，小说是以未受过多少正规教育的美国人的通用语言写成的，简短、具体而直接，并且运用了大量口语，从而使小说显得既活泼又生动。又如，在《卡拉弗拉斯县的著名的跳蛙》中，马克·吐温运用幽默的笔触，对美国早期西部地区的社会生活以及人们的性格进行了生动展现；在《竞选州长》中，马克·吐温运用缝隙手段，对美国标榜的民主和自由的虚伪性进行了深刻揭露，从而将批判矛头直接指向了垄断美国政局的民主党和共和党。在这篇小说中，作者的讽刺艺术是十分高超的，并且充满了滑稽的场面、令人大笑的情节以及幽默的语言，而这又使得小说的主题和思想意义得到了进一步深化。

19世纪的美国现实主义小说，从其创作特色上来看，注重对社会现实进行观察、描写、揭露与批判。而在对社会现实进行观察、描写、揭露与批判时，有些现实主义小说家是站在底层劳动群众的立场上进行的，也有一些现实主义作家是站在大贵族、大资产阶级的立场上进行的，从而形成了两种完全不同风格的现实主义。前者的代表性作家是马克·吐温、哈特等。这里以哈特的小说《咆哮营地的幸运儿》为例进行具体分析。小说讲述了发生于19世纪的美国西部的一个荒凉的矿区村庄的故事。咆哮营地中住着淘金者、矿工、流浪汉和赌徒，而且全村只有一个女人，其他全是男人。女人怀孕了，但她是一个妓女，因而不知道孩子的父亲是谁。没多久，她生下了男孩后便死了。对于这个小男孩的降生，矿区里的男人们都十分高兴，给他取名为“拉克”，意为“幸运”，并承担起照顾他的责任。同时，小男孩的降生就像一股春风给矿区小村带来了文明、活力与希望。矿区的人们开始注意自己的穿着、言行以及所居住的环境，经济也因此得到了很大发展。但是，这样的好日子并未持续多长时间。一场突然暴发的山洪冲垮了咆哮营地，小男孩也在这场灾难中死去了。小说的结局是令人悲伤的，但通过矿区人们因小男孩而发生的改变，作者对西部人民的善良之心进行了生动展现。后者的代表性作家是豪威尔斯，这里以他的小说《赛拉斯·拉发姆发家记》为例进行具体分析。小说的主人公赛拉斯是一名上校，曾参加过内战。在战争结束后，他和妻子通过自己的努力，从一个佛蒙特小农场主变成富裕的油漆商，且生意越做越大。之后，他一心想要挤入上层社会，成为上流社会中的一员。为此，他决定在城里的高雅区建豪宅。但在建造过程中，一场意外的大火烧毁了一切。没多久，他也因投资失败而濒临破产。此时，他以前的股东鼓动他将无用的矿厂卖给英国的一个垄断组织。但是，他不想损人利己，于是拒绝了。在小说的最后，赛拉斯破产了，并带着妻女返回了老家。此时，他因破产而生活困难，社会地位一落千丈，但他在道德上得到了很大升华。据此，作者对美国资本主义发展过程中存在的不择手段的竞争进行了深刻揭露与批判，并对以诚相待的良好德行进行了热情歌颂。

总之，19 世纪的现实主义小说创作取得了十分重要的成就，并深刻影响了后世现实主义小说的创作。

第三节　现实主义戏剧的发展

自南北战争之后到 19 世纪末 20 世纪初，是美国戏剧逐渐由商业化过渡到艺术化的重要时期，也是现实主义戏剧逐渐崛起并获得较快发展的阶段，出现了不少的现实主义戏剧作家，如奥古斯丁・戴利（Augustin Daly，1838—1899）、布朗森・霍华德（Bronson Howard，1838—1899）、詹姆斯・赫恩（James A. Herne，1839—1901）、戴维・贝拉斯特（David Belasco，1953—1931）、克莱德・费契（Clyde Fitch，1965—1909）等。

这一时期的现实主义戏剧创作，注重从现实生活中撷取写作题材，描写美国主题，创造美国人物形象。比如，戴利的戏剧创作就注重对美国的社会问题进行了反映，从而对美国现实主义戏剧的崛起作出了贡献。在剧本《在煤气灯光下》中，他以纽约市为背景，通过讲述善良的姑娘劳拉在婚姻中的曲折遭遇，反映出善有善报、恶有恶报的主题。劳拉与富家子弟雷相爱，并定下了婚约。而正当他们准备结婚时，因坏人巴克自称是劳拉的父亲，导致雷与她解除了婚约。后来，巴克的真面目曝光，事实真相大白，劳拉跟雷之间的误会解除，两人最终结成了伉俪。该剧有着较为浓郁的情节剧色彩，但是它所塑造的人物主要是来自下层社会的，并对他们的生活与思想等进行了深刻表现。另外，剧中的语言特别是人物对话有着浓郁的日常生活气息。因此，这部戏剧的现实主义特征是十分明显的。他在另一部戏剧《地平线》中，运用现实主义手法和讽刺的笔触，对当时美国西部的政治、经济、文化、日常生活、人际关系、社会矛盾等真实状况进行了形象的描绘。而剧中在对人物形象进行塑造时，除了表现他们好的一面，还对他们的缺点进行了展现。而这样的人物形象塑造手法，既使得人物形象与现实生活的人更加贴近，也使得剧中的现实主义特色更加鲜明。

此外，霍华德的剧作《亨利埃塔》以纽约华尔街为背景，通过对范那斯蒂恩家中成员关系的描写，对美国金融界的内幕以及人们因追求金钱而逐渐丧失人性的现实进行了深刻揭露；赫恩的剧作《玛格列特·弗莱明》对婚姻中的不忠实问题进行了大胆揭露，充满了现实主义特色，甚至被一些评论家认为“完全忠实于生活”；费契的剧作《向上爬的人》对纽约上层社会的伪善和实利主义行为进行了尖锐而辛辣的嘲讽，并对为了向上爬而投机钻营的人进行了毫不留情的揶揄等。由此可以看出，这一时期的现实主义剧作家在进行戏剧创作时，几乎都严格恪守着从现实中取材的原则。

由于现实主义戏剧在崛起的过程中受到了乡土文学的影响。因此在创作中还呈现出一定的乡土气息。比如，丹曼·汤普森(Denman Thornpson，1833—1911)在剧作《老家院》中，对新英格兰地区城市和农村的价值观念及其风俗习惯进行了绘声绘色的展现与描绘；弗兰克·莫达克(Frank Murdock，1843—1872)在剧作《戴维·克罗克特》中，以田纳西州森林地区为背景，对城市外界社会中的虚伪进行了生动展示等。

这一时期的现实主义戏剧在进行演出时，不论是演出风格，还是舞台布景，都有着鲜明的现实主义色彩。对此，贝拉斯特的戏剧创作与演出有着十分鲜明的表现。贝拉斯特除了是戏剧创作者外，也是戏剧导演，主张在戏剧的整个演出过程中，“剧本、布景、灯光、音乐和道具都要为达到逼真的现实主义目标服务”①；要求剧本要对人和生活的各个方面进行反映。以他的剧本《金色西部的姑娘》来说，这是一部有着浓郁的西部地方色彩的剧作，主要对生活在那里的矿厂工人的生活进行了生动展现。该剧作从内容上来看，有着浓郁的现实主义色彩。同时，该剧在进行演出时，舞台更是体现出现实主义特色。他在序幕中设计的布景是使观众多年难以忘怀的一种景象。大幕拉起时，远景是逶迤的大山，波尔卡酒店就坐落在这座山的脚下。接着，他借助于活动布景、垂幕和灯光等，逐渐使酒店“移近”，并最终将整个舞台占满。而此时，观众会感觉自己也在移动，且已经到达了山坡。

贝拉斯特在对戏剧演出的舞台的现实主义特色进行突出时，还常常会借助于灯光设计这一重要的手段。比如，他在剧作《妻子》的演出中，借助于一盏柔和的灯光和一个烧火的壁炉，将一个新婚家庭所具有的甜蜜而亲昵的气氛有效地烘托了出来。

---

① 郭继德.美国现实主义戏剧舞台艺术风格的“轮回”[J].英美文学研究论丛，2000(1).

第十章　跨文化视角下的20世纪上半叶美国文学研究

对于美国文学而言,20世纪堪称是一个充满光荣与梦想的黄金时期。而在20世纪上半叶,随着美国资本主义经济的快速发展和两次世界大战对世界格局的改变,人们的思想观念受到社会发展的冲击产生了巨大变化,这种变化也给美国20世纪上半叶的文学创作带来了影响,使其呈现出有别于以往的特色。对于中国的读者而言,从跨文化视角研究与分析美国20世纪上半叶的文学,有助于我们更好地理解美国20世纪上半叶文学作品的内涵,领悟美国文学在20世纪上半叶的发展环境及其对文学创作的各项影响,从而更好地将美国文学与中国文学进行一个科学的、合理的对比,最终从中吸取经验,推动我国文学创作的发展,丰富中西文化的交流与合作。

第一节　诗歌的繁荣发展

20世纪上半叶是美国诗歌最为繁荣的时期,见证了美国诗歌走向独立、走向多元的历史进程。

首先,在沃尔特·惠特曼(Walt Whitman,1819—1892)与狄金森这两位主张建立具有美国民族特色的现代美国诗歌传统的先驱去世后,主张在诗歌创作中要严格遵循英国传统诗学的"风雅派"逐渐占据主流,而当时的英国诗坛已趋于保守,浪漫主义诗歌已失去了活力,仿效这种后维多利亚诗风而创作出来的作品乏善可陈,诗歌语句陈旧而空洞,感情虚饰而夸张。在这种诗风的引导下,一方面美国诗歌被挤到了文学的边缘地带;另一方面若美国诗人想要在国内取得声誉,必须先要获得英国诗歌界的承认,从而使得美国诗歌开始陷入沉寂之中。

随着美国在政治、经济、文化等各个领域的变化,人们的思想文化意识受到较大冲击,对"风雅派"引导下诗人的无病呻吟、感伤的平庸诗风感到厌烦，提出破除旧传统，开创新的诗风，以适应时代的发展方向，在这样的背景下，美国诗歌史上出现了一场大规模的扫荡诗坛、意义重大而又影响深远的新诗运动。

新诗运动是一场自觉的使美国诗歌"美国化"与"现代化"的运动，它不仅对美国本土的"风雅派"诗风提出批判，而且有意颠覆英国维多利亚文学传统和浪漫主义传统。在其影响下，美国诗歌开始向现代主义过渡。

标志着美国现代主义诗歌进入一个新阶段的是芝加哥女诗人哈丽雅特·门罗（Harriet Monroe，1860—1936）《诗刊》的创办与出版，它一方面为当时美国传统诗歌与现代诗歌论战提供了平台，另一方面也为推广和宣传现代派诗歌作出了突出贡献。在现代主义诗歌发展的过程中，出现了诸多的诗歌作品，为美国诗坛的丰富与发展奠定了良好基础，而在此过程中，尤其值得一提的当属意象派诗歌。"意象派"诗歌的形成与发展受到了多方面文化因素的影响。它从东方古典诗歌（主要指中国古典诗歌和日本的俳句）、法国的象征主义以及法国哲学家亨利·柏格森（Henri Bergson，1859—1941）的直觉主义哲学里汲取了灵感与营养，主张在诗歌表现中运用非线性叙述、拼贴式碎片、无关联意象等手法践行美国诗歌的革新与创造，为美国诗歌的进一步发展作出了突出贡献。

其次，第一次世界大战之后，美国南方的生存条件日益恶化，大批黑人迁往北方的工业化城市，纽约的哈莱姆区逐渐成为北方最大的黑人聚居区。在哈莱姆地区，也居住着不少的黑人知识精英，他们一方面经常开展各类聚会，讨论文学与艺术的话题；另一方面也创办了一些杂志与报纸，对黑人文化与历史进行传播与推广，从而大大激发了黑人群众的民族自尊心与自信心，导致了"哈莱姆文艺复兴"的出现。这场文艺复兴运动标志着美国黑人文学的逐步崛起，而在其崛起的过程中，以诗人兰斯顿·休斯（Langston Hughes，1902—1969）为代表的哈莱姆黑人诗人为正义、为美国黑人争取与白人平等的地位而进行创作，从而推动了黑人文学的兴起与发展。

一、推崇革新的现代主义诗歌及其探索

美国现代主义诗歌的诞生及其最初探索均是以美国诗歌领域的"风雅派"与"激进派"的论争为开端的。19世纪末20世纪初期，西方政治、经济的大震荡使现代社会发生急剧变化，并对人们的思想意识造成巨大冲击，这种冲击对文学领域也产生了一定的影响。然而相对于小说界和戏剧界而言，美国诗歌界对外界社会变化的感知及其创作变迁则显得迟

钝与保守得多。以哈佛大学的“不热心派”和纽约诗人群为主体的美国诗歌“风雅派”依然在精心结构、斟字酌句,以华而不实的语言抒发凄婉哀艳的情调。等而下之者则无病呻吟,滥抒感情,完全无视积病重重,危机四伏的社会现实。①

由于“风雅派”诗歌创作主张已然不符合20世纪的美国社会现实,因此它激进地批判,有些批判甚至来自“风雅派”阵营内部,如桑塔亚那(George Santyanna,1863—1952)虽然在创作中也体现出明显的维多利亚后期的典雅遗风,但他对“风雅派”所提倡的诗风也进行了尖锐的批判。在“激进派”诗人中,斯蒂芬·克兰(Stephan Crane,1871—1900)和E.A.罗宾逊(E.A.Robinson,1869—1935)的成就最为突出,他们虽然不是现代主义的开创者,但无疑是19世纪末20世纪初美国诗歌向现代主义过渡的代表诗人。其中,克兰受狄金森的影响,提倡在诗歌中运用暗喻和寓言,以简洁明快、生动活泼的形式来进行诗歌创作;罗宾逊则直斥“风雅派”为“小十四行诗人”(little sonnet men),认为他们的作品是“没有灵魂的歌”,只在白天闪烁,夜晚就会消失,并提倡用口语的形式以旧的形式把握新的蕴含现代意识的悲剧性的主题,探索人的内心世界,揭示外界与内在的矛盾。

与此同时,随着一系列杂志,如哈丽雅特·门罗(Harriet Monroe,1860—1936)的《诗刊》、玛格丽特·安德森(Margaret Anderson,1886—1973)的《小评论》、阿尔弗雷德·克林姆伯格(Alfred Kreymborg,1883—1966)的《他者》等一系列“激进”刊物的创办与发行,“激进派”的言论得到更为广泛的传播。这些刊物虽然发行量小,但通过密集发表新诗和宣传新的诗学主张,得以与所谓的“大杂志诗”分庭抗礼。与此同时,由“风雅派”诗歌所垄断的发行量很大的主流杂志却拒绝实验性的新诗歌,认为这些新诗缺乏传统诗歌的元素,因而不符合大众的审美趣味。就这样“风雅派”与“激进派”进行了激烈的对峙。在这场对峙中,新诗凭借其新生事物的优势逐渐扩大了自己的影响力和在读者中的认知度,推动了美国诗歌的破旧立新和现代主义诗歌的发展。

作为一个在当时最引人注目的派别,“意象派”对美国现代主义诗歌的贡献最大,它是开启美国现代派诗歌的一个标志。“意象派”诗歌一般都十分短小、精练、形象鲜明,在主题的表现上强调用有质感、凝练的艺术形象来表现对象,是通过客观世界里的一种对应物去瞬间地表达出诗人主观的思想感情的诗歌,强调真实记录主体对客体的直觉感受,重视表

① 张强.意象派、庞德和美国现代主义诗歌的发轫[J].外国文学研究,2001(1).

达的方式与手段。美国意象派诗歌的产生以狄金森为先驱,她的作品最早体现了“意象派”诗歌的一些特点,如在诗歌创作中不遵守标点和句法等方面的传统规约,打破传统诗歌中严谨的格律束缚,以具体而生动的意象抒写真实的情感等。也因为如此,狄金森受到20世纪“意象派”诗人们的尊敬。在狄金森之后,以庞德等为代表的旅欧美国诗人在旅欧的过程中受到法国意象派运动的感染,遵循直接描绘主客观事物、绝不使用无益于表现的词语、忽视诗歌节拍的束缚而采用连续的音乐性词语来表现诗歌的节奏三方面的原则进行诗歌创作,从而使“意象”派诗歌正式在美国落地生根,并影响了之后美国现代主义诗歌的创作及其发展。W.C.威廉斯(W.C.Williams,1883—1963)、华莱士·史蒂文斯(Wallace Stevens,1879—1955)等美国现代派诗歌大家在某种程度上都是在对意象派的继承与扬弃中登上诗歌创作的巅峰。

在诗歌创作上,意象派表现出这样的基本特征,即“以意象作为诗歌的基本单位,直接表现所观察到的事物而不加任何解释或评论。诗人不过是搜集体验(尤其是视觉效果的数据)”,在这种情况下,“意象派”诗歌成为“一连串的意象并置”,而没有“抽象的语言”。[①]这种创作方式也为美国诗歌带来了全新的理念和启示,在庞德的带领下,“意象派”诗人的诗作及其创作理论获得了广泛的好评,一时之间成为引领诗歌潮流的风向标。不过,作为一个整体,“意象派”诗歌运动持续的时间并不长。它在1912—1915年在以庞德为首的一批诗人的大力推动之下攀上高峰,在1915年以后其影响力已开始有所下降,最终在1918年退出美国诗坛。

而在谈到“意象派”或美国现代主义诗歌的发展时,庞德是一个不得不提到的名字,他是英美现代诗歌史上的一位巨匠,也是“意象派”诗歌的创始人之一。他的诗歌创作与他的现代派诗学理论是相辅相成的。在庞德看来,诗歌要具体、避免抽象,要表现的是人的直接印象,删除一切无助于诗歌“表现”的辞藻,重视视觉意象引起的联想,表达瞬间的感受和思想。而庞德所界定的意象往往是由理智与情感相遇后结合而成的一个综合体,因此庞德诗歌也就成为一连串意象的并置,如《在巴黎地铁车站》:

人群里忽隐忽现的张张面庞,
黝黑沾湿枝头的点点花瓣。
(裘小龙译)

这首诗是庞德从巴黎潮湿幽暗的地铁站出来时,在拥挤的人群里偶

① 张子清.二十世纪美国诗歌史[M].长春:吉林教育出版社,1997:190.

尔瞥见几个妇人和孩子的美丽面庞后心有所感创作出来的力图捕捉这一令他印象深刻的瞬间的诗作，它将“意象派”诗歌的创作理念演绎到了极致。

诗歌的首行并没有用任何动词，但却将一幅动态的图画描摹了出来：在人群嘈杂的地铁上，几张美丽的面孔若隐若现。第二句将诗人在瞬间感觉描摹得更加清楚：这些美丽的面孔就如同阴湿的黑树枝上嵌着的几片花瓣。这种近似素描似的叙述手段不仅将诗人瞬间感受到的画面与色彩形象地传达了出来，而且还通过对“面庞”和“花瓣”这两个意象的叠加，带给人一种影绰重叠之感，不仅使诗歌描绘的画面更为生动准确，而且给人强烈的艺术震撼感。

具体来看，尽管庞德在诗歌中并未进行任何评判，但“面庞”和“花瓣”这两个意象叠加所产生的“理智与情感在瞬间的综合”却使其情感和情绪自然地流露给读者：“面庞”和“花瓣”纵然无限美好，但红颜易逝、落红无情，它们只能带给人短暂的欢快，却让人承担着长久的心痛。由此，我们似乎可以听到诗人轻轻的叹息，似乎他也在感叹节奏日益加快的现代都市中，美好的事情必然稍纵即逝，美好的情感也将瞬间融合。此外，在词语的搭配与运用上，庞德对这首诗的处理也十分巧妙，突出了节奏上的音乐感。可以说，这首诗的写作手法与“意象派”三原则的要求十分契合。

与此同时，庞德的“意象派”诗歌也在不断发展，他在与温达姆·路易斯合办了《暴风》杂志后，他的诗歌创作开始转向“旋涡派”。虽然如此，但庞德并没有放弃意象派诗歌创作的原则。在他看来，“旋涡”仍是诗的意象，是更有力的新的“综合体”。而“意象不是观点，而是发亮的一个节或一个团，它是我能够而且可能必须称为旋涡的东西，通过它，思想不断地涌进涌出”[①]。“旋涡派”的绘画和雕塑具有现代机器的造型和力度，充满朝气和活力，若将其运用到诗歌创作中，将会大大提高诗歌对意象的表达。因此，在庞德的干预下，原本仅在绘画和雕塑领域有较为短期影响的“旋涡派”被引入诗歌创作领域，成为现代主义文学的一个小的分支。

在诗歌创作的实践中，为了表现出“漩涡派”诗歌的活力和动感，达到意象的流动与跳跃的深度与动势，庞德求助于中世纪的古典诗歌《水手》和中国唐朝的诗歌以及孔子学说等，从中国汉语意象表意的文字、唐诗中的意象和孔子哲学思想中吸取跨文化跨语言释放出来的诗歌旋涡的能量，竭力排除时空的间隔，达到新的与旧的、古典的与现代的、外国的与

① 杨仁敬 .20 世纪美国文学史 [M]. 青岛：青岛出版社，1999：371.

本国的不同事物的新组合,使诗的形式产生新意。例如,他的《长江别》和《别友人》这两首诗就是对唐代诗人李白《送孟浩然之广陵》和《送友人》的"改译",虽然与原诗的内容不同,但在诗歌意象的表达上具有一定的相似性。而庞德在"漩涡派"思想引导下创作的诗歌中,最著名的当属《诗章》。

《诗章》的创作跨越半个多世纪,是庞德毕生心血的结晶。它共有117章,其内容上自公元前荷马时代的希腊和罗马,孔子时代的中华古国以及中世纪、意大利的文艺复兴,下到独立战争时期的美国,是一部包罗万象的史诗。庞德在诗歌中展开丰富的想象,在历史的长河中,在浩瀚的宇宙间纵横驰骋,时而从现在返回过去,时而从过去回归现在,时而又漫游至未来。不同历史时期的人物在庞德的想象空间中走入他的诗行:荷马史诗中的奥德修斯历尽艰险返回故乡,但丁游历地狱、炼狱和天堂,古今诗人对未来理想社会的畅想都在庞德的诗行中交汇在一起。但他也荒谬地赞颂了墨索里尼的工团主义,错误地认可法西斯的经济政策。

在《诗章》的创作中,庞德充分吸收东方文化,尤其是中国文化中的儒家文化[①]中的意象和日本的俳句,在此过程中,虽然庞德并未完全吸收儒家文化中的核心内容,但却将具有古典主义气息的儒家文化赋予了现代意义,使其符合西方读者的审美需求,也因为如此,他的诗歌比同时代的美国诗人更加注重考究工整的诗行,新奇精巧的意象以及语言的表意功能。从这一方面来说,《诗章》也是东西方思想和文化的交汇和碰撞产生的硕果,具有独特的美学效果和艺术魅力。

但与此同时,《诗章》艰涩的语言、庞杂的体系和深奥的思想也使得普通读者望而生畏。因此,《诗章》从发表之初,虽然因其体系的庞杂、结构的繁复、内容的包罗万象等特点而受到评论界的关注,但评论家们对这部作品一直褒贬不一。甚至有评论家认为,这部作品支离破碎,充其量是抄录各种文本的大杂烩;而有些评论家却认为这部作品堪与《荷马史诗》和《神曲》相媲美,是一部人类历史和文化的百科全书。直到今天,在日益开放的文化环境中,《诗章》的内涵得到了深入挖掘,并成为公认的世界文学巨著之一。

可以说,庞德借助不同文化和语言之间的联系,频繁地转换视角,使诗歌旋涡强化了诗的力度,形成诗歌的形式和技巧的高度现代化,从而成为现代主义诗歌的开路先锋。

---

① 庞德十分热爱儒家文化,并编译出版《华夏集》,其中收录了他翻译整理的李白、陶渊明等中国古代诗歌大家的名篇,以及《诗经》中的诗歌。

二、为美国黑人平等地位的哈莱姆黑人诗歌

20 世纪初期的黑人文学仍然是白人文学的附庸。以保尔·劳伦斯·邓巴(Paul Laurence Dunbar,1872—1906)为代表的黑人文学家在继续塑造逆来顺受的"汤姆叔叔"形象的同时,也试图有意美化黑人自身的形象,以期望得到白人主流社会的认可和接纳。而在第一次世界大战以后,出于南方日益艰难的生活环境,大批黑人北迁,成为美国现代意义的上一次大的民族迁移运动。在此过程中,黑人在以白人为主流的社会中越来越深刻地感受到种族歧视的压抑,这也激发了他们的民族自尊心与民族自信心,因此,在哈莱姆这样的黑人聚集区,在一些黑人知识分子的倡导下,在美国文学史上,尤其是黑人文学史上占据重要地位的哈莱姆文艺复兴便轰轰烈烈地开展了起来。这场文学运动中,也出现了一些黑人诗人,他们在种族隔离和歧视性法律的压迫之下,以诗歌为武器,为正义、为美国黑人争取与白人平等的地位而进行创作。

哈莱姆黑人诗歌的创作手法固然各不相同,但主题却趋于一致:作品中的主人公大多都是黑人,描写的也都是黑人群体的喜怒哀乐和悲欢离合。另外,在主题上,这一时期的哈莱姆黑人诗歌中最普遍的一个主题就是抗议。例如,对于 20 世纪初期美国社会普遍存在的种族隔离和种族歧视现象,"哈莱姆诗人"在作品中纷纷发出愤怒的呼声,如克劳德·麦凯(Claude McKay,1890—1948)在自己的名篇《如果我们必须死》中激愤地提出:

如果我们得死,别死得像猪一般——
被追逐驱赶、被关进可耻的栅栏,
而疯狂的饿狗在我们周围嚎叫,
把我们可憎又可悲的命运嘲笑;

如果我们得死,啊,要死得崇高,
让我们宝贵的血不白白地流掉,
使我们对抗的妖魔也肃然起敬——
即使牺牲了,叫他们也不敢看轻。

弟兄们!我们得迎战共同的敌人!
众寡悬殊正显得出我们的英勇,
以致命一击还他们的无数打击!

面前是露天的坟场又有何关系？
我们虽然被逼在墙角，奄奄一息，
还是在反击凶残又懦怯的群敌！
（黄杲炘译）

除了抗议的主题之外，“哈莱姆诗人”的作品中还体现出一种豪迈的民族自豪感和清醒的民族意识。他们对本民族有一个清醒的认识，反映在作品中便是不刻意隐瞒黑人民族的缺点，而如实地描绘黑人的生存现状，诗歌中也涉及了一些黑人偷窃、酗酒、抢劫、卖淫的负面现象，但更多的是告诫黑人要自爱、自尊以达到自立、自强，是向世人展示黑人民族博大精深的历史和文化。从这一层面来说，哈莱姆黑人诗歌的崛起并非一次简单的黑人文化和艺术的伟大崛起，还是一次深刻的思想启蒙运动。在这一运动中黑人以独立的姿态唤起了白人群体的关注，他们用自己的声音打破了黑人群体在主流社会中长期的失语状态，同时唤醒了民族自尊、自立和自强的意识。他们达到了自己的目的，即在保持黑人特色的前提下融入美国主流社会。

哈莱姆文艺复兴时期的黑人诗人较多，兰斯顿·休斯（Langston Hughes，1902—1967）是其中最重要的一位诗人，他将美国黑人流行音乐中的布鲁斯和爵士乐引入诗歌，创作出独具特色的“哈莱姆黑人诗歌”。需要注意的是，布鲁斯从根本上讲“是非白人文化的产物，是口头文化的一种”[①]。把口头文化转换成书面文学形式从来都不是一件容易的事，而把布鲁斯音乐引入诗歌领域尤为困难。但休斯却将其成功地与书面文学结合在一起，他以美国黑人原本在田地劳动时用以发泄情感、排遣孤独的音乐形式——布鲁斯来表现受压迫民族失落、挫败的心理感受，但是遭受痛苦的人们在内心却能包容这种苦难甚至去征服生活中的辛酸，从而使其诗歌不仅捕捉到了实际演唱中布鲁斯的真正韵味，而且依然保持了诗歌的特点。对此，美国学者杰米在谈到布鲁斯诗歌的特点时认为，除了布鲁斯音乐的一般格式与节奏外，“布鲁斯诗歌充分运用通俗的布鲁斯音乐中常见的主题、语言及意象。”[②]

同时，休斯又用布鲁斯这种形式恰当地表达了美国黑人美国梦的状况：既鼓励他们胸怀梦想，但又暗示这个梦的实现是不容乐观的。从这一层面来说，在休斯的诗歌中，弥漫着“痛苦、忧伤”的情感因素，而这也是美国黑人所处的社会地位、经济状况及精神风貌最真实的写照：美国

① 刘文．二十世纪美国诗歌研究[M]．上海：上海交通大学出版社，2013：47.
② Onwuchekwa Jemie.*Langston Hughes*：*An Introduction to the Poetry*[M].New York：Columbia University Press，1976：p44.

黑人在社会中深受白人族群的歧视和压迫，在生活中需要忍受各种不平等的待遇，但他们没有任何地方可以去发泄自己的不满，也没有人关心他们的痛苦，在这种情况下，他们只能用自己的方式，即布鲁斯去抒发自己的情感。以其诗歌《梦的变奏》为例：

大张着双臂
在有太阳的地方，
旋转，跳舞
直到白昼退去。
然后，在凉凉的夜晚
在一棵高高的树下休息，
此刻，夜温柔地上演了，
和我一样黑——
那是我的梦！

大张着双臂
面对着太阳，
跳舞！旋转！旋转！
直到匆忙的白昼退去。
在苍白的夜晚……
一棵高高的，细长的树……
夜深情地来临
和我一样黑。
（张文武译）

这首诗的两节使用了几乎完全相似的词语，而只在每节的词语方面进行了细微的变化，从而使诗歌表现出不同于一般诗歌作品的意象。在第一节中，诗人用心理的、理性的、意识的术语来描绘梦想，诗歌中灿烂的阳光、愉快地跳舞、夜晚在高高的树下休息等意象均让人想起那没有烦恼、心灵自由的异域天堂，表达了休斯想通过待在一个遥远的地方来逃脱当前现实的愿望。而第二诗节中片断的、破碎的、省略的诗行就像梦一样，表明诗人是在梦中体验梦，诗人梦到在美国成长的黑人孩子得不到的幸福，他梦想到另一个地方，在那里，他可以体验到一个美国黑人在现实生活中享受不到的温暖和安宁，可以获得现实中被剥夺的自由与安宁。

第二节 现实主义小说的发展与现代主义小说的崛起

20 世纪上半叶是美国资本主义工商业和消费文化蓬勃发展的时期，由此也进入了美国小说的黄金时代。其间，美国小说以现实主义和现代主义这两条线索不断向前发展，为 20 世纪下半叶美国小说的繁荣与多元化奠定了良好的基础。而从跨文化的视角来看，在 20 世纪的初期，美国进入了帝国主义阶段，垄断资产阶级为了开辟新市场、争夺殖民地推行侵略政策，引起了进步作家的不满，从而使现实主义小说发展达到一个高潮。这些小说以揭露社会丑恶、批评社会弊端为目的，对美国社会中存在的诸多腐败和黑暗进行了批判，对处于底层的贫困百姓给予了深切同情。同时，随着弗洛伊德精神分析理论的传播，许多作家从中汲取了养料，开始以新的表现手法刻画人的异化，于是，美国现代主义小说也得到长足发展。一些现代主义作家通过对小说文本表现手法、创作理念等的创新，推动了美国小说形式与内涵的改革，为 20 世纪下半叶美国后现代主义小说的诞生及其发展奠定了基础。

一、揭露、批判社会黑暗的现实主义小说

19 世纪末到 20 世纪初，美国正处于垄断资本主义占据主流趋势的帝国主义发展时期。其间，美国经济的高速度发展且日益帝国主义化，这也带来了一系列的后果，即政治上寡头统治，对外更富有侵略性，国内资产阶级与工人阶级之间的矛盾日益尖锐。也因为如此，20 世纪初的美国相比其 19 世纪而言，人们的思想、精神、生活也都随之产生了很大的变化，这种变化最显著的特点就是对社会的不满与反抗相比前期更为激烈，同时由于人们思维日益复杂化，他们对社会的不满开始逐渐从过去单纯对社会不平等现象的揭露和抨击转化为对这种现象产生原因的探索，从过去要求改变社会现状的强烈愿望转化为对这种反抗力量作用的重新估计，这就在很大程度上带动了美国现实主义小说的发展。

而从美国现实主义小说在 20 世纪上半叶的发展情况来看，它是在继承了 19 世纪优秀的现实主义光荣传统的基础上，在第一次世界大战前后开始形成的，经过 20 世纪 20 年代美国资本主义经济严重危机和工农运动的急剧高涨（包括美国共产党的建立），到 20 世纪 30 年代达到了它的高潮。具体体现就是新现实主义小说的繁荣和左翼小说的兴起。

新现实主义小说是指在20世纪30年代达到高潮的美国现实主义小说，这类小说是在美国帝国主义阶段国内阶级矛盾、种族矛盾，垄断与反垄断矛盾和国外侵略与反侵略矛盾不断激化的基础上产生的，因而它相比传统的现实主义小说而言，具有更强的反抗性和揭露性，它的思想基础就是人们普遍存在的对社会、前途命运的忧虑和思索。

从其特点上来看，首先新现实主义小说对美国的社会制度进行了根本性的探讨，其探讨的问题包括如劳资矛盾、种族矛盾、青年问题、妇女问题等，作家们对这些问题提出了针对性的见解，从而引发了人们的关注，在舆论上形成了对社会黑暗制度的谴责与揭露。例如，“黑幕揭发运动”的代表厄普顿·辛克莱（Upton Sinclair，1878—1968）的长篇小说《屠场》就以大量的事实揭露了垄断资本的丑恶面目，反映了资本主义社会中工人阶级的悲惨境地，引发了社会的普遍关注。小说以立陶宛移民约吉斯为主人公，描写了芝加哥联合屠宰场工人的非人生活，表现了“美国梦”后的垄断资本主义掠夺实质。小说以辛克莱曾亲临芝加哥屠场调查研究，收集的资料为基础写成，因此，屠场生产过程的描写，是相当详尽和生动的，其中引用了大量的统计数字和实例，以至于使人感到这几乎不是小说，而是“采访报道”，似乎用“纪实小说”来表述更为准确一些。因此，当小说在美国出版后，立即引起美国政府极大震动，迫使其通过了食品检验法。然而，小说的主旨并不在于揭露食品卫生方面的问题，而是从广阔的领域，深刻揭露了美国社会的黑暗。主人公约吉斯非人的工作环境、饱尝痛苦的人生经历均将美国社会下层劳苦人民的悲惨处境清晰地表露出来，撕掉了蒙在美国社会上的民主的纱幕，暴露出垄断资本的贪得无厌和冷酷无情以及竞选中的舞弊行为和黑暗内幕。[①]

除辛克莱的《屠场》之外，西奥多·德莱赛（Theodore Dreiser，1871—1945）的长篇小说《美国的悲剧》也对美国的社会制度进行了深刻揭露。小说根据“格里斯·布朗谋杀案”撰写而成，主要描写了青年柯莱特堕落成凶杀案犯的过程，在这个过程中，我们可以看到柯莱特原本是一个纯洁、无辜的底层社会青年，由于家境贫困，不得不过早进入社会自谋生路。然而在这个社会中，为了生存下去，他必须出卖一定的东西，而他唯一能出卖的只有自己的道德、良心，乃至生命，最后终于堕落成为一个杀人犯。这对于以“机会均等”相标榜的美国社会来说，是何等有力的嘲讽！柯莱特作为一个杀人犯是无可谅解的，但我们更不能谅解那个滋生与培养杀人犯的美国社会。小说的深刻之处在于深刻揭露了美国社会是造成各类犯

① 刘文刚．二十世纪西方小说大观（上册）[M]．长春：吉林人民出版社，1989：34.

罪元凶的温床，而美国社会对柯莱特这类的罪犯予以惩办不过是为了替自己开脱。更令人鄙视的是，在对待柯莱特的问题上，美国两党甚至将其当成政治角逐的资本，表面上他们俨然是真理与正义的化身，实际上却在逢场作戏，骗取民众的信任。这就更加有力地证明了柯莱特的悲剧不仅是美国青年一代的悲剧，也是整个美国的悲剧。

其次，新现实主义小说突出了人物命运的普遍意义。真正的现实主义要求作品具有强烈的时代气息，要求作品中的人物具有充分的典型意义。美国20世纪上半叶的新现实主义小说正是以此作为己任，作家们往往通过作品中主要人物命运的描写，使人们从中获得应有的启发和教育。例如，杰克·伦敦（John Griffith London，1876—1916）的《马丁·伊登》。小说描写的是出身低贱的水手马丁在穷困中挣扎，奋斗直至毁灭的一生，其间穿插着马丁与资产阶级小姐罗丝的爱情故事。他在摘取胜利之果的同时彻底看穿了资产阶级的虚伪和丑恶，感到理想的幻灭，同时又因为向上爬而脱离底层社会太久，且不愿意回到工人阶级中去，最后自杀身亡。[①] 小说一方面无情地揭露了个人主义的危害，用马丁的自我毁灭的过程，形象地对极端个人主义思想作了否定，从而达到对资本主义社会无情的揭露与批判；另一方面深刻揭露了美国是"贫富间鸿沟最深的国家之一，在那里一方面是一小撮卑鄙龌龊的沉溺于奢侈生活的亿万富翁，另一方面是千百万永远在饥饿线上挣扎的劳苦大众"[②] 的社会现实。而在人物命运上，主人公马丁是信奉达尔文"适者生存"理论的典型代表，他在美国垄断资本主义加剧的社会背景下，怀抱着用"一双手，两个膝盖爬着走，也要爬到上层社会去"的跻身上层的梦想。这一梦想是美国社会在20世纪上半叶普遍存在的一种思想，它以贫富两极分化和金钱、权力崇拜为社会和思想基础，在美国下层阶级中具有重要影响力，马丁便是其中的一员。为了跻身上层，他在罗丝的指导下发奋读书，提高文化修养。他本来生性聪慧而敏感，加之勤奋攻读，才华毕现。他博览群书，从马克思的《资本论》到李嘉图、亚当·斯密、穆勒的经济学著作，从达尔文的进化论到斯宾塞的实证哲学和尼采的超人哲学，无所不读，并在不断退稿的情况下，坚持写作。经过长期的艰苦奋战，马丁终于成功了，他成为一名红极一时的作家，名利双收，曾经因为金钱、地位等因素离开自己的罗丝也回到了他的身边，然而这些却并没有让马丁感受到真正的快乐，他看透

① 阮雪桦．个人奋斗与毁灭的悲歌——浅论杰克·伦敦的《马丁·伊登》[A]．石油经济管理论坛论文集[C]．西安：西北大学出版社，2002：413.

② [苏联]列宁著，中共中央马克思恩格斯列宁斯大林著作编译局译．列宁选集（第三卷）[C]．北京：人民出版社，1972：605.

了美国上层社会“处处都是罪恶和背信弃义”的本质,了解了自己曾经梦寐以求的上流阶层是如何的卑鄙龌龊,其人生理想的彻底幻灭,看不到光明的出路,最终沉入无底的深渊。小说中马丁的梦想幻灭带有很强的普遍性,它代表了20世纪初期大多数生活于底层的美国物产阶层梦想的幻灭,代表了“美国梦”的幻灭。从这一层面来说,马丁实际上是作家经过深思熟虑之后创造出来的艺术典型,他们不但具有永久的艺术生命力,更重要的是具有不可磨灭的普遍意义,人们正是从他们身上汲取着希望、力量和教益。

最后,新现实主义小说在艺术上更注意环境、人物的典型性和细节描写的真实性。恩格斯曾说道:“据我看来,现实主义的意思是,除细节的真实外,还要真实地再现典型环境中的典型人物。”[①] 而与19世纪的现实主义小说相比,20世纪上半叶的新现实主义小说在小说环境、人物典型性和细节性方面表现出更强的真实性。例如,德莱赛为了真实再现柯莱特在死牢中的最后一段生活细节,曾经专门跑到监狱中进行考察;在描述柯莱特悲剧形成的过程时,竭力按照当时美国的生活实际来描绘社会。时代背景,以便凸显其在柯莱特走向灭亡的过程中的决定性影响。约翰·斯坦贝克(John Steinbeck,1902—1968)为了对约德一家迁居西部进行细致描绘,而对20世纪破产农民的生活细节进行了细致调查与分析,也因为如此,《愤怒的葡萄》才表现出惊人的社会功能。

总之,20世纪上半叶的新现实主义小说是美国整个资本主义文学在思想上和技巧上的总结,它以空前广阔的创作题材,空前丰富的人物形象和空前深刻的思想主题,艺术地记录了美国资本主义的社会现实,创造了美国资产阶级文学的最高成就。

在新现实主义小说之外,20世纪30年代经济大萧条爆发后,美国的左翼小说迅速崛起。作为美国社会冲突和阶级矛盾的产物,左翼小说以崭新的文学形式来反映美国人民要求改革资本主义社会制度的强烈呼声。它是在继承厄普顿·辛克莱(Upton Sinclair,1878—1968)、西奥多·德莱赛(Theodore Dreiser,1871—1945)、杰克·伦敦(John Griffith London,1876—1916)等现实主义创作的经验与传统的基础上,开创了新一代文学潮流,代表了在苏联十月革命直接影响下的美国文坛最主要的进步力量。

从其发展上来看,美国左翼小说开始于20世纪一二十年代,到20世纪30年代达到高潮,而至20世纪50年代时,由于国际斗争形势的复杂

① [德]恩格斯.致玛·哈克奈斯[A].马克思恩格斯选集(第4卷)[C].北京:人民出版社,1972:462.

化和美国国内法西斯反动势力的猖狂进攻，特别是苏共二十大后在进步力量中所引起的思想混乱和霍华德·法斯特声明退出美国共产党，造成了这一运动的低落和最后消亡。

从其内容上来看，美国左翼小说在文本中提出了对悲惨社会现实的反抗手段。进入20世纪以后，随着反映无产阶级斗争的文学在欧洲的发展，美国小说创作中也出现了一定的反抗不公平的、黑暗的社会现实的手段。例如，杰克·伦敦的《铁蹄》便是一部假托在“世界大同”的21世纪以后，考古学者发现20世纪美国一位工人运动领袖的妻子爱微丝·埃弗哈德写的一份手稿，描写20世纪30年代美国的工人运动的作品。小说以爱微丝和埃弗哈德的爱情为引线，对资产阶级社会进行了无情的抨击，揭露了美国民主、自由的虚伪性和欺骗性，同时以具体的形象反映了美国工人运动内部的思想斗争，给当时工人阶级争取解放的运动指出唯一的途径：进行武装斗争。从这一层面来说，《铁蹄》也是一部以政治幻想小说的形式来反映阶级斗争与暴力革命的作品，它虽然没有完美、正确地表现出无产阶级革命者的崇高形象，但在文学上反映了阶级斗争题材并明确提出了以暴力革命手段作为反抗资本主义垄断阶级的唯一方法，因而开创了美国革命小说的先河。

除杰克·伦敦的《铁蹄》之外，迈克尔·高尔德（Michael Gold，1893—1967）的《一文不名的犹太人》也是当时一部著名的左翼小说作品。这部自传性的小说，描写了高尔德童年时代的悲惨遭遇和丑恶的美国社会现实，揭露了资本主义剥削制度给美国工人阶级和劳动人民所带来的痛苦和灾难。高尔德在小说中，真实地刻画了工人阶级的形象，描绘了劳动人民的遭遇，他们虽然由于受剥削、受压迫而不幸，但在他们身上却有着不灭的生命力和坚强的战斗性。然而黑暗的社会现实并未对他们有丝毫的怜悯，在经过许多磨难之后认清了美国社会制度的黑暗，小说主人公麦克终于在工人运动中看到了生活的曙光。

从美国左翼小说的发展来看，由于受苏联“无产阶级文学”观念的影响，在20世纪30年代的美国小说表现出明显的“向左转”倾向和明显的激进无产阶级革命思想。对于这一点，美国主要左翼作家和批评家都表现出较强的反思能力，并对左翼小说中流露的“口号化”“政策工具论”、人物形象重复单调等弊病进行了批判。[①] 然而这也从侧面表现了美国左翼小说注重对阶级矛盾进行反映的现实特点。总之，20世纪上半叶的美国左翼小说主要以工人阶级为描写对象，表现他们的生活经验，反映美国

① 刘林．美国“红色三十年代”左翼小说论[J]．文史哲，2011（4）．

阶级矛盾激烈的社会现实，同时在对美国工人阶级所受压迫进行细致描绘的同时，提出了无产阶级革命的号召。

二、注重小说创作革新的现代主义小说

第一次世界大战之后，美国新一代的青年对社会、世界、人生产生了一股茫然无知的失望情绪，新的社会意识和人们思维的复杂化使传统的现实主义开始动摇，加上欧洲大陆传播过来的“意识流”“象征主义”“未来主义”“超现实主义”等新思潮的直接影响，一股新的文学潮流——现代主义文学思潮开始在美国崛起。

美国现代主义文学的产生之源在旅欧作家，他们怀着对大战后人类社会的迷惘与怀疑纷纷前往欧洲企图寻找心灵上的寄托。在这里，他们受到法国象征主义、意识流等文学思潮的影响，而在文学创作观念上受到巨大冲击和动摇，从而试图对小说文本进行革新，以拓宽小说的文本范围。在他们的带动下，美国小说领域的现代主义创作观念迅速蔓延。

从美国现代主义小说的发展来看，在其产生之初，美国现代主义小说多是由旅欧作家创作的，他们在创作上深受欧洲现代主义思潮的影响，因此在文本创作上常常通过语言革新或运用一系列象征手法来拓展小说的表现力。例如，格特鲁德·斯坦因（Gertrude Stein，1874—1946）的《三个女人》。在这部由三个独立的故事组成的小说中，斯坦因运用了一系列完全不同于象征界能指和所指一一对应的符号来表现女性之间的关系，从而使得三个女主人公在形象上具有多义性、模糊性和难以确定性，表达无意识和本能的冲动。[①] 其中，最能体现斯坦因的现代主义小说创作技巧的便是《梅兰莎》，小说中语言的重复、意义的不确定性比比皆是；性爱意象贯穿全篇，如游荡、知识、机械的节奏运动、强烈的嫉妒等，但意象本身却又闪烁其词，使同性友谊和异性恋爱之间的界限变得完全模糊，变得可以互相替换[②]。由于小说在种族等级话语、性属空间划分、同性恋美学、女性自我意识构建等各个方面都有可贵的突破，因此堪称“美国文学史上的里程碑”。

在旅欧作家的带领下，美国国内的一些作家也开始以现代派技巧进行小说创作，所不同的是，他们对现代派技巧的运用更深刻地体现在其对美国社会变迁下人心的变化的描述上。例如，舍伍德·安德森（Sherwood

---

① Carolyn Burke.*Gertrude Stein, the Cone Sisters, and the Puzzle of Female Friendship*[J].Critical Inquiry, 1982（8）.

② 金莉 .20 世纪美国女性小说研究 [M]. 北京：北京大学出版社，2010：58.

Anderson,1876—1941)的《小城畸人》。这部作品吸取了弗洛伊德的精神分析法,展现了美国中西部小镇各种各样的普通人在商品经济大潮的冲击下所产生的畸形心态。小说记述的是19世纪末20世纪初美国俄亥俄州一个虚构的小镇温士堡所发生的故事。当时的美国,正经历着从农业、手工业文明向工业文明的巨变,资本主义革命的浪潮让生活在封闭农业社会中的人们内心骚动起来,社会的转型与文化的转型使得人们心理与思想产生了巨大的矛盾与冲撞。安德森敏锐地感觉到了这种变化,于是通过这部作品表现了西部小镇上的人在时代的转型中茫然无措一时无法适应社会的变化时,内心的孤独、苦闷、压抑与彷徨。小说以一两个叙述者为红线,将描写这些小城畸人的故事连成一线,成为现代西方系列小说的奠基人。在内容上,《小城畸人》由一个个变态的作家、经纪人、黑人姑娘、母亲、医生、农场主等,构成了一幅幅生动的生活画面。在结构上,这部小说有两个中心,一个是小说中每一篇的中心人物,另一个是作家自己或小说中的记者维拉德。安德森通过这两种创造性的艺术手法揭示了中西部小镇奇特的生活经历和人们备受压抑的感情世界。在对人的情感进行揭示的过程中,安德森能通过在某一片刻发生的一件小事向人们概括性地揭示出事物的本质,而不是使用全景画的手法,也正是这样他能够抓住"片刻",用简练的文字通过某一"片刻"成功地表现人物渴求精神和肉体爱抚的心情,所以他的作品以短篇小说见长,创造了独特的艺术风格。此外,《小城畸人》这种系列小说的新形式不仅与19世纪英国的报刊连载小说不同,而且与当时充斥市场的富有悬念的冒险故事有一定差异,因此对后来的作家产生了一定影响。

第一次世界大战以后,美国南方的种植园经济基础随着北方资本的渗透和侵吞逐渐动摇,乡绅贵族式的社会结构,以及维护这种结构的道德和价值观随之开始崩溃,从而使得素来自信的南方社会受到巨大打击。反映在文学创作中便是一些作家开始通过文学形式来缅怀旧的南方经济社会,在此过程中,一些作家开始摒弃或基本摒弃了传统的现实主义创作方法,而采用"意识流""象征主义"等现代派创作技巧来探讨南方社会的基层,从而使得美国现代主义小说在本文上有了一个很大的革新。例如,威廉·福克纳(William Faulkner ,1897—1962)的《喧嚣与骚动》。这部作品是福克纳"约克纳帕塔法"世系小说的一部(除了《喧嚣与骚动》之外,福克纳的以萨托利斯家族为描写对象的《萨托利斯》《不可征服的人》、以本特伦家族为描写对象的《当我弥留之际》、以塞德潘和麦卡斯林家族为描写对象的《押沙龙,押沙龙!》《去吧,摩西》《坟墓的闯入者》、以斯诺普斯家族为描写对象的《村子》《小镇》《大宅》都是"约克纳帕塔法”世系小说的组成部分。除了以上小说之外，这个世系小说还有《圣殿》《八月之光》《野棕榈》《老人》《熊》等)。所谓的“约克纳帕塔法”小说实际上是福克纳以家乡的风土人情、地理环境为依据，为自己的小说虚构出来的一个美国南方的县域的名字。《喧嚣与骚动》描述的就是在该县的农场主康普生家族的事迹，小说并未像传统小说那样忠于再现生活，而是运用了大量未来主义、超现实主义的因素，并将弗洛伊德的精神分析学说作为创作的依据，用四分之三的篇幅来进行三个主人公“意识”的描述，分别以他们意识上的跳跃、内心活动和时序的颠倒等方法具体地刻画了南方社会一个大家族的衰落过程。他的这种现代主义的创作方法给以后的美国文学发展和演变带来了极大影响，甚至可以说，他开创了一个新的美国小说创作时代。

第三节 戏剧创作的多样化

相较于小说而言，美国戏剧发展得较为迟缓。19 世纪末 20 世纪初，欧洲批判现实主义剧作家易卜生、斯特林堡、萧伯纳、契诃夫等创作的社会问题剧传入美国，并对美国的戏剧创作产生了极大的影响。同时，由于 20 世纪初铁路票价昂贵，剧团进行巡回演出的费用较大，致使很多戏剧的票价较高，从而使得美国戏剧的观众本来就少，再加上廉价电影的兴起，大量观众被夺走，美国戏剧面临严峻挑战。

在这样的情况下，要求艺术戏剧的呼声日益增高，一些有志于戏剧改革的戏剧界人士认识到，美国戏剧要赶上世界戏剧的水平必须掀起一场全国性的群众运动，真正的美国戏剧必须由人民来创造。因此，在1911—1919 年，美国戏剧史上兴起了轰轰烈烈的“小剧场运动”。在这场运动中，各类不以营利为目的、执意追求戏剧艺术性的小剧场如雨后春笋般地在美国各地涌现，为敢于探索的青年剧作家提供舞台，尤金·奥尼尔(Eugene O’Neill，1888—1953)就是从普罗文斯顿剧社的小剧场脱颖而出，并走向美国大剧坛的。可以说，“小剧场运动”是美国戏剧走向现代戏剧的标志，它为美国戏剧人才的培养提供了良好的平台，是美国戏剧发展史上的一个里程碑。

进入 20 世纪 20 年代以后，剧作家们开始运用现实主义、自然主义、象征主义、表现主义和意识流等各种戏剧手法进行创作，其中表现主义的影响最为卓著，并占据了 20 世纪 20 年代美国戏剧的主导地位，它的出现是对美国现实主义戏剧传统的一次较大的冲击。

20世纪30年代,资本主义经济危机席卷全球,美国首当其冲。在这场经济风暴中,严峻的社会现实导致美国的左翼戏剧等社会现实主义戏剧应运而生,并迅速蓬勃发展起来。这些戏剧以劳工问题、政治腐败、反战情绪等社会现实问题为主题,形成了美国现实主义戏剧的第一次高潮。

一、为美国剧作家培养提供平台的小剧场运动

为了改变20世纪初美国戏剧日益萧条的情况,抓住观众,一些眼光独到的剧院老板开始面向下层社会开放小剧场。例如,在"小剧场运动"中表现十分突出的普罗文斯敦演员剧团便是在一座被人遗弃的码头上的库房里开张的,翌年便建立起了"码头剧场"。这些小剧场上演的主要是一些艺术性强的剧目,如古典悲剧和喜剧,从而大大缩小了艺术戏剧和商业戏剧之间的差距。同时,小剧场剧作票价便宜,可以吸引大量下层社会的注意,因此,很快美国各地均席卷起一股"小剧场"之风。

在这场运动中,芝加哥小剧院、波士顿托依剧院和底特律艺术剧院等相继建立,影响日益扩大。当然,影响最大的还是纽约的邻里剧院、华盛顿广场演员剧团和普罗文斯敦演员剧团。邻里剧院曾上演过萧伯纳和奥尼尔的作品。华盛顿广场演员剧团的创办者才华横溢,上演的许多剧目既有充实健康的思想内容,又有对戏剧艺术的执着追求和探索,因而对美国戏剧的贡献不同一般。普罗文斯敦演员剧团是一个敢于独辟蹊径的实验剧团,在长达十几年的演出活动中,该剧团上演了许多重要剧作,除了奥尼尔的《早餐之前》《加勒比群岛之月》等之外,还有埃德娜·圣·文森特·米莱(Edna St. Vincent Millay,1892—1950)等著名作家的代表剧作。而在上演的剧作上,该剧团在一段时期甚至几乎不上演外国剧作,大力提倡民族戏剧,对美国戏剧挣脱外国戏剧的束缚、走向独立和成熟起了巨大的推动作用,因而该剧团在小剧场运动中的地位和分量举足轻重。与此同时,这些小剧场为敢于探索的青年剧作家提供了舞台,如奥尼尔便是通过"小剧场运动"走向大舞台的。

此外,在"小剧场运动"中,各大学也在积极开展戏剧活动,其中尤其值得一提的便是哈佛大学乔治·贝克教授开设的"47戏剧写作实验班",培养了一大批像奥尼尔、西德尼·霍华德(Sidney Howard,1891—1939)、菲利普·巴里(Philip Barry,1896—1949)这样的戏剧人才,成为优秀剧作家的摇篮。

后来,随着政治经济形势的变化,小剧场运动的戏剧艺术家队伍发生

了分化，其中一部分作家希望能够成为名利双收的专业剧作家，而不再像最初那样一心为戏剧艺术而创作，从而使得“小剧场运动”在不知不觉中渐渐消失。然而从该运动的兴衰历程来看，我们大致上可以得出这样的一个结论：当它沿着探索艺术之路前进时就蓬勃发展，当它堕入追求金钱和名利的潮流中时就衰落了。

二、力求反映人物心理活动的表现主义戏剧

“小剧场运动”的兴起使得美国的戏剧开始突破商业性戏剧的限制，向严肃的艺术戏剧过渡。在此过程中，一些剧作家为了增强美国戏剧的艺术性，在戏剧创作中吸收了不少欧洲的文艺思潮。这也在很大程度上促使了20世纪20年代的美国戏剧表现出较强的实验性特征，现实主义、自然主义、象征主义、表现主义和意识流等各种戏剧手法均被运用于戏剧的创作中。

与此同时，在20世纪20年代的美国，随着垄断资本主义的发展美国社会中出现了种种问题，如三K党人攻击劳工组织、限制人民自由、制造白色恐怖，资本家借战争大发横财，等等。在这样的社会背景下，一些激进的、勇于创新的美国剧作家发现运用表现主义这种夸张、扭曲的艺术手法，更易于达到讽喻的效果。因此，表现主义被看作突破戏剧旧的窠臼、实行革新的方向，不少作家均投入表现主义戏剧的创作中。

表现主义戏剧最早出现于德国、瑞典，19世纪末20世纪初传到美国，20世纪20年代在美国形成极盛之势。这些表现主义戏剧家反对资本主义社会现实，同时也反对资产阶级的戏剧传统，要求创造新型戏剧。在他们看来，外在世界和客观现实生活太丑恶，只有人们的心灵才是美好的，所以他们不重视客观事物而重视个人心灵的反映。他们反对自然主义和现实主义，因为自然主义和现实主义强调表现客观现实生活；他们更反对象征主义和新浪漫主义，因为象征主义和新浪漫主义脱离了现实生活。和这些流派的戏剧家不同的是，表现主义戏剧家相信真理必须到人类精神或灵魂中去寻找，人类的主观幻想优胜于客观现实，因此他们要求表现“人类的新生”，表现人类为把精神从物质世界解放出来而斗争，表现人类为创造“新人”、创造一个没有欺骗、没有仇恨和没有战争的世界而斗争。在这个世界里，社会正义和爱情占据统治地位，“新人”不作物质主义的要求，而是根据博爱的原则生活。例如，埃尔莫·赖斯（Elmer Rice，1892—1967）的《加算机》。这部小说大胆融入表现主义戏剧理论，突破事物的表象，呈现人物内心世界的本质，用一般的、共性的思想和抽象化

的人物去替代单独的个体，通过符号化的人物形象以及集体意识危机等深刻地揭示戏剧主题：西方工业文明下人的异化及人类灵魂的扭曲与堕落，即在作者看来现代西方的技术文明，并不意味着进步，相反是把人引向罪恶深渊的根源。[①]

在戏剧的创作上，表现主义剧作家敢于在艺术手法上突破戏剧传统，大胆进行探索和创新，它扭曲了现实，打破了时空观念，把剧中人的内心世界展现到舞台上；它不用平铺直叙的方法，而是用浓缩法，让观众在瞬间、在一个一闪即逝的场景中，通过象征性的幻觉来了解整个历史、社会道德和宇宙世界，令美国戏剧开始突破现实主义戏剧结构，使时空颠倒，故事失去了连贯性，造成"紊乱"现象，也因为如此，有时会让读者或观众感到如坠五里雾中，很难理解。例如，尤金·奥尼尔的《琼斯皇》和《毛猿》。《琼斯皇》的剧情十分简单，却大量运用幻景、内心独白等表现主义技巧。它通过表现人类的恐惧心理和罪孽感以及由此引起的回忆及妄念。表达"人必须剥去种种自觉的或不自觉的假想，赤裸裸地面对自己"的哲学理念。在这部剧中，奥尼尔运用了大量的象征主义手法，如主人公的名字布鲁特斯就有象征意义，它使观众把他跟暗杀者联系在一起，因为这跟古罗马时期杀死凯撒的那位政治家和将军同名。琼斯是一个很复杂的人物，他受白人的压迫，又去压迫当地土著人，他杀戮他人，自己最后也被他人杀死。琼斯穿的衣服是现代文明的象征，他的衣服逐渐被撕破，最后到赤身裸体，标志着他的现代文明特征的逐渐丧失。贯穿在剧本始终的鼓声不断地增大和靠近，标志着形势渐趋紧迫和外界对琼斯的压力不断增大，鼓声激荡着观众的心扉，观众的心跳随着鼓声的加快而加快，即把观众的心跟剧情融聚在一起了。

《毛猿》描述现代人类在丧失宗教信仰和自然的和谐以后为自我寻求的主题。在剧中，奥尼尔以"毛猿"这一意象喻指现代社会中的人，揭示现代人在工业文明中丧失自我的悲剧。在这部剧里，奥尼尔没有单纯地模仿事物外部的形状特点，而是深入人物内部，竭力表现人物心灵深处的思想情感。他对外部事物的描写往往是非写实的，目的是为传达人物的主观感受服务。剧中那些景物描写通常都打上了人物主观思想的烙印。它们是人物内心所感受到的扭曲变形的形象的外部反映。例如，第五场既是剧情的自然发展，又是扬克心理历程的展示。在这一场中，扬克向富人报复，实际上是扬克梦幻中心理活动的具象化。尽管他肆意挑衅，但那些绅士太太们还是彬彬有礼，超然而冷漠。那个挨了他一拳的绅士也像

① 邹莉.《加算机》的表现主义特征解析[J].芒种，2012(4).

是没事似的纹丝不动。这些形象揭示了扬克内心的愤怒、烦躁以及无可奈何。此外，在这部剧作中，奥尼尔还采用了多种象征手法，如第一场里烧火工人的前舱被描写成“为钢铁所禁锢”的笼子，它象征着限制人们眼界和精神视野的“文明进步”的现代工业力量。笼子狭窄的空间不仅禁锢着人们的身体，而且还扼杀着人们的思想。再如，最后一场中，扬克被猩猩投入兽笼，死在里面，象征着人类陷于现代文明的困境中，又渴望摆脱困境，表现了奥尼尔对人类社会前景的深深忧虑。

在美国20世纪20年代的表现主义戏剧大潮中，奥尼尔的表现尤为突出，他是美国现代戏剧的奠基人，也是“美国现代戏剧之父”。在他之前，美国戏剧史上虽然也有不少剧作家写过一些好剧本，但真正有价值的、经得起时间考验的不多。当时流行的大多是风俗喜剧、情节剧或闹剧，有的文学史家把这类剧本概括为“挤眼泪的、逗乐的、吓唬人的”，不少剧本是模仿外国作家（往往是二三流作家）的本子，或者根据外国剧本改编。剧作家的艺术创造根本不受重视。而奥尼尔无疑是开创一代风气的宗师和旗手，他的《琼斯皇帝》《毛猿》以及《清晨到午夜》等剧作成功地使包括赖斯在内的很多美国剧作家采用表现主义手法进行戏剧创作，从而使本民族严肃的现代戏剧得以创立。可以说，自奥尼尔以后，美国戏剧才开始正式进入成熟时代。

三、表现雇主跟工人阶级之间的冲突的左翼戏剧

1929年10月29日，美国的经济繁荣伴随着纽约金融市场的倒闭化为泡影。美国出现了经济萧条，各地一片混乱。由于经济拮据，剧院纷纷关闭，一些艺术家投奔了好莱坞，戏剧事业暂时处于不景气的状态，这对整个国家对戏剧和其他文学艺术事业都是一个严峻的考验。20世纪30年代以后，美国的戏剧业才开始渐渐复苏。

美国经济的大萧条致使美国人民身处水深火热之中，同时受到嗜血成性的资产阶级的剥削，工人阶级的贫困状况进一步恶化，这激起了他们强烈的反抗情绪，加剧了劳资冲突，造成了两个阶级之间的对垒。在这种情况下，一种社会抗议文学便应运而生了，有的评论家称它为左翼文学，或无产阶级文学。这种文学思潮也影响到了美国的戏剧领域，剧作家们家越来越关心国家社会机构和政治机构，越来越担忧外国法西斯主义的威胁，更注重人们共同面临着的失业问题、必要生活用品匮乏和种族歧视等问题。而美国社会的经济状况也让他们无比忧心，反映在戏剧创作上便是其写作的重点主要集中在雇主跟工人阶级之间的冲突上，集中写受

大资产阶级欺凌的中产阶级的消失，后者在经济大灾难中失掉了企业、农场和家庭。

与此同时，随着马克思主义的传播和世界上第一个社会主义国家苏联的诞生，一些剧作家也受到了共产主义的感染，甚至有的加入了美国共产党。在他们对美国社会制度感到绝望的时候，一方面拿起手中的纸笔对罪恶的资本主义进行揭露与批判，另一方面希望从共产主义世界寻找出路，因而有一些作家提出要推翻美国的政治制度和经济制度，用社会主义取而代之。例如，克利福德·奥德茨（Clifford Odets，1906—1963）的《等待莱弗蒂》。作为一部在短短的5天之内赶写出来的一出"宣传鼓动剧"，不仅大获成功，而且成为美国左翼戏剧运动中的一朵奇葩，名闻遐迩，久演不衰，被收进多种戏剧选集里。它的成功不仅在于它有坚实的思想内容，写重大社会问题，而且在艺术手法上有独到之处，把表现主义手法跟现实主义手法有机地糅合在一起。在内容上，《等待莱弗蒂》是以1934年纽约市出租汽车司机大罢工事件为素材写成的，在撰写的过程中，奥德茨从不同的视角揭示了美国牢土会中真实存在着的多种社会问题，向那个资本主义社会提出了强烈抗议，发起了有力的挑战。在这部戏剧中，美国劳动人民生活在经济危机的阴霾之下，失业、贫困、无家可归，在死亡线上挣扎，而政府却袖手旁观，无动于衷。在这种情况下，美国社会中的各种劳资冲突与矛盾日益加剧：工会群众为了提高待遇决心发动罢工，但为资本家效力的工会头子却为了自己的利益千方百计地破坏罢工，公开威胁利诱，进行破坏，甚至卑鄙地想要暗杀真正代表工人利益的工会负责人；老板让实验员秘密监视一位著名科学家，实验员予以拒绝，随之老板便开除了实验员，而实验员宁愿被解雇去干挖沟的体力活也绝不做密探，等等。这些矛盾都是统治阶级跟被统治阶级、资产阶级和无产阶级之间矛盾对立的不同表现形式，奥德茨对这些阶级矛盾的描绘不仅鞭辟入里地抨击了美国社会中的种种弊端，而且还高屋建瓴地指明未来的斗争方向，即"团结起来，进行斗争"，"去创造一个新的世界"。

左翼剧作家的努力使美国戏剧界出现了生机勃勃的局面，以至于20世纪30年代被称为"红色"的30年代。迈克尔·高尔德（Michael Gold，1893—1967）是这一时代的"共产主义路线的著名代言人"[①]。他从20世纪20年代开始，通过《新群众》杂志宣传斯大林路线，宣传社会主义文学理论，提倡无产阶级文学，认为文学的首要责任是写穷人和受迫害群众的

① 郭继德．美国戏剧史[M]．天津：南开大学出版社，2011：87.

疾苦,而不是去表达资产阶级的“无病呻吟”。例如,其剧作《霍博肯的烦恼》写爵士乐时代穷人的生活状况,跟哈莱姆区的穷人生活状况有些类似;《菲斯塔》写墨西哥农村贫苦农民生活和贵族生活的悬殊情况。

第十一章　跨文化视角下的20世纪下半叶美国文学研究

在第二次世界大战后，美国与中国经历了几乎不同的发展面貌，不仅成为一片空前富裕的土地，而且民众收入有了很大增长。同时，这场战争带给美国人民的困惑和恐惧远比中国人民要大得多，而这又成了美国新精神的一部分，并在20世纪下半叶的美国文学创作中有着鲜明的体现。在本章内容中，将立足于跨文化的视角，对20世纪下半叶美国文学创作的特色进行分析，以便更好地体会这一时期美国文学的魅力。

第一节　多派别诗歌的创作

自第二次世界大战以来的诗歌创作，对这一时期美国出现的社会现象、社会问题以及人们的精神危机等进行了深刻表现，并体现出美国文化特有的内涵。同时，这一时期的美国诗坛新人辈出，流派纷呈，从而呈现出一派异常活跃的局面。其中，自白派、垮掉派、黑山派、纽约派和后现代派是这一时期影响较大的诗歌流派。此外，族裔诗歌在这一时期也获得较大发展。

一、无情暴露自我的自白派诗歌

自白派是出现于20世纪五六十年代的一个诗歌流派，代表性诗人有罗伯特·洛厄尔（Robert Lowell，1917—1977）、约翰·贝里曼（John Berryman，1914—1972）、安妮·塞克斯顿（Anne Sexton，1928—1974）、西尔维亚·普拉斯（Sylvia Plath，1932—1963）以及桑德拉·霍克曼（Sandra Hochman，1936—　）等。

自白派诗歌可以说是第二次世界大战后美国人民异化情感的产物。自第二次世界大战后，美国的社会生产力有了快速发展，经济也日益呈现出繁荣局面,并逐渐进入了高度现代化的社会。在这样的社会里,轰鸣的机器在很大程度上取代了人们的劳动,人们对成功的追求也越来越消极。在其影响下,人们开展追求消费与享乐,并逐渐出现了物质享受丰富而精神空虚贫乏的矛盾。而面对这一矛盾,一些人开始思考自我存在的意义以及自我所具有的价值。与此同时,面对美国在朝鲜、越南等战争中的失利以及美国国内日益高涨的反战运动、罢工运动、黑人民权运动以及女权运动等,美国社会逐渐陷入了失落与绝望之中,美国人民对美国社会的不满情绪以及对于美国社会以及自身的不信任情绪也日益高涨,并因此而陷入了极度困惑、焦虑与痛苦之中。面对这种情况,一些诗人感到了对自我进行重新审视、确认与找回的重要性。于是,自白派诗歌应运而生了。

当然,自白派诗歌的产生,也深受20世纪五六十年代流行的弗洛伊德的精神分析和德国存在主义哲学的影响。弗洛伊德的心理需求分析与自白派诗歌的主旨是十分接近的,而德国存在主义哲学的盛行使得美国人民意识到要想自我的存在和价值得到实现,就必须要经历焦虑、痛苦甚至死亡的体验。

由于“自白”的意思是“招供、供认、忏悔”,因此,自白派诗歌主要是用来进行心灵忏悔或赎罪的,并力求进行自我坦白与揭露。具体来说,自白派诗歌注重对自我进行分析与表现,并将自我的背景、传统、愿望、幻想、隐私甚至是精神苦闷等都袒露或者说无情地暴露出来。洛厄尔的采用口语化的自由诗体、对其来说具有里程碑意义的诗集《生活研究》,可以说是一部自我坦白、自我揭露的经典之作。在这部诗集中,他巧妙地运用“双重自我”,分别从“儿童时代的我”和“成年的我”两个角度,对自己的父母、自己的家庭、自己的童年生活经历、自己的现在生活以及自己的心理历程和心理痛苦等进行了坦率的、赤裸裸的展现与表达。《臭鼬出没的时候》是这部诗集中最为闻名的一首诗歌,也是诗人的得意之作。在诗中,诗人通过对自我的坦白和揭露,毫无保留地将自己的精神孤独、痛苦、恐惧与悔恨等展现在了人们面前:

一个暗夜,
我的都铎式福特车爬上山坡;
我注视着情人们的车子。车灯熄灭,……
我生病的灵魂在每个血细胞中抽泣,
仿佛我的手扼住了它的喉咙……
我自己就是地狱;
无人在这里——

在这首诗中,诗人还表达了自己对人类、生活以及自己的不自信,并指出“死”对于自己来说是最好的出路。

在自白派诗歌中,一个永恒的主题是强烈的死亡意识。而且,自白派诗歌的不少代表性诗人都最终走上了自杀的道路。普拉斯可以说是一位对自杀情有独钟的自白派诗人,她的诗歌中充满了死亡情绪,并时时都幻想、向往死亡,如《边缘》:

这个女人尽善尽美了,
她的死
尸体带着圆满的微笑,
一种希腊式的悲剧结局
在她长裙的褶缝上幻现
她赤裸的
双脚像是在诉说
我们来自远方,现在到站了,
……
月亮已无哀可悲,
从她的骨缝射出凝睇。
它已习惯于这种事情。
黑色长裙缓缓拖拽,簌簌作响。

从这首诗可以看出,诗人的生死观是对死亡持赞美和渴望的态度。而这也从侧面反映出,诗人在其人生中饱受压抑和迫害,并因此而痛苦。同时,在诗人看来,解决痛苦的最佳方式便是自杀。

自白派诗歌中的死亡意识这一主题,也使得自白派诗歌作品中始终弥漫着痛苦、绝望和近乎癫狂的情绪。以一生饱受精神病折磨的塞克斯顿来说,她在诗集《去精神病院半途而返》中讲述了自己因精神病不得不在精神病院接受治疗的痛苦历程,以及自己的生活因精神病而笼罩在死亡阴影之中。

自白派诗歌从其创作形式来说,不再注重完美的形式、句式的工整以及韵律的和谐,而是越来越重视形式的自然,并努力拉近诗人与读者之间的距离。同时,自白派诗歌往往运用戏剧性的独白手法,从第一人称角度单刀直入、直抒胸臆地对自我进行大胆的袒露。

二、特立独行的垮掉派诗歌

垮掉派是出现于20世纪五六十年代的一个诗歌流派,代表性诗人有肯尼思·雷克斯罗斯(Kenneth Rexroth,1905—1982)、艾伦·金斯堡(Allen

Ginsberg，1926—1997）、威廉·艾沃森（William Everson，1929—1996）、加利·斯奈达（Gary Snyder，1930— ）、格雷戈里·科索（Gregory Gorso，1930—2001）等。

垮掉派诗歌的产生，与爆发于那一时代的垮掉运动有着十分密切的关系。垮掉运动是美国的民主传统和麦卡锡主义、个性自由和清教主义、大众文学同学院派文学激烈冲突的产物，同时既是美国文学发展的必然，也是美国社会发展的必然。自第二次世界大战爆发后，美国在国际上开始与苏联进行激烈的军备竞赛，战争一触即发，这使得美国人民感觉自己所生活的环境毫无安全感可言。与此同时，美国国内麦卡锡主义盛行，进步知识分子受到了严重迫害，这使得美国人民的危机感进一步加剧，终日生活在极度紧张的精神状态之中。在其影响下，美国知识分子的心灵遭到了极大伤害。他们不再信任政府和他人，原本的世界观、人生观和价值观也发生了重大改变，异化感也日益增强。所有的这些，都导致了垮掉派的逐渐产生。

垮掉派诗歌的创作者，从其本质上来说是一群特立独行的离经叛道者。他们“渴望自由，渴望能在和平中生存，然而，所有这一切都在战争中破灭，他们不得不混迹于黑市交易、沉湎于爵士音乐、吸毒、性放纵、打零工、醉心于阅读萨特的著作”[①]。金斯堡在其代表性诗作《嚎叫》中，就通过自己的亲身经历，对忍受着贫穷、孤独、异化、精神失常甚至自杀痛苦的垮掉的一代借助于酗酒、纵欲、爵士乐以及同性恋等来冲破物质至上的美国强加给他们的精神枷锁的无奈进行了深刻反映。这首诗是由三部分组成的，在第一部分中，诗人就对被发疯的时代疯狂摧残的一代精英即“垮掉的一代”的生存现状进行了生动的描写。他们酗酒、偷窃、吸毒、自暴自弃，无休止地寻欢作乐，而这对他们来说是对美国社会进行强烈反抗的重要途径：

> 我看见这一代俊杰毁于疯狂，饿着肚子
> 歇斯底里地脱得精光，
> 天亮时拖着脚步穿过黑人街区找一针愤怒的毒品，
> 脑袋像天使的嬉皮士们渴望将古老的天堂和这
> 机械之夜如繁星闪烁的发电机相连，
> 他们贫困、衣衫破旧、双眼凹陷，高高地坐在只供应冷水的
> 公寓那超自然的黑暗中吸毒飘过
> 城市上空思索着爵士乐
> ……

① 文楚安．“垮掉一代”及其他[M]．成都：四川大学出版社，2001：36.

在第二部分中，诗人借助于“火神莫洛克”（被古代腓尼基人所信仰，以孩童为献祭品，而在诗中是以美国的一代精英为献祭品）这一意象，对美国社会、体制和现实进行了无情鞭挞，继而表达了自己强烈的愤怒与憎恨之情。在第三部分中，诗人用平和的语调对自己的朋友卡尔·所罗门的内心世界以及他与莫洛克作斗争的坚韧不拔的英勇品格和殉道精神进行了叙述，并表达了自己将与卡尔同甘苦共命运的立场。总的来说，全诗的基调是立足在“愤怒”二字上的，诗人运用了无数个意象来表达这种愤怒。同时，诗中充满了触目惊心的、刺耳的、赤裸裸的粗俗语言，从而更好地将美国的黑暗以及知识分子的愤怒衬托了出来。

垮掉派诗歌的创作，十分强调回归自然、天人合一，有时甚至有神秘主义的倾向。对此，斯奈达的诗歌创作有着十分鲜明的体现。斯奈达几乎疯狂地迷恋着大自然，认为自然是人类心灵的家园，而且置身在自然中人的身心才能够得到最大程度的净化。因此，他在诗歌创作中常常描写自然物象以及人的心灵如何因自然物象而得到启迪与升华，如《松树冠》一诗：

蓝色的夜里
霜雾，天空上
月亮发光
松树冠
雪蓝色地弯曲，隐退
入天空，霜，星光。
靴子的嘎吱声。
兔迹，鹿迹，
我们知道什么。

在这首诗中，诗人借助于霜雾、松树冠、月亮、星光、靴子、兔子和鹿等自然物象，描绘了一幅静谧的月夜图，既给人一种清新、和谐的美感，也使人的灵魂能够在自然界得到净化。

垮掉派诗歌以绝望中的真实为主要基调，诗中充满了绝望的气息和无法改变社会的无奈感，这通过金斯堡的《嚎叫》也可以深刻地体会到。此外，垮掉派诗歌从其创作形式来说，不再受形式主义的束缚，大多采用的是自有诗体和平民口语，并强调将自己的真实情感与生命体验融入诗歌创作之中，因而读之往往令人动容。

三、突破传统的黑山派诗歌

黑山派是活跃于20世纪50年代的一个诗歌流派,代表性诗人有查尔斯·奥尔森(Charles Olson,1910—1970)、罗伯特·邓肯(Robert Duncan,1919—1988)、丹尼丝·莱弗托夫(Denise Levertov,1923—1997)、罗伯特·克里利(Robert Creeley,1926—2005)等。

黑山派诗歌的产生,与黑山学院有着十分密切的关系。黑山学院是一所具有独特风格和鲜明特色的艺术院校,它不提倡传统的教学模式,而是在进行理论讲解的基础上鼓励师生多参与实践,并从实践中获益。在这样一个较为宽松的教学氛围中,使得师生逐渐形成了创新精神,并在黑山学院院长奥尔森的领导下围绕黑山学院及其周围形成了一个力求摆脱传统的学院派和形式主义诗歌的束缚、追求形式和语言的自由开放的新诗歌流派,即黑山派。

黑山派诗歌的创作,是以奥尔森提出的“投射体诗”为理论依据的。所谓“投射体诗”理论,简单来说就是“诗歌是一种能量的结构,能量的投射”。诗人作诗的过程就是把他从社会和自然界中获得的‘能量’以‘气韵’或‘呼吸’的方式‘投射’出来并最终到达读者”[①]。

黑山派诗歌的创作,在内容形式上呈现出革命性的突破。就黑山派诗歌的内容而言,黑山派诗人强调个性化,即将个人的经验和顿悟融于诗歌之中。但是,这与自白派强调自我坦白与揭露是不同的,他们是要以在“投射体诗”创作理论下的“个性化”来展现诗人创作的心境和“呼吸”。莱弗托夫的诗歌创作,就体现出其作为女性的丰富而独特的感情。比如,她的《婚姻之痛》《亚伯的新娘》《永远离去》等诗作表现了她的婚姻观,即婚姻是妖怪,而且男人相比女人来说感情不够专一。

就黑山派诗歌的形式而言,黑山派诗人认为诗歌形式只是诗歌思想的延伸、诗歌内容的呈现,因此诗歌创作应该是自发的、即兴的、自由的,并允许诗人跟随自己的心灵感受去选择合适的诗歌形式。奥尔森的诗歌创作,就充分体现了这一特点。以其代表作《翠鸟》一诗的一个诗节来说:

我想起了石块上的E字形,和毛的讲话
曙光
但是翠鸟
就在
但是翠鸟向西飞

① 唐根金等.20世纪美国诗歌大观[M].上海:上海大学出版社,2007:134.

前头!
它胸脯上的色彩
染上了炽热的夕阳!

在这个诗节中,诗人运用了长短不一的诗行,并即兴进行安排,忽左忽右,有时一个词也成了一行。而诗人之所以会这样安排,主要是为了方便地对自己的思想感情进行表达。

黑山派诗歌不论是其诗歌理论还是其诗歌实践,都对美国诗歌的发展产生了重要的推动作用,并且对具有美国特色的诗歌的形成产生了重要的影响。

四、实验主义性质的纽约派诗歌

纽约派是20世纪50年代前后形成于纽约城的一个诗歌流派,但引起评论界的重视是在20世纪60年代。代表性诗人有詹姆斯·舒亦勒(James Schuyler,1923—1991)、弗兰克·奥哈拉(Frank O' Hara,1926—1966)、约翰·阿什贝里(John Ashbery,1927—)等。

纽约派诗歌的产生,是美国社会政治、经济和文化等发展变迁的结果。而纽约派诗歌的创作者,是一群因与纽约具有一定的联系而聚集在一起的一个非正式团体。也就是说,纽约派诗人实际上是一群志趣相投、目标相近的实验主义者。

纽约派诗人深受法国诗歌和绘画的影响,因而在诗歌创作上反对传统的诗歌创作,主张写诗不可拘泥于形式,同时要借助于对日常琐碎生活的描写将自己对世界的感受传达给读者。以奥哈拉的《为什么我不是画家呢》一诗来说:

我不是画家,我是个诗人。

可为什么这样呵?我宁愿自己是
一个画家,但我不是。好吧,我举个例。
……
而我的创作也是这样的么?
某天我想到了橙色,写下一行
描述橙色的句子。多妙呀,
很快,我写下的已不再是几行,
一整页纸都被我写满了
接下来又写满了一页

……

时间就这样被我耗去，我的生活

平凡而又单调，但我发现

自己真是个实在的诗人

我的诗被完成，然而诗里未提及过橙色

一共是十二首诗，我叫它们“橙色之诗”。

在这首诗中，诗人将自己的日常生活以及自己的心理活动巧妙地融入诗歌之中，从而使读者能够方便地对自己的日常生活以及自己的心理活动进行了解。同时，奥哈拉透过这首诗，也向世人展示了自己不同于传统诗歌的创作倾向。

纽约派诗歌具有鲜明的非写实性、抽象性、讽刺性和荒诞性等特点，并常常采用抽象的拼贴艺术以及超现实主义的“高雅的尸体”形式(即“一群诗人来写一行诗，每个人在不知其他人写什么词的情况下，只写一个词”①)。这使得纽约派诗歌呈现出明显的片段性与迷离色彩。以阿什贝里的诗歌《一些钱》来说：

我说我是笨拙的。

我说我们愚弄了我们的生活

为了一点小钱和一件外套。

大树，一旦长成，即告消失。

我说你可以赶上所有古怪的活动。

这时候孩子在干扰你。

你从未被要求和狗一起回来

钓鱼竿斜靠在台阶上。

……

没有比这更大的钢笔了，对象说

仿佛要躲开一步

在狭窄的走廊里亲吻我的心肝

在它之前是战争年代，寒冷终止在

那个音符上。

在这首诗中，诗人将一系列相互之间没有必然的联系甚至还有些怪异的意象并置在一起。从表面上来看，这些并置的意象是毫无意义的，但正是这些毫无意义的意象生动形象地展现出诗人真实的、处于原生态情况下的思想状况。此外，这些散乱的、毫无顺序可言的意象，也使得诗歌

① 唐根金等.20世纪美国诗歌大观[M].上海：上海大学出版社，2007：196.

能够在视觉和感官上给读者造成较强的冲击力，继而引发读者的思考。

纽约派诗歌的出现，对当代美国诗歌的繁荣产生了十分重要的影响，并成为当代美国诗坛最为突出的诗派之一。直至今天，纽约派诗歌仍然活着，且还在继续发展。

五、寻求自我的后现代派诗歌

后现代派诗歌又称“新超现实主义诗歌”，是形成于20世纪60年代中期的一个诗歌流派，代表性诗人有詹姆斯·迪基(James Dickey, 1923—1997)、伊丽莎白·毕晓普(Elizabeth Bishop, 1911—1979)、罗伯特·布莱(Robert Bly, 1926—　)、威廉·斯坦利·默温(William Stanley Merwin, 1927—　)、查尔斯·赖特(Charles Wright, 1935—　)、格雷戈里·奥尔(Gregory Orr, 1947—　)、杰特鲁德·施纳肯伯格(Gertrude Schnackenberg, 1953—　)等。

后现代派诗歌是诗人将诗歌技巧与自己的后现代思维相结合而产生的，因而诗中处处充满了“自我”的影子，并常常用“自我”的口吻说话。同时，后现代派诗歌中的“自我”充满了多重性与距离化，而这使得后现代派诗人得以通过实现自我的“多重性”和“距离化”，对诗歌的社会价值进行探寻。赖特的诗歌《彩虹伸错的那端》中，就对多层面的“我”进行了生动而形象的展示：

我在沉寂中凿开一个小洞，很小
只是一个字的空间
当我从死亡之境升起，我将说出那个字，无论那是
何年何月，而此刻我还记不起那是何字
不过，当西北风从喀利勃山上吹来
那个字也将回到我的记忆
在那一天，我会从死亡之境升起，无论那天何时来临

赖特在进行诗歌创作时，主要是从自己的生活取材的，因而诗中充满了自我。《彩虹伸错的那端》即是这样的一首诗，而且诗中的“我”不仅仅是普通意义上的自我，而是将诗意和超验有机融合在一起的“我”。

后现代派诗歌从其创作技巧来看，有着十分鲜明的特色。首先，后现代派诗歌往往从孩子的视角出发对诗歌的主题进行探讨。比如，毕晓普的诗歌《等候室》：

在渥塞斯特，马萨诸塞州
我与康苏罗阿姨一起

她与牙医约好了时间
我坐着，等待
在牙医的等候室里。

在这首诗中，诗人通过对孩子的心理的挖掘，生动地表现了他们如何在成人世界里对自己的身份进行确立。

其次，后现代派诗歌中往往运用大量的意象，并借助于这些意象来实现个体之间的交流。最后，后现代派诗歌中往往采用梦幻般的语言，如奥尔的诗歌。以《歌：母亲的早逝》一诗为例来说：

最后的眼泪
结成玻璃珠，滑落到她的脸颊
这不是冰，因为
它被仅仅抓在男孩发烫的手中
它不会融化。

在这首诗中，诗人通过对一滴泪珠的描写，展现了自己在现实生活中所遭遇的痛苦。但是，诗人在对这滴泪珠进行描写时，却运用了梦幻的间接语言，从而使自己因直面现实而遭受的痛苦得以减轻。

当前，后现代派诗歌已成为美国诗坛一支十分有影响力的诗歌流派，并通过对不同诗歌技巧的借鉴而向着多元化的方向发展。

六、贴近民族传统的族裔诗歌

族裔诗歌的出现和发展，与美国国内民权运动的不断高涨以及美国发动的越南战争有着十分密切的关系。在民权运动和越南战争的影响下，美国国内少数民族的种族意识和文化身份得到了大大加强，并开始发动大规模的反对种族歧视运动。在这种氛围之下，族裔诗人开始在诗坛发出响亮的声音，黑人诗歌、印第安人诗歌和华裔诗歌等族裔诗歌由此得到了快速发展。

在族裔诗歌中，发展最快、影响最大的是黑人诗歌。自20世纪20年代的哈莱姆文艺复兴运动以来，黑人诗歌便不断得到发展。而出现于20世纪下半叶的黑人诗歌，提倡与白人文化分道扬镳，坚持自己的民族传统和审美价值观，宣扬黑人的文化特色，增强黑人的自豪感，因而深受黑人读者的欢迎。比如，罗伯特·海顿（Robert Hayden，1913—1980）的诗歌《那些严冬的礼拜天》：

礼拜天父亲也起得很早，
昏暗中瑟缩着穿好衣裳，

在严冬干了一周的重活儿，
他用皴裂酸痛的手把炉火烧旺，
没有人理解这严父的柔肠。
醒来时我总听见严寒在爆裂崩溃，
屋子暖和后他便叫我起床，我慢吞吞地起身穿衣，
家中蕴积的愤懑老让人提心吊胆。
是他把严寒赶出门外，
还把我那双宝贝皮鞋擦得锃亮，
我和他说话时却总是不冷不热。
那时候我太不理解呀太不理解，
什么叫严父的苦心和孤身的父爱。

在这首诗中，诗人主要对普通黑人的日常生活状况进行了关注与描述。诗中，诗人塑造了一位父亲的形象，并通过自己的回忆对伟大的父爱进行了歌颂。

黑人诗歌在这一时期的发展中，女性诗人逐渐成为一支十分重要的力量，并凭借自己特有的敏感和细腻在诗歌领域取得了不俗成绩，如玛雅·安吉拉（Maya Angelou，1928—2014）、丽塔·达夫（Rita Dove，1952— ）等。她们既对种族歧视进行抨击，也对性别歧视进行反对，从而呈现出明显的自主意识和社会责任感。比如，安吉拉的诗歌《非凡的女人》：

漂亮女人欲知我美丽的秘密。
我并不可爱，也不塑身打造，
以符合时装模特的标准。
但当我开始告诉她们，
她们却认为我在撒谎。
我说
是我胳膊的长度
我臀部的跨度，
我脚步的幅度，
我嘴唇的卷曲。
我是一个非凡女人。
非凡的女人，
这就是我。
……

在这首诗中，诗人塑造了一个在种族以及性别的夹缝中依然顽强奋起、自信非凡的黑人女性形象，并以此来鼓励所有的黑人女性要勇敢地摆

脱自己在传统观念中的形象,努力成为具有鲜明的女性和黑人意识的新黑人女性形象。

印第安人诗歌的创作者主要有N. 斯各特·莫梅戴(Navarre Scott Momaday,1934—)、詹姆斯·韦尔奇(James Welch,1940—)、西蒙·奥蒂兹(Siman Ortiz,1941—)、约瑟夫·布鲁夏克(Joseph Bruchac,1943—)等,并日益成为美国诗坛不容忽视的一个群体。他们在进行诗歌创作时,始终坚持自己的文化传统,着重对印第安人在美国社会的生存状态进行了生动展示。

华裔诗歌相比黑人诗歌和印第安人诗歌来说,在美国诗坛的地位稍差,但也有了较大发展,并日益引起美国诗坛的注意。姚强(John Yau,1950—)和施家彰(Arthur Sze,1950—)等都是著名的华裔诗人,但是他们因深受美国白人文化的影响,并在思想意识和生活方式方面日益被白人所同化,因而其诗歌创作并未流露出十分强烈的民族感情。

第二节　小说的多样化发展

在20世纪下半叶,美国可以说一直处于动乱之中,发生了朝鲜战争、越南战争、古巴导弹事件、肯尼迪总统遇刺、黑人暴动、水门事件等一系列的政治事件。在其影响下,美国人民不论是在心理、思想上,还是在精神状态上,都发生了重大改变。这反映到小说创作中,则是产生了后现代主义小说。与此同时,心理现实主义小说、族裔小说等在这一时期也获得了进一步发展,从而使20世纪下半叶的美国小说创作呈现出多样化发展的局面。

一、别具一格的后现代主义小说

所谓后现代主义小说,概括来说就是运用隐喻、荒诞、超现实的笔法,实现将社会现实以及人们的内心世界用曲折的形式揭露、反映出来的目的。为了实现这一目的,后现代主义小说常常通过对现实进行讽刺、夸张甚至歪曲的方式揭示世界的本质,而结果多是一切都被颠倒了,即美感被丑陋所代替、真理被荒谬所隐喻。而这又使得后现代主义小说成为别具一格的后现代主义文本。

对于后现代主义小说的特色,作为其中一个重要流派的黑色幽默小说可谓体现得最为明显。黑色幽默流行于20世纪六七十年代,又称“荒诞的幽默”“病态的幽默”“绞刑架下的幽默”等，是建立在存在主义思想基础上的，即荒谬的世界造成人的异化。而黑色幽默小说“强调世界的荒谬、混乱、神秘莫测以及人与环境的不协调，并以夸张到荒谬程度的幽默手法嘲讽社会、人生以及人类的灾难、痛苦和不幸，将快乐与痛苦、冷漠与荒唐、大笑与悲剧并列在一起，让生活中一切为之沮丧、为之悲叹的事物在逗笑和嘲讽中暴露无遗”①，代表性作家有弗拉基米尔·纳博科夫（Vladimir Nabokov，1899—1977）、科特·冯尼格特（Kurt Vonnegut，1922—2007）、约瑟夫·海勒（Joseph Heller，1923—1999）、约翰·巴思（John Bath，1930—　）等。

黑色幽默小说中的主人公大都是生活在变态的社会、有着坎坷的命运、受制于权威的支配、身心备受折磨且人性扭曲、言行举止都十分古怪的“反英雄”形象。他们想要改变现状以及自己的命运，但又无能为力、无可奈何，只能在绝望的困境中发出辛酸的、黑色幽默的笑声，来对一切痛苦进行忍受。对此，黑色幽默大师约瑟夫·海勒（Joseph Heller，1923—1999）的代表性作品《第二十二条军规》中的主人公约塞连可以说是典型的“反英雄”人物形象。

《第二十二条军规》是黑色幽默小说中最有影响的代表作，运用奇特的艺术手法，通过描写第二次世界大战关键时刻美国一支空军中队内部的故事对美国官僚机构的浮标进行了深刻揭露，同时通过对一条并不存在的军规即第二十二条军规却可以置人于死地的描写对现代生活的荒谬进行了生动展现。按照第二十二条军规的规定，疯子是可以停止飞行的，但要申请停止飞行必须是本人，而一个疯子是不可能有提出请求的意识的，因而一旦去申请就说明他头脑正常，不是疯子。小说的主人公约塞连是空军中队的一名飞行员，既不想升官也不想发财，只想快点完成规定的32次飞行任务，然后回家。可是，约塞连所在空军中队的上校卡司卡特为了自己的私利，不断增加飞行员的飞行次数。对此，约塞连十分愤怒，并为了保全自己的性命决定逃离这一疯狂的世界。可是，他的逃离行动被军队中的第二十二条军规紧紧箍住了。因此，约塞连只能无止境地执行卡司卡特给他增加的飞行次数。后来，约塞连终于认识到，第二十二条军规“倒真是个很妙的圈套”，军官可以对其任意解释，从而为了自己的私利无限期增加飞行员的飞行次数，或是置人于死地。可以说，第二十二条军规就是美军官僚体制压制普通飞行员或士兵的圈套，从而有力地揭示了美国虽然号称法治社会，但这些法律只是用来压制普通百姓且官员

① 聂珍钊．外国文学史（四）[M]．武汉：华中师范大学出版社，2010：59.

能够对法律随心所欲进行解释的社会现实。也就是说，第二十二条军规是美国社会压力制度以及专制势力的象征，而且它渗透于人们生活的方方面面。最终，约塞连干脆拒绝再次飞行，并在同伴的鼓励和帮助下不顾一切地逃到了中立国瑞典。

后现代主义小说在发展到20世纪70年代末后，逐渐进入了第二阶段，并涌现出埃德加·劳伦斯·多克托罗（Edgar Lawrence Doctocow，1931—2015）、罗伯特·洛厄尔·库弗（Robert Lowell Coover，1932— ）等一批优秀的后现代主义小说家。他们在对老一代后现代主义小说家的艺术风格进行继承与发展的基础上，使得后现代主义小说获得了空前繁荣，在美国文坛的影响也越来越大。同时，他们在创作内容上，更注意面向现实，尊重历史，对不公正的社会现象尤其是权力政治对知识分子的迫害以及社会精神危机对人们心理的影响进行深刻揭露；在创作技巧上，并非对传统创作技巧一概反对，而是在对传统创作技巧进行继承的基础上，努力探索新的小说技巧，且自成一格。以多克托罗来说，他的小说创作忠实于欧美文学的现实主义传统，并注意文学与社会、文学与历史的联系。同时，他努力在小说创作中尝试一些新的艺术表现手法。比如，他在长篇小说《但以理书》中，通过描写虚构的男孩但以理为其因被诬陷而被处以电刑的科学家父母伊索尔和朱立厄斯·罗森堡夫妇申冤的故事，对20世纪60年代的美国社会存在的矛盾以及政府度知识分子的破坏进行了真实而生动的展现。而在描写过程中，多克托罗采用了将真实历史与虚构故事进行拼贴的现代派手法，从而将生动的画面和真实的照片组成了一部艺术风格独特的作品。他的另一部长篇小说《拉格泰姆时代》创造了亦真亦幻的艺术手法，从而将真实事件和人物与虚构事件和人物进行了有机融合，推出了小说的新模式。

在进入20世纪90年代后，由于后现代主义热潮已过，后现代主义小说的影响逐渐减弱，但仍有一定的发展，代表性作家就是被称为“X一代作家群”的威廉·伏尔曼（William Vollmann，1959— ）、道格拉斯·考普兰（Douglas Coupland，1961— ）等。他们的后现代主义小说创作，着重对老一代后现代主义小说家的表现艺术进行了继承与综合。比如，伏尔曼的代表作《欧洲中心》运用了史实与虚构相结合的拼贴艺术手法，构建了一个跨越时空、变幻莫测的艺术世界，从而被认为是“一部集各种后现代派小说技巧之大成的力作”。

总的来说，后现代主义小说是20世纪下半叶的美国小说创作中影响较大的一个小说流派，并深刻影响了日后小说的创作。

二、用人物心理反映人类社会演变过程的心理现实主义小说

所谓心理现实主义小说，是现实主义与现代主义心理描写手法相结合的产物，即通过描写人物的心理来对人类社会的精神演变过程进行反映的小说流派。心理现实主义小说的开创者是19世纪的著名小说家亨利·詹姆斯（Henry James，1843—1916），之后便得到逐渐发展。而到了20世纪六七十年代，随着约翰·契弗（John Cheever，1912—1982）、约翰·厄普代克（John Updike，1932—2009）、乔伊斯·卡罗尔·欧茨（Joyce Carol Oates，1938—　）等的崛起，心理现实主义小说的创作进入了新的高峰，获得了巨大成功。

心理现实主义小说从内容上来看，注重通过对展现人物的内心世界以及性行为、性追求，对人物的精神变化以及美国的社会现实进行生动表现。对此，厄普代克的代表作《兔子五部曲》中有着鲜明的表现。

《兔子五部曲》是由《兔子，跑》《兔子，回家》《兔子富了》《兔子歇了》和《兔子复活》这五部情节相互连接得丝丝入扣的作品构成的，通过描写外号为“兔子”的主人公哈罗德·安格斯特罗姆的人生经历和心理变化过程，对美国从20世纪50年代到90年代以来的社会发展进行了生动展现。《兔子，跑》中，通过对因不满于家庭、工作、生活以及夫妻关系的哈罗德离家出走过程的描写，对20世纪50年代的美国社会生活进行了生动反映。此时的哈罗德是一个缺乏传统观念和责任感的人，因而不论是在工作上还是纵欲上都在进行“搞了就跑”的游击战术，但他的跑是毫无目的和方向的，而且似乎是在寻找着什么。《兔子，回家》中，主要描写了已经离家十年的哈罗德回到家中的情景以及他在思想上的变化，即逐渐接受了反对美国现存制度的观点。其间，又插入了越南战争、种族冲突、毒品交易泛滥等发生于20世纪60年代的重大事件，从而对这一时期美国的社会状貌进行了生动反映。《兔子富了》中，主要运用意识流的手法，描写了哈罗德在发财后的思想变化，即越来越悲观。由此，作者对20世纪70年代美国出现的信仰危机进行了生动反映。《兔子歇了》中，通过描写已经56岁、处于半退休状态的哈罗德进行的他人生中的最后一次逃跑，对20世纪80年代美国人出现的迷惘情绪进行了生动展现。《兔子复活》中，哈罗德并没有真正复活，而是在家人的回忆中似乎重新回到了人间。综观这五部小说，可以发现哈罗德实际上是美国中产阶级社会中的一个无足轻重的人物，而且有着难以自控的性欲、充满了不知该如何处置的能量与精力，就如兔子一般，总是在寻觅并忙着逃脱什么。

心理现实主义小说从表现手法上来看,在基本遵循现实主义创作原则的基础上,运用意识流、象征等艺术手段深刻剖析了人物的“非理性意识”。比如,欧茨在小说《他们》中,运用怪诞的、象征的描写手法,对美国从20世纪30年代到60年代的社会变迁进行了生动的反映,并形象地展现了精神空虚无聊、不断在社会阶梯上跌落的美国下层人民的苦难命运以及逐渐麻木、沉沦的精神转变。

三、成就卓越的族裔小说

自第二次世界大战以来,伴随着美国国内不断高涨的民权运动和民主运动,各种族的觉悟日益提高,对自我和种族进行表达的热情也空前高涨。在其影响下,族裔小说获得了空前的发展,并取得了十分卓越的成就。其中,成就较大的有黑人小说、犹太小说和华裔小说。

在20世纪下半叶的美国族裔小说发展中,黑人小说的发展是十分迅速和显著的,代表性作家有理查德·赖特(Richard Wright,1908—1960)、拉尔夫·艾里森(Rolph Ellison,1914—1994)、詹姆斯·鲍德温(James Baldwin,1924—1987)、托妮·莫里森(Toni Morrlson,1931—)、艾丽丝·沃克(Alice Walker,1944—)等。他们的小说创作不再以抗议为主题,而是着重对美国黑人的历史与坎坷命运进行了深刻展示。比如,艾里森的小说《隐身人》通过描写一个无名无姓的黑人青年的“隐身”生活经历,将黑人在美国社会的生存现状深刻地表现了出来,同时真实展现了美国黑人所具有的存在主义危机。这部小说的笔调总体来看是近乎荒诞的,而在荒诞的叙述之中,作者得出了一个近乎荒诞的结论,即黑人在美国社会中,要么失去“自我”,要么成为另一个虚假的人,即“隐身人”。小说中的主人公正是一个“隐身人”,而迫使他成为“隐身人”的正是美国社会中存在的种族歧视和不平等,这使得黑人无法获得真正的平等、独立和生存的自由。由此,作者也对美国社会关系的不合理进行了深刻披露。

黑人小说在注重对美国黑人的历史与坎坷命运进行表现的同时,还着重对黑人妇女的不幸命运进行了关注。比如,莫里森在小说《苏拉》中,通过对两个生活在20世纪二三十年代一个极为贫穷的黑人聚居区的黑人姑娘苏拉和内尔的友谊和成长的描写,对黑人妇女在种族和性别双重歧视下的生活现实以及黑人妇女中存在的不同生活观即是因袭还是突破进行了生动展现。又如,沃克在《紫色》中,以美国南方的小镇和乡下为背景,运用美国南方黑人,尤其是黑人农民的口语讲述了一个黑人农家女孩茜莉从20世纪初到第二次世界大战结束的生活经历,并据此对黑人妇女在社会和家庭压迫的大环境下生活与成长的痛苦过程以及所受的白人和黑人男性的双重压迫进行了生动展现，并对黑人的自我、黑人的家庭关系和黑人男女之间的关系进行了深刻探讨。

黑人小说还注意对美国白人文化与黑人文化进行对比，并深刻探讨了两种文化之间的冲突以及黑人保持自己文化传统的重要性。对于黑人小说的这一特色，莫里森的《最蓝的眼睛》有着很好的体现。在这部小说中，作者通过描写黑人小姑娘毕可拉因心理重压而逐渐走向精神失常的不幸命运以及她希望自己拥有一双人见人爱的秀兰·邓波儿娃娃那样的蓝眼睛的愿望，对黑人和白人两种不同文化因审美与社会价值观的冲突而给黑人的心理结构造成的影响进行了生动展现。同时，作者明确指出，美国黑人要想保持自己的传统，必须要坚守自己的文化，保持自己的传统。

黑人小说在迅速发展的同时，犹太小说伴随着美国犹太移民人数的不断增加以及犹太人在美国社会各个领域中影响的增大，在20世纪下半叶也有了较快发展。具体来说，这一时期有一批优秀的犹太小说家崛起，包括伯纳德·马拉默德（Bernard Malamud，1914—1986）、索尔·贝娄（Saul Bellow，1915—2005）、辛西娅·欧芝克（Cynthia Ozick，1928—　）、罗纳德·苏克尼克（Ronald Sukenick，1932—2004）和菲利普·罗斯（Philip Roth，1933—　）等。他们通过自己的创作，使犹太小说逐渐融入美国文学的主流。

犹太小说有着浓郁的犹太味，注重对犹太移民在美国大陆的生存、发展与融入经历，从而生动地展现了犹太民族群体在美国的奋斗历程以及在奋斗过程中产生的精神危机。比如，罗斯的小说《波特诺的抱怨》中，运用第一人称的手法，通过生动描写犹太母亲与反叛传统、已经趋于美国化、希望成为美国人的犹太儿子之间产生的冲突，深刻而犀利地展现出犹太人没有家园、追求同化、最终只能忍受异化之苦的现实。与此同时，作者对年轻一代犹太人与老一代犹太人在文化和理念上的冲突、犹太文化与美国白人文化之间的冲突以及犹太人因此而产生的信仰危机进行了讽刺。对此，可以从波特诺的一段心理独白看出：

> 这就是我的生活，我的唯一的生活，然而我却在一个犹太笑话里度过。我是犹太笑话里的儿子——只是它并不是什么话！

犹太小说中塑造了小店主、流浪儿、妓女、乞丐以及中小知识分子等一系列中低层犹太人的典型形象，并通过描写他们在美国的人生经历，展现了犹太人的优良品性以及犹太民族的文化本质。比如，马拉默德在小说《店员》中，通过塑造为人类赎罪而受苦一生的典型犹太人——小店主莫里斯的形象，对下层犹太人在美国的困境以及所受的精神折磨进行了深刻展现；同时，通过莫里森对意大利流民弗兰克的改造，表明了坚持犹太文化传统的重要性。

相比犹太小说和黑人小说来说，华裔小说的发展是比较缓慢的。直到20世纪60年代，华裔小说才因其新颖的题材和独特的风格逐渐获得美国文坛的认可，进入了快速发展与繁荣的阶段，代表性作家有汤亭亭（Maxine Hong Kingston，1940—　）、赵建秀（Frank Chin，1940—　）、谭恩美（Amy Tan，1952—　）、任璧莲（Gish Jen，1955—　）、伍慧明（Fae Myenne Ng，1956—　）等。

华裔小说注重描写华人的美国梦以及华人在美国的奋斗史，呼吁美国社会改善华人的社会地位与工作条件。比如，汤亭亭的小说《中国佬》，通过描写从中国移民到美国的一家四代人的坎坷经历，既生动地表现了华人在美国所经历的辛酸与苦难，也充分展示了华人在美国发展和建设中的突出贡献以及他们在逆境中坚韧不拔的精神。可以说，这部小说就是远涉重洋到美国定居的华人的一部血泪史。

华裔小说也注意对中美文化的冲突与融合进行表现，如任璧莲的《典型的美国佬》通过描写来自中国的移民留学生张意峰从鄙视“典型的美国佬”到自己被同化为“典型的美国佬”的过程，既塑造了一个从抵制美国文化价值观到最后接受、认同美国文化的新一代华人移民形象，又反映了将中国文化与美国白人文化进行融合的必然性。又如，谭恩美的《喜福会》通过描绘四个华裔妇女与他们的女儿因不同的文化背景和生存经历而造成的隔阂，展现出中美文化的巨大差异以及深受不同文化影响的两代人在思想上的冲突。

华裔小说的创作也深受中国文化的影响，如汤亭亭在小说《女勇士》中，对中国花木兰代父从军的神话进行了巧妙运用，同时插入了有关中国社会习俗的描写，从而呈现出较为鲜明的中国文化特色。

总的来说，族裔小说是20世纪下半叶的美国文学创作中不可忽视的一支重要力量，并促使美国文学朝着多样化的方向不断发展。

第三节　现代主义戏剧的多元化

自第二次世界大战以来，美国戏剧界开始向着多元化、年轻化的方向发展，并呈现出荒诞戏剧、实验戏剧、女性戏剧、族裔戏剧等百花齐放的局面。

一、反映荒诞社会的荒诞戏剧

美国在20世纪初期时，就已经有了荒诞戏剧的萌芽，如作为小说家的菲茨杰拉德创作的剧本《蔬菜》力图对旧的戏剧传统进行突破，并呈现出了荒诞剧特色；诗人爱德华·艾斯特林·坎明斯（E.E.Cummings，1894—1962）创作的剧本《他》被认为具有超现实主义的风格，且被一些人认为是美国第一部真正的荒诞戏剧。而具有现代主义倾向的荒诞戏剧，直到20世纪50年代末期才在美国出现。

20世纪下半叶以来的荒诞戏剧，可以说是对美国荒诞社会的深刻反映，着重对美国社会战后的阴郁气氛，即“荒诞感”进行了揭示。对此，美国荒诞戏剧的代表性作家爱德华·阿尔比（Edward Albee，1928—2016）的戏剧创作有着鲜明的体现。比如，阿尔比的代表剧作《谁害怕弗吉尼亚·沃尔夫？》是美国荒诞戏剧的典型作品之一，通过描写一对没有子女的中年夫妇乔治和玛莎的孤寂、空虚生活，生动地反映了20世纪60年代美国社会的精神危机，进而抨击和讽刺了世态的炎凉、道德的虚伪、文化的平庸和精神的荒芜。在剧中，主人公生活的荒诞和精神的空虚是通过他们没有孩子但制造了有一个儿子的幻象反映出来的。但最终这一幻象破灭了，他们剩下的只有绝望和对继续生活下去的畏惧心。又如，《箱子》一剧中，阿尔比将宇宙比作一个大箱子，而在这个大箱子里的是挣扎于生活的人类。此剧在表演时，舞台上没有人物，只有一个大箱子，但箱子里一直传出人说话的声音。据此，作家既向人们展现了一幅“在箱子中生活”的生动而逼真的画面，也形象地描绘了一个虚无的世界。

在20世纪下半叶的荒诞戏剧创作中，除了阿尔比外，杰克·盖尔伯（Jack Gelber，1932—2003）和阿瑟·考皮特（Arthur L.Kopit，1937— ）的荒诞戏剧创作也很有特色。盖尔伯的剧本《联系人》因写的是等待主题而被评论家称为“美国的《等待戈多》”，主要内容是一群吸毒者焦躁不安地等待着联系人即毒品贩子的归来，而最终他们等待的联系人也出现了，并给他们带来了试图拯救他们的毒品，这与《等待戈多》的结局是不同的。另外，剧中的人们都因吸毒而处于浑浑噩噩的状态，而这可以说深刻地反映了20世纪50年代美国社会的反常和变态。考皮特的剧本《啊，爸爸，可怜的爸爸，妈妈把你挂在衣橱里，我是多么伤心呀》运用荒诞的手法，通过对“专制母亲”这一人物形象的塑造，对美国社会中的畸形现象进行了深刻抨击与鞭挞。剧中的母亲认为自己在家中应拥有绝对的权威，而为了实现这一目的，她害死了丈夫并将其尸体挂在卧室衣橱中，因为在她看来只有死人最听话。与此同时,她将儿子禁闭家中,并在儿子被保姆勾引时杀死了保姆,从而使儿子成了一具活僵尸。据此,作家将美国社会中普遍存在的统治者残酷压迫、迫害被统治者的现象真实而形象地展现了出来。

二、标新立异的实验戏剧

在20世纪60年代,美国在政治上处于一个大动荡时期,出现了民权运动、反越南运动、反种族歧视运动、女权运动、肯尼迪总统和黑人民权运动领袖马丁·路德·金被害等一系列的重要政治事件。这不仅深深震撼了美国,也迫使美国人民不得不对严峻的社会现实进行面对。由此,一批注重对美国社会的重大主题如反战、腐败、暴力和犯罪等进行表现的年轻剧作家出现了,包括萨姆·谢泼德(Sam Shepard,1943—)、戴维·马麦特(David Mamet,1947—)、戴维·雷布(David Rabe,1940—)等。

这些年轻的剧作家在进行戏剧创作时,大胆突破了各种传统的戏剧形式,进行多样化的戏剧实验。比如,谢泼德的戏剧中多是与传统人物完全不同的人物,他们要么是神话人物,要么是异想天开的人物;戏剧的情节被大大削弱,很多情节只是描述一系列接连出现的事件;语言的含义不再直接、直白,而是变得有些拐弯抹角。以他的《情节剧剧本》一剧来说,剧中通过描写艺术家杜克的经历,对艺术家所处的地位进行了生动反映,即表面上受推崇,暗地里常常受到威胁和攻击,生命毫无保障。而在对艺术家的经历进行描写时,并没有运用有吸引力的情节,而是运用了一些相互联系的事件,如杜克的弟弟因创作了能引起轰动的歌曲并被老板强迫不断创作,负责看守艺术家的彼得杀死杜克女友、打晕杜克、禁闭老板并打算与杜克的弟弟进行歌曲交易,杜克在电台唱弟弟创作的歌曲,彼得准备攻击杜克的弟弟等。与此同时,作家将艺术界中一些人为发迹而无耻地迫害艺术家的可耻行为生动而形象地展现了出来。

实验戏剧的主题,多是病态、死亡和绝望,从而反映了越南战争之后美国人心灵上的失败情绪以及美国社会的腐败、死亡和自我毁灭的趋势。对此,马麦特的戏剧有较好体现。比如,他的剧本《美国野牛》的背景设在了一家破破烂烂的杂货店,以此来象征美国现代社会的不景气。剧中通过讲述三个美国小人物计划抢劫但并未成功的故事,既对美国商业社会中的犯罪现象以及美国社会的弱肉强食现象进行了揭示,又暗示了美国要实现成功梦变得越来越困难,很可能根本无法实现。

实验戏剧在第二次世界大战后的迅速发展,也催生了一些实验剧院的产生,如朱利安·贝克(Julian Beck,1925—1985)和他妻子朱迪丝·玛丽娜(Judith Malina,1926—2015)主持的生活剧院、约瑟夫·查金(Joseph Chaikin,1935—2003)等人创办的开放剧院、罗尼·戴维斯(Ronnie Davis,1950—　)创建的旧金山滑稽剧团等。这些实验剧院大多是以非营利为目的的,并大胆突破传统,进行新的戏剧探索。同时,实验剧院的产生,也催生了一批才华横溢的年轻剧作家,从而大大推动了实验戏剧的进一步发展。

三、女权运动影响下的女性戏剧

美国女权主义运动自20世纪60年代起,影响越来越大,并已波及文化艺术界,推动了妇女文学创作的蓬勃发展,女作家也由此迅速崛起。她们深受女权主义的影响,要想打破男作家垄断文坛的旧格局,通过自己的戏剧作品塑造出自己理想中的女性人物形象。

在20世纪下半叶的美国戏剧创作中,女剧作家队伍是较为壮大的,包括梅根·特里(Megan Terry,1932—　)、玛莎·诺曼(Marsha Norman,1947—　)、恩托扎克·香格(Ntozake Shange,1948—　)、温迪·沃瑟斯坦(Wendy Wasserstein,1950—2006)、贝丝·亨利(Beth Henley,1952—　)等。其中,特里被称作"美国女权主义戏剧之母"。

综观20世纪下半叶以来女性剧作家的创作,可以发现她们着重对女性问题进行了关注,有意从女权主义角度对女性人物形象进行塑造,并注重从女性的视角对美国社会中存在的问题以及女性所面临的问题进行了探讨。特里就是这样的一位女剧作家。她的剧本《狱中的姑娘:一部关于女子监狱生活的文献音乐幻想曲》是她在亲自探访女子监狱并获得了大量一手资料的基础上创作而成的。剧中,她借助于音乐和讲故事的形式,对女囚犯在狱中承受的不公道,承担的痛苦、孤寂和悲观失望情绪进行了深刻描写,由此对女性所经历的痛苦人生历程进行了深刻揭示。在《皇后用的美国国王英语》一剧中,她探讨了英语语言中存在的性别歧视问题,并由此揭示出美国社会对待女性的不公正。与此同时,她在剧中还对如何才能消除语言对女性的歧视问题进行了深入探讨。

女性剧作家在进行戏剧创作时,也对男性垄断的禁区主题进行了表现与开拓,并通过女性形象的塑造对女性的身份、社会地位等问题进行了深入探讨。诺曼就是这样的一位女剧作家。她的剧本《出狱之后》通过描写一个因沉沦而入狱但在出狱后顽强生活的女性阿琳所遭遇的种种困难,对下层社会妇女的人生悲剧进行了深刻揭示。而剧中在塑造阿琳这一女性形象时，运用了一种十分独特的手法，即“分身法”。具体来说，就是将阿琳分为过去的自我和现在的自我，并从两种不同的角度深入剖析了其内心世界，从而使其淋漓尽致地、全方位地展现在了读者面前。在《晚安，母亲》一剧中，她讲述了一个因家庭解体而导致的女性悲剧和社会悲剧。剧中的主人公与母亲住在一起，但因离婚以及儿子的变坏等，她变得精神失常，并逐渐对人生感到绝望。最终，她选择了自杀。对于剧中女主人公自杀的行为，一些女权主义者表达了不同的意见，认为那是一种懦弱的反抗，不能对社会现状有所改变。

总的来说，20 世纪下半叶以来的女性剧作家的创作，在整个 20 世纪的美国戏剧发展史上产生了极其重要的影响，而且在当前，女性戏剧仍在不断地发展中。

四、日益崛起的族裔戏剧

自第二次世界大战以来，少数族裔戏剧的创作日益崛起，并逐渐成为了美国剧坛的一个鲜明特色。而在少数族裔戏剧的发展中，黑人戏剧的发展最快，且已经走向了成熟。此外，亚裔戏剧、印第安裔戏剧、墨西哥裔戏剧等也获得了一定的发展。在这里，主要分析一下黑人戏剧和亚裔戏剧。

黑人戏剧在 20 世纪 50 年代时，着重对黑人在美国社会中的地位问题以及种族歧视进行了探讨，并构成了酝酿中的黑人革命的一部分。比如，威廉·布兰奇（William Branch，1927—　）的剧本《授予威利的奖章》，对美国政府的伪善以及愚弄黑人的行为进行了无情的揭露与抨击，从而使黑人与白人之间的尖锐对立呈现在人们面前。在《光辉的错误》一剧中，布兰奇通过描写美国废奴运动领袖约翰·布朗和美国黑人废奴运动领袖弗雷德里克·道格拉斯在废除蓄奴制斗争中存在的分歧，暗示了 20 世纪 50 年代人们在黑人革命方面所持有的不同态度。洛夫顿·米切尔（Loften Mitchell，1919—2001）的剧本《大河彼岸的土地》，通过描写主人公约瑟夫神父为了让黑人儿童享有与白人儿童相同的受教育权利而进行的种种斗争，展现了美国社会中存在的黑人歧视及给人造成的不良影响。洛雷因·汉斯贝里（Lorraine Hansberry，1936—1965）的剧本《太阳下的一粒葡萄干》，通过描写贫穷的黑人沃尔特一家在芝加哥的谋生故事，展现了美国种族歧视的无处不在。

黑人戏剧在发展到 20 世纪六七十年代时，力图借助于戏剧艺术来唤醒广大黑人群众的觉悟，因而有着鲜明的黑人特征和很强的战斗气息。

比如，勒洛伊·琼斯（Le Roi Jones，1934—2014）在剧本《荷兰人》中通过讲述黑人青年在地铁里被白人女子杀死的故事，对白人和黑人之间存在的尖锐种族对立进行了深刻揭示；在剧本《贩奴船》中，通过描写黑人被贩卖的真实情况以及现代宗教的伪善，表达了黑人中存在的强烈反白人情绪。艾德·布林斯（Ed Bullins，1934—　）在《死亡名单》一剧中，通过描写黑人革命家将支持以色列的黑人列入名单处死，表示了美国黑人对于阿拉伯民族斗争的大力支持。阿德里安娜·肯尼迪（Adrienne Kennedy，1931—　）在剧本《黑人的开心馆》中，通过对黑人和白人两类人物的塑造，对黑人与白人的种族冲突以及黑人文化与白人文化的冲突进行了生动展现。

黑人戏剧在发展到20世纪80年代以后，获得了较快发展。查尔斯·富勒（Charles Fuller，1939—　）、奥古斯特·威尔逊（August Wilson，1945—2005）等是这一时期著名的黑人戏剧家。他们的戏剧创作在对美国社会的现状进行反映的同时，对美国黑人为自我意识的觉醒进行的抗争以及对文化根源的探究进行了深刻的表现。比如，威尔逊的剧本《莱妮大妈的黑臀》以1927年的芝加哥为背景、以号称“布鲁斯之母”的黑人歌星莱妮大妈的亲身经历为基础，讲述了一家破烂的录音棚里发生的故事。而在剧作始终，都笼罩着种族主义的气氛，并深刻地揭示出黑人艺术家的命运多舛以及白人资本家对黑人的残酷剥削。

亚裔戏剧是在黑人戏剧的影响下产生和发展起来的，但相比黑人戏剧来说发展得较为缓慢。这一时期的亚裔戏剧致力于提高亚裔群体的族裔意识、唤醒亚裔人的民族自豪感。比如，华裔著名剧作家黄哲伦（David Henry Hwang，1957—　）的剧作《舞蹈与铁路》以1867年在美国修筑铁路的华人大罢工为背景，通过对两个性格迥异的华人“苦力”形象的塑造，讲述了华人在美国社会辛苦劳动、努力融入美国社会却始终遭受偏见与歧视的不幸遭遇，同时对中西文化冲突进行了生动展现。

总的来说，自第二次世界大战以来，少数族裔戏剧获得了全面且较为快速的发展，并在美国剧坛中产生了越来越大的影响。

参考文献

[1] 蒋承勇．英国小说发展史．杭州：浙江大学出版社，2006.

[2] 丁芸．英美文学研究新视野．杭州：浙江大学出版社，2005.

[3] 魏颖超．英国荒岛文学．北京：外语教学与研究出版社，2001.

[4] 常耀信．英国文学通史（第一卷）．天津：南开大学出版社，2010.

[5] 范存忠．英国文学史纲．南京：译林出版社，2015.

[6] 王佐良．英国散文的流变．北京：商务印书馆，2011.

[7] 陈新．英国散文史．南京：南京师范大学出版社，2008.

[8] 何其莘．英国戏剧史．南京：译林出版社，2008.

[9] 常耀信．英国文学通史（第二卷）．天津：南开大学出版社，2011.

[10] 温晓芳，吴彩琴．英国文学发展历程研究．北京：中国书籍出版社，2014.

[11] 殷企平等．英国小说批评史．上海：上海外语教育出版社，2001.

[12] 王佐良．英国文艺复兴时期文学史．北京：外语教学与研究出版社，1996.

[13] 潘树林．神人之间：激荡的文艺复兴．成都：四川人民出版社，2002.

[14] 饶健华．英诗概论．北京：国防科技大学出版社，1990.

[15] 罗良功．英诗概论．武汉：武汉大学出版社，2002.

[16] 聂珍钊．英语诗歌形式导论．北京：中国社会科学出版社，2007.

[17] 毕小军．英美诗歌概论．北京：知识产权出版社，2009.

[18] 侯维瑞．英国文学通史．上海：上海外语教育出版社，1999.

[19] 桂扬清．英国戏剧史．南京：江苏教育出版社，1994.

[20] 牛庸懋．十九世纪英国文学．郑州：黄河文艺出版社，1986.

[21] 蒋承勇．19 世纪现实主义文学的现代阐释．北京：高等教育出版社，1996.

[22] 常耀信．英国文学通史（第三卷）．天津：南开大学出版社，2013.

[23] 王守仁，方杰．英国文学简史．上海：上海外语教育出版社，2006.

[24] 常耀信 . 精编美国文学教程(中文版). 天津：南开大学出版社，2006.

[25] 杨仁敬，杨凌雁 . 美国文学简史 . 上海：上海外语教育出版社，2008.

[26] 郭继德 . 美国戏剧史 . 天津：南开大学出版社，2011.

[27] 毛信德 . 美国小说发展史 . 杭州：浙江大学出版社，2004.

[28] 聂珍钊 . 二十世纪西方文学 . 北京：北京师范大学出版社，2012.

[29] 唐根金 .20 世纪美国诗歌大观 . 上海：上海大学出版社，2007.

[30] 杨仁敬 .20 世纪美国文学史 . 青岛：青岛出版社，1999.

[31] 刘文 . 二十世纪美国诗歌研究 . 上海：上海交通大学出版社，2013.

[32] 刘文刚等 . 二十世纪西方小说大观(上册). 长春：吉林人民出版社，1989.

[33] 宁倩 . 美国文学名家 . 哈尔滨：黑龙江人民出版社，1983.

[34] 王忠祥 . 欧美文学史话 . 武汉：湖北教育出版社，1986.

[35] 金莉等 .20 世纪美国女性小说研究 . 北京：北京大学出版社，2010.

[36] 聂珍钊 . 外国文学史(四). 武汉：华中师范大学出版社，2010.

[37] 吴元迈 .20 世纪外国文学史 . 南京：译林出版社，凤凰出版社，2004.

[38] 郭继德 . 美国当代戏剧发展趋势 . 济南：山东大学出版社，2009.

[39] 张中载 . 二十世纪英国文学(小说研究). 郑州：河南大学出版社，2001.

[40] 杨宏 . 中世纪英雄史诗《贝奥武夫》评析 . 黑河学院学报，2010(6).

[41] 阮雪桦 . 个人奋斗与毁灭的悲歌——浅论杰克・伦敦的《马丁・伊登》. 石油经济管理论坛论文集 . 西安：西北大学出版社，2002.

[42][美] 卡尔・伍德林 . 哥伦比亚英国诗歌史 . 纽约：哥伦比亚大学出版社，1994.

[43][美]M.H. 艾布拉姆斯 . 诺顿英国文学选集 . 纽约：诺顿出版公司，1986.

[44][英] 弗兰克・赫里斯著，黄嘉德译 . 萧伯纳传 . 北京：外国文学出版社，1983.

[45][英] 弗吉尼亚・伍尔夫著，瞿世镜译 . 论小说与小说家 . 上海：上海译文出版社，2000.

[46][英] 康拉德 . 台风及其他故事 . 纽约：新美国图书馆，1963.

[47][英] 卡尔著,陈永国、傅景川译 . 现代与现代主义 . 长春：吉林教育出版社,1995.

[48] [苏] 阿尼克斯特著,戴镏龄等译 . 英国文学史纲 . 北京：人民文学出版社,1959.

[49] 余潇 . 多元化的爱情诗——论英国文艺复兴时期爱情诗的创作 . 语文学刊(高教版),2007（7）.

[50] 杨志刚 . 从《暴风雨》看莎士比亚人文主义的衰落 . 高校社科动态,2008（4）.

[51] 孙旭华 . 来自理性王国的浪漫气息——论英国感伤主义诗歌 . 牡丹江大学学报,2009（9）.

[52] 丁慧 . 文化差异对英美文学评论的影响 . 湖北函授大学学报,2015（1）.

[53] 丁晓春 . 艾米莉 · 狄金森诗歌现代性解读 . 青海师范大学学报(哲学社会科学版),2007（3）.

[54] 姚本标 . 简论美国浪漫主义小说 . 广西师院学报(哲学社会补学版),1999（2）.

[55] 郭继德 . 美国现实主义戏剧舞台艺术风格的"轮回". 英美文学研究论丛,2000（1）.

[56] 杨洋 . 试谈《红字》的心理描写 . 盐城师范学院学报(人文社会科学版),2004（3）.

[57] 周付玉 .《我感觉葬礼,在我脑中举行》中的死亡探析 . 语文学刊,2013（12）.

[58] 洪振国 . 艾米莉 · 狄金森——现代主义的先驱 . 外国文学研究,1996（4）.

[59] 张强 . 意象派、庞德和美国现代主义诗歌的发轫 . 外国文学研究,2001（1）.

[60] 刘林 . 美国"红色三十年代"左翼小说论 . 文史哲,2011（4）.

[61] 谭琼琳 . 奥尼尔与二十年代美国表现主义戏剧 . 湖南大学学报,1996（3）.

[62] 董蔚,胡新明 . 解读玛雅 · 安吉罗诗歌的黑人女性主义思想 . 文教资料,2010（23）.

[63] 邹莉 .《加算机》的表现主义特征解析 . 芒种,2012（4）.

[64] 杜鹃 . 吟唱非裔黑人女性的觉醒之歌——解读玛稚 · 安吉罗的诗 . 内蒙古民族大学学报,2011（3）.

[65] 王玉珏 . 浅谈文化差异性对英美文学的影响 . 课程教育研究 .

2014（27）.

[66] 陈彦平．文化差异对英美文学的影响．中国外资，2014（6）.

[67] 雷宇．跨文化视角下英美文学作品语言赏析．时代教育，2016（3）.

[68] 赵芸．跨文化视角下对英美文学创作特色赏析．短篇小说（原创版），2015（8）.

[69] 肖明瀚．宫廷爱情诗传统与乔叟的《公爵夫人颂》．外国文学研究，2003（6）.

[70] 李新美．浅谈文化差异对英美文学的影响．校园英语，2015（32）.

[71]Onwuchekwa Jemie.*Langston Hughes：An Introduction to the Poetry*. New York：Columbia University Press，1976.